LA
HERMANA
AUSENTE

LA HERMANA AUSENTE

KENDRA ELLIOT

Traducción de
Roberto Falcó

AMAZON **CROSSING**

Título original: *The Last Sister*
Publicado originalmente por Montlake, Seattle, 2020

Edición en español publicada por:
Amazon Crossing, Amazon Media EU Sàrl
38, avenue John F. Kennedy, L-1855 Luxembourg
Mayo, 2021

Copyright © Edición original 2020 por Kendra Elliot
Todos los derechos están reservados.

Copyright © Edición en español 2021 traducida por Roberto Falcó Miramontes
Adaptación de cubierta por PEPE *nymi*, Milano
Imagen de cubierta © TMI / Alamy Stock Photo; © Westend61
© Brandy Ali - EyeEm © sakchai vongsasiripat / Getty Images
Producción editorial: Wider Words

Impreso por: Ver última página

Primera edición digital 2021

ISBN Edición tapa blanda: 9782496706420

www.apub.com

SOBRE LA AUTORA

Kendra Elliot es una habitual de la lista de libros más vendidos de *The Wall Street Journal* y es la laureada autora de las series Bone Secrets y Callahan & McLane, así como de las novelas de Mercy Kilpatrick. Ha ganado el Premio Daphne du Maurier en tres ocasiones y ha sido finalista del International Thriller Writers Award y del RT Award. Lectora voraz de toda la vida, aprendió el oficio leyendo a heroínas clásicas como Nancy Drew, Trixie Belden y Laura Ingalls. Nació, creció y aún vive en la lluviosa región del Noroeste del Pacífico con su familia, pero no renuncia a su sueño de mudarse a un lugar donde pueda ir todo el día en sandalias. Encontrarás toda la información sobre Kendra en www.kendraelliot.com.

A mis chicas

La memoria, dada su propia naturaleza, nunca es muy fiable.
Con el tiempo, se deteriora.
Tras una experiencia traumática, se fragmenta.
Aislada, se enquista.

ELLEN KIRSCHMAN, DOCTORA EN PSICOLOGÍA

CAPÍTULO 1

Cogió el suéter por el dobladillo con dedos temblorosos para no dañar las posibles huellas, abrió la puerta del patio trasero y siguió el reguero de sangre. Fuera estaba oscuro, aún faltaban varias horas para que despuntara el alba. La bruma marina, arrastrada por la brisa, lo envolvía todo.

Siguió las manchas de sangre que cruzaban el pequeño porche y llegaban a las escaleras de madera. El corazón le martilleaba en el pecho e intentó no hacer caso del fuerte olor a humo que impregnaba el aire. El rastro de sangre desaparecía en la hierba debido a la falta de luz, pero se dejó guiar por el instinto y decidió examinar el bosque que se extendía más allá del jardín trasero.

Algo se movió en un árbol. No podía respirar.

«Otra vez no. Por favor».

Capítulo 2

—¿Quién ha modificado la escena?

Zander Wells, agente especial del FBI, intentó contener el mal humor que amenazaba con apoderarse de él. Se encontraba en la parte posterior de una pequeña casa de Bartonville y miraba fijamente los altos abetos que los rodeaban. El flagrante desprecio hacia los protocolos normalizados (todo eran protocolos normalizados) le provocó el deseo de pegar a alguien.

Una reacción inusitada en él.

—Mi ayudante es un novato, muy joven —dijo el demacrado sheriff del condado de Clatsop, limpiándose las gotas de lluvia de las mejillas—. Me temo que quedó en estado de shock al llegar a la escena del crimen. Hace cuatro años desde la última muerte violenta ocurrida en el pueblo y, encima, conocía a las víctimas. —El sheriff Greer negó con la cabeza apesadumbrado—. El pobre creía que estaba ayudando.

Zander intercambió una mirada con la agente especial del FBI Ava McLane, que puso los ojos en blanco.

Bartonville no llegaba a los mil habitantes. La pequeña población costera se encontraba en la ribera del río Columbia, no muy lejos de su desembocadura en el océano Pacífico. Era un pueblo remoto, separado del valle de Willamette de Oregón y su gran densidad de población por la cordillera litoral y miles de hectáreas de bosque. El trayecto en coche desde Portland le había llevado menos de dos horas.

A sus pies se encontraba una de las víctimas, dentro de una bolsa para cadáveres. Zander y Ava habían observado en silencio al joven antes de que ella le hiciera un gesto al técnico para que cerrara la bolsa. Ava mantuvo el rostro inexpresivo en todo momento, salvo por los destellos de ira que le iluminaban los ojos. El semblante del cadáver quedaría grabado de por vida en el cerebro de Zander.

Así como el estado de la esposa también muerta que estaba dentro de la casa.

La investigación no había empezado con buen pie. El primer ayudante del sheriff que acudió a la escena del crimen había cortado la soga al ver a Sean Fitch ahorcado de un árbol en el jardín posterior. Otros tres ayudantes pisaron la escena y movieron los cadáveres. El veredicto inicial del sheriff, convencido de que era un suicidio-asesinato, les había hecho perder unas horas valiosísimas hasta que el forense apareció y mostró su desacuerdo.

El forense no había sido el único en poner en tela de juicio la opinión del sheriff. La testigo que había denunciado los asesinatos había llamado también al FBI de Portland para avisar de que el hombre negro ahorcado tenía un símbolo racista grabado en la frente. Un triángulo invertido dentro de otro más grande.

La esposa de Sean Fitch, una mujer caucásica, había recibido varias puñaladas en el dormitorio. Al parecer Sean también había sido apuñalado en la misma habitación, aunque posteriormente lo habían arrastrado fuera de la casa y lo habían colgado del árbol.

—No deja en buen lugar a su departamento que una civil tuviera que denunciar lo ocurrido como crimen de odio.

Zander miró fijamente a Greer. A pesar de que no llovía, un reguero de gotas de agua se precipitaba por el ala del sombrero del policía. Era el típico clima de la zona norte de Oregón: engañaba a los más incautos, convenciéndolos de que podían salir sin resguardarse cuando, en realidad, la densa niebla impregnaba toda la ropa y la piel, y calaba de inmediato antes de que uno se diera cuenta.

Greer hizo una mueca, agachó la mirada y se miró las botas.

—Esta mierda racista no es habitual en nuestro condado… y la sangre había tapado los cortes. No acabo de entender qué representan esas marcas.

Zander lo sabía de sobra: los triángulos eran unos de los símbolos menos conocidos del Klan, pero no comprendía que alguien con tantos años de experiencia a sus espaldas como el sheriff no lo supiera.

Tendría que haberse dado cuenta de que había algo extraño en todo aquello.

—Aun así, la soga y el color de piel de la víctima eran señales bien evidentes —dijo Ava—. Si eso no hace saltar las alarmas…

Greer negó con la cabeza.

—Ese tipo de crímenes no son habituales aquí. Los suicidios son mucho más frecuentes.

El sheriff solo disponía de tres detectives. Dos se encontraban fuera del estado testificando en un juicio y el tercero estaba de baja por gripe. Greer se había encargado de los primeros pasos de la investigación sin solicitar ayuda, tan solo había pedido a la policía científica del estado que procesara la escena.

Zander ya no sabía si el sheriff tenía algo oxidados los protocolos normalizados o si padecía un exceso de confianza.

Fuera cual fuera la respuesta, la pareja de agentes del FBI tenía un buen lío entre manos.

Zander fijó la mirada en el lodo que había al pie del árbol. Vio una docena de marcadores de escena amarillos junto a sendas pisadas y un hueco alargado en el lugar donde debían de haber dejado el cuerpo antes de colgarlo. Un trozo de cuerda. Levantó la vista. Otro trozo de cuerda colgaba de la rama. El árbol de hoja caduca llamaba la atención entre los abetos verdes y altos; su tronco pálido y grueso y las ramas nudosas eran la prueba incontestable de una vida larga y dura.

La rama no era muy alta, pero sí lo suficiente para cumplir con su cometido.

—Dos asesinos. Como mínimo —murmuró Ava entre dientes, y Zander le dio la razón en silencio. Sean Fitch era un hombre corpulento. No habría sido tarea fácil colgarlo.

Toda una declaración de intenciones por parte de los autores.

Zander se volvió y regresó a la casa, con cuidado de no pisar el rastro que habían dejado los asesinos al sacar el cuerpo a rastras, aunque vio varias pisadas de botas. Se detuvo y examinó el arbusto quemado que había en la parte posterior de la casa, donde el olor a gasolina impregnaba el aire.

Alguien había intentado quemar la casa y había fracasado miserablemente. La pintura estaba chamuscada y había varios arbustos que no iban a sobrevivir.

—No parece una maniobra muy inteligente —dijo Ava—. ¿Crees que fue improvisado?

—Trajeron gasolina —afirmó Zander.

—Estamos en una zona rural. Seguro que más de uno lleva un pequeño bidón de gasolina en la furgoneta.

—Cierto. A lo mejor le entró el pánico a uno de los dos y pensaron que podrían eliminar las pruebas quemando la casa.

—Infravaloraron la lluvia de Oregón.

Zander observó fijamente la pintura ennegrecida. Tenía un mal presentimiento porque no entendía el vínculo con el resto de la escena.

Subió los escalones de hormigón que conducían a la puerta trasera y se puso unas fundas en los zapatos mojados. Ava lo acompañó e hizo lo propio. Aún llevaban los guantes de la primera inspección que habían hecho de la casa.

Entraron en la cocina, inmaculada pero algo antigua y en la que predominaban los tonos amarillos. Zander había buscado algún indicio de que faltara un cuchillo, sin éxito. Los Fitch tenían un cajón lleno de cubiertos desparejados. No había ningún conjunto de cuchillos. Los armarios y los tiradores de los cajones estaban cubiertos por una fina capa de polvo negro para huellas.

Había un rastro de sangre reseca que cruzaba la cocina y salía por la puerta trasera.

Más polvo negro. Más marcadores de pruebas.

Avanzó por el estrecho pasillo intentando no perder el equilibrio, pisando en un margen muy estrecho de pocos centímetros de moqueta cerca de la pared para no contaminar el rastro de sangre.

Zander y Ava se detuvieron ante la puerta del dormitorio principal. Había señales de violencia brutal por toda la habitación. Una mancha grande y oscura señalaba el lugar donde Lindsay Fitch se había desangrado en la moqueta, junto a la cama. El cuerpo se encontraba en el interior de un vehículo para su traslado al depósito de cadáveres, pero Ava y él lo habían visto antes de inspeccionar la escena. Estaba acostumbrado a llegar tarde a los escenarios de un crimen, cuando ya hacía mucho tiempo que se habían llevado los cuerpos.

El equipo de la policía científica del estado había recortado cuadrados de moqueta, restos de cuya base salpicaban el suelo de madera que había quedado al descubierto. Zander observó manchas de sangre en forma de arco en las paredes y el techo, así como en el cabezal de la cama y las pantallas de las lámparas. Las sábanas también estaban cubiertas de sangre. El agente notó el fuerte olor metálico mientras tomaba unas cuantas fotografías con el teléfono.

«¿Por qué tiene este olor metálico el humor esencial de nuestro cuerpo? No es lógico que huela a una sustancia inerte».

La sangre de Sean trazaba un recorrido desde el otro extremo de la cama hasta el pasillo, un reguero delimitado por los marcadores amarillos.

Zander volvió a pensar que debían de haber participado al menos dos personas, quienes habían sorprendido y sometido rápidamente a las víctimas. Los cadáveres apenas mostraban alguna herida defensiva en las manos o los brazos. En la moqueta del dormitorio se apreciaba un laberinto de pisadas. A Zander le pareció ver dos muy características, pero sabía que debían eliminar las de las botas de los ayudantes del sheriff.

Suspiró. ¿Cómo era posible que el sheriff Greer no hubiera montado en cólera al ver la reacción de su departamento?

—Hay que trasladar los cuerpos a la oficina principal forense de Portland —afirmó Ava mientras examinaba la habitación—. No pueden analizarlos en un laboratorio secundario. Quiero que el doctor Rutledge participe en el caso.

Zander asintió. No había margen para más errores: necesitaban de la colaboración del principal forense del estado.

Indicios racistas. Contaminación de la escena.

A partir de ese momento, los fallecidos iban a contar con la investigación que merecían.

Zander oyó que el sheriff se detenía en el pasillo tras ellos.

—¿Bartonville ha tenido alguna vez su propio departamento de policía? —preguntó Zander.

Ava y él habían examinado la logística de la cobertura de respuesta en la zona rural antes de salir de las oficinas del FBI en Portland. En la pequeña población donde se habían perpetrado los asesinatos confluían varios cuerpos policiales.

—No. La ciudad de Astoria nos echa una mano de vez en cuando, pero Warrenton está más cerca de Bartonville, por lo que solemos encargarnos nosotros. —El sheriff Greer carraspeó—. La policía del estado solo interviene cuando necesitamos apoyo técnico o más hombres. Esta zona suele ser muy tranquila y solo aumentan los casos en temporada turística. La policía del estado nos ayudaría si los llamase.

Zander pilló la indirecta. No necesitaban al FBI.

—¿Cuál es el primer tipo de sospechoso que le vino a la cabeza al ver la escena, sheriff? —preguntó Ava con educación, un tono que Zander reconoció de inmediato. Estaba furiosa. Hacía más de cinco años que trabajaban juntos y conocía todos sus estados de ánimo. La admiraba; era implacable e inteligente.

El sheriff se acarició la papada mientras pensaba.

—No lo sé. Tenemos nuestros idiotas, borrachos y drogadictos, pero no creo que sean capaces de cometer un asesinato tan violento como este. Quizá no fue alguien de aquí.

—Nos ha dicho que los Fitch solo llevaban un año en Bartonville, ¿no es así? —preguntó Zander, que tenía la esperanza de que el instinto de protección que mostraba el sheriff hacia sus ayudantes y sus conciudadanos no afectara a su capacidad para sacar adelante la investigación. Su negativa a aceptar que los asesinos pudieran ser de la zona era el equivalente a intentar resolver el caso a través de una mirilla.

—Un año más o menos, sí. Creo que se mudaron aquí porque Sean consiguió trabajo como profesor de Historia en el instituto. Lindsay es camarera.

—Me gustaría hablar con el ayudante que acudió a la escena —afirmó Ava.

A Zander lo embargó una gran compasión por el pobre agente. Los ojos azules y la belleza de Ava no permitían adivinar fácilmente que era una interrogadora feroz. El ayudante del sheriff no se imaginaba la que estaba a punto de caerle encima.

—Después de que lo interrogue yo —replicó el sheriff—. Lo he enviado a la comisaría para que empiece con el papeleo aprovechando que aún tiene muy fresco todo lo ocurrido. Sabe que se ha equivocado. Lo lamento. Imagino que a estas horas ya se habrá ido a casa.

—¿Dónde puedo encontrar a Emily Mills para hacerle unas preguntas? —inquirió Zander. Ava y él habían decidido repartirse los interrogatorios para acabar cuanto antes. La señora Mills había descubierto el asesinato al llegar a casa porque Lindsay Fitch no se había presentado a su turno y tampoco había respondido al teléfono.

La señora Mills era la mujer que había llamado al FBI de Portland después de que el sheriff Greer no hubiera hecho caso de sus sospechas de que el crimen podía deberse a motivos raciales. La mujer se negó a colgar hasta que el supervisor de Zander le prometió que había enviado a un investigador a la costa ese mismo día.

Zander dudaba que el jefe tuviera en muy alta estima a la señora Mills. El destello de irritación que vio en los ojos de Greer confirmó sus sospechas.

—Emily trabaja en el restaurante Barton de Bartonville —respondió el sheriff con un deje de hastío—. Es un local grande decorado como una cabaña de madera. Se encuentra junto a la carretera principal. Imposible no verlo. —Frunció el ceño y dirigió la mirada hacia la habitación, detrás de Zander y Ava—. Yo era el ayudante del sheriff cuando el padre de Emily fue asesinado hace un par de décadas. —Greer miró de nuevo a los agentes, pero esta vez con recelo—. No habíamos vuelto a tener un ahorcamiento desde el suyo.

A Zander se le erizó el vello de la nuca.

—¡Un momento! —exclamó Ava—. ¿No es la primera vez que se produce un ahorcamiento en el pueblo? ¿Y nos lo dice ahora?

Al sheriff se le desencajó el semblante.

—¿Ha oído lo que he dicho? Fue hace un par de décadas. Es probable que su asesino muriera en la cárcel. No puede ser un dato relevante.

—Pero ¿la persona que encontró a Sean Fitch colgado de un árbol es la hija de un hombre que murió ahorcado? —dijo Zander—. ¿No le parece que las probabilidades de que se trate de una coincidencia son más bien remotas?

Greer se exasperó.

—Nuestra comunidad es muy pequeña, todo el mundo se conoce. Basta con tener un encontronazo con alguien para descubrir que su hermana o su tío fue a la escuela contigo o que se casó con tu prima. Cuando oí que Emily había encontrado los cuerpos, lo sentí por ella, pero la coincidencia no me sorprendió.

Ava y Zander se miraron y adivinaron lo que pensaba el otro sin abrir la boca.

Ninguno de los dos creía en las coincidencias.

Capítulo 3

A Emily Mills le temblaban las manos mientras tomaba fotos de la ropa que llevaba y se miraba en el antiguo espejo de cuerpo entero del dormitorio. Hizo zoom en las zapatillas de deporte y tomó otra instantánea. Se las quitó y las introdujo en la bolsa de papel que había en el suelo. Se estremeció al ver una mancha de color rojo oscuro en el lado de una de las zapatillas.

Era la sangre de Lindsay. ¿O tal vez de Sean?

Se quitó los vaqueros y el suéter y los puso en la bolsa. Tenía un nudo en el estómago.

Sabía que nunca podría quitarse de la cabeza la dantesca imagen de la joven pareja asesinada.

El dormitorio bañado en sangre.

Su cerebro sabía que el cuerpo humano tenía unos cinco litros de sangre, pero cuando la vio esparcida por toda la habitación, le fallaron las rodillas y tuvo que agarrarse al marco de la puerta para no perder el equilibrio.

Supo al instante que Lindsay había muerto. Nadie podía sobrevivir a semejante carnicería.

Acarició la mejilla de la mujer con dedos temblorosos. Estaba fría y tenía la mirada vacía.

Con un escalofrío al rememorar la escena, Emily se puso una sudadera de la Universidad de Oregón y unos vaqueros limpios.

Había pasado varias horas frente a la casa de Lindsay, observando el ir y venir de los ayudantes del sheriff. La entrevista con el jefe de la policía le había parecido corta, demasiado, pero el sheriff le había pedido que se quedase hasta que llegara la policía científica del estado. Al final, se presentaron dos técnicos que descargaron el equipo de sus vehículos y fotografiaron la zona delantera de la casa antes de pasar al interior.

Más tarde, uno de los especialistas se acercó a ella y tomó las huellas de las suelas de sus zapatos de trabajo.

Le sorprendió que no le pidiera la ropa ni los zapatos, pero sabía que era probable que más adelante alguien quisiera examinar minuciosamente todas las pruebas, incluidas la ropa y el calzado de la persona que había descubierto los cuerpos del doble asesinato.

Emily pensaba que la sugerencia inicial del sheriff Greer de que Sean y Lindsay habían fallecido en un suicidio-asesinato no tenía sentido y se lo había dicho a las claras. El tipo retrocedió sorprendido ante su insistencia, pero intentó apaciguarla asegurándole que examinaría detenidamente las pruebas cuando la policía científica hubiera acabado su trabajo. El sheriff Greer era un dinosaurio, aunque no por ello menos amable, pero era obvio que se había quedado anclado en el pasado. Había logrado conservar su trabajo porque era un tipo constante y digno de confianza, como esos frigoríficos antiguos que nunca se estropean, a diferencia de los baratos que se venden hoy en día.

La llamada del FBI pilló por sorpresa al jefe, que se acercó a su coche, donde ella aguardaba pacientemente, para preguntarle si había actuado a sus espaldas. Emily asintió y lo miró a los ojos con insistencia. Greer no salía de su asombro. No la intimidaba. No se arredraba ante casi nadie y siempre decía y hacía lo que le parecía correcto.

Sean no se había colgado.

Sean no se había grabado el símbolo del Klan en la frente.

El jefe debía de ser muy lerdo si había pasado por alto todos esos detalles.

Se frotó los ojos con una mano entumecida por el frío y se le nubló ligeramente la vista. Otra vez visión de túnel.

«Ahora no», pensó.

La sensación no la sorprendió. En cuanto vio a Sean, supo que tendría pesadillas y ataques de pánico, como le había ocurrido de adolescente.

> Emily salió de su casa. Sabía que algo iba mal, muy mal. Una vez fuera, alzó la mirada al cielo y se estremeció. Estaba oscuro y hacía frío. El fuerte viento le levantó el camisón y dejó al descubierto sus piernas desnudas. Tras ella las llamas cobraban fuerza y los ojos le escocían debido al humo. Tuvo que forzar la vista para distinguir la forma en la oscuridad. Una lengua de fuego iluminó el rostro de su padre, que colgaba de la rama de un árbol.

Inspiró hondo por la nariz para controlar el ataque de pánico. Emily intentó olvidar aquella pesadilla mientras buscaba unas botas limpias en el minúsculo armario. Aquellas imágenes la atormentaban en sueños desde hacía casi dos décadas, a pesar de que su frecuencia había ido disminuyendo con el paso de los años. De hecho, estaba convencida de que había logrado desterrar la pesadilla de una vez por todas. Se calzó las botas como buenamente pudo a pesar del estado de agitación en que se encontraba. La antigua pesadilla de su padre la acosaría de noche, y también de día, durante semanas. Quizá meses.

Emily salió de su dormitorio sin dedicar otra mirada a la bolsa de papel y bajó corriendo por las escaleras en dirección a la cocina. La madera vieja y barnizada crujió bajo sus pies. La mansión de estilo Reina Ana pertenecía a otra época y la había construido su tatarabuelo a finales del siglo XIX. Emily y sus dos hermanas se habían criado ahí tras la muerte de sus padres, y cuando su matrimonio naufragó, decidió volver a instalarse en la antigua casa.

—No irás a volver al trabajo, ¿verdad, Emily?

Se volvió lentamente, con la respiración entrecortada.

«No quiero hablar de ello».

La tía Vina estaba en el pasillo con los brazos en jarras. Su tía abuela era una mujer alta y corpulenta, con el pelo blanco y unos ojos azules e intensos con la capacidad de leerles el pensamiento a sus sobrinas y detectar cualquier mentira al instante. Las dos hermanas de la tía Vina poseían el mismo don y también vivían en la mansión con Emily y Madison.

Las tres entrometidas tías abuelas tenían buenas intenciones, pero la sacaban de quicio. Vina, Thea y Dory. Las tres ancianas eran las líderes sociales de la pequeña población, un cargo que se tomaban muy en serio, ya que llevaban en su apellido el nombre del pueblo: Barton.

—Sí, pensaba ir al restaurante. Seguro que me necesitan.

Vina enarcó una ceja.

—¿Puedes contarme qué ha pasado en casa de Lindsay? —le preguntó con una mirada dulce—. Era una pareja joven y encantadora. Lo siento mucho.

Su tía había oído la noticia de su muerte.

Emily exhaló el aire que contenía en los pulmones.

Cuando el sheriff le dijo que podía irse, había entrado a hurtadillas en la mansión evitando a las tías para cambiarse de ropa. No le apetecía hablar de la horrible escena que había descubierto. Sin embargo, la telaraña de chismes y rumores se había extendido de una punta a otra de Bartonville. Era raro que sus tías Thea y Dory no anduvieran por ahí, ya que a esas horas solían estar siempre en la cocina. Debían de estar recopilando más información a través de su red de espías y mantenían informada a la tía Vina en todo momento.

—Lindsay y Sean han muerto, pero aún no está claro qué ha ocurrido —admitió Emily, con un nudo en la garganta.

Los ojos azules de su tía no se apartaban de ella.

—¿Y Greer está al mando de la investigación? Es un buen hombre, pero ya tiene sus años —comentó la mujer.

Emily asintió y agarró el pomo de la puerta trasera con los ojos empañados.

—Te casaste con un agente de policía —dijo Vina—. Seguro que viste más detalles importantes sobre el asesinato que Greer.

La tristeza de Emily se desvaneció como por arte de magia cuando oyó hablar de su exmarido, que se habría puesto como una furia al saber que había obrado a espaldas del sheriff y le habría dicho que no le correspondía a ella llamar al FBI.

Era un hombre que siempre tenía una opinión sobre lo que Emily podía y no podía hacer.

Sin embargo, ella nunca se había mordido la lengua a la hora de expresar lo que le pasaba por la cabeza.

Ese era uno de los motivos de su divorcio.

Emily se volvió hacia Vina y, por una vez, prefirió no decir nada. Estaba demasiado cansada para discutir y no quería seguir echando leña al fuego de los rumores. La gente no tardaría en saber que el FBI estaba investigando el caso.

—Estoy segura de que en breve tendremos noticias sobre lo ocurrido —afirmó intentando eludir la pregunta—. Tengo que irme al trabajo.

Vina asintió con una mirada de compasión.

—Los compañeros de Lindsay estarán destrozados.

A Emily se le hizo un nudo en el estómago. Asintió y se fue.

«No puedo contarles las atrocidades que sufrió Lindsay. Ni Sean».

Capítulo 4

El sheriff tenía razón, el restaurante Barton parecía una cabaña gigantesca. Zander se detuvo unos segundos antes de abrir la puerta para examinar los enormes troncos que formaban las paredes exteriores. Como si fuera un niño, deslizó la mano por la madera. Los troncos redondos parecían demasiado simétricos para ser auténticos, pero lo confirmó gracias a su sentido del tacto. Estaba en una zona de leñadores. De camino al restaurante se había cruzado con tres camiones madereros cargados hasta arriba, que le trajeron a la memoria recuerdos de cuando era niño y veía los grandes camiones en la autopista, cargados con un único tronco inmenso que ocupaba todo el remolque.

En el interior del restaurante, que estaba prácticamente vacío, había un camarero calvo con una larga perilla y un delantal blanco que parecía el responsable de tomar nota a los clientes y atender las mesas. El hombre mayor se detuvo en seco cuando Zander le preguntó por Emily Mills y, con gesto triste, le dijo que debía de estar en casa.

Ya conocía la noticia.

—¿Sabe la dirección de su casa? —le preguntó Zander al hombre fornido, que sirvió dos hamburguesas y dos ensaladas a una pareja de ancianos y luego les llenó las tazas de café. Llevaba una placa con el nombre de Leo.

—Busque en Google la mansión de Barton. No tiene pérdida.

Leo se fue sin mirar atrás.

«¿Mansión?». Zander hizo la búsqueda con su teléfono y vio que la casa se encontraba no muy lejos del restaurante. En Bartonville todo estaba a tiro de piedra.

El GPS lo llevó colina arriba. Bartonville se encontraba en una ladera y muchas de las casas tenían unas vistas fantásticas del océano Pacífico en el punto de la desembocadura del río Columbia, que servía de frontera natural entre los estados de Oregón y Washington. Los negocios y tiendas del pueblo se encontraban a los pies de las colinas, un terreno más llano, junto a los muelles y las playas. Las calles ascendían por las colinas trazando una sencilla cuadrícula en la que se alzaban las casas de tejados a dos aguas y espaciosos porches. La mayoría de los hogares habían conocido épocas mejores y necesitaban una mano de pintura, tenían escaleras destartaladas o los jardines descuidados.

El cielo estaba encapotado y oscurecía una parte del río y de la costa del estado de Washington. En un día despejado, las vistas tenían que ser espectaculares. La costa norte de Oregón era famosa por su belleza descarnada, pero la vida cotidiana en las pequeñas poblaciones costeras podía resultar algo deprimente en otoño, invierno y primavera.

Cielos grises. Llovizna pertinaz. Viento racheado. Poca gente.

La mayoría de las poblaciones que había en la costa o a orillas del río sobrevivían a duras penas gracias al turismo, que caía en picado durante los meses más fríos. La pesca y la industria maderera eran las otras piedras angulares de la economía local, pero su prosperidad dependía en exceso de los caprichos de la meteorología y la política.

Zander aparcó, miró fijamente una casa y a continuación comprobó de nuevo la dirección. Sí, el gigantesco edificio, que ocupaba casi toda la manzana, era su destino.

Toda una mansión, sin duda.

La gran casa de tres plantas tenía una torreta que se alzaba dos plantas más y que debía de ofrecer unas vistas fantásticas del mar y el delta. Tenía un porche que abarcaba toda la fachada y parte de los laterales, varios ventanales y hastiales, y unos acabados muy elaborados que no hacían sino realzar su esplendor. Los escalones conducían hasta el porche y una gran puerta doble. Había unos cuantos abetos desperdigados en el jardín que parecían los centinelas encargados de guardar el lugar.

Salió del vehículo y la observó más de cerca. Como sucedía con varias de las casas más pequeñas que había dejado atrás, la pintura había empezado a desconcharse. Faltaban varios de los balaustres. El jardín era de superficie irregular, tenía varios claros y muchos arbustos habían crecido descontroladamente y necesitaban una buena poda.

No quería imaginar a cuánto podían ascender los costes de mantenimiento de la casa. O la «mansión».

En la acera había una placa sobre un soporte metálico que le llamó la atención.

MANSIÓN BARTON, CONSTRUIDA EN 1895 POR GEORGE BARTON, DUEÑO Y FUNDADOR DE BARTON LOGGING AND LUMBER.

Zander subió los escalones que llevaban al amplio porche y llamó. La ventana oval de la puerta doble ofrecía una vista algo distorsionada del interior. El cristal era viejo. En el exterior de la mansión, todo parecía antiguo y no pudo evitar preguntarse qué porcentaje de los elementos que veía eran aún originales. Intentó no mirar a través del cristal cuando vio que se acercaba una mujer a abrir la puerta.

Tuvo la impresión de que hacía ya bastantes años que había cumplido los setenta. La mujer lo atendió con la espalda muy erguida, la barbilla bien alta y lo miró de pies a cabeza con sus ojos azul claro.

—La mansión no abre para visitas hoy —afirmó—. Solo el segundo martes de cada mes.

Zander le mostró su identificación.

—Estoy buscando a Emily Mills.

La mujer abrió los ojos al comprender el motivo de su presencia allí.

—¿Se trata de los Fitch?

Zander asintió.

—Pues acaba de irse al restaurante Barton.

Zander puso una mueca de disgusto.

—Justamente vengo de ahí porque me han dicho que la encontraría aquí.

—Pues ya es mala suerte, deben de haberse cruzado en el camino. —La mujer frunció los labios—. Está bastante alterada.

—Y usted es… ¿su madre? —Zander tenía la sensación de que estaba improvisando, algo muy poco habitual en él.

No había tenido tiempo de investigar a su primera testigo. Sabía que había tenido las agallas de obrar a espaldas del sheriff y llamar al FBI, y que su padre también había muerto ahorcado. Había pocas personas capaces de secuestrar a su jefe al teléfono hasta que este les prometiera que iba a enviar a un agente. Y menos aún después de encontrar a dos amigos muertos.

Eso era todo lo que sabía sobre Emily Mills.

—Me halaga. Soy su tía abuela. —La mujer hizo una pausa y respiró hondo varias veces—. ¿Huele algo?

Zander solo olía la brisa marina y el leve aroma a barniz que salió de la casa cuando la mujer abrió la puerta.

—No.

—Sangre. Y algo mucho peor.

La mujer salió al porche y obligó a Zander a apartarse.

—Ah… —El agente se miró los pantalones y los zapatos. Quizá se notaba el olor del escenario del crimen en su ropa. Había ciertos efluvios que impregnaban la ropa y el pelo por mucho equipo de protección que uno usara.

La mujer se dirigió hasta la esquina de la casa antes de que él hubiera tenido tiempo de comprobar que no le quedaban restos de sangre en los zapatos. Dobló la esquina, pero retrocedió de inmediato tapándose la boca para contener un grito.

—Si me dice dónde puedo encontrar una pala y una bolsa, yo me encargo de esto.

La mujer no podía apartar la mirada del animal. Un destello de ira refulgió en sus ojos.

—*Miércoles.*

Si la escena no hubiese sido tan desconcertante, la observación de la anciana le habría arrancado una sonrisa.

—Debe de haber sido obra de un perro, a menos que haya otro tipo de depredadores en la zona.

Zander sospechaba que debía de haber osos o pumas en los bosques que rodeaban Bartonville, ya que en ocasiones se adentraban en la zona de Portland.

—Llamaré a mi sobrino Rod para que venga a limpiarlo —dijo la mujer, que parecía ausente y no lo miró a los ojos—. Es algo que ocurre de vez en cuando, como usted ha dicho. Tenemos depredadores.

El agente del FBI vio que le temblaban los dedos al bajar las manos y se dio cuenta de que había palidecido.

—Yo me encargaré —insistió Zander.

La anciana le señaló una pequeña cabaña que había en la parte posterior de la casa, donde encontró una pala y bolsas de basura negras. Le preguntó si podía preparar un poco de café y se fue a limpiar los restos del animal.

Zander respiraba por la boca y cuando se acercó al mapache vio que casi tenía la cabeza desprendida. Apartó el pelaje con la pala y se agachó para examinarlo de cerca. El corte parecía muy preciso. Nada que ver con los desgarros producto de la mordedura de un animal. Intentó meter el cuerpo en la bolsa, no sin ciertas dificultades.

Entonces vio un pequeño orificio en la clavícula.

Lo tocó con la pala y se arrepintió de no llevar guantes de látex encima.

El animal había muerto de un tiro.

Ató la bolsa y limpió el porche con una manguera. Como no sabía adónde llevar los restos del animal, dejó la bolsa negra en la esquina de la casa.

Después de limpiarse las manos, se sentó a la mesa en la cocina algo destartalada con una taza de café en las manos. Creía que encontraría una cocina amplia y actualizada, equipada con electrodomésticos modernos, a la altura del glorioso esplendor de la mansión. Sin embargo, se trataba de una estancia pequeña y los electrodomésticos eran antiguos. Volvió a pensar en los elevados costes de mantenimiento de una casa tan grande.

La anciana se llamaba Vina y se sentó frente a él con una taza de té. Había recuperado el color y le había ofrecido la taza de café con pulso firme, pero aún parecía distraída.

Tras unos minutos de conversación trivial, a Vina le cambió el semblante y aguzó los ojos.

—¿Puedo ser sincera con usted, agente Wells? No creo que un animal dejara el mapache en el porche.

Zander esperó. No había dicho nada sobre la cabeza amputada o la herida de bala.

—Ya ha ocurrido otras veces y hasta ahora siempre había sospechado que era obra de algún grupo de jóvenes gamberros. Hay unos cuantos en Bartonville, que tampoco les ofrece demasiadas opciones de diversión.

—¿Me está diciendo que se dedican a matar animales para pasar el rato?

—Algo así. Lo he denunciado a la policía, pero entiendo que las quejas de una vieja por culpa de unas alimañas no figuren en su lista de prioridades.

Zander sospechaba que la mujer no había compartido con él todas sus especulaciones sobre el mapache.

—Yo creía que los adolescentes de un pueblo como este se entretenían dando vueltas en coche por la calle principal y robándoles la cerveza a sus padres para bebérsela con sus amigos.

—Eso también lo hacen. Y a menudo.

El agente hizo una pausa.

—El mapache tenía un orificio de bala.

La mujer lanzó un suspiro acompañado de una mirada de comprensión.

—Imbéciles.

—¿Sospecha de alguien en concreto?

—No.

Había respondido demasiado rápido.

—¿Ha sufrido algún otro tipo de acoso? —preguntó Zander en voz baja—. Sé que no tienen departamento de policía, pero el sheriff del condado debería estar al tanto de cualquier problema similar.

—Estoy segura de que no es nada importante. Hay mucha gente que ve la casa y da por sentado que somos ricas. —Un brillo de desilusión tiñó su mirada—. Pero lo cierto es que esta casa es una carga. Los costes de mantenimiento son enormes y, aparte de la Seguridad Social y de lo que ganamos con el restaurante, que tampoco es una mina de oro, no tenemos más ingresos. Aquí vivimos cinco personas y no tenemos otro lugar adonde ir.

—Lo siento.

La confirmación de sus sospechas le había dejado un sabor amargo en la boca.

—En el pasado, la familia Barton llegó a ser la dueña de prácticamente todo. Ayudamos a construir la escuela, el ayuntamiento y dábamos trabajo a una gran parte de la población en el aserradero. Cuando el pueblo necesitaba algo, siempre acudía a nosotros.

—¿Qué ocurrió?

La mujer se encogió de hombros.

—Política, economía, competencia, ego… Un poco de todo.

—Antes ha mencionado un sobrino. ¿Vive aquí con ustedes?

—No. Rod vive en el otro extremo del pueblo. Lo llamamos cuando necesitamos un poco de músculo en casa. Él es el encargado de mantener la mansión en buen estado.

—Entonces, ¿quién vive aquí con usted?

—Dos de mis hermanas, Emily y su hermana menor, Madison. Mi otra hermana era su abuela, pero falleció hace unos años. Para nosotras siempre han sido como nuestras nietas.

Zander no pudo evitarlo, pero aquella mujer se ganó su corazón. Era directa, segura de sí misma y muy educada.

Dejó la taza en la mesa, se inclinó hacia delante y la miró a los ojos.

—Vina, esta mañana el sheriff Greer ha dicho que el padre de Emily había muerto ahorcado.

La anciana se quedó pálida.

—¿Por qué diablos sacó el tema? —exclamó enfadada—. No sé por qué ha tenido que remover esos recuerdos tan dolorosos.

«No lo sabe», pensó Zander.

—Vina. —El agente hizo una pausa mientras debatía en su fuero interno si debía contarle todo lo ocurrido—. Sean Fitch ha sido ahorcado.

La taza entrechocó con el platillo cuando la dejó en la mesa. Juntó las manos en el regazo y volvió a ponerse pálida como la cera.

—¿Cómo?

Zander aguardó unos segundos. Vina lo había oído muy bien; solo necesitaba unos segundos para procesar la información. El agente observó su gesto.

Asombro. Incredulidad. Y finalmente aceptación. Parecía asqueada.

—¿Qué le pasó al padre de Emily? —preguntó Zander con un hilo de voz—. Ni siquiera sé cómo se llamaba.

—Lincoln Mills.

Vina miró por la ventana más allá de Zander. Sus pensamientos permanecían anclados en el pasado y lucía una mirada triste. La anciana guardó silencio durante un buen rato.

—A Lincoln lo sacaron a rastras de su casa y lo ahorcaron. Hará unos veinte años.

—Detuvieron al asesino —afirmó Zander.

Vina le lanzó una mirada inquisitiva.

—Sí. Parece que ya conoce toda la historia.

—Eso es todo lo que he oído.

—Pues entonces ya sabe gran parte de lo que ocurrió.

—¿Por qué lo mató el asesino?

—¿Quién sabe? Se llamaba Chet Carlson.

Zander sintió un escalofrío.

—Pero reunieron pruebas suficientes para condenarlo —dijo Vina—. Todos estamos convencidos de que fue él.

—¿Conocía usted al hombre que han asesinado hoy?

—Más o menos. Sabía que daba clase en el instituto y que su mujer trabajaba en el restaurante, pero no puedo afirmar que hablara nunca con él.

—¿Se le ocurre por qué alguien podría querer hacer daño a la pareja?

—Solo el más obvio. Él era negro y se casó con una mujer blanca —afirmó con total naturalidad.

Zander se quedó sin palabras.

A la mujer se le dulcificó la mirada.

—Sorprendido, ¿verdad? Toda comunidad, ya sea grande o pequeña, alberga algún tipo de odio o algo más desagradable en su seno. Oregón tiene una historia muy racista. Yo no me siento orgullosa de ella y no me gusta, pero no quiero fingir que no existe. Solo espero que no sea ese el motivo del asesinato de la joven pareja.

—A él lo ahorcaron —dijo Zander, haciendo un auténtico esfuerzo para pronunciar las palabras—. Me parece un mensaje muy claro.

—O quizá alguien quería sacar partido de la conmoción ciudadana. O que la policía investigara una vía equivocada. —Ladeó la cabeza y aguzó los ojos—. ¿Por qué le estoy haciendo el trabajo?

—No, no es eso. —Pero Zander agradeció el recordatorio. Sabía que no podía cerrarse a ninguna opción. Vina hacía bien en considerar diversas alternativas—. ¿Lincoln Mills era negro?

—No —respondió con gesto impertérrito—. Era un buen padre y su asesinato fue una tragedia. Sus hijas han sufrido lo que no está escrito desde su muerte.

Capítulo 5

Era media tarde cuando Emily llegó al restaurante e intentó no quedarse mirando la falda de tul rosa y larga y la camiseta negra de Madison mientras su hermana servía las mesas. El conjunto se completaba con unas zapatillas Converse antiguas y una pequeña tiara. Un vestuario más propio de una chica de trece años o incluso de una niña de seis. Pero su hermana ya tenía treinta y uno.

Emily se fue directa al pequeño despacho sin que la vieran y se dejó caer en una silla. No paraba de darle vueltas a cómo iba a comunicar al resto del personal la muerte de Lindsay.

Sus empleados eran su segunda familia. Además de Madison, también estaban trabajando Leo, su jefe de partida, e Isaac. Este se encargaba de todo, además de cocinar y servir mesas: fregaba los platos, limpiaba, montaba las mesas. Era un adolescente algo huraño, pero se dejaba la piel. Entre Lindsay, ella, y la ayuda esporádica de alguna de las tías, los cinco sacaban el negocio adelante en los meses de temporada baja. La ausencia de Lindsay iba a dejar un vacío difícil de llenar.

No iba a ser una tarea nada sencilla.

Emily decidió posponer el mal trago y se puso a actualizar los libros de contabilidad del día anterior. Los números le servían para relajar su mente sobreestimulada. Solo le llevó unos minutos. No tenían mucho trabajo. Tomó aire y tuvo que hacer un auténtico esfuerzo para salir del despacho.

Madison la vio y Emily le hizo un gesto para que la siguiera a la cocina. Solo había dos mesas ocupadas. Emily abrió la puerta abatible y entró en la cocina. Notó que la tensión que le atenazaba los hombros se reducía ligeramente. Siempre era así. Ahí dentro no podían verla los clientes. Era un lugar reservado para ella y sus empleados. Un lugar para relajarse antes de volver a adoptar el papel de dueña.

Pero hoy era distinto.

Leo se encontraba en la zona de emplatado. Cuando la vio entrar y se cruzaron sus miradas, dejó el cuchillo y se secó las manos en el delantal con gesto de cautela.

A Emily se le hizo un nudo en la garganta. No podía hablar.

Madison entró detrás de ella y se quedó junto a la puerta. Leo observó detenidamente el gesto de Emily. El cocinero había empezado a trabajar en el restaurante antes de que ella naciera y lo consideraba como su tío. El hombre volvió la mirada hacia el hueco del lavaplatos y gritó:

—¡Isaac! ¿Puedes venir un momento?

El adolescente apareció de inmediato con el delantal empapado y paso vacilante.

Los tres empleados la observaban fijamente, a la espera de que tomara la palabra.

Sin embargo, al final fue Madison quien rompió el silencio con la voz rota, una muestra de emoción muy poco habitual en ella.

—¿Qué le ha pasado a Lindsay? ¿Es verdad que la han asesinado? ¿Y también a su marido? Corren muchos rumores, pero no sé qué creer. Dicen que su casa está llena de policías.

Leo e Isaac guardaban silencio, sin apartar los ojos de Emily, que miró al cocinero y supo que se temía lo peor. Al final les comunicó la noticia mirándolo a él.

—Han matado a Lindsay. Y también a Sean —logró decir con la boca seca—. Aún no saben qué ha pasado, pero lo están investigando.

Madison no pudo contener un sollozo.

—No. No puede ser verdad. Hablé con ella anoche.

—Mierda —murmuró Isaac, que se metió las manos en los bolsillos traseros. Incapaz de mirar a Emily, prefirió fijar la vista en cualquier otro lugar de la cocina, pero cada vez parpadeaba más rápido y le costaba contener las lágrimas.

Leo guardaba silencio, pero lo embargó una desoladora sensación de pena y horror. No tenía familia y había adoptado a sus compañeros del restaurante como si lo fueran. Emily sabía que Lindsay era su favorita. Se volvió bruscamente y salió de la cocina. Emily oyó el fuerte golpe de la puerta.

—Esto no puede ser real —murmuró Madison, pálida—. Tiene que ser un error. —Se agarró a la encimera que había junto a la cafetera.

Emily negó con la cabeza, incapaz de articular sonido alguno.

Como un fogonazo, le vino a la mente el cuerpo ahorcado de Sean y el de Lindsay, bañado en sangre, en el suelo de su dormitorio.

Nadie necesitaba conocer todos esos detalles.

—¿Cómo? —preguntó Madison—. ¿Cómo?

—Eso lo dirá la policía.

La ira y el dolor se mezclaban en los ojos de Madison.

—¿Hay que cerrar el restaurante? —preguntó Isaac—. Ya sabes… por…

Emily ya había barajado esa posibilidad. Miró a Isaac y a Madison.

—¿Qué opináis vosotros?

Ambos se miraron desconsolados.

—Yo preferiría seguir trabajando —murmuró Isaac—. No quiero quedarme todo el día sentado en casa pensando en lo ocurrido.

Se pasó la mano por la cara.

Sonó el timbre de la entrada. Más clientes. El gesto desconsolado de Madison se desvaneció.

—Yo me ocupo.

Se volvió y empujó con fuerza la puerta batiente con la palma de la mano.

Emily permaneció inmóvil unos segundos y luego la siguió, preocupada por el estado anímico de su hermana.

—¡Madison! —gritó una niña desde la puerta. Entró corriendo y se detuvo frente a la hermana de Emily, admirando su falda de tul y su tiara—. Estás guapísima —dijo la pequeña con un suspiro y embelesada, sin apartar la mirada de Madison.

Madison se agachó y sonrió, mirándola a los ojos.

—Me encantan tus botas, Bethany.

La niña sonrió. Se revolvió deleitada y levantó una de sus botas de goma rosa.

Emily contuvo el aliento. La Madison desconsolada de la cocina se había esfumado para dejar paso a la camarera cariñosa.

Emily miró a los padres de Bethany. Él le sujetó la puerta a su mujer y le hizo un gesto con la cabeza para que entrara. No reconoció a la atractiva pareja. Ni a la niña. No eran del lugar.

Estaba claro que Madison había hecho una nueva amiga.

Madison tomó a Bethany de la mano y señaló a la madre con la cabeza.

—Tengo una mesa fantástica lista para ustedes. —Bethany y ella se dirigieron hacia la mesa, sin dejar de hablar, seguidas de la madre.

El padre no siguió al resto de la familia, se quedó mirando a Emily con gesto serio.

—Le prometo que Madison no está loca —le dijo Emily, que aún tenía la boca seca tras los aciagos minutos de la cocina—, solo es que tiene un sentido de la moda algo peculiar.

El hombre observó a las tres mujeres que se alejaban, pero no hizo además de seguirlas en ningún momento.

—Me gusta la tiara. No es muy habitual que digamos. —La miró—. Estoy buscando a Emily Mills.

Emily miraba a la madre y la hija, enfrascadas en pleno debate con Madison, en una mesa junto a la acogedora chimenea.

El hombre esbozó una pequeña sonrisa.

—No somos familia, yo simplemente les he sujetado la puerta.

—Pues parecían una familia —afirmó Emily, que lo miró de arriba abajo. Lo cierto es que podrían haber sido la portada de una revista sobre crianza de los niños—. Bethany habría pasado perfectamente por su hija. —Ambos tenían el pelo castaño y los ojos grises.

El hombre hizo un gesto extraño y frunció los labios.

Emily tuvo la sensación de que había metido la pata.

—¿Por qué quiere hablar con Emily? —se apresuró a preguntar, ya que no estaba dispuesta a revelar su identidad ante un desconocido.

El tipo sacó la identificación del bolsillo interior de la chaqueta y se la mostró.

—Quiero hacerle algunas preguntas sobre lo que ha ocurrido esta mañana.

Agente especial Zander Wells. Había llegado el FBI.

Se habían tomado en serio su llamada. Emily le tendió la mano.

—Emily Mills. Me alegro de que haya venido.

El agente del FBI se sentó frente a Emily en su pequeño despacho. En un principio lo acompañó a una mesa del comedor, pero enseguida se dio cuenta de que necesitaban intimidad absoluta. El despacho era muy estrecho, por decirlo suavemente. El pequeño escritorio estaba en un rincón y apenas quedaba espacio para dos sillas y un archivador. Las paredes estaban cubiertas de estantes con carpetas sobre la documentación del negocio y alguna que otra fotografía enmarcada. El agente Wells se fijó en una y Emily le siguió la mirada.

—Somos mi hermana y yo. Debía de tener unos diez años, por lo que Madison tendría siete y Tara, quince.

Las tres posaban frente al cartel del restaurante Barton con varias macetas de flores a los pies. Vestían pantalones cortos y entornaban los ojos deslumbradas por el sol.

Era un día precioso.

—¿El restaurante siempre ha pertenecido a su familia? —preguntó el agente Wells.

—Sí, mi abuelo lo abrió en 1978.

Emily se preguntó cuánto tiempo dedicaría el agente a aquella charla insustancial. Se fijó en su intensa mirada mientras él examinaba el despacho, lo que le dio la oportunidad de observarlo con calma. Debía de tener unos cuarenta años. Cuando entró con la mujer y la niña, pensó que rondaba su edad, los treinta y cuatro, pero ahora, de cerca, se fijó en que tenía alguna que otra arruga en la comisura de los ojos y varias canas en las sienes. El agente volvió a posar su mirada calmada en ella y Emily lo observó atentamente intentando adivinar sus pensamientos. Sin embargo, su gesto era inescrutable.

No le gustaba.

—¿Le importa que grabe nuestra conversación? —le preguntó.

—Adelante. —Frunció el ceño—. Cuando el sheriff Greer habló conmigo, ni siquiera se molestó en tomar nota de nada. Aunque, claro, solo me dedicó un par de minutos.

El agente Wells empezó a grabar.

—Hay gente que tiene buena memoria. Empecemos... ¿se encontraba usted en el restaurante cuando Lindsay tenía que entrar a trabajar?

—Sí. Tendría que haber llegado a las siete. Leo vino a verme al despacho a las siete y cinco para decirme que llegaba tarde y decidí llamarla. No respondió al teléfono y le dejé un mensaje.

—¿Leo es el cocinero? ¿Lleva mucho tiempo trabajando para usted?

—Es uno de los empleados que inauguró el local. Empezó trabajando como camarero. —Sonrió al imaginar al cocinero de adolescente—. Debía de tener unos trece años. Mi abuelo le pagó en negro durante años.

—¿Qué hizo usted cuando comprobó que Lindsay no contestaba?

—Esperé unos minutos, volví a intentarlo, esperé un poco más, y lo probé una tercera vez. Fue entonces cuando consulté su solicitud de empleo para encontrar el teléfono de Sean, que tampoco respondió.

El agente Wells asintió sin dejar de observarla con su plácida mirada.

—Entonces decidí acercarme a su casa, que está a pocos minutos de aquí. Avisé a Leo de que tenía que salir. En ese momento había pocos clientes y sabía que él podría encargarse de la situación durante un rato. —Tomó aire—. Estaba convencida de que Lindsay simplemente se había quedado dormida.

—¿Qué ocurrió cuando llegó a su casa?

—Vi que había dos vehículos aparcados en el camino de acceso y llamé al timbre. Esperé unos segundos y volví a llamar, sorprendida de que nadie viniera a la puerta. La llamé al móvil y oí que sonaba en el interior de la casa. Fue entonces cuando intenté abrir la puerta. —Se miró las manos y se clavó los dedos en las piernas. Acto seguido, las dobló en el regazo, como si estuviera en la iglesia.

—¿La puerta no estaba cerrada con llave?

—No. Empujé y los llamé a ambos porque no quería asustar a nadie. En cuanto entré, supe que había pasado algo.

—¿A qué se refiere?

—Fue un presentimiento. Se respiraba un ambiente tenso… no sé cómo explicarlo. Algo no iba bien. —Levantó la mirada y vio un destello de comprensión en los ojos del agente.

«Sabe a qué me refiero», pensó Emily.

—Y también lo olí. La sangre. Olí la sangre —dijo lentamente al recordar la terrible escena que encontró en el dormitorio y el latido desbocado de su corazón, que la hizo temblar de pies a cabeza—. Luego vi un reguero oscuro que salía del dormitorio, recorría el pasillo y llegaba a la cocina.

—¿Había estado en su casa en ocasiones anteriores? —preguntó.

—Sí, unas cuantas veces. Aunque era mi empleada, también éramos amigas. Solíamos ver *Juego de tronos* juntas y yo la ayudaba las noches que tenía que hacer la cena para el equipo de fútbol.

—¿El equipo de fútbol?

—Además de ser el profesor de Historia, Sean también era el entrenador del equipo de fútbol del instituto. Y un par de veces al mes los invitaba a cenar a su casa.

—¿A todos?

—No es una escuela muy grande —afirmó Emily—, debían de ir unos veinte o veinticinco chicos. A Lindsay le encantaba organizarlo. Lo planeaba durante la semana y decidía si hacía hamburguesas o espagueti. Esos deportistas pueden tener mucho apetito.

—Me lo imagino —afirmó el agente, atónito.

—Sean y ella querían mucho a los chicos —añadió Emily con un hilo de voz al recordar la felicidad que inundaba el hogar lleno de adolescentes rebosantes de vida, todo un contraste con la parálisis de la mañana.

—Era una pareja muy querida en el pueblo —apuntó Zander.

—Cierto —concedió Emily—. Ambos irradiaban energía positiva y tenían el don de contagiarla a los demás. Todo el mundo los quería.

Los segundos de silencio posteriores se hicieron eternos.

Pero había alguien que no les tenía tanto cariño.

Emily Mills era una buena testigo, admitió Zander.

Sabía mantener la calma y tenía unos recuerdos claros sobre lo que había ocurrido por la mañana. No solo le había ofrecido una imagen clara y precisa de la escena del crimen, sino que también le había aportado información importante sobre las vidas de las víctimas.

Cuando Emily hubo comprobado que Lindsay estaba muerta, siguió el rastro de sangre hasta el jardín y vio a Sean. Fue entonces cuando llamó al 911. Primero llegó un solo agente y ella esperó fuera mientras examinaba el resto de la casa.

—Cuando vi que había cortado la cuerda no me lo podía creer. —Cerró los ojos fugazmente—. Estuvo tanto tiempo dentro de la casa, que fui a comprobar si se encontraba bien. Lo vi en el jardín trasero y me di cuenta de que tenía un ataque de pánico. Fue cuando llegaron más agentes y empezó el caos. Nadie sabía qué hacer.

—Lo dice como si usted hubiera mantenido la calma en todo momento ante una situación tan horrible.

—Créame, por dentro me había desmoronado. Pero en momentos de emergencia, mi cerebro se centra exclusivamente en lo que hay que hacer. Supongo que tengo la capacidad de abstraerme y compartimentarlo todo para salir adelante.

—El sheriff me ha dicho que habían pasado cuatro años desde el último asesinato en este condado.

Un brillo de desprecio destelló en sus ojos.

—Eso no es excusa. Tendrían que haber sabido cómo… —Cerró la boca.

—¿Cómo…?

—Cómo asegurar la escena. Es de primero de academia de policía. —Apartó la mirada—. Estuve casada con un policía durante cinco años. Es muy básico. Tendrían que hacerlo de forma instintiva.

—¿Qué ocurrió cuando llegó el sheriff?

—Para entonces uno de los agentes más veteranos ya había puesto un poco de orden. El sheriff Greer examinó la escena y luego vino a hablar conmigo. Me preguntó qué había visto. Cuando me dijo que parecía un suicidio-asesinato, casi se me desencaja la mandíbula. Le pregunté si había visto el rastro de sangre que iba del dormitorio hasta el jardín y me respondió que podía ser de Sean al salir, o que quizá había movido el cuerpo de Lindsay.

—Vio el símbolo en la frente de Sean, ¿no es así?

—Sí. Cuando le pregunté al sheriff al respecto, dijo que a lo mejor se lo había hecho Sean al matar a Lindsay. Me dijo que me estaba precipitando al insinuar que podía tratarse de un delito de odio. —La mirada de Emily refulgía de ira—. Fue entonces cuando decidí llamar a la oficina del FBI de Portland.

—Me alegro de que lo hiciera —le dijo Zander— porque, de lo contrario, habríamos tardado un día o dos en recibir la notificación.

—¿Ya ha hablado con el primer agente?

—Mi compañera los está interrogando a todos en la oficina del sheriff. —Repasó mentalmente la lista de preguntas que había preparado para Emily—. ¿Conoce a alguien que quisiera hacer daño a los Fitch?

—No —respondió con rotundidad—. No llevaban mucho tiempo en Bartonville, pero nuestra comunidad los aceptó de inmediato. Le dieron vida al pueblo. Era una pareja maravillosa y a Lindsay le encantaba vivir aquí.

—¿De dónde se mudaron?

—De Portland, pero ignoro el lugar concreto. Creo que la familia de Sean aún vive ahí. De la de Lindsay no sé nada. —Frunció la frente mientras pensaba—. No recuerdo que hablara nunca de ningún familiar, pero tampoco le pregunté.

—¿Era su mejor amiga en Bartonville?

Emily consideraba a Madison su mejor amiga.

Zander dirigió la mirada hacia la fotografía de las tres hermanas. Emily destacaba porque era la morena entre dos rubias. La
pequeña tenía los brazos abiertos y levantaba el mentón, como si
quisiera la fotografía solo para ella. No tuvo ninguna duda de que
era la camarera que llevaba una tiara. Emily tenía los brazos en jarras
y las piernas largas y delgadas, preludio de la mujer alta en que se
había convertido. La sonrisa de la hermana mayor reflejaba timidez
y tenía la mirada fija en el fotógrafo.

—¿Dónde está su otra hermana?

Emily se volvió hacia la fotografía. Zander tuvo la sensación de
que su gesto obedecía al deseo de rehuir el contacto visual para no
resucitar los sentimientos que despertaba su hermana en ella.

—No lo sé.

Su respuesta le despertó la curiosidad. El tono que empleó
Emily era muy frío, distante, y abrió una sima entre ambos. El
agente no dijo nada, se limitó a esperar.

Al final Emily apartó la mirada de la fotografía tras un largo
silencio.

—Tara se fue de Bartonville hace unos veinte años. Desde
entonces, no hemos tenido noticias de ella.

«¿Veinte años? ¿Sin noticias de ella?», pensó Zander.

El agente miró de nuevo la fotografía y tuvo la sensación de
que los ojos tímidos de Tara lo observaban a él ahora. Llamaron a
la puerta.

Emily estiró el brazo sin levantarse de la silla y la abrió. Un adolescente asomó la cabeza y el flequillo le tapó los ojos. Se lo apartó
con un gesto rápido y miró a Emily.

—Hola, Em. Le ha pasado algo a tu coche.

La mujer se irguió.

—¿A qué te refieres? —preguntó con un deje de preocupación.

El adolescente hizo una mueca.

—Los neumáticos otra vez.

«¿Otra vez?», pensó el agente.

—¡Maldita sea! —Emily se levantó de un salto y agarró el bolso—. Tendremos que acabar más tarde, agente Wells, pero creo que ya hemos repasado lo más importante de lo que ha ocurrido esta mañana.

—Llámeme Zander. —Se puso en pie—. La acompañaré.

Aún no había acabado de interrogar a Emily Mills.

Capítulo 6

Emily montó en cólera al ver las dos ruedas pinchadas de su Honda. Se puso la capucha del abrigo para guarecerse de la lluvia y para ocultarle su enfado a Zander.

Dos semanas atrás fueron los cuatro neumáticos, y antes de eso la ventanilla del copiloto hecha añicos.

«¿Qué más ocurrirá hoy?», pensó la mujer.

Suspiraba por irse a casa y olvidarse de todo. Ya había sufrido bastante en un día.

Sin embargo, respiró hondo e intentó concentrarse en el problema más inmediato, porque sabía que se derrumbaría si volvía a pensar en Lindsay y Sean.

—Tengo que instalar cámaras —murmuró.

Era una posibilidad que ya se le había pasado por la cabeza tras el primer incidente y ahora de nuevo tras el segundo. Se maldijo a sí misma por no haber reaccionado antes.

Isaac estaba a su lado y tenía el pelo empapado por la lluvia.

—Lo siento mucho, Em. Hay mucho cabrón suelto.

—¿No has visto a nadie? —le preguntó Zander a Isaac.

El joven se pasó una mano por la melena y lo miró con gesto compungido.

—No. Salí para tirar una bolsa al contenedor. No me he dado cuenta hasta que volví. Miré alrededor, pero no había nadie.

—¿En la anterior ocasión sucedió también aquí? —le preguntó Zander a Emily mientras observaba la pequeña zona de aparcamiento para empleados que había en la parte posterior del restaurante—. ¿No hay cámaras?

—No hay cámaras, y sí. La última vez fueron los cuatro neumáticos. —Emily soltó una palabrota entre dientes. La ocasión anterior fue un auténtico palo tener que pagar cuatro neumáticos. Ahora tenía que encontrar el dinero para otros dos—. Ojalá hubiese instalado cámaras. Habría sido más barato que los neumáticos.

—Pero aun así tendrías que comprar neumáticos nuevos —señaló Isaac—. Aunque al menos sabríamos quién lo ha hecho.

Emily se dio cuenta de que Zander observaba a Isaac. Lo comprendía. El joven camarero no causaba una primera impresión muy buena. Llevaba el pelo largo y desgreñado que le tapaba los ojos. Caminaba encorvado y vestía unos vaqueros andrajosos que amenazaban con caer al suelo en cualquier momento, pero era un buen muchacho. Emily confiaba ciegamente en él.

—¿La primera vez lo denunció a la policía? —preguntó Zander.

—No. —Emily se sonrojó—. Me pareció innecesario molestarlos.

El silencio de Zander no dejaba lugar a dudas sobre su opinión.

—Esta vez hágalo —le aconsejó en voz baja. Señaló la pared posterior del restaurante—. Y si quiere cubrir todos los ángulos, necesitará una cámara ahí, ahí, y otra más ahí. Y tampoco estaría de más que instalara dos delante.

«¿Cinco cámaras?», pensó Emily.

—Antes tengo que pagar los dos neumáticos.

«Y los cuatro de la primera vez», pensó.

—Esto es absurdo —añadió Emily en un murmullo—. Era lo único que me faltaba para rematar el día.

—¿Necesita que la lleve a algún lado? —se ofreció Zander.

—No me gustaría entretenerlo más de la cuenta.

—No se preocupe por eso, no dejaré de trabajar. Me ha quedado alguna pregunta en el tintero.

Sonrió y Emily parpadeó al observar la transformación de su rostro. El agente serio y circunspecto rejuvenecía diez años cuando sonreía.

—En tal caso, puede llevarme a casa. Le tomaré prestado el coche a una de mis tías.

—¿La mansión Barton?

Emily lo miró sorprendido.

—Es la segunda vez que voy —explicó el agente—. He ido a primera hora y he conocido a una de sus tías. A Vina.

—¿Solo a una? Es usted un hombre con suerte. —Emily cruzó los dedos con la esperanza de que su tía no le hubiera dado la tabarra más de la cuenta y miró a Isaac—. ¿Puedes decirle a Madison que me he ido a casa?

Isaac se despidió de ella con su saludo habitual y se dirigió hacia la puerta, sujetándose los pantalones con una mano y pisando un charco gigante.

—Es un buen chico —le dijo Emily a Zander, que se quedó mirando al joven con el ceño fruncido—. Le di una oportunidad cuando nadie más lo hizo y me ha devuelto la confianza que deposité en él multiplicada por diez.

Se puso tensa, a la defensiva, esperando que le llevara la contraria. No obstante, el agente se limitó a señalar un todoterreno que había en la calle.

—He aparcado ahí. ¿Está preparada?

La tensión se desvaneció, pero ella se quedó descolocada. Estaba convencida de que Zander le afearía de algún modo su actitud con Isaac, pero no dijo nada. Su ex le habría dicho que Isaac era un adolescente inútil que no merecía que malgastara el tiempo con él. Emily negó con la cabeza y se limitó a seguir al agente del FBI. De repente se sentía agotada.

Los neumáticos eran una minucia en comparación con lo que había descubierto por la mañana, pero el incidente había resquebrajado los muros que le permitían contener el torrente de emociones.

«Me niego a desmoronarme ante él».

***

Zander siguió la misma ruta que había tomado la primera vez. Emily permaneció sentada en silencio, pero al agente le pareció oír las lágrimas que se agolpaban en su interior mientras pensaba en todo lo que había pasado. Él tampoco podía dejar de dar vueltas a lo sucedido.

—Sé que no denunció el incidente de los neumáticos a la policía, pero ¿se lo contó a sus tías?

—No, no quería preocuparlas con los gastos inesperados.

—¿Cuántos incidentes han tenido en la mansión?

—¿Cómo? —Se puso muy tensa al oír la pregunta—. ¿De qué me habla?

«Oh, oh», pensó Zander.

—Hoy he tenido que recoger el cadáver de un mapache que alguien había dejado en su casa. Vina me dijo que no era la primera vez.

Zander la miró. Emily estaba pálida y lo observaba fijamente con sus ojos azules.

—Debe pensar en la posibilidad de que los daños que ha sufrido su vehículo y los animales muertos que les han dejado en la mansión estén relacionados. Ambos hechos podrían constituir un delito de acoso. Cobarde, pero acoso. ¿Quién se la tiene jurada a su familia?

Zander la observó fugazmente y comprobó que ahora miraba al frente y fruncía los labios. O la había sorprendido o había afirmado en voz alta lo que ella misma ya pensaba. Aparcó frente a la mansión, apagó el motor y esperó la respuesta.

Al final Emily lo miró a los ojos de forma incierta.

—No lo sé —afirmó en voz baja, pero nerviosa.

—Mis palabras no la han sorprendido.

—No, se me había pasado por la cabeza en algún momento.

—¿Nunca lo ha hablado con sus tías?

—No, como le he dicho, no quería preocuparlas.

—Creo que debería ponerlas al día de los demás incidentes. Quizá ellas hayan visto algo que no le han confiado. —Enarcó una ceja—. Le sorprendería todo lo que puede salir a la luz con una comunicación fluida.

Emily apoyó la cabeza en el asiento y cerró los ojos unos segundos.

—Sé que tiene razón —concedió.

Zander miró la hora.

—Me gustaría hablar un poco más con sus tías y con usted, pero antes tengo que hacerlo con mi compañera. La llamo y luego me reúno con ustedes, ¿de acuerdo?

—Sí, perfecto.

Bajó del todoterreno y subió las escaleras del porche sin mirar atrás.

Zander la observó mientras esperaba a que Ava respondiera a su llamada.

—Hola, Zander —le dijo.

—¿Has averiguado algo de los agentes? —le preguntó.

La mujer lanzó un suspiro.

—Sé que asistieron a la academia de policía, pero te juro que han olvidado la mitad de lo que aprendieron. No creo que aquí tengan muchas posibilidades de poner sus conocimientos en práctica. Me da la sensación de que los principales problemas de la zona son los conductores ebrios, el consumo de estupefacientes y la violencia machista.

—Tampoco me sorprende. ¿A cuántos has hecho llorar?

—Solo a uno. El primero que acudió a la escena del crimen. Nate Copeland. Francamente, apenas le había hecho ninguna pregunta cuando se derrumbó.

—Estás empezando a perder facultades.

—Algunos de los chicos eran muy jóvenes. Tuve la sensación de que habría sido más apropiado que les diera un mando de la consola y les hubiera preparado un sándwich.

Zander rio.

—En fin, Copeland se deshizo en disculpas por haber cortado la cuerda de Sean. Vive en Bartonville, por lo que conocía a la víctima. Habían compartido más de una cerveza. Me ha dicho que tuvo un ataque de pánico al verlo ahorcado y que se sintió abrumado por la necesidad de descolgarlo cuanto antes para que pudiera respirar… a pesar de que, en el fondo, sabía que ya era tarde.

—Si conocía a Sean, ¿tenía alguna sospecha sobre el posible homicida?

—Bueno, prepárate, porque es ahora cuando las cosas se ponen raras. Me ha dicho que Sean y Lindsay tenían problemas matrimoniales.

—Venga ya. —Zander se sorprendió. Aquello no tenía nada que ver con la imagen idílica que le había vendido Emily. ¿Quién se equivocaba?

—Cuando he insistido en el tema, me ha dicho que no se le ocurría nadie capaz de hacer daño a la pareja.

—¿Y los demás agentes?

—No conocían a Sean. Viven al este de Astoria. ¿Qué has averiguado de la primera testigo, Emily Mills?

—Me ha ofrecido una imagen muy distinta de los Fitch. Dice que no podían ser más felices, pero tampoco se le ha ocurrido nadie capaz de hacer daño a la pareja.

—Vaya. ¿Qué ha dicho de la muerte de su padre?

—Aún no hemos llegado a ello. Nuestra charla se ha visto interrumpida porque alguien le ha pinchado los neumáticos. Otra vez.

—¿Cómo?

—Al parecer, en los últimos tiempos sus tías y ella han sido víctimas de varios episodios de acoso. Les han dejado animales muertos en la puerta de casa, les han pinchado las ruedas... cosas por el estilo.

Ava guardó silencio.

—Estoy a punto de entrar a hablar con sus tías y ella —explicó Zander—. Intentaré conseguir más información sobre la muerte del padre.

—Qué raro. Dos ahorcados. Pero el caso del padre se solucionó.

—Ya lo creo que es raro.

—Mientras esperamos al informe del forense —dijo Ava—, hablaré con la familia de Sean en Portland e intentaré localizar a la de Lindsay.

—Yo me ocuparé de los amigos de Sean y Lindsay de Bartonville e investigaré el primer ahorcamiento.

—De acuerdo, pero no olvides que no es ese el asunto que estamos investigando —señaló Ava.

—Es cierto, pero como la hija de la primera víctima está relacionada con nuestro caso, quiero descartar cualquier vínculo.

—Ya lo creo que tiene un vínculo. Fue ella quien encontró ambos cadáveres —afirmó Ava.

—Ya me entiendes. ¿Te has pasado por el hotel ya para registrarte?

Ninguno de los dos había descansado ni dos minutos desde su llegada a Bartonville. Se habían sumergido de pleno en el caso.

—No, pero les llamaré para que no anulen nuestras reservas.

—De acuerdo. Avísame cuando sepas algo de las respectivas familias.

Zander colgó y salió a la lluvia.

***

Emily intentó ver a las tías con los ojos de Zander.

El agente se fijó en que las tres mujeres lucían el mismo tono de verde lima, algo difícil de pasar por alto. Dory llevaba un cárdigan verde y grueso porque no quería acatarrarse, y la esquina del pañuelo de papel asomaba por la manga. La chaqueta ajustada que llevaba Thea era para corredores y le garantizaba que todo el mundo la viese cuando salía a hacer marcha nórdica. La blusa verde de Vina era una prenda práctica, como la propia Vina.

Las tres mujeres no podían ser más distintas, pero si algo les gustaba era conjuntarse la ropa casi a diario.

—Así demostramos a la gente que estamos unidas —le había dicho Thea a Emily en una ocasión—. Cuando vamos a hablar con el ayuntamiento, saben que no estamos para bromas.

A Emily no le parecían necesarios esos colores conjuntados. En el pueblo todo el mundo sabía que las hermanas Barton formaba un trío temible.

Emily y Zander se sentaron a la vieja mesa que había en el comedor de gala mientras esperaban a las tías, quienes habían sacado un juego de té que debía de tener más años que la mansión. Dory se emocionó cuando Zander aceptó el té. Emily lo observó con el rabillo del ojo, convencida de que era un tipo más bien cafetero, pero le gustó que se molestara en hacer felices a sus tías. Dory hizo un aparte con Emily, le guiñó un ojo y le dijo que no le importaría que Zander hiciera parada y fonda en su casa si él quería.

Emily no supo qué responder.

Sabía que las tías solo querían alegrarla y distraerla para que no pensara en lo ocurrido por la mañana y ella les agradecía el esfuerzo que, a decir verdad, había surtido efecto en parte.

Las tres mujeres de melena entrecana iniciaron un frenético ir y venir entre la cocina y el comedor para preparar aquella ceremonia del té tan formal, a pesar de que ya era casi la hora de la cena.

Zander se inclinó hacia Emily.

—¿Por qué no se ha vestido de verde? —le preguntó con un susurro.

Emily dio un resoplido.

—Ese es más bien su estilo. Llevan haciéndolo desde que eran adolescentes.

—¿Se visten de verde lima a diario? —Zander puso los ojos como platos.

—No, del mismo color. Lo deciden cada noche antes de irse a la cama. Diría que al final usan el mismo un ochenta por ciento de las veces. Les entusiasma. Créame, están encantadas de que las haya conocido un día en que van conjuntadas.

—Vaya. —Zander se reclinó en su asiento—. Son encantadoras.

—Esa es solo una de sus habilidades jedi.

—¿Cuáles son las demás?

Las tres mujeres irrumpieron en el comedor con las manos llenas antes de que Emily pudiera responder.

—Es muy agradable recibir una visita inesperada, aunque sea por una tragedia tan horrible —dijo Thea mientras le servía el té a Zander. El rojo brillante del pintalabios contrastaba con el verde lima de su atuendo—. Pero tendré que hacer una hora más en la cinta de correr para bajar todas estas galletas.

—Lamento mucho que nos hayamos conocido en estas circunstancias, pero las galletas tienen muy buen aspecto —le dijo Zander al ver el enorme surtido de dulces que había traído—. Yo también tendré que subir a la cinta.

La tía sonrió.

—Oh, usted no lo necesita. Es un hombre que se cuida. ¿Alguna vez ha probado…?

—¡Thea! —exclamaron Emily y las otras dos tías al unísono.

Thea parpadeó.

—¿Qué pasa?

—Si intenta venderle algo, no le compre nada —le advirtió Dory con sinceridad y le puso una mano en el brazo—. Son un montón de paparruchas y timos.

—No es verdad —replicó Thea—. He obtenido resultados excelentes con todo lo que vendo. Yo jamás ofrecería un producto si no creyera en él. —Se inclinó para servirle té a Vina, pero evitó establecer contacto visual con su hermana. Era una devota de cualquier producto que pudiera vender desde casa; una vendedora de pura cepa. Emily tenía un cajón lleno de *leggings* con estampados a cual más absurdo que nunca había estrenado y un armario del cuarto de baño lleno de carísimos potingues para la piel que no tenían unas propiedades superiores a las de cualquier crema que se pudiera comprar en la farmacia.

Era muy difícil decirle que no a Thea.

A Emily se le quitó el apetito al ver a su trío de tías con una sonrisa de oreja a oreja. Durante algunos minutos había logrado olvidar que esa misma mañana había descubierto los cadáveres de sus amigos asesinados, pero la realidad volvió a imponerse de forma brusca y sin paños calientes. Se quedó mirando fijamente su taza de té. Lindsay no volvería a tomar un chai latte. Emily no volvería a notar el intenso aroma de la infusión preferida de su amiga en la sala de descanso del restaurante.

Respiró hondo y exhaló el aire lentamente.

Miró a la derecha y vio que Zander la estaba observando con el ceño fruncido. Parecía preocupado. Entonces fue consciente de lo extraño de la situación.

«Un agente del FBI está tomando el té con nosotras».

—Tías —dijo Emily. Las tres mujeres le dedicaron su atención de inmediato—. Hoy me han pinchado dos neumáticos. —Las tres se pusieron a hablar de golpe y Emily levantó las manos para calmarlas—. No es la primera vez. Es obvio que mi vehículo se ha convertido en el objetivo de alguien, porque ninguno de los demás empleados del restaurante ha tenido problema alguno. Vina, Zander me ha dicho que hoy habéis encontrado un mapache muerto en el porche.

—Así es.

Thea y Dory acribillaron a preguntas a Vina, que no les hizo caso.

—Es el tercer animal en las últimas seis u ocho semanas —admitió Vina.

Zander tomó la palabra y miró a Dory y Thea.

—¿Alguna de ustedes ha sufrido un incidente de acoso similar en los últimos tiempos?

Ambas mujeres intercambiaron una mirada y negaron con la cabeza.

—No que yo recuerde —dijo Dory—. ¿Y Madison? ¿Alguien ha hablado con ella?

—No —respondió Emily, que tuvo un escalofrío. Se había olvidado de mencionarle el incidente de los neumáticos a su hermana—. Se lo preguntaré cuando vuelva a casa esta noche, pero sé que no ha tenido ningún problema con su coche.

Dory miró a Zander.

—Creía que había venido a Bartonville para encontrar al autor de los horribles asesinatos, no para investigar unos neumáticos pinchados.

—Así es. Estaba haciendo unas preguntas a Emily cuando supimos lo del incidente del coche. Fue entonces cuando empecé a preguntarme si existía la posibilidad de que su vehículo y su casa se hubieran convertido en el objetivo de la misma persona. Antes de hacerle las preguntas pendientes a Emily, quiero hablar con ustedes.

Thea puso un codo en la mesa, apoyó el mentón en la mano y miró fijamente a Zander.

—¿Cuál será el siguiente paso? ¿Tiene alguna pista sobre los asesinatos? ¿Hemos de cerrar la puerta con llave de noche?

—Espero que ya lo hagan —murmuró Zander.

—Cuando nos acordamos —afirmó Dory.

—No lo interrumpas —le pidió Thea. Dory puso los ojos en blanco y se secó suavemente la nariz con el pañuelo—. He oído que el primer agente que llegó a la escena lo fastidió todo. Algunos de esos jóvenes son más tontos que la suela de un zapato —prosiguió Thea, que lo miró desafiante con sus ojos azules—. ¿Es eso cierto? En el pueblo corre el rumor de que todo se debe a algún asunto que se torció por un tema de drogas. Vaya si se torció.

—No —replicó Vina—. Yo he oído que es un tema de violencia doméstica.

—Pues yo he oído que ha sido alguien que pasaba por Bartonville. —Dory se secó la nariz de nuevo.

Emily se mordió el labio. Zander dedicó toda su atención a cada mujer mientras hablaba, pero enseguida asomó un brillo de desesperación a sus ojos. Las tres señoras podían resultar algo abrumadoras. El agente no sabía la suerte que tenía de que Madison aún estuviera en el trabajo.

—¡Tías! Dejadlo en paz. Ya sabéis que no puede hablar de un caso abierto.

Las tres mujeres adoptaron un gesto compungido.

—Aún no he averiguado gran cosa —concedió Zander—. Las pondremos al día de las novedades cuando se produzca alguna.

La decepción se reflejó en sus rostros.

—Sé que les puede parecer una pregunta algo extraña, pero podría resultarnos de gran utilidad que me contaran algo más sobre la muerte del padre de Emily.

Ella se quedó paralizada y sintió un zumbido que le inundó los oídos.

«¿Por qué?», pensó.

Las imágenes de pesadilla de su padre ahorcado regresaron con fuerza y destruyeron los muros que mantenían a raya sus emociones.

«No puedo estar aquí».

Se levantó y las patas de su silla chirriaron al moverlas.

—Disculpadme un momento —balbuceó.

Salió corriendo del comedor y subió las escaleras. Se le nublaba la vista.

—¿Quién se lo ha dicho?

Zander sucumbió al sentimiento de culpa.

«¿Cómo se me ocurre?», pensó. Aún no había hablado del tema de la muerte de su padre con ella misma. El sheriff y Vina se lo habían comentado, pero Emily no había dicho nada. Al cabo de unos segundos se levantó.

—Siéntese —le ordenó Thea con una mirada fulminante—. Dele unos minutos. Se recuperará.

Zander se sentó lentamente y observó a las tres mujeres. Thea parecía la más delgada de las tres, pero era capaz de poner firme a un pelotón del ejército con su tono de voz.

—La muerte de su padre no es un tema cómodo —dijo Dory, que se volvió hacia Vina—. Tengo el estómago revuelto desde el desayuno de hoy. ¿Estás segura de que esos huevos no habían caducado? —Se llevó una mano al vientre y frunció los labios.

—Estaban bien. Y tú también lo estás —le aseguró Vina.

—Lo siento —se disculpó Zander—. No debería haber sacado el tema de forma tan brusca en mitad de la conversación.

Las tres mujeres hicieron un gesto con las manos para restar importancia a lo sucedido.

—No he dejado de darle vueltas al asunto desde que estuvo usted aquí después del almuerzo —confesó Vina—. Es muy inquietante que otro hombre haya muerto ahorcado, y que fuera Emily quien lo encontrara.

—¿Emily llegó a ver… a su padre? —preguntó Zander.

—Oh, no —afirmó Thea—. Estaba durmiendo, gracias a Dios. Tanto ella como Madison.

—¿Y la otra hermana?

Las mujeres intercambiaron una mirada.

—Esa noche Tara dormía en casa de una amiga —respondió Vina—. Tenía dieciocho años y llevaba una vida algo alocada. Según su madre, Brenda, ambas discutieron esa noche y Tara se fue de casa.

—Emily me ha dicho que Tara las abandonó hace un tiempo. ¿No ha vuelto a ponerse en contacto con ningún miembro de la familia?

La pregunta del agente demudó el rostro de las tías.

—No, con nadie —afirmó Vina—. De vez en cuando hablamos de la posibilidad de contratar a alguien que la busque, pero Emily dice que no lo intentemos. Si Tara quisiera formar parte de esta familia, se habría puesto en contacto con nosotras.

—Yo he investigado un poco en Google y en internet —admitió Thea—, pero no he encontrado ni rastro de ella.

—Sospecho que se habrá cambiado el nombre. —Dory le dio una palmada en el hombro a Thea—. Era una chica muy independiente e imagino que por eso llevaba una vida tan descontrolada. Sus padres tenían unas reglas muy estrictas sobre el alcohol y la hora de volver a casa, y ella no llevaba nada bien tantas normas.

—¿La familia vivía aquí con ustedes cuando las chicas eran jóvenes? —preguntó Zander.

—No. Brenda y su padre tenían una casa a pocos kilómetros —le dijo Dory.

—Era una casita preciosa, justo al lado del parque nacional. Había mucho espacio para que las niñas se pasaran el día fuera, explorando —dijo Thea con un suspiro y una mirada evocadora—. Tras el asesinato de su padre todo se fue al infierno. Fue horrible.

—¿A qué se refiere? —preguntó Zander con un deje vacilante. Quería conocer la historia, pero era consciente de que la opinión de aquellas mujeres estaba influida por los lazos de sangre. Tomó nota mental de lo que decían para compararlo todo con el informe oficial del caso.

Thea se limpió una miga de la chaqueta verde.

—Esa noche prendieron fuego a la casa y lo perdieron todo. Fue muy duro para Brenda.

—Lógico.

—Las cuatro se mudaron aquí —añadió Vina— para que pudiéramos echar una mano con las chicas. Brenda… —Vina miró a sus hermanas.

—Brenda no destacaba por su fortaleza mental —añadió Thea—. Tenía sus rachas.

Zander guardó silencio y se preguntó cuál debía de ser el término médico para esas «rachas» de Brenda.

—Cuando las niñas eran pequeñas, se pasaba varios días encerrada en el dormitorio —dijo Dory en voz baja—. Y al morir Lincoln, no volvió a ser la misma.

¿Depresión?

—Se suicidó una semana después de la muerte de su marido —afirmó Vina.

Zander se reclinó en la silla.

—Es horrible.

«Pobres niñas, primero su padre y luego su madre».

—Nunca aceptó ningún tipo de ayuda. Le imploramos que acudiera a un médico, pero no nos hizo caso. Nos decía que solo estaba cansada.

—¿Quién la encontró?

No le apetecía para nada hacer una pregunta tan personal, pero temía aún más la respuesta.

—Fui yo —dijo Vina—. En su dormitorio. En el piso de arriba.

—Su mirada se transformó en una de angustia—. No le hizo mucha gracia volver a la casa donde se había criado. Quería estar en su hogar y recuperar a su familia.

—Chet Carlson no solo asesinó a Lincoln —dijo Dory con voz crispada—, sino que destruyó su hogar e hirió a toda la familia.

A Zander le vino a la cabeza el revestimiento quemado de la casa de los Fitch.

Sin embargo, mantuvo un gesto impertérrito, ya que no deseaba mencionarlo ante las mujeres.

«¿Otra coincidencia?», pensó.

—Lo siento —se disculpó Zander, consciente de que había acabado con el buen ambiente que reinaba en el comedor. Primero había disgustado a Emily y ahora a las tías. Agachó la mirada y se dio cuenta de que no había ni tocado el elaborado postre que le habían servido—. Debería irme. —Se levantó y no permitió que las tibias protestas de las tías lo hicieran cambiar de opinión—. Díganle a Emily que retomaremos mañana las preguntas.

Sin dejar de lado la amabilidad que lo caracterizaba, logró poner fin a la despedida y salir a la calle, pero no pudo rechazar la bolsa de galletas que Dory le puso en la mano. Se detuvo en la acera, se volvió para mirar la señorial casa y la vio bajo una luz distinta. Ahora sabía qué se escondía tras aquel edificio destartalado y que había vivido épocas mejores. El paso del tiempo había pasado factura a sus moradoras, pero también se dejaba ver en el propio edificio.

Se fijó de nuevo en la placa.

—No han tenido la plácida vida que usted deseaba para sus herederos, ¿verdad, señor Barton?

Capítulo 7

Emily estaba sentada en el borde de su cama, furiosa consigo misma.

Había tenido una reacción desproporcionada. Zander Wells se limitaba a hacer su trabajo. ¿De verdad creía que la muerte de su padre no saldría en ningún momento cuando fue ella quien encontró el cadáver ahorcado?

Ni siquiera ella podía pasar por alto la horrible coincidencia.

Sin embargo, aún no estaba preparada para hablar de ello.

Se levantó y se puso a andar de un lado al otro de la habitación. Sabía que no estaba en disposición de hablar de lo que había ocurrido aquella noche. Tenía trece años a la sazón. Estaba durmiendo y no vio nada.

Al menos esa es la historia que le contó a todo el mundo.

Se alejó de su padre. Sentía el calor cada vez más intenso de las llamas en sus piernas desnudas. El fuerte viento mecía el cuerpo y agitaba las ramas en la oscuridad. La conmoción del momento la paralizó. Un movimiento a su derecha la despertó del trance del horror que tenía ante sí. Dos personas se adentraron entre los abetos y su ropa refulgió fugazmente con los destellos del fuego antes de que desaparecieran. Durante una fracción de segundo, las llamas iluminaron el pelo rubio de la segunda persona que huía.

Tara.

Unas sirenas lejanas atravesaron las llamas crepitantes.

Emily se estremeció. El viento frío de aquella noche se le metía en los huesos cada vez que pensaba en lo que había ocurrido. Recordaba que volvió a la casa, tosiendo por culpa del humo, y que despertó a Madison y a su madre para salvarlas. Las tres salieron por la puerta principal y formaron un ovillo en el jardín. Emily se encontraba en estado de shock y fue incapaz de decirles lo que había visto detrás de la casa.

A la policía le contó que había estado durmiendo hasta que la despertó el humo.

Tara no apareció hasta media mañana. La policía fue a buscarla a casa de su amiga y le dio la noticia.

Emily la vio llorar por su padre y confiaba en que confesaría que había estado en el jardín esa noche. Sin embargo, no dijo que se encontrara en el lugar de los hechos y, por lo tanto, ella tampoco lo mencionó. Imaginó que debía de tener sus motivos para guardar silencio y Emily sabía que ella también protegería aquello que quisiera ocultar su hermana.

La familia no volvió a ser la misma.

Las discusiones entre Tara y su madre no cesaron y cuando solo habían pasado cinco días de la muerte de su padre, su hermana anunció que se mudaba a Portland y se iba a vivir con unas amigas. Más gritos, más discusiones. Al día siguiente desapareció. Sin despedirse.

Emily se sintió abandonada. Otro agujero le atravesó el corazón. Tara se había ido antes de que Emily reuniera el valor necesario para preguntarle por la noche en que murió su padre. Ella era la guardiana del secreto de Tara. ¿Se trataba de algo incriminatorio? ¿Podía implicar a alguien? ¿Era Tara ese alguien?

Emily decidió guardar silencio también para proteger a su hermana.

Brenda, por su parte, se refugió en sí misma. Al cabo de unos días, su madre se quitó la vida.

Emily quedó desconsolada. Los cimientos de su familia se vinieron abajo.

No obstante, dio un paso al frente y asumió la responsabilidad de criar a su hermana pequeña, en un arrebato de desesperación por proteger al último miembro que quedaba de su familia.

Las dos hermanas tuvieron la suerte de contar con la ayuda de tres tías abuelas que estaban decididas a brindarles todo el apoyo que ya no podía ofrecerles su madre. La mansión se convirtió en su hogar. Un refugio.

Con el paso de los años, Emily habría de volver a la mansión tras el fracaso de su matrimonio. Acabó con el corazón roto y anhelaba un hogar en el que descansar y sanar las heridas. Así fue como la casa se convirtió en la tabla de salvación en la que siempre se sentía segura.

Tras las muertes de sus padres, Madison nunca se fue de la mansión. Saltaba de trabajo en trabajo y de hombre en hombre. En ese momento llevaba dos años en el restaurante, un récord absoluto en lo laboral.

Emily nunca sabía qué le pasaba por la cabeza a Madison. Su hermana no era muy dada a abrir su corazón a los demás. De pequeña, era un lorito parlanchín, siempre se inmiscuía en los asuntos ajenos y en su cabeza se agolpaban las ideas más alocadas. Sin embargo, todo cambió tras la muerte de sus padres. Madison se refugió en sí misma y la niña extrovertida se convirtió en una huraña. Siendo ya adultas, Emily solo veía a la antigua Madison reflejada en su peculiar sentido de la moda: los sombreros, los tacones, el tul, las tiaras... Sin embargo, antes de la tragedia había sido la versión en miniatura de su madre, un reflejo de la personalidad y el aspecto de ella.

Su madre era una mujer espontánea, capaz de no llevar a las niñas a la escuela para que disfrutaran de un día de playa y estudiaran las mareas y se bañaran en el agua salada. Organizaban bailes improvisados en el salón en los que su madre ponía las Spice Girls y Chumbawamba a todo volumen.

«Nos quería».

«¿Por qué nos abandonó?».

Una sensación irrefrenable de ira y resentimiento se apoderó de Emily. Sus hermanas y ella eran pequeñas cuando ocurrió todo, demasiado jóvenes para comprender el comportamiento errático de su madre. Sin embargo, los adultos de su círculo más íntimo sabían que sufría problemas de depresión y que rechazaba todo tipo de ayuda. Después de varias negativas, dejaron de interesarse por ella. Nadie le dijo que fuera a ver un médico. Nadie intercedió por ella.

¿Seguiría con vida si se hubiera tratado?

Emily prefirió no darle más vueltas a la pregunta. Su madre ya no estaba. Punto.

Se detuvo junto a la ventana. Zander Wells se dirigía a su todoterreno. Lo observó. Estaba medio aturdida. El agente se volvió para mirar la casa y Emily se apartó de la ventana. Era poco probable que la hubiera visto atisbándolo, pero sintió un sofoco. Desde el lugar donde se encontraba, vio que fruncía el ceño. Se le helaron los dedos.

No le cabía la menor duda de que acabaría descubriendo quién había asesinado a Lindsay y a Sean. Había visto y sentido la determinación del agente especial Zander Wells. Era un hombre inteligente y concienzudo, y mostraba un interés sincero por las víctimas. Estaba convencida de que no debía de tener muchos casos sin resolver.

Pero ¿cuántos trapos sucios de su familia saldrían a la luz?

***

Era más de la una de la madrugada cuando Emily oyó el crujido de las escaleras. Era Madison, que subía al primer piso. Resultaba casi imposible no hacer ruido con aquellos escalones. Emily había intentado de todo durante años. Saltarse cinco escalones de golpe no era una opción, por mucho que le crecieran las piernas. Su dormitorio era el que estaba más cerca de las escaleras y nadie podía subir o bajar sin que ella se enterase. También estaban las estrechas escaleras del servicio en la cocina, pero hacían aún más ruido y podían oírse fácilmente desde los dormitorios de las tías.

La escalera principal era la mejor opción.

Se sentía como una madre, pero aun así Emily se levantó de la cama y abrió la puerta. Vio que Madison subía el último escalón con paso vacilante y que se agarraba con fuerza a la barandilla. La luz de la farola que se filtraba por la ventana iluminó a su hermana por detrás y creó una silueta clara. Llevaba los zapatos en una mano. Se había cambiado la falda de tul y vestía unos vaqueros.

Emily se preguntó en casa de quién se había cambiado.

—Eh.

Madison contuvo un grito ahogado.

—Caray, no me des esos sustos —dijo con un susurro y mirando a Emily en la penumbra.

Emily retrocedió y dejó la puerta abierta. Madison lanzó un gruñido y la siguió. Emily cerró la puerta.

—¿Qué pasa? —Madison sujetó los zapatos contra el pecho y agachó la cabeza para mirar a Emily, toda una hazaña teniendo en cuenta que le sacaba varios centímetros. El olor de tequila inundó la habitación y Emily intentó aplacar la ira que amenazaba con apoderarse de ella. Su hermana debía de haber ido al Patrick's Place, un bar en el que se dejaba caer de vez en cuando.

Habría preferido que Madison le hubiera abierto su corazón a ella, en lugar de buscar consuelo con desconocidos.

—Tendrás que abrir el restaurante por la mañana. —Emily sabía que no era la mejor forma de empezar la conversación.

—¡Lo sé! No pensaba llegar tarde.

—Alguna vez no te has presentado a tu turno —replicó Emily—. ¿Eso tampoco pensabas hacerlo?

—No me vengas con sermones ahora.

Madison dio media vuelta para irse.

—Espera. No te he llamado por eso…

—Lo sé —afirmó su hermana, que la miró fijamente—. Es por Lindsay. ¿Por qué crees que llego tan tarde? —Respiró hondo y se estremeció.

Emily sintió empatía por su hermana. Todos lloraban la muerte de Lindsay, pero en el caso de Madison la pérdida de su mejor amiga debía de haber supuesto un golpe aún más duro.

—En el Patrick's dicen que Sean murió ahorcado —susurró Madison, que miró a su hermana a los ojos—. ¿Es cierto? —le preguntó con la voz rota y, a pesar de la penumbra que reinaba en la habitación, Emily vio el pánico reflejado en sus ojos.

«Por eso no quería entrar en detalles con ella», pensó Emily.

—Sí, es cierto, pero antes lo apuñalaron. Tal vez fue así como murió.

—Oh, Dios… —Madison se tapó los ojos con la mano y dejó caer los hombros—. Me imagino la escena. No sé cómo me la quitaré de la cabeza.

Emily le acarició el brazo.

—Te entiendo. Me pasa lo mismo.

—Pero no es a Sean a quien veo —murmuró Madison con un hilo de voz.

—Lo sé. —Las palabras de su hermana le partieron el corazón. Emily habría hecho lo que fuera para ayudarla a borrar esa imagen de la cabeza.

Y de la suya.

Las hermanas no solían hablar de la muerte de sus padres. Era un tema tabú en su casa. Siempre lo barrían bajo la alfombra para fingir que no había ocurrido y evitar caer en una obsesión que podía acabar afectándolas a nivel físico y mental.

—Ojalá mamá estuviera con nosotras. —Emily tuvo que aguzar el oído para oír a su hermana—. O Tara.

El rostro de Tara cobró vida en su mente. Para ella siempre tendría dieciocho años.

«Ahora ya tendrá casi cuarenta», pensó.

Aquella antigua sensación de abandono abrió una puerta de su interior que llevaba mucho tiempo cerrada y Emily no dijo nada.

Madison bajó la mano y sus ojos refulgieron en la oscuridad.

—No te importa, ¿verdad? No los echas de menos —murmuró.

—Eso no es justo…

—Apenas hablas de ellos. Nuestra hermana está por ahí, en algún lugar, y nunca me hablas de ella.

«Cierto».

—La he estado buscando —dijo Madison—. Cada vez que hablo de ella cambias de tema.

—Ya sabe dónde encontrarnos. Nunca nos hemos ido de Bartonville. Si quisiera formar parte de la familia, estaría aquí. No pienso malgastar el tiempo buscando a alguien que no quiere vernos.

Pronunció la última frase con toda la inquina del mundo para hacer callar a su hermana.

Emily apretó los labios. Había hablado más de la cuenta.

Sin embargo, las llamas de la ira todavía brillaban en los ojos de Madison. Aun así, Emily sabía cómo calmarla.

—¿Recuerdas cuando papá nos metía a todas en el coche y nos íbamos a pasar un fin de semana largo por ahí? —preguntó Emily en voz baja—. Los cuatro solos para que mamá tuviera tiempo para ella. Nunca sabíamos a dónde íbamos, pero papá tenía el don de hacer amigos donde fuera. Redwood. Pendleton. Portland. Aquel sitio de animales salvajes que había al sur de Oregón...

—Wildlife Safari —añadió Madison en tono evocador—. Una vez le toqué la lengua a una jirafa. Papá no debía bajar la ventanilla, pero de todas formas lo hizo.

—Los animales se acercaron mucho al coche.

—Osos y tigres. Elefantes...

«Fue un bonito día», pensó Emily.

El silencio inundó la habitación mientras ellas se recreaban en los recuerdos de esa jornada.

—¿Por eso has aguantado despierta hasta ahora? —preguntó Madison—. ¿Para decirme que no llegue tarde al trabajo?

«Para asegurarme de que llegabas bien a casa tras un día horrible», pensó Emily.

—Más o menos.

—Hoy no podré pegar ojo.

Madison se balanceaba de un pie al otro. Se volvió y acercó la mano al pomo de la puerta.

—Ya somos dos. —Emily no había dejado de dar vueltas a lo ocurrido desde que se echó en la cama. Y no parecía que la cosa fuera a mejorar. El gesto alicaído de su hermana, que siempre era la alegría de casa, le partió el alma—. Lo siento mucho, Madison. Sé que teníais una relación muy estrecha.

La hermana se detuvo.

—A lo mejor no la conocía tan bien como creía —dijo en voz baja.

Abrió la puerta y se fue, apoyando una mano en la pared para mantener el equilibrio.

Emily escuchó sus pasos. La puerta del dormitorio de Madison se abrió y se cerró.

«¿Qué habrá querido decirme con eso?», se preguntó.

Capítulo 8

—Según la previsión meteorológica, se aproxima una buena tormenta —dijo Ava cuando se reunió con Zander en el aparcamiento del restaurante a la mañana siguiente. Su compañero no mostró sorpresa alguna. El viento era tan fuerte que cuando abrió la puerta del todoterreno estuvo a punto de darle un golpe al coche de al lado. No llovía, pero el aire estaba impregnado de sal y una gélida humedad.

El día volvía a ser gris y deprimente. Espantoso. A pesar de ello, había una docena de vehículos aparcados en el restaurante Barton. Parecían todos de la zona. Furgonetas de carga y algún que otro sedán que acusaba el paso del tiempo y la sal que arrastraba la brisa marina. Zander estaba hambriento y necesitaba entrar en calor. El restaurante de madera le transmitía buenas vibraciones y le ofrecía la promesa de un buen café y comida reconfortante. Sin duda, los lugareños lo frecuentaban por el mismo motivo.

Una vez dentro, buscó a Emily por instinto, pero no la vio y sintió una punzada de decepción. El restaurante estaba medio lleno. El olor a beicon despertó un rugido de sus tripas y lo obligó a centrarse en su prioridad de saciar el apetito. Acto seguido apareció Madison con una cafetera en la mano. Los vaqueros negros que llevaba tenían más agujeros que tela, y la blusa rosa fosforito lo deslumbró fugazmente.

—Siéntense donde quieran y enseguida los atiendo. —Les entregó dos menús y se alejó con sus tacones de aguja rojos.

Zander vio con el rabillo del ojo que Ava enarcaba las cejas. Tomaron asiento en la mesa más cercana, junto a una ventana, y abrieron el menú. Ava no apartaba la mirada de la camarera.

—No puede ser la hermana de nuestra testigo.

—Lo es.

—No se parece en nada. —No le quitaba ojo—. Pero me gusta su pelo. Y la confianza en sí misma que destila.

Zander se volvió para mirarla. No se había fijado en el pelo de Madison, pero en ese momento vio que lo llevaba recogido en un moño suelto y muy alborotado en la nuca. Servía café, recogía mesas y entregaba los platos sin dar un paso en falso con los tacones.

—Tiene control absoluto de la situación —prosiguió Ava—. No se le pasa nada por alto.

—¿También has trabajado de camarera?

—En la universidad. Y durante una temporada cuando me licencié. No es un trabajo fácil.

Mientras observaba la eficiencia con la que se desempeñaba Madison, Zander se preguntó qué tipo de relación debía de tener con Emily. El día anterior, en la mansión, había podido averiguar algunas cosas sobre Tara y Emily, pero no sobre Madison.

Sin embargo, debía centrarse en los asesinatos, no en las tres hermanas.

—¿Pudiste hablar con los familiares de Sean Fitch? —le preguntó a Ava.

—El sheriff aún no se había puesto en contacto con su familia, por lo que solicité que un agente de la oficina de Portland fuera a informarlos en persona. Les dio mi número y les dijo que me llamaran cuando se sintieran con ánimos para hablar. El padre me telefoneó al cabo de unas horas. Como te imaginarás, están consternados y confundidos.

Madison se detuvo en la mesa.

—¿Café?

—Por favor —respondieron Zander y Ava al unísono. La camarera giró las tazas y sirvió el café.

—¿Ya saben lo que desean?

Zander pidió una tortilla de claras y Ava una torrija con manzana y un huevo frito. Consultó el menú y vio que el plato que había pedido su compañera incluía nata montada y caramelo.

Se arrepintió de inmediato de su elección.

Madison no tomó nota de nada, pero les dedicó una gran sonrisa mientras se llevaba los menús.

—Eso no es un desayuno —dijo Zander cuando se fue la camarera—. Has pedido postre.

—Por eso he añadido el huevo. Una tortilla te la hacen en cualquier lado, pero a mí me gusta juzgar a los restaurantes por el nivel de las torrijas que preparan. Hay cientos de formas de hacerlas y quiero comprobar si el cocinero es un vago o si tiene una receta especial.

—Creo que has depositado unas esperanzas desproporcionadas en un restaurante rural.

—Ya veremos —afirmó con una sonrisa astuta.

—¿Qué te dijo el padre de Sean? —Zander quería retomar la investigación que tenían entre manos.

La sonrisa de Ava desapareció.

—Se encontraba conmocionado, claro. La madre no podía hablar, pero el padre quería respuestas.

—Y no las tenías.

—A la familia le ha sorprendido especialmente la posibilidad de que se trate de un delito de odio. De hecho, el padre está convencido de que lo es… no porque Sean le hubiera dicho que tenía problemas de ese tipo, sino por la escena del crimen.

—¿Sabe cómo encontraron a su hijo?

—Sí. —Ava agachó la mirada y rodeó la taza de café con las manos, como si tuviera frío—. Nunca me había enfrentado a un caso como este —dijo en voz baja.

—Yo tampoco —admitió Zander.

—El padre me comentó que había aconsejado a Sean que no se casara con Lindsay.

—Joder. ¿Porque era blanca?

Ava asintió.

—A él le caía bien Lindsay y sabía que estaban enamorados, pero no quería que su hijo se enfrentara a la presión adicional que puede suponer un matrimonio mixto. Me dijo que la vida ya es lo bastante dura por sí sola.

Zander maldijo entre dientes.

Ambos guardaron silencio durante un rato.

—No sabía quién podía querer hacer daño a su hijo —prosiguió Ava—. Sean era un chico tranquilo y tenía muchos amigos. Me aseguró que llevaba varias semanas sin tener noticias suyas, pero que eso era algo habitual. Me gustaría hablar en persona con él. Por cierto, me dio los nombres de algunos amigos de Sean. Hoy mismo intentaré ponerme en contacto con ellos.

—¿Y la familia de Lindsay?

Ava miró por la ventana con el ceño fruncido por la frustración.

—No he averiguado gran cosa. Su madre murió hace unos años y se había divorciado del padre de Lindsay cuando ella era muy pequeña. No volvió a casarse ni tuvo más hijos. Estoy intentando dar con el padre, pero no es tarea fácil.

—¿Y los amigos?

Ava hizo una mueca.

—Tendré que recurrir a su historial laboral y ponerme en contacto con sus antiguos jefes para conseguir más información personal. El padre de Sean no ha sido de gran ayuda en este aspecto. Me dijo que varios amigos asistieron a la boda, pero ningún familiar.

—A lo mejor su padre falleció.

—El padre de Sean creía que se habían distanciado por algún motivo, pero tampoco podía afirmar con seguridad que estuviera vivo. Comentó que, según Sean, a Lindsay no le gustaba demasiado hablar de su familia. Da la sensación de que había roto el contacto con todos. No sé si podremos encontrar alguna pista en su pasado.

Zander miró a Madison, que estaba llenando vasos de agua y hablando con una mesa llena de hombres que llevaban botas de seguridad y abrigos.

—Emily Mills dice que Madison era la mejor amiga de Lindsay.

—Bueno es saberlo. La pondré la primera de mi lista. Seguro que podrá darme los nombres de las demás amistades de Lindsay. ¿Cómo van las autopsias? ¿Has tenido noticias del forense?

—El doctor Rutledge me ha llamado a las seis de la mañana.

Ava abrió los ojos de par en par.

—A ver si lo adivino. Ya estaba al pie del cañón.

—Sí. Quería que supiera que iba a realizar las autopsias hoy por la mañana —dijo Zander con un suspiro—. Creo que mi respuesta fue bastante coherente dadas las circunstancias.

—Y es demasiado pronto para recibir noticias del laboratorio de criminalística del estado.

—Claro. Les pedí que dieran prioridad al portátil de Sean que enviaron al laboratorio de informática forense de Portland.

—Todo el mundo quiere prioridad —afirmó Ava.

—Cierto. Y el suspiro que lanzó el director al oírme no me hace albergar demasiadas esperanzas.

Ambos tomaron un sorbo de café. Las pruebas forenses necesitaban su tiempo. La televisión había convencido al gran público de que los forenses podían resolver un crimen en una hora, pero era más habitual que el proceso se demorara varios meses. Zander sabía que podía recurrir al laboratorio del FBI de la Costa Este si necesitaba el análisis rápido de alguna prueba determinada, pero prefería reservar ese as para ocasiones especiales, en lugar de inundarlo con todas las pruebas de una escena concreta. A medida que avanzara la investigación, haría una criba de las pruebas que tenían prioridad.

Madison se acercó con el desayuno y les sirvió los platos con gran eficiencia. Ava puso una sonrisa de oreja a oreja al ver su torrija. La tortilla gigante de Zander estaba rellena de pimientos y cebolla salteada, y una salsa de parmesano rebosaba por los lados.

—¿Necesitan algo más? —preguntó Madison.

—Está todo perfecto —dijo Ava, que ya estaba a punto de llevarse un trozo de torrija a la boca. Su gesto de felicidad absoluta le hizo recordar a Zander por qué había llegado a medio enamorarse de ella. Él le había confesado sus sentimientos el otoño anterior, durante una de sus rachas depresivas y de consumo de alcohol desmedido que solo se producían una vez al año. Sin embargo, aquello no había afectado a su amistad ni a su relación laboral. El hecho de que su prometido fuera un buen tipo y un buen amigo lo facilitó todo cuando Zander se recuperó del bochorno de haber compartido sus secretos más íntimos en un momento de debilidad.

—¿Y bien? —preguntó él.

—Es increíble. No sé cómo la han rebozado, pero la corteza crujiente es deliciosa.

Guiñó un ojo, cortó un trozo y se lo puso en el plato.

—¿Qué tal tu habitación? —preguntó Ava entre bocado y bocado.

Zander resopló y ella esbozó una sonrisa de comprensión.

La habitación de hotel no podía ser más austera y no la habían reformado desde los 80.

A él no le importaba demasiado ya que podía dormir donde fuera, pero no soportaba el olor a humedad que impregnaba la moqueta y las cortinas. La ropa de cama y las toallas estaban limpias, pero por la mañana tenía la ropa arrugada por culpa de la humedad.

Ambos dieron buena cuenta del desayuno en un abrir y cerrar de ojos. Estaban disfrutando del café cuando Zander vio que Emily salía de la cocina. Aún llevaba la chaqueta, por lo que supuso que acababa de llegar. Se detuvo a charlar en una mesa de cuatro mujeres, cada una con un bebé en el regazo. Parecía un grupo de madres. Emily observó atentamente a cada niño y le dio una palmada en el hombro a una de las madres. Zander sintió que la sonrisa infantil de Emily le cortaba el aliento y dirigió la mirada de nuevo al café.

Cuando levantó la vista, sorprendió a Ava observándolo con gesto inexpresivo. Tuvo la prudencia de no decir nada.

—Buenos días. —Emily se detuvo junto a su mesa—. ¿Qué tal el desayuno?

—Delicioso —afirmó Ava.

—Fantástico —añadió Zander al mismo tiempo que su compañera.

—Me alegro.

—Emily, me gustaría hablar con Madison —le dijo Ava—. ¿A qué hora acaba el turno?

Emily frunció el ceño.

—¿Por qué?

Su reticencia llamó la atención de Zander. ¿Era una hermana sobreprotectora?

—No logro dar con los familiares más cercanos de Lindsay y esperaba que pudiera echarme una mano.

—Ah. —Emily miró a su hermana por encima del hombro. Madison llevaba cuatro platos de desayuno y se dirigía al otro extremo del comedor—. Tendrá un rato libre cuando acabe la hora punta del desayuno.

Sonó el teléfono de Zander y Emily se alejó. Era el sheriff Greer.

—Wells —respondió Zander.

—Soy Greer. He recibido la llamada del gerente de un bar que afirma que Sean Fitch se enzarzó en una pelea la noche antes de su muerte.

—¿Dónde? —A Zander se le aceleró el corazón.

—En el Patrick's Place. Es un local de la zona.

—¿Está abierto a estas horas? ¿Quién es el gerente?

—No está abierto. El gerente es Paul Parish y se encuentra en el local en estos momentos. Nos atenderá.

Zander se molestó ante la posibilidad de que el sheriff quisiera observarlo mientras entrevistaba a un testigo. Aunque también cabía la posibilidad de que Greer esperara que Zander lo observara a él mientras le formulaba las preguntas al gerente.

—Llegaré dentro de unos minutos —le dijo Zander antes de colgar—. Al parecer Sean Fitch se vio involucrado en una pelea de bar la noche antes de su asesinato —le dijo a su compañera.

Ava abrió los ojos de par en par.

—Interesante.

—He quedado en el bar con el sheriff.

Ava frunció la nariz.

—Que disfrutes. Yo hablaré con Madison en cuanto esto se quede un poco más tranquilo.

Zander se levantó y se puso el abrigo.

—¿Hablamos luego?

—Por supuesto.

Capítulo 9

Cuando llegó al local, no había ni rastro del coche del sheriff.

Durante unos segundos, Zander sopesó la opción de esperar a Greer, pero al final decidió bajar de su vehículo. El Patrick's Place estaba en primera línea de mar. De hecho, una gran parte del edificio se encontraba directamente sobre el océano, sustentado por varios pilares y vigas. El edificio de una planta no tenía ventanas en la parte posterior, pero Zander confiaba en que las tuviera en la fachada delantera para aprovechar las espectaculares vistas.

Era una propiedad situada en un entorno espléndido, pero el aparcamiento era de grava y estaba lleno de cristales rotos. A medida que se acercaba a la entrada vio que el mar batía contra los pilares y dejaba una espuma blanca pegada a la madera. En otras circunstancias habría sido un bar precioso en una ubicación ideal. Sin embargo, parecía un local destartalado y medio abandonado. El edificio crujió cuando las olas se retiraron y Zander se preguntó si no estaba poniendo su vida en peligro al visitar aquel tugurio. Sobre la puerta de entrada había un neón en el que teóricamente podía leerse PATRICK'S PLACE.

No era un buen nombre para un antro.

De repente se abrió la puerta delantera y apareció un tipo de unos treinta años, con una barba frondosa y un gorro de lana gris. Miró directamente a Zander.

—¿Agente Wells?

—Sí. ¿Paul?

—Sí.

Se dieron la mano.

—Paul Parish del Patrick's Place —dijo Zander con una son-risa—. Bonita aliteración.

Paul parpadeó.

—Esto… sí.

«No lo pilla».

—Patrick ya no está —dijo Paul, que observaba a Zander con gesto confundido—. Murió hará unos cinco años.

—¿Quién es el dueño del bar ahora? —preguntó Zander para avanzar en la conversación y dejar atrás su comentario de la aliteración.

—Yo.

—El sheriff me ha dicho que era el gerente.

—Es que es verdad. Era el gerente cuando Patrick vivía y la gente aún me llama así.

—Bueno, cuénteme, ¿qué ocurrió el jueves por la noche?

Paul desplazó el peso del cuerpo de un pie al otro y dirigió la mirada hacia la carretera.

—Creo que debería esperar al sheriff ya que se trata de un… asesinato. Aún no me puedo creer que Sean haya muerto.

Zander observó el gesto de incomodidad de Paul.

—¿Por qué no me muestra el bar mientras esperamos? Tiene una ubicación fantástica.

Al dueño se le iluminó el rostro.

—No está mal.

Agarró la pesada manija de madera de la puerta, que gimió al abrirse. En cuanto Zander puso un pie en el local lo embistió el olor de cerveza rancia y grasa de freidora. El interior estaba tan bien ilu-minado que se veían todas las manchas de las baldosas mugrientas del suelo y las marcas de las mesas. No le cabía ninguna duda de que por la noche bajaban la intensidad de la luz. La barra con los estantes llenos de botellas de licor y los taburetes se encontraba en la parte posterior del edificio.

No había ventanas.

El local estaba ocupado principalmente por una fila tras otra de mesas, con las sillas del revés encima para pasar la fregona. Un rincón del bar estaba vacío y había una bola de discoteca inmóvil colgada del techo. Al lado destacaba una máquina de discos.

—Bonito local —dijo Zander—. ¿Va bien el negocio?

—En invierno está la cosa muy tranquila. En verano se anima más.

—¿Vienen muchos turistas en verano?

—Algunos. Pero el Jiggy Bar de un poco más abajo recibe más clientela. Tiene ventanas, y creo que a los turistas les gusta ver el interior del local antes de entrar.

—Entonces, debería instalar alguna. Y también en la parte posterior. Es una pena no poder disfrutar de las vistas del mar.

Paul encogió un hombro.

—Quizá algún día.

Zander se preguntó si su falta de interés se debía al coste o a que no le gustaban los cambios.

En ese momento se abrió la puerta delantera y apareció el sheriff Greer. Zander vio con el rabillo del ojo el gesto de alivio de Paul.

«¿Tanto se incomoda la gente al hablar conmigo?», pensó el agente.

—Hola, Paul. Me alegro de verte. A usted también, agente Wells. —Greer saludó a Zander con la cabeza al quitarse el sombrero—. Siento llegar tarde. ¿Les importaría hacerme un resumen de lo que han hablado hasta ahora? —Los miró a ambos.

—Aún no hemos empezado —respondió Paul.

A Greer se le iluminó la cara.

—Bien. Cuéntanos qué pasó.

—Pues yo estaba atendiendo la barra, como suelo hacer los jueves por la noche. Debía de haber una veintena de clientes. Daban un partido de baloncesto por televisión. —Paul señaló una pequeña pantalla tras la barra—. Sean llegó en torno a las ocho.

—¿Tiene cámaras de seguridad? —preguntó Zander, examinando el techo y los rincones del local.

—No. ¿Para qué?

Zander se lo quedó mirando.

—Por si se comete algún crimen. Una pelea. O un robo.

Paul agitó una mano.

—Sería una inversión inútil en mi caso. Nunca nos han robado, a menos que cuente la vez aquella que cuatro gamberros de la universidad decidieron agenciarse media docena de botellas de vodka. El resto de los clientes los detuvieron antes de que pudieran salir por la puerta —dijo haciendo aspavientos.

—Lo recuerdo —admitió Greer—. Usaron dos carnés falsos. Fue un auténtico placer llamar a sus padres.

—Bueno, volvamos al tema de Sean. Jueves. A las ocho. —Zander intentó reconducir la conversación.

Paul se acarició la barba.

—Sean estaba sentado aquí. —Señaló un taburete que había en el centro de la barra—. Suele beber Coors Light.

—¿Viene a menudo? —preguntó Zander.

—No demasiado. Quizá una vez a la semana.

A Zander le pareció una frecuencia considerable, aunque puede que fuera insuficiente para el dueño del bar.

—¿Lindsay lo acompañaba alguna vez? —preguntó.

—No, nunca la he visto por aquí.

—¿Sabe quién es?

—Sí. La he visto en el pueblo y el restaurante.

Zander se dio cuenta de que Paul se refería a Sean y a Lindsay como si no hubieran muerto. Debía de sentirse más cómodo así. Tal vez aún no había asimilado la idea de lo ocurrido.

—Imagino que Sean charlará con usted cuando se sienta en la barra —afirmó Zander, que utilizó el mismo tiempo verbal que Paul—. ¿De qué hablan?

Paul frunció el ceño.

—No lo sé. ¿De baloncesto? A veces me cuenta historias graciosas de los alumnos del instituto. Pero nunca dice sus nombres —se apresuró a añadir—. Solo las tonterías que hacen.

—¿A quién frecuenta cuando viene?

El dueño se cruzó de brazos.

—Creía que quería saber lo que ocurrió el jueves.

—Así es, pero también me gustaría hacerme una idea de la víctima.

—Son las preguntas habituales —añadió Greer.

Zander le agradeció la ayuda porque hasta el momento el sheriff había guardado silencio.

Paul frunció los labios en un gesto de concentración.

—Sean no tiene una relación especial con ninguno de los habituales. Simplemente habla con el que se siente más cerca.

—¿Qué impresión le transmitió el jueves? ¿Se mostró muy hablador? ¿Prestó atención al partido?

—El jueves no dijo gran cosa. Creo que se dedicó a ver el partido sobre todo, pero llevaba aquí más de una hora cuando los hermanos Osburne se metieron con él.

Zander se dirigió al sheriff.

—¿Los hermanos Osburne?

El sheriff Greer hizo una mueca.

—Unos gamberros. Y no son unas lumbreras que digamos. He tenido tratos con ellos media docena de veces por conducir borrachos, peleas y por sobrepasar el límite de velocidad. Aun así, suelen ser inofensivos a menos que beban.

Paul asintió al oír las palabras del sheriff.

—Alguna vez he tenido que pararles los pies o pedirles que se vayan. Kyle tiene muy mal vino. Uno de los camareros ha tenido problemas con él en más de una ocasión.

—¿Y el otro hermano? —preguntó Zander.

—Billy —respondió Greer—. Se limita a seguir la estela del mayor. Ambos son fuertes y corpulentos, pero Kyle le debe de sacar unos diez o quince quilos a Billy.

—Y entre los dos juntos no llegan a un cerebro entero —añadió Paul.

El sheriff Greer se rio entre dientes.

—Tienes razón.

—Muy bien —dijo Zander, que ya se había formado una buena idea de ambos—. ¿Quién abordó a quién?

—Bueno, no vi cómo empezó todo. Oí el estruendo y me volví. Sean estaba en el suelo y su taburete, volcado. Billy lo zarandeaba y le daba patadas, por lo que imagino que fue él quien abordó a Sean.

—¿Qué hizo usted?

—Agarré el bate. —Rodeó la barra y sacó un bate que tenía escondido en uno de los estantes inferiores—. Les grité para que parasen, pero estaba en este lado de la barra y no me hicieron caso. Bueno, Billy me ignoró. Sean se había levantado, pero estaba concentrado en esquivar los puñetazos y las patadas de Billy.

—¿Y Kyle qué hacía?

—Contener a la gente —dijo Paul, que se apoyó el bate en el hombro—. Un par de personas intentaron intervenir, pero hay pocos que puedan con Kyle o Billy cuando están cabreados. Así que rodeé la barra y me abrí paso con el bate. Cuando llegué hasta ellos, apunté a Kyle con el bate y le dije que apartara a Billy de Sean. Por entonces ambos estaban en el suelo. Kyle me lanzó una sonrisa burlona, agarró a su hermano de la camiseta y obedeció. Les ordené que se fueran y se marcharon.

—¿No llamó a la policía? —preguntó Zander.

Paul miró al sheriff Greer.

—Tienen cosas más importantes que hacer que venir a poner orden en una pelea. Se había acabado y Sean se tenía en pie. Lo invité a una cerveza, le acerqué el taburete y siguió viendo el partido. Ya estaba todo solucionado.

—¿Sean no estaba herido?

—Estaba algo dolorido. Le di una bolsa de hielo para el labio, pero cuando se fue me di cuenta de que caminaba algo tieso.

Zander tomó nota mental para preguntarle al forense por posibles abrasiones y magulladuras.

—¿Alguien vio cómo empezó la pelea?

—No lo sé. Yo no. Nadie se sorprende cuando los hermanos Osburne montan un número de los suyos.

—¿Cree que podía haber alguna motivación racial?

Paul frunció el ceño.

—No lo sé. No oí lo que se dijeron. —Se le demudó el rostro—. Pero ya le he dicho que uno de mis camareros siempre tiene problemas con los Osburne… es mexicano. Se meten con él por eso.

«Dos chicos fuertes. Posible móvil racista».

Los hermanos Osburne empezaban a sumar puntos.

—¿Recuerda cuándo se fue Sean?

Paul tuvo que hacer un esfuerzo.

—Se fue justo después del partido. Recuerdo que estaba enfadado por el resultado. Dejó un par de billetes en la barra por la cerveza y se largó. Aún no puedo creer que no vaya a volver —dijo Paul aturdido.

—¿Puede decirnos los nombres de los demás clientes que fueron testigos de la pelea? —preguntó Zander.

Paul vaciló.

—Si lo prefiere, no revelaremos que nos lo ha dicho usted —añadió el agente—. Había muchos clientes que podrían haber identificado a los demás.

A Paul se le demudó el rostro al dar tres nombres, que el sheriff anotó.

No tendría dificultades para averiguar la hora a la que finalizó el partido. Al menos ya sabía que Sean estaba vivo entonces. Miró al sheriff y dijo:

—¿Podemos hacer una visita a los Osburne?

—Le enseñaré dónde viven —respondió Greer volviéndose hacia la puerta.

—Eh, sheriff —lo llamó Paul—. ¿Irá al club de lectura mañana?

Zander se quedó boquiabierto mirando a Paul. ¿Club de lectura? Greer hizo una pausa.

—¿Tu mujer preparará la salsa para los nachos? —preguntó el sheriff expectante.

—Sí.

—Aún no he leído el libro.

—Pues debería empezar. Está muy bien y trata sobre una conspiración real para matar a George Washington. Pero ya sabe que tampoco pasa nada si no lo lee. Preséntese y ya está.

—Eso haré.

El sheriff se dirigió hacia la puerta.

Zander lo siguió en silencio y tuvo que recordarse a sí mismo que las suposiciones siempre eran malas consejeras.

CAPÍTULO 10

Emily aparcó en el claro con la esperanza de que los fantasmas se mantuvieran al margen.

El montón de escombros se reducía cada año a medida que se descomponía. La lluvia, el sol y el tiempo lo destruía todo. El viento arrastraba los granos más pequeños. Nacían malas hierbas y helechos. Al morir, la vieja casa había alumbrado pequeñas muestras de naturaleza.

Tras el incendio, el hogar de su infancia fue derruido, pero nadie limpió los escombros. Se preguntó qué productos químicos se habían vertido en el subsuelo. Qué elementos no biodegradables seguirían presentes al cabo de cien años.

A nadie le importaba.

Al bajar del coche, que ya tenía neumáticos nuevos, calculó que debían de haber pasado unos cuatro años desde su última visita al lugar donde murió su padre y donde sucumbió su casa, pasto de las llamas.

Aún le dolía.

Le vinieron a la cabeza buenos recuerdos. Cuando jugaba al escondite con sus hermanas. El día que su padre instaló el columpio. Las vacaciones de verano, cuando construían «casas» entre la hierba alta. Las picaduras de insectos. El escozor de la hiedra venenosa, que la hacía llorar. Su madre llegó a atarle unos guantes y Emily se los arrancó a mordiscos, desesperada por rascarse.

Aunque no todos eran buenos recuerdos.

Sin embargo, los recuerdos de la hiedra venenosa eran mejores que los de la noche del asesinato de su padre.

Los flashes de las luces de la policía. Las sirenas de los camiones de bomberos. Las mangueras y el agua.

Madison aferrada a su madre, incapaz de despegar el rostro de su abrigo. Las llamas que iluminaron la cara de su madre mientras observaba como el fuego se alzaba más y más, y la casa que empezaba a derrumbarse. Conmoción. Miedo. No podía ser verdad. Tenía que ser un sueño. Emily aferrada al brazo de su madre. Su madre que no decía nada, pero tampoco podía apartar los ojos de las llamas, aturdida, y la mirada de Emily que observaba lo que ocurría a su alrededor. Los bomberos que corrían y gritaban. La policía hacía lo mismo.

Un policía se aproximó con el gesto descompuesto.

Y Emily supo que habían encontrado a su padre.

No era un sueño.

Los chirridos de neumáticos de un vehículo que se detuvo tras ella. Emily se volvió y se le cayó el alma a los pies.

Brett.

El todoterreno del Departamento de Policía de Astoria aparcó y la mujer vio que su exmarido no vestía uniforme. Era sábado. Su día libre. Aunque habían pasado cinco años, todavía recordaba su horario. La embargó una irrefrenable sensación de ira. ¿Por qué recordaba su cerebro esos detalles de la vida de su exmarido?

«¿Cómo sabe que estoy aquí?».

No tenía ningún motivo para visitar ese sitio, lo que significaba que la había seguido.

A Emily le hervía la sangre, pero no exteriorizó sus emociones.

Era una costumbre. Una medida de protección que ponía en práctica cuando Brett andaba cerca.

El hombre cerró la puerta con fuerza y se dirigió hacia ella tras lanzar una mirada de despreocupación hacia el montón de escombros y los árboles que los rodeaban. Aquella indiferencia era impostada, nunca actuaba de aquel modo de forma natural. Sobre todo cuando se trataba de algo relacionado con Emily.

—Hola —le dijo. Más indiferencia. Como si fuera lo más normal del mundo que sus caminos coincidieran en las afueras del pueblo, en la linde del bosque. Un lugar que nadie frecuentaba.

—Hola.

—Nos hemos cruzado en el pueblo. Te he saludado, pero no me has visto. —Se detuvo a un metro de ella y clavó sus ojos castaños en su rostro.

A Emily se le revolvió el estómago. Hubo un tiempo en que le temblaban las piernas cada vez que esos ojos se posaban en ella. Quería que la mirase y, cuando por fin lo hacía, sentía que su mundo era perfecto. En ese momento, en cambio, significaba que la estaba analizando, que la escrutaba en busca de un matiz, a la caza de subtexto en cada movimiento que hacía y cada palabra que pronunciaba. La estaba examinando como a un insecto bajo el microscopio.

Emily permaneció inmóvil.

—Tienes razón, no te he visto.

—Me he fijado en la ruta que tomabas y me he dado cuenta de que solo podías dirigirte aquí. —Una sombra de preocupación nubló el rostro de Emily—. No me digas que vienes muy a menudo.

—No suelo venir.

En el pasado, él había representado todo lo que ella hubiera podido desear siempre. Fuerza. Madurez. Amor. Era seis años mayor que ella y Emily lo tenía en un altar desde los diez años. Cuando cumplió dieciocho, Brett empezó a fijarse en ella y le gustó lo que vio. Fue entonces cuando se convirtió en el fundamento de su vida.

Y más adelante en el dueño de ella.

Se casaron al cabo de dos años y todo empezó con pequeños detalles. Le preguntaba dónde había estado. Exigía respuestas inmediatas a sus mensajes de texto. Le advertía acerca de sus amistades masculinas: los hombres solo piensan en una cosa. Le pedía que se quedara en casa con él en lugar de salir con sus amigas.

Y ella accedía porque se sentía halagada de que él necesitara toda su atención, producto del profundo amor que sentía por ella.

Sin embargo, poco a poco sus deseos la fueron ahogando.

¿Por qué no podía darle la contraseña de su correo electrónico? ¿Qué le ocultaba?

¿Por qué hablaba con amistades masculinas? ¿No le bastaba con él?

¿Por qué no podía acompañarla cuando salía con sus amigas? También eran amigas suyas.

Cuando ella se negaba a algo, él la sometía a un interrogatorio que podía durar horas para intentar convencerla de que comprendiera su punto de vista. La amaba y la trataba como a una reina. ¿Por qué no podía acceder ella a algunos de sus pequeños deseos para fomentar su seguridad en la relación?

Con el tiempo Emily empezó a ceder con mayor facilidad para evitar las conversaciones agotadoras que podían llegar a durar varias horas. Y aprendió a andarse con pies de plomo para hacerlo feliz y tenerlo contento.

El escrutinio constante al que la sometía disparaba sus niveles de estrés y la agotaba emocionalmente. Sin embargo, Emily se dio cuenta de que no podía seguir viviendo bajo el mismo techo que él y pidió el divorcio.

Si él era un inseguro, no le correspondía a ella ayudarlo a superar sus traumas.

Brett se acercó al montón de escombros y le dio una patada a una teja.

—Odio este lugar —dijo—. No me gusta lo que representa. Ese día tu vida dio un vuelco.

—Así es.

«Como si no lo supiera ya», pensó Emily, que notó un sabor ácido en la boca.

Brett la miró con ojos oscuros.

—Me preocupo por ti.

Emily logró reprimir el escalofrío.

—Pues estoy bien. Me gusta la calma que se respira aquí.

—¿Puedes hallar la calma en el lugar donde asesinaron a tu padre y donde quemaron tu casa?

«Imbécil», pensó ella. Lo había dicho con toda la mala intención del mundo. Lo único que quería era asestarle una puñalada en el corazón, fingiendo preocupación.

—Sí.

«Respuestas breves».

—Tu vida tomó un nuevo camino. Tu hermana se fue y luego murió tu madre.

Le clavó el puñal hasta el fondo.

Emily contó en silencio mientras respiraba, con mucha calma para no perder los estribos.

—Supongo que aún no habrás tenido noticias de Tara —dijo de espaldas a la casa.

—No. ¿Y tú la has buscado?

En la comisaría, Brett tenía acceso a herramientas de búsqueda que no estaban a disposición del ciudadano medio. Sin embargo, durante su matrimonio, ella nunca le había pedido que la buscara. Apenas hablaban de Tara.

De hecho, su hermana y Brett habían salido durante algunos meses en el último año de instituto de ella y rompieron unas semanas antes del asesinato de su padre.

—No, nunca la he buscado —afirmó Brett—. No es asunto mío. Rompió conmigo, ¿recuerdas? Además, ella siempre decía que tenía ganas de largarse de este pueblo de mierda. Era ambiciosa, por lo que no me sorprende que nos dejara. —Se encogió de hombros.

Emily no lo creía. A Brett no le gustaba que Tara se hubiera ido sin decirle nada a él. Su inseguridad le impedía comprender cómo había sido capaz de cometer semejante afrenta.

Sospechaba que la había estado buscando y que había fracasado.

Pero su ego le impedía admitirlo.

—Madison sí que ha estado investigando —afirmó Emily, sin dejar de mirarlo. Había aprendido a interpretar sus palabras con la misma cautela que empleaba él. En los últimos meses de su matrimonio, se habían sometido a un escrutinio constante y mutuo para intentar adivinar en qué pensaba el otro. La comunicación verbal se había ido por el retrete. La confianza se había esfumado.

—Ah, me alegro por ella. Pero no ha encontrado nada, ¿no?

«Está demasiado relajado. Quiere saber algo. ¿Aún la quiere después de todos estos años?».

Emily siempre había sido la segunda. La segunda hermana. La segunda opción.

En el fondo ella siempre había sabido que él no la amaba lo suficiente, que solo era una mujer encaprichada más para reafirmar su inseguridad, pero había decidido ignorarlo. Sin embargo, Emily había albergado la inocente esperanza de ser capaz de reemplazar a Tara en el corazón de Brett.

Más adelante habría de darse cuenta de que él no amaba a Tara, simplemente no podía aceptar que lo hubiese abandonado. Se convirtió en una obsesión.

—Madison no la ha encontrado. Cree que Tara ha debido de cambiar de nombre.

Brett asintió.

—Tiene su lógica. —Se volvió hacia ella y la miró fijamente—. ¿Te apetece un café?

Emily se puso muy tensa. Nada podía hacerla sentir más incómoda.

—No, tengo que volver al restaurante.

—De acuerdo. Te sigo.

«Eso es lo que tú te crees».

—Puedes ir tirando. Aún me queda un rato aquí. Ya sabes, recuerdos —dijo, intentando pensar en alguna excusa para obligarlo a marcharse.

Él la examinó durante unos segundos.

Aún conservaba su atractivo, admitió el cerebro de Emily, aunque el corazón le gritaba que huyera de allí de inmediato.

—Emily… no lo pasamos tan mal, tú yo, ¿verdad? —le preguntó con un tono mezcla de recelo y curiosidad.

No supo qué responder. ¿Acaso había borrado el tiempo todo lo que le había explicado?

La inseguridad enfermiza de Brett la había convertido en una sombra de la mujer independiente que había sido. Le había llevado más de un año recuperar la confianza en sí misma.

—Ya han pasado cinco años, Brett. No quiero volver a hablar del tema. En su momento ya nos dijimos todo lo que había que decir.

Él frunció el ceño.

—Lo sé, pero…

—No hay peros que valgan. ¿De qué sirve perder el tiempo para hablar de algo que se acabó hace mucho?

—Pero es que cuando estamos juntos, como ahora, es como si...

—Te equivocas. Es como si nada. A mí me parece un error.

Emily lo miró fijamente suplicándole con la mirada que cejara en su empeño.

Brett adoptó un gesto triste y arrugó el entrecejo, un gesto que provocó un escalofrío en ella. Conocía las señales. Se estaba preparando para rebatir sus argumentos hasta que diera el brazo a torcer, agotada.

Sin embargo, ahora ya no estaban casados.

—Vete a casa, Brett.

Emily dio media vuelta y levantó una mano a modo de despedida, con la esperanza de que captara la indirecta. Prefirió no quedarse a averiguarlo y echó a andar hacia el bosque, atravesando el que había sido el jardín posterior de la casa.

Caminaba a ciegas, aguzando el oído para oír la puerta del coche.

Y la embargó una enorme sensación de alivio cuando por fin se abrió y se cerró. Al cabo de unos segundos arrancó el motor.

«Gracias a Dios».

Hacía meses que no hablaba con él. ¿A santo de qué venía aquel lamentable intento de reconciliación? ¿Sufría amnesia temporal?

En ocasiones ella lo veía circular por el pueblo, ya que aún vivía en Bartonville. No soportaba que cada vez que veía un todoterreno de la policía de Astoria el corazón le diera un vuelco y sintiese la obligación de comprobar si se trataba de él.

Su ruptura había sido muy desagradable.

Emily se detuvo y Brett desapareció de sus pensamientos mientras observaba el pequeño tronco del árbol.

Varios años atrás, después de que condenaran a Chet Carlson por el asesinato de su padre, alguien taló el árbol. Aunque nunca averiguó quién. Tampoco lo preguntó y nadie sacó el tema. Aquel gesto de destrucción le parecía justificado y debía de haber sido un acto reparador para alguien. Durante una temporada sospechó que la responsable de la tala había sido una de sus tías.

Pero cada vez que veía el tocón, se le removían las entrañas.

Pasó junto al árbol y se adentró entre los abetos. El viento agitaba las ramas y mecía suavemente aquellos colosos. El suelo estaba empapado. Tras varias semanas de lluvia continua, aquella zona del estado se había convertido en una especie de pantano. Se detuvo y apoyó una mano en un tronco para sentir las vibraciones de la corteza en su leve balanceo. Llevada por la fuerza de la costumbre, examinó la tierra en torno a los árboles, buscando grietas, cualquier señal de que el viento hubiera levantado las raíces de alguno de aquellos gigantes. No era muy habitual que cayera uno de aquellos árboles, pero un fuerte vendaval tras varias semanas de lluvia podía provocar un desastre.

Había visto casas aplastadas por los inmensos árboles. A su madre siempre le había preocupado que algún abeto se desplomara sobre la pequeña casa. Después de una lluvia intensa o un fuerte vendaval, salía a dar una vuelta por el bosque, a comprobar que no hubieran aparecido grietas.

Sin embargo, al final no fueron los abetos los que acabaron con su hogar.

Se le hizo un nudo en la garganta. Las lágrimas le anegaron los ojos e, incapaz de contenerlas, rompió a llorar. Nadie podía verla. No tenía que enfrentarse a miradas curiosas ni debía responder a preguntas incómodas. Se apoyó en un abeto y dio rienda suelta a sus sentimientos. Para experimentar el dolor, la pérdida y la ira que la embargaban por la destrucción de su familia. Todo estalló con violencia, la engulló y se dobló por la mitad, abrazándose el vientre con los brazos. Había perdido a su padre y su hogar, luego a Tara y finalmente a su madre. Un efecto dominó que empezó con la muerte violenta de su padre.

Al cabo de quince segundos, la avalancha de emociones ya había desaparecido y la dejó agotada, con las sienes empapadas en sudor y sin aliento. Sintió una punzada de dolor en la base del cráneo y le fallaron las piernas. No era la primera vez que se venía abajo en ese lugar.

Y ese era uno de los motivos por los que no solía frecuentarlo.

Se estremeció, miró a su alrededor y vio el tocón entre los abetos.

El resto del bosque se desvaneció mientras observaba los restos del árbol entre la maleza.

«Aquí pasó algo», le decía el tocón.

Algo mortal. Algo definitivo. Algo irrevocable.

Chet Carlson fue condenado a cadena perpetua por el asesinato de su padre, pero aquel castigo no era más que una simple tirita para curarle el corazón herido. Ayudó un poco. Pero no la sanó.

Sin embargo, no había nadie a quien castigar por el suicidio de su madre. Emily culpó a Chet Carlson, pero sabía que su madre y los adultos que afirmaban que la amaban también compartían parte de la culpa. Aun así, el paso del tiempo le había permitido protegerse temporalmente del dolor. En ocasiones se mantenía infranqueable, pero a veces permitía que el dolor le llegara al alma.

En estos momentos era eso lo que sentía, un dolor insoportable avivado por la visión de los tristes escombros del hogar de su infancia.

Y el recuerdo resucitado de la traición de Tara.

Capítulo 11

Una llamada de Seth Rutledge, el forense, obligó a Zander a retrasar los planes de visitar a los hermanos Osburne.

El doctor Rutledge llamó al agente cuando este se encontraba en el aparcamiento del Patrick's Place y aprovechó para transmitirle las conclusiones preliminares de las autopsias de Sean y Lindsay Fitch. Zander se sentó junto al sheriff Greer en su todoterreno de la policía del condado y se apretujó bajo el ordenador y el monitor que ocupaban medio asiento del acompañante, una de las incomodidades habituales de los vehículos de las fuerzas del orden, y puso el teléfono en manos libres.

—Adelante, Seth. También me acompaña el sheriff Greer.

—Buenos días. —La voz del doctor Rutledge inundó el vehículo.

—No me diga que ya ha acabado —le soltó Greer.

—Empiezo temprano —respondió el doctor Rutledge—. Una autopsia normal me lleva unas dos horas. A veces más, otras menos.

—Confío en que haya sido especialmente concienzudo con esta pareja —dijo el sheriff.

—Lo soy con todos los cadáveres.

Zander contuvo una sonrisa al oír la pulla de Seth.

—Acabamos de descubrir que Sean se vio implicado en una pelea de bar la noche en que falleció, o la noche anterior, en función de la hora de su muerte —le comunicó al doctor—. El camarero vio que le daban varios puntapiés en el estómago y puñetazos en la cara. Imagino que habrá encontrado pruebas que corroboren estas declaraciones.

—Sin duda. Y sus palabras responden a una pregunta que quería hacerle —dijo el doctor Rutledge—. Al principio supuse que las abrasiones y los arañazos eran producto del forcejeo con los agresores. Pero entonces recibí los resultados preliminares de la analítica de sangre.

Zander y el sheriff intercambiaron una mirada.

—Tanto Sean como Lindsay tenían dosis elevadas de GHB. Dudo que él estuviera en disposición de enfrentarse a los agresores, lo cual tiene sentido si sufrió las heridas en una pelea anterior.

—¿Qué es el GHB? —preguntó Zander.

—El tipo que encontré en los Fitch es, básicamente, una especie de éxtasis casero. Produce un subidón de euforia y luego un gran bajón, lo que sume al afectado en un sueño profundo... o puede provocarle la muerte, incluso. La versión casera puede tener unos efectos muy variables, sobre todo cuando los «cocineros» no son meticulosos. Entonces las consecuencias pueden ser peligrosas.

—Joder —murmuró el sheriff.

Zander no salía de su asombro. ¿Habían tomado la droga por voluntad propia? ¿O los habían drogado para que no opusieran resistencia?

—¿La policía científica dijo si había encontrado drogas en la casa? —le preguntó al sheriff, que negó con la cabeza con semblante muy serio—. Tendremos que avisarlos para que estén especialmente atentos cuando analicen las pruebas que se llevaron de la casa —le dijo Zander al doctor Rutledge—. ¿Qué se supone que deben buscar? ¿Pastillas? ¿Líquido?

—A juzgar por el contenido de sus estómagos y los niveles de droga en sangre, la ingirieron en forma líquida; de modo que presten especial atención a cualquier copa, botella o taza. Y comprueben también los líquidos de la nevera. El GHB es incoloro e insípido.

El sheriff tomó nota.

—Tenemos que volver a la casa. Sé que no se llevaron el contenido de la nevera para analizarlo. Ni los platos sucios.

—Sean había bebido en el bar —afirmó Zander en voz baja.

—Pero ello no explica las drogas que había tomado Lindsay —dijo el sheriff, que no dejaba de escribir en la libreta—. Pero tengámoslo en cuenta si no encuentran nada en la casa.

—¿Puede ser que se la inyectaran? —preguntó Zander, que barajaba la posibilidad de que le hubieran administrado algo a Sean durante la refriega en el bar.

—No he encontrado marcas de jeringuilla —respondió el doctor Rutledge—. Sin embargo, Sean tenía abrasiones en los nudillos, mandíbula y pómulos, y una fuerte magulladura en el abdomen y la espalda. Algo que concuerda con las secuelas de una pelea y los puntapiés que recibió.

—¿Alguna herida más? —preguntó Zander.

—Reciente no. Tenía una antigua fractura de radio y una enfermedad cardiovascular.

—Solo tenía veintisiete años —afirmó el sheriff con un deje de sorpresa.

—Sí. Lo vemos con cierta frecuencia en pacientes jóvenes. Además, su corazón ya no latía cuando lo ahorcaron. Presentaba lividez en las extremidades inferiores. Lo colgaron poco después de matarlo.

—Ahorcaron a un hombre muerto —repitió Zander lentamente. Los asesinos tenían un plan.

—Así es. Tal vez creyeran que aún estaba vivo, pero una de las puñaladas le cortó la aorta claramente. Se desangró muy rápido. Y esta fue la causa de la muerte. —El doctor hizo una pausa—. Diecinueve heridas de puñalada. Y Lindsay, veintiuna.

Zander negó con la cabeza. Alguien estaba furioso. Muy furioso.

—Ah, y Zander... —El doctor Rutledge bajó la voz—. Lindsay estaba embarazada. Diría que de unos dos meses —afirmó el doctor con cautela.

Zander aguzó la vista, centrada en los coches que pasaban por la carretera que había detrás. Notó que el sheriff lo miraba fijamente.

—Es horrible —dijo con voz monocorde mientras intentaba ignorar el zumbido que resonaba en sus oídos—. ¿Cree que lo sabía? —murmuró el sheriff.

—La experiencia me dice que la mayoría de las mujeres lo saben —respondió el doctor Rutledge—. Pero también hay algunas que se ponen de parto y no tenían ni idea de que estaban embarazadas. Yo creía que eran leyendas urbanas hasta que le ocurrió a la hija de un amigo mío —afirmó con un deje de asombro—. Tuvieron que salir corriendo a comprar pañales y una sillita para el coche. Nadie lo sabía.

Zander cerró los ojos unos segundos. ¿Cómo era posible que hubiera gente que tenía hijos sin más, mientras que otros habían de pasar por un auténtico calvario para formar una familia?

—¿Mostraba heridas defensivas, doctor? —preguntó Greer.

—Tenía dos cortes en la parte inferior del brazo. Con la cantidad de GHB que había ingerido, sospecho que fue un débil intento de defenderse. El *livor mortis* se corresponde con la postura en la que fue encontrada, de costado. No la movieron.

«A diferencia de Sean», pensó Zander.

«¿Acaso el objetivo era él? —se preguntó el agente—. ¿O ambos? ¿Tuvo alguna influencia el embarazo?».

Le fastidiaba no conocer el móvil.

—¿Cuál fue la hora de la muerte, doctor? —preguntó.

—Calculo que entre la medianoche y las tres de la madrugada.

—¿En el caso de ambos?

—Sí.

—¿Hay algún dato más que pudiera resultarnos de utilidad?

—De momento no. Recibirá mi informe esta tarde… bueno, salvo los resultados completos de toxicología. He pedido pruebas adicionales y en ocasiones tardan algo más.

—Buena idea. Me gustaría saber si tenían alguna sustancia más en el organismo.

Zander colgó y permaneció en silencio durante unos segundos, gesto que el sheriff respetó. El agente sospechaba que tampoco podía dejar de pensar en lo ocurrido. El doctor Rutledge les había dado demasiada información para procesarla de golpe.

—¿Es buena idea que vayamos a ver a los Osburne ahora mismo? —preguntó Zander.

El sheriff Greer agarró con fuerza el volante.

—Tal vez antes deberíamos comprobar si nuestros compañeros han encontrado huellas de los Osburne en casa de los Fitch. Por lo que sé, los hermanos no solían frecuentar la casa de Sean y Lindsay.

Zander estaba de acuerdo. Si iban a verlos entonces, podían verse obligados a revelar sus cartas. La presencia de las huellas de los hermanos en la escena del crimen sería una prueba casi definitiva de que eran los autores del homicidio.

—Podemos pasar a ver si hay alguien en casa. ¿Sabe qué vehículo tienen?

—Una ranchera Ford King vieja y un todoterreno Durango.

Zander no se esperaba una respuesta tan rápida. Estaba impresionado. Sin embargo, el sheriff sabía que los Osburne se habían peleado con Sean antes de su visita al bar. Tal vez lo había comprobado.

—Sheriff —preguntó Zander—, ¿cuántos crímenes por motivos raciales se producen en esta zona al año?

Greer se frotó la nuca mientras meditaba la respuesta.

—No sé qué decirle. Uno nunca sabe si la raza fue el desencadenante de un crimen. Además, un noventa y nueve por ciento de la población del condado es blanca. Y el otro uno por ciento es de origen latino.

—¿Y alguna vez se ha producido algún tipo de incidente racial en el que estuvieran implicados los hermanos?

—Habría que consultarlo. Por lo que sé, han tenido encontronazos con todo el mundo. —Negó con la cabeza—. Cada vez que me cruzo con ellos, han cambiado de trabajo. O están en paro.

A Zander no le sorprendieron sus palabras. La zona litoral de Oregón estaba bastante aislada. Una pequeña cordillera separaba las ciudades del resto del estado, y no había una gran oferta laboral. De hecho, la tasa de desempleo era elevada. La región poco tenía que ver con la costa californiana, su clima cálido y sus cuerpos perfectos. Para vivir en Oregón había que tener muchas ganas y un abrigo bien grueso.

Greer arrancó el motor.

—La casa de los Osburne no está muy lejos de aquí.

—Yo le sigo.

***

El Ford Explorer del sheriff se detuvo bruscamente en el arcén de la estrecha carretera. Zander contuvo el aliento al pisar el freno y paró detrás de él.

Se había distraído observando las casas que había a ambos lados de la carretera de dos carriles. Tal vez era el tiempo gris y deprimente, pero las fincas esparcidas entre los altos árboles y la vegetación le habían provocado cierto desánimo. Había visto varios vehículos destartalados, columpios oxidados y graneros con agujeros enormes en el tejado.

Greer bajó del vehículo y Zander hizo lo propio. Se fijó en que no se encontraba muy cerca de una casa ni de un camino de acceso. Solo había árboles.

El sheriff se dirigía hacia él con gesto adusto y a Zander se le erizó el vello de la nuca.

—¿Qué ha ocurrido? —preguntó el agente, con una sensación de vacío en el estómago.

—Acabo de recibir una llamada. Uno de mis hombres se ha pegado un tiro esta mañana, de modo que ahora debo atender este asunto. Los Osburne pueden esperar.

—¿Cómo? —preguntó Zander, que no salía de su asombro.

Greer se cruzó de brazos y apartó la mirada.

—Ha sido Copeland —afirmó mordiéndose los labios.

Zander lo ubicó de inmediato.

—El agente que acudió a la escena. El que descolgó el cadáver de Sean.

—Está muerto. Mis chicos dicen que se ha pegado el tiro con el arma reglamentaria.

Zander se había quedado sin habla. ¿Estaba relacionado con el asesinato de los Fitch?

—Tengo que irme. —El sheriff se volvió, encorvado.

—Lo acompaño.

Greer lo miró.

—Gracias, pero no será necesario.

—¿Ayer su hombre fue el primero en llegar al escenario de un crimen que estoy investigando y hoy ha muerto? —Zander sostuvo la mirada del sheriff—. Claro que voy.

Greer lo contempló fijamente. Parecía haber envejecido diez años desde que habían hablado en el pub.

—Como quiera —murmuró.

«Sabe que tengo razón», pensó Zander, que subió a su vehículo y llamó de inmediato a Ava.

Al cabo de unos minutos aparcó de nuevo detrás del sheriff. El hogar de los Copeland se encontraba en un pequeño barrio residencial lleno casas de una planta construidas en parcelas diminutas y con un pequeño jardín. Todas parecía cortadas por el mismo patrón. Había muchos coches patrulla del condado de Clatsop, Astoria, la ciudad de Seaside e incluso un vehículo de la policía del estado. Los distintos agentes habían formado diversos corros frente a la casa y los vecinos se habían amontonado junto a la cinta policial y no paraban de tomar fotografías.

Enseguida reparó en el todoterreno de Ava, que estaba hablando por teléfono y caminaba de un lado al otro. Había llegado a la escena antes que ellos porque aún se encontraba en el centro de Bartonville; además, como Ava había entrevistado a Copeland el día anterior, sabía dónde vivía. Colgó cuando Zander y Greer se aproximaban a ella y los miró con sus ojos azules, teñidos por un velo sombrío.

—He informado al jefe —les dijo—. Y me han dicho que el forense ha entrado en la casa hace unos minutos.

—Era solo un muchacho —murmuró Greer.

—Era joven, sí. ¿Cree que pudieron afectarle los asesinatos? —preguntó Ava, con un tono que reflejaba su incredulidad.

—¿Cómo se encontraba cuando hablaste ayer con él? —preguntó Zander a su compañera.

—Estaba alterado y disgustado, pero me dio la sensación de que quería que se hiciera justicia por la pareja. —Aguzó los ojos—. No me pareció que me encontrara ante un agente que quisiera quitarse la vida por lo que había visto. —Le hizo un gesto a Greer—. Pero usted lo conocía mejor.

—Nunca vi ni oí que tuviera tendencias suicidas —dijo el sheriff—. Pero antes debemos conocer todos los hechos.

Greer examinó a los grupos de policías que estaban esperando algún tipo de instrucción. Todos habían dejado de hablar y lo miraban de lejos. Aquellos hombres estaban embargados por un dolor palpable y esperaban a que el sheriff hiciera algo. Lo que fuera.

Sin embargo, Zander sabía que el sheriff no podía hacer nada para aliviar ese dolor.

—Quiero que dos agentes se encarguen de mantener a raya a los curiosos —ordenó Greer al grupo que se encontraba más cerca—. Que les ordenen que guarden los teléfonos. Que muestren algo de respeto. —Se agachó para pasar por debajo de la cinta y encabezó su pequeña comitiva. Zander y Ava lo siguieron. Los tres firmaron el registro que les tendió un agente que custodiaba la puerta.

El agente tenía los ojos enrojecidos e hinchados, pero se mantuvo erguido, tieso como un palo, mientras ellos anotaban sus nombres. El sheriff se quitó el sombrero y apoyó una mano en el hombro del agente. Se lo estrechó con un gesto breve y asintió, pero no dijo nada.

El joven agente adoptó un gesto de gratitud.

Los tres franquearon la puerta y Zander respiró hondo y se puso derecho para enfrentarse a otra escena con un fallecido.

El cuerpo se encontraba en el comedor, a su derecha. Nate Copeland estaba sentado en un sillón reclinable, con las piernas levantadas, apoyadas en el reposapiés. El sillón estaba tan reclinado que casi parecía una cama. De no ser por la sangre reseca de la cabeza y el cuello, se diría que Copeland estaba echándose una siesta. Había un hombre hispano joven inclinado sobre el cadáver, haciendo algo bajo la camisa del fallecido. En cuanto los oyó, levantó la cabeza y los miró.

—Hola, sheriff.

—Doctor Ruiz —dijo Greer—. Este es el agente especial Wells y la agente especial…

—McLane —dijo el médico, mirando a Ava—. Nos han presentado hace poco. ¿O ya es la agente especial Callahan?

—Aún no —respondió Ava—. La boda es en verano —afirmó y miró a Zander—. El doctor Ruiz fue el responsable de examinar el cadáver en un caso que llevé en la costa, el otoño pasado.

El forense se levantó tras extraer el termómetro que había introducido en una incisión practicada junto al hígado de Copeland. Consultó la temperatura y acto seguido dobló el brazo del fallecido hacia delante y hacia atrás por el codo.

—No presenta *rigor mortis* —afirmó mientras le movía los dedos—. La temperatura corporal roza lo que podría considerarse normal. ¿A cuántos grados estamos aquí?

Zander examinó el termostato que había en la pared de la sala de estar.

—A veintiuno.

El doctor Ruiz ladeó la cabeza mientras examinaba el cuerpo.

—Murió hace unas dos o tres horas.

El sheriff exhaló con fuerza.

—A media mañana. Pues no hace mucho. —Se volvió y le hizo un gesto a un agente que había junto a la puerta—. Id a hablar con los vecinos, a ver si alguien ha oído algo.

El hombre asintió y se fue, esquivando a una especialista de la policía científica con una cámara.

Greer le hizo un gesto con la mano.

—Habéis llegado rápido.

—Todo el mundo se pone las pilas cuando sabemos que es uno de los nuestros —respondió la mujer, que frunció el ceño al ver al forense. Obviamente no le hacía gracia que estuviera trabajando en la escena del crimen.

—He tomado varias fotografías antes de tocar el cuerpo —le aseguró el doctor Ruiz—. Se las enviaré y enseguida me quito de en medio.

Ruiz se volvió hacia Copeland mientras la técnica se desplazaba por el perímetro, sin dejar de tomar fotografías. El forense iluminó el interior de la boca de Copeland con una linterna.

—Herida de entrada en el paladar óseo. —Palpó el cráneo con suavidad—. Herida de salida de tamaño considerable.

A juzgar por la sangre y la materia gris que había en el sillón y la pared, Zander había llegado a la misma conclusión. El arma se encontraba en el regazo de Copeland, con las manos a los lados. Zander observó detenidamente la pistola, así como la posición de las manos y los brazos del fallecido. No vio nada que indicara que Copeland no se había disparado a sí mismo.

Sin embargo, no podía descartar ninguna opción.

«¿Hay alguien que esté intentando manipular esta investigación?», pensó.

El doctor Ruiz miró a Greer.

—Buscaremos restos de pólvora en las manos.

—Claro que los encontraréis —afirmó el sheriff—. Manejaba armas a diario. Y si no me equivoco, ayer mismo hizo prácticas de tiro.

—El recuento de partículas del residuo nos lo confirmará —dijo Ruiz—. Será muy elevado si ha disparado el arma aquí. —El doctor se quitó los guantes y los dejó cerca de la pistola—. Supongo que me encargaré yo, ¿no? —Miró a Greer—. ¿O lo llevarán los de Portland, como ocurrió ayer?

El sheriff Greer volvió la vista hacia Zander y a Ava.

—No se ofenda, doctor —dijo Ava—, pero como el doctor Seth Rutledge ya ha examinado dos cadáveres de este caso, creo que también debería encargarse de este.

—¿Cree que está relacionado con el de ayer? —preguntó Ruiz.

—No podemos descartarlo —respondió Zander. Examinó la sala de estar y se fijó en que los muebles y la decoración debían de tener un par de décadas—. ¿Sabe si Copeland vivía aquí solo? —le preguntó al sheriff.

—Ayer me dijo que vivía con sus padres —afirmó Ava—. Y también me comentó que se habían ido de vacaciones a México.

—¿Quién lo ha encontrado?

—Uno de los otros agentes, Daigle, que había quedado en venir a recogerlo esta mañana —respondió el sheriff Greer—. Habían hecho planes para ir a Short Sands, una playa que hay hacia el sur —les aclaró—. Daigle ha llamado en cuanto lo ha visto.

—¿Aún está aquí?

—Lo he visto ahí fuera. —El sheriff se acercó a la puerta—. ¡Daigle! Ven —gritó—. Por favor —añadió como si se le hubiera ocurrido en el último momento.

El agente llevaba unos vaqueros muy holgados y un abrigo grueso. Tenía la cara redonda con manchas y los ojos hinchados. Miró fijamente al sheriff para no tener que ver el cadáver.

Zander sintió una punzada de pena por aquel joven. Daigle parecía recién salido del instituto. La misma impresión que le había causado Copeland el día anterior. En realidad, todos los ayudantes del sheriff le parecían muy jóvenes, ¿tal vez porque se estaba haciendo mayor?

Sin embargo, él no se sentía mayor. Cuarenta años no era «mayor».

Salvo quizá a ojos de un veinteañero.

Ava frunció el ceño al ver al ayudante del sheriff. Dos arrugas le surcaban la frente y Zander se preguntó si estaba pensando lo mismo que él.

El joven les estrechó la mano a ambos y Greer hizo las presentaciones de rigor. Era educado. Demasiado educado. Un rasgo habitual en muchos recién licenciados de la academia de policía del estado, antes de que adquirieran experiencia.

—¿Cuándo fue la última vez que habló con Copeland? —preguntó Ava.

—Anoche —respondió Daigle, secándose la nariz con la manga—. Quedamos en que yo conduciría y vendría a recogerlo a mediodía.

—¿Le pareció que mostraba un interés especial por el viaje? —preguntó Zander.

—Sí, señor. Ambos teníamos ganas de pasar la tarde fuera de Bartonville.

—Hace frío, hay mucha humedad y viento —señaló Ava—. ¿Por qué querían ir a la playa?

El sheriff resopló con un gesto apenas perceptible y Daigle respondió con sinceridad.

—Si esperásemos a que hiciera un tiempo perfecto, nunca saldríamos de casa. Ya estamos acostumbrados. En Shorty hay algunas zonas donde puedes hacer fuego y guarecerte del viento.

—¿Y qué hacen allí? —A Zander le parecía un lugar inhóspito, estuviera o no resguardado.

Daigle se encogió de hombros y se miró los pies.

«Beber. Fumar porros», pensó Zander.

El agente del FBI intercambió una mirada con su compañera, que había fruncido los labios. Se preguntó si a Daigle le había tocado ser el conductor, muy a su pesar.

—Nate quería evadirse un poco de todo después de la mañana de mierda que había tenido el día anterior —explicó Daigle.

—¿Cómo ha entrado en la casa? —preguntó Zander.

—La puerta no estaba cerrada con llave. He llamado al timbre y no ha respondido nadie. Pero lo he visto… a través de las ventanas y por eso he abierto la puerta.

—¿Había hecho algún comentario en el pasado que le hiciera temer por él? —preguntó Zander.

—No, señor. Entiendo lo que me pregunta. Jamás se me habría pasado por la cabeza que podía acabar así. Ni en un millón de años. Me atrevería a decir que soy su mejor amigo y no me lo esperaba. Si estaba deprimido, nunca me habló del tema.

—Hay mucha gente que lo oculta —afirmó Ava en voz baja—. Ni siquiera se lo dice a sus mejores amigos ni a su familia. Buscaremos antidepresivos.

—No puedo creer que lo hiciera sabiendo que sería yo quien iba a encontrarlo —murmuró Daigle—. Qué cabrón.

Se secó una lágrima.

Ava tenía los ojos empañados.

—A lo mejor confiaba en ti.

—Aun así es una mierda. Nunca me podré quitar la imagen de la cabeza.

Lanzó una fugaz mirada al cuerpo y se estremeció.

El sheriff enarcó una ceja mirando a Zander y a Ava, que asintieron con la cabeza.

—Puedes irte, hijo —le dijo al joven—. Ya hablaremos luego.

Daigle se fue sin decir nada más.

—¿Alguien se ha puesto en contacto con los padres de Copeland? —preguntó Zander.

—Les dejé un mensaje algo ambiguo para que me llamaran, pero aún no han dado señales de vida —respondió Greer—. Echemos un vistazo rápido a la casa.

Los tres se separaron. Zander se encargó del cuarto de baño, donde examinó el armario de los medicamentos que había bajo el lavamanos. Encontró varios frascos, pero todos a nombre de John y Helen Copeland. No le sonaba ninguno de los medicamentos, salvo el de la hipertensión.

—En los dormitorios no hay nada —dijo el sheriff desde el pasillo.

—Tampoco hay ninguna medicina en la cocina —afirmó Ava desde la parte posterior de la casa—. Pero venid a mirar esto.

Zander y Greer se dirigieron a la cocina. Ava estaba frente a la nevera abierta.

—¿Lo veis? —Señaló un paquete de seis botellas de Miller Lite en el estante superior—. Está justo al lado de un bote de salsa ranchera sin abrir. —Señaló la encimera, donde había tres bolsas de patatas junto a una nevera de playa—. Parece como si tuviera planes para ir a algún lado.

—Como si hubiera quedado con su amigo para ir a la playa —dijo Greer entre dientes.

Zander abrió el armario que había bajo el fregadero y sacó el cubo de la basura. Examinó el contenido con guantes y encontró lo que estaba buscando. El recibo de las cervezas, las patatas, la salsa y una bolsa de hielo.

—¿Hay una bolsa de hielo en el congelador?

Ava lo comprobó.

—Sí.

Los tres intercambiaron una mirada.

—Por cierto, los frascos de medicamentos que he encontrado tienen nombres distintos —afirmó Zander—. ¿John y Helen Copeland?

—Son sus padres —respondió el sheriff muy serio—. Los conozco desde hace más de veinte años. Darles la noticia será una de las cosas más difíciles que he hecho en toda mi vida. —Se le demudó el rostro.

—Podemos… —intentó ofrecerse Ava, pero Greer levantó la mano.

—Ya lo haré yo. Es mejor que les comunique la noticia alguien conocido. —Hizo una pausa—. Aunque no hay forma buena de comunicar la noticia.

Zander se acercó a los demás y bajó la voz.

—Es muy probable que esto no haya sido un suicidio.

El sheriff sucumbió a un torbellino de emociones y se frotó la sien.

—No quiero descartar ninguna opción, pero no me gusta lo que sugiere. Conozco muy bien a esta comunidad.

—Este crimen podría haber sido obra de alguien de fuera —afirmó el agente del FBI.

—Pero ¿por qué? —A Greer se le rompió la voz.

—Si lo supiéramos ya tendríamos a los asesinos —respondió Ava—. Sea alguien de aquí o de fuera, hay algo que huele a podrido en este pueblo.

—Y me da a mí que esto aún no ha acabado —añadió su compañero, pronunciando las palabras lentamente.

No tenía ninguna prueba que sustentara su afirmación, pero se fiaba de su instinto.

Y Ava le dio la razón con la mirada.

Capítulo 12

Emily tenía la mano en el tirador de la puerta de la peluquería de Anita cuando alguien la llamó por detrás. Se volvió y apretó los dientes al descubrir quién había sido.

Leann Windfield.

Leann trabajaba de periodista en el periódico de internet del condado y le encantaba molestar e incordiar a la familia de Emily. Había aprovechado su puesto para escribir varios artículos sobre los Barton. Los enmarcaba en un contexto histórico y ponía especial énfasis en que esa familia siempre había sido egoísta y avariciosa. Ofrecía su versión de la historia de tal modo que sus opiniones parecían basadas en hechos.

El problema era que Leann elegía solo las circunstancias que más le convenían para su causa y dejaba de lado cualquier dato que pudiera hacer quedar en buen lugar a los Barton.

Leann y Emily habían ido juntas al instituto, pero nunca habían compartido círculo de amistades. Podrían haberse ignorado mutuamente durante cuatro años, pero por algún motivo que Emily no alcanzaba a comprender, Leann eligió a Madison como víctima predilecta para acosarla.

En el instituto, Madison era una chica discreta y que no llamaba la atención. Los estudiantes que luchaban por llegar a lo más alto de la pirámide social la consideraban un bicho raro. No la comprendían y por eso la convirtieron en el blanco de sus burlas. Era como cuando una manada de lobos ataca a un lobo blanco, solo porque es distinto. Las chicas malas también se movían en manadas y Leann era la líder, auspiciada por su grupo de acólitas.

Madison no les hacía caso, ya que nunca la tocaron. Se encogía de hombros cuando su hermana intentaba hablar del tema. A Emily se le partía el alma al ver el trato que recibía Madison. Sin embargo, la manada de Leann sembraba un sinfín de rumores que corrían como la pólvora entre los estudiantes. A muchos les gustaba repetir aquellas palabras ante Emily para ver su reacción.

Leann sabía que con Madison siempre pinchaba en hueso. Su pasividad debería haberle quitado las ganas de seguir acosándola, pero Emily no podía mantenerse al margen. No temía las consecuencias si se trataba de proteger a su hermana pequeña.

Tenía una mecha larga, no saltaba a la mínima. Y no solía dejarse arrastrar por la ira. Sin embargo, la mecha era muy corta cuando el problema era el acoso implacable al que Leann sometía a su hermana.

Porque ella era responsable de Madison.

Emily avanzó por el pasillo del instituto, con la mirada fija en la coleta rubia que bailaba entre cuatro coletas más de distintas tonalidades. Tenía un único objetivo entre ceja y ceja, lo que le impedía ver las taquillas, puertas y estudiantes que había a su alrededor.

—¡Leann!

Las coletas se volvieron de golpe.

Emily se detuvo a escasos centímetros de Leann. Ambas eran populares, tenían un expediente académico brillante y un círculo de amistades muy amplio. El equilibrio de poder estaba muy igualado. Emily no vio a los demás estudiantes, pero sintió que se paraban a observar la escena. Los susurros le llegaron a los oídos.

—¿Por qué has hecho correr ese rumor sobre Madison? —murmuró—. He averiguado que fuiste tú la primera que lo dijo, en la fiesta de Bryan Sprig. Y sabes que no es verdad.

Leann miró a sus amigas, en busca de apoyo.

—Pues yo creo que sí es verdad. Tu hermana es muy rara.

—Siempre saca excelentes.

Leann se encogió de hombros.

—Hay muchos psicópatas que son inteligentes. —Esbozó una sonrisa—. Ya sabes lo que se dice, que puede deberse a un hecho trágico de la infancia. Es probable que perdiera la chaveta poco después que tu madre.

Emily se quedó con la palabra en la boca mientras la coleta y el resto de la manada se alejaban por el pasillo.

Emily sintió la embestida de un torbellino de emociones y un mar de sudor en las axilas. No podía quitarse de la cabeza la falsa sonrisa de Leann. No era el primer encontronazo que tenían desde el instituto. Pero todos habían sido provocados por Leann, que no merecía que le dedicara ni un segundo.

Emily se volvió hacia la peluquería. «Ignórala», pensó.

—He oído que ayer encontraste dos cadáveres.

Emily se puso tiesa como una escoba.

—Déjame en paz, Leann.

—Solo quiero confirmar algunos hechos para mi artículo.

—Pues habla con la policía.

—Ya lo he hecho, pero sería muy útil poder contar con tus declaraciones.

Emily la miró.

—Nunca has tenido ni una buena palabra para mi familia. Ni en persona ni en el periódico.

—Yo solo me dedico a informar de los hechos. Ese es mi trabajo. ¿Lo que sucedió ayer te despertó recuerdos amargos? —preguntó con una mirada de falsa compasión—. Debió de ser horrible ver algo así… tan parecido a la muerte de tu padre.

Emily solo quería entrar en la peluquería para alejarse de aquella sanguijuela. Pero no lo hizo. Se volvió lentamente a pesar de la sirena de aviso que resonaba en su cabeza. No estaba furiosa, pero anhelaba una satisfacción con toda el alma.

Sin embargo, pensar antes de hablar no era uno de sus fuertes.

—¿Qué tal te va en ese trabajo en el que solo informas de los hechos? He oído que han vuelto a bajaros el sueldo.

—Dime qué ocurrió ayer. La gente merece saberlo.

Leann no hizo caso del comentario y pulsó la pantalla del teléfono. Emily imaginó que lo hacía para poner la grabadora.

—No tengo nada que declarar.

—He oído que el otro día te pincharon los neumáticos.

—¿Y?

—Pues que me parece algo extraño, justo después de que descubrieras dos asesinatos.

—También me he quemado los dedos en el trabajo —afirmó Emily con voz suave—. ¿Te parece extraño que haya sucedido justo después de descubrir dos asesinatos?

Leann pulsó la pantalla de nuevo, se guardó el teléfono en el bolso y miró a Emily de reojo.

—No me parece que responder con sarcasmo sea lo más adecuado. Han muerto dos personas. Creo que se han desplazado algunos agentes del FBI para echar una mano con la investigación.

Emily no dijo nada, pero pensó en Zander Wells. Era mejor que no le contara nada a Leann sobre el agente. Le había bastado con menos de un día para darse cuenta de que Zander era muy competente en su trabajo. Además, no se había dejado intimidar por el plan de acoso y derribo de sus tías. Todo un punto a su favor.

—Si no quieres hablar, estoy segura de que alguna de tus tías será más generosa. —Leann se acercó a ella con un brillo de falsa curiosidad en los ojos—. Me pregunto qué pensarán sobre el segundo ahorcamiento de la historia de Bartonville.

Emily dio la conversación por terminada. Y también Leann.

—Como acoses a mis tías y les hagas aunque solo sea una pregunta, llamaré a tu jefe.

Emily se volvió, abrió la puerta y sonó la campanilla del establecimiento. En el interior había tres mujeres que la observaban boquiabiertas. Se encontraban junto a la ventana, donde habían disfrutado de un primer plano del altercado. La puerta se cerró tras Emily y las tres emitieron un leve murmullo cuando las miró.

Anita fue la primera que se recuperó y regresó a su asiento.

—Veo que esa periodista insolente vuelve a tenerte en su punto de mira. —Agitó las tijeras para que su clienta se sentara de nuevo—. Aléjate de ella, Emily. Una vez quiso hacerme una entrevista sobre la peluquería, pero al final resultó que solo pretendía conseguir información acerca de un cliente. No me gustan los chismorreos —afirmó mientras peinaba y le cortaba el pelo a su clienta, que asentía con la cabeza.

Emily no creía que fuera del todo cierto que no le gustaban los cotilleos.

—Esa chica se la tiene jurada a tu familia desde hace años —añadió Anita, que miró a Emily a los ojos en el espejo—. ¿Qué busca esta vez?

—Lo de siempre. —Emily sabía que no le convenía abrir la boca, a menos que quisiera que todo el pueblo supiera lo que pensaba. Contuvo el aliento y frunció el ceño mientras examinaba los rostros de las presentes e intentaba recordar qué la había llevado allí—. Creía que mi tía Dory tenía cita a esta hora.

—Llamó para cancelarla. No se encontraba bien, la pobre.

«Cómo no», pensó Emily.

Un día Dory tendría que admitir que en su vida casi nunca había estado enferma, salvo cuando sufrió una intoxicación alimentaria. Si su tía hipocondríaca dedicara a algo más útil la energía que invertía en preocuparse por su salud, podría cambiar el mundo.

—Gracias, Anita. Ya la veré en casa.

Emily salió a la calle, donde soplaba un aire frío, y se alegró al comprobar que Leann se había ido. Sin embargo, los rescoldos de la ira que había provocado aún ardían en su interior.

«¿Por qué dejo que me saque de quicio?», pensó.

Emily estaba intranquila desde el día anterior por la mañana, atrapada en un torbellino de recuerdos dolorosos, antiguos y nuevos. La embargaba un sentimiento tan sombrío como el tiempo. Gris. Inestable. Frío.

Desolador.

Tara y sus padres la rondaban en sus pensamientos, como hacía años que no le ocurría. Las últimas treinta y seis horas habían sido de una angustia insoportable. Emily se tapó los ojos con los dedos, intentando borrar las imágenes de su padre, que tenía grabadas a fuego en el cerebro.

Su vida había tomado un camino muy tortuoso desde la noche de su muerte. Siempre había soñado con abandonar Bartonville para irse a estudiar a la universidad, casarse con el hombre perfecto, tener 2,5 hijos y disfrutar de una carrera profesional maravillosa. Sin embargo, todo eran problemas de dinero. Problemas familiares. Problemas con su ex. Problemas con Madison.

Tal vez debería haber huido, como Tara.

«¿Sabe que nuestra madre se suicidó?», se preguntó.

¿Seguiría con vida su madre si Tara se hubiera quedado y le hubiera dicho lo que había visto?

***

Zander habría preferido enviar al sheriff a casa. La presión de los últimos días se reflejaba en el rostro de Greer y sus movimientos se habían ralentizado considerablemente. Sin embargo, ahí estaban los dos, de camino a casa de los hermanos Osburne. El sheriff podía aportar mucho al interrogatorio y quizá los hermanos se mostrarían más abiertos ante un rostro familiar, por mucho que el sheriff los hubiera detenido unas cuantas veces, que ante un agente del FBI al que no conocían de nada.

Habían dejado a Ava en casa de los Copeland para vigilar al equipo de la policía científica. Los padres de Copeland habían llamado al sheriff cuando Zander y él estaban a punto de irse. Cuando vio el rostro de Greer al descubrir el nombre que aparecía en la pantalla de su teléfono, Zander se alegró de no ser el responsable de dar la noticia a los padres. El sheriff salió al jardín posterior para darles la mala nueva.

Cuando volvió, tenía los ojos y la nariz rojos.

El vehículo del sheriff abandonó la carretera con un giro brusco. Si no lo hubiera seguido, Zander nunca se habría fijado en aquel camino de acceso. Una fila de buzones era el único indicio de que aquella pista polvorienta conducía a un grupo de casas. El agua resonaba contra los bajos del coche al atravesar los charcos. Pasaron junto a un cartel en el que podía leerse: ROAMER'S REST. Un poco más adelante vio varias viviendas prefabricadas, dispuestas en una hilera irregular.

Se fijó en una casa turquesa que le hizo preguntarse si el dueño había comprado la pintura en época de rebajas o si, tal vez, tenía cataratas y había visto atenuada la intensidad real de aquel tono.

A lo mejor simplemente les gustaba el color.

En las demás construcciones predominaban los tonos marrones y grises, que se fundían con el paisaje gracias a la niebla. Era como si una nube se hubiera posado en el valle, sobre aquella urbanización de casas prefabricadas. Zander examinó los altos abetos que rodeaban las viviendas y se preguntó qué extraña anomalía de la naturaleza provocaba la concentración de una niebla tan densa en la zona.

El sheriff aparcó y Zander se detuvo también a su lado. Greer bajó del vehículo y señaló la casa turquesa. Era su objetivo.

—Tal vez no me crea, pero son unos chicos de trato fácil —afirmó el sheriff—. No saltan a la mínima. No creo que tengamos ningún problema.

«A menos que hayan bebido», pensó Zander.

—¿No necesitamos refuerzos? —preguntó el agente del FBI.

—Solo vamos a hablar. No pasará nada.

Zander dirigió la mirada al extremo más alejado de la casa y se quedó en el camino de grava mientras el sheriff se acercaba al pequeño porche de madera que había en un lateral.

—No veo otra puerta —dijo Zander en voz baja.

—No. Hicieron reformas para ampliarla y eliminaron la otra salida.

—No creo que eso sea muy legal.

—No lo es. —Greer miró a Zander y se encogió de hombros—. Lo saben, pero yo poco puedo hacer al respecto.

El sheriff sacó la linterna que llevaba en el cinturón, se acercó a la puerta lateral y llamó.

—¿Billy? ¿Kyle? ¿Estáis en casa? Soy el sheriff Greer. Me gustaría haceros un par de preguntas sobre la pelea del bar de hace un par de noches.

Zander no quitaba ojo de las ventanas y vio que se movía la cortina de la que estaba más cerca. Se había desabrochado la chaqueta, pero no había desenfundado el arma, al igual que el sheriff, confiando en que Greer no hubiera errado en su elección de la mejor forma de abordar a los hermanos.

Se abrió la puerta y salió un hombre de unos cuarenta años vestido con unos vaqueros gastados y una camisa de franela roja arremangada que dejaba al descubierto varios tatuajes. Llevaba el pelo bastante largo, pero iba bien afeitado. Tenía un aire arrogante, típico de un matón de poca monta. Cuando vio a Zander se lo quedó mirando fijamente, tanteando el terreno.

El agente mantuvo la calma y un gesto de cierta indiferencia.

—¿Está tu hermano en casa? —preguntó Greer.

—Está trabajando.

—¿Dónde?

—En una tienda de piezas de coches.

—¿En Warrenton?

—Sí, ya lleva tres meses.

Zander sacó el teléfono y le envió un mensaje a Ava para que le pidiera a uno de los ayudantes del sheriff que estaba en casa de los Copeland que fuera a la tienda de repuestos, vigilara a Billy Osburne y lo siguiera si iba a algún lado. Ava respondió con un pulgar.

—Me alegro por él. ¿Y tú?

—Sigo buscando —respondió con un tono a la defensiva.

—Ya saldrá algo —afirmó el sheriff—. Sabes de qué pelea hablo, ¿no? La del bar de Patrick, hace un par de noches.

—Sí. —Kyle se metió las manos en los bolsillos—, pero nadie resultó herido. No fue para tanto.

—Fue Billy, ¿no? Al principio te lo quedaste mirando, pero luego lo apartaste, ¿no es así?

—Sí. La cosa no duró más de quince segundos. Antes de que nos fuéramos el tipo ya estaba en la barra con su cerveza.

—Es lo que nos ha dicho Paul.

Kyle miró de nuevo a Zander, de pies a cabeza.

—¿Quién es este?

—Ha venido de Portland a echarnos una mano con el caso. ¿Conoces bien a Sean Fitch? —preguntó Greer para recuperar la atención de Kyle.

—Para nada. Nunca he hablado con él, pero lo he visto por ahí. No hay muchos negros en la ciudad. Llama la atención, ya sabes. —Kyle sonrió, como si sus palabras le hubieran hecho gracia.

—¿Y Billy? ¿Conoce a Sean?

Kyle miró a Zander.

—Eso tendrías que preguntárselo a él.

—Lo conocía lo suficiente para empezar una pelea —afirmó el sheriff con toda naturalidad.

—Fue Sean quien lo empezó todo —replicó Kyle.

Zander observó el lenguaje corporal de aquel tipo. Estaba muy tenso y no paraba de mover las manos, las sacaba de los bolsillos, cruzaba los brazos, y acto seguido volvía a empezar. Se fijó en los nudillos y las manos del hombre, en busca de alguna abrasión o magulladura, pero no vio nada. Kyle miraba a los ojos al sheriff, pero de vez en cuando se distraía y lanzaba un vistazo fugaz al agente.

Sus movimientos eran los típicos de alguien interrogado por la policía. Fuera o no culpable.

Kyle no había dicho ni una palabra sobre la muerte de Sean.

«¿Lo sabe?», pensó Zander.

—¿Por qué intentó pegar Sean a Billy? —preguntó el sheriff—. ¿Estaba enfadado por algo?

Kyle se frotó la barbilla.

—Billy y él arrastran alguna que otra rencilla de hace tiempo. Pero eso tendrás que preguntárselo a Billy. —Entornó los ojos sin apartarlos del sheriff y endureció el tono—. ¿Qué dice Sean? ¿Que fue Billy quien lo empezó todo? Eso es mentira.

Zander se quedó paralizado y analizó los posibles indicios del tono, el rostro y el lenguaje corporal de Kyle.

Si mentía, era un auténtico experto.

El sheriff ni se inmutó.

—No lo sé. Luego hablaremos con Billy. ¿A qué hora sale de trabajar?

—A las cinco.

«Dentro de una hora», pensó Zander.

—¿Por qué no me adelantas algo sobre las cuentas pendientes entre Billy y Sean?

Kyle frunció los labios hacia un lado y agachó la mirada mientras le daba vueltas al asunto. Al cabo de unos segundos levantó la cabeza.

—Que conste que yo no he abierto la boca.

Greer asintió.

Zander se puso tenso y desplazó el peso del cuerpo hacia los dedos de los pies, intentando acercarse más a Kyle sin moverse para no perder detalle de sus palabras. Kyle miró con recelo a derecha e izquierda, con un brillo en los ojos, y bajó la voz.

—Billy se estaba tirando a Lindsay, la mujer de Sean.

Capítulo 13

—¿Cree que Kyle no sabe que Sean fue asesinado? —le preguntó el sheriff Greer con cara de preocupación a Zander, en el aparcamiento de la oficina del sheriff de Warrenton. Se habían ido de la casa de los Osburne sin mencionar las muertes y aún estaban conmocionados por la revelación de Kyle sobre la relación de su hermano con Lindsay.

Zander no lograba decidir qué noticia era más importante para su caso: que Kyle no supiera que Sean y Lindsay habían muerto o que Billy tuviera una aventura con ella.

—Estaba convencido de que a estas alturas Kyle ya habría oído algún rumor —respondió Zander—. Pero debo admitir que no me ha parecido que estuviera mintiendo. Creo que nos ha dicho la verdad. Pero es imposible que Billy no se haya enterado de los asesinatos en el trabajo. Es raro que no le haya dicho nada a Kyle.

—Tenga en cuenta que la tienda de repuestos se encuentra en Warrenton. Cabe la posibilidad de que el hermano no sepa nada todavía.

—¿Después de un doble homicidio? Pero si hasta apareció en las noticias.

—¿Y le parece que esos dos son de los que se sientan ante el televisor para verlas?

No le faltaba razón.

—Si Kyle no trabaja, tiene su lógica que no se haya enterado —afirmó Greer.

—Me resulta difícil creer que una noticia como esa no corra como la pólvora en una comunidad tan pequeña.

El sheriff extendió los brazos para señalar las colinas que los rodeaban.

—La mayoría de las casas están muy separadas. Le sorprendería saber el gran número de personas que pueden pasar más de una semana sin hablar con otro ser humano. Es más que probable. —Se frotó los ojos—. Maldita sea. Durante unos minutos me había olvidado de la muerte de Copeland. Vaya día de mierda que hemos tenido.

—Necesitaremos que el doctor Rutledge haga las pruebas de paternidad del bebé de Lindsay —murmuró Zander.

—¿Y qué importa quién sea el padre? —preguntó Greer con amargura—. La madre y el bebé ya están muertos.

«Muertos. Madre. Bebé», pensó Zander.

El agente del FBI tuvo que hacer un gran esfuerzo para reprimir el escalofrío que le recorrió las extremidades.

—Sabe tan bien como yo que podría ser uno de los móviles. Aunque solo fuera parcialmente —dijo—. La cuestión es que se trata de un dato importante. Le enviaré un mensaje de correo electrónico.

—Necesitaremos una muestra de Billy.

—Primero comprobemos si es de Sean. —Zander respiró hondo. El caso se complicaba a cada paso que daban—. ¿Han pisado alguna vez la cárcel los dos hermanos?

El sheriff se quitó el sombrero y se pasó una mano por el pelo.

—Recuerdo que Kyle estuvo encerrado una temporada. Por agresión, creo. Diría que estuvo en el centro penitenciario de Salem. Y juraría que Billy solo ha pisado los calabozos del condado, pero lo confirmaré. —Volvió a ponerse el sombrero y se lo caló tirando del ala—. Será mejor que entremos y echemos un vistazo. Luego quiero hablar con la unidad de la científica que está en casa de los Copeland.

Zander siguió al sheriff en dirección a la puerta posterior de la tienda.

—¿Ha visto los tatuajes de Kyle? —le preguntó. Eran unas líneas de trazo muy claro, negras y curvas, que se le habían quedado grabadas en la memoria. Pero la parte superior desaparecía bajo la manga.

Greer frunció el ceño.

—No me he fijado —dijo, pero se le iluminó la cara—. Aunque tenemos fotografías de sus tatuajes en el archivo de sus detenciones. Las buscaré. Creamos un registro de tatuajes hace unos cinco años. A veces la unidad de bandas callejeras de la policía de Portland quiere ver un tatuaje de alguno de nuestros detenidos.

—Me gustaría ver el resto del tatuaje de su antebrazo derecho. Quedaba oculto bajo la manga.

—¿Qué cree que es?

—Podría ser un indicio de lo que siente Kyle por las demás razas.

—¿Era el mismo símbolo que lucía Sean en la frente?

—No.

Greer se vino abajo.

—No estoy muy al día en estos temas. Me pregunto cuántas otras cosas habré pasado por alto.

Abrió la puerta posterior y recorrió con Zander un pasillo iluminado con fluorescentes. Abrió otra puerta con su nombre y le hizo un gesto al agente para que entrara.

Zander tomó asiento. El sheriff se situó tras su escritorio, abrió el ordenador y giró la pantalla para que Zander pudiera verla. Mientras esperaba a que el sheriff encontrara los archivos, Zander le envió un correo al forense para informarle de la posible paternidad del bebé de Lindsay. Había recibido dos mensajes de voz de Ava y leyó las transcripciones en su teléfono. En el primero le decía que el ayudante del sheriff aún estaba vigilando a Billy, que seguía en el interior de la tienda. En el segundo le preguntaba si estaba al tanto de la reunión que habían organizado los vecinos para tratar el tema de los asesinatos de los Fitch.

«No tenía ni idea», le escribió.

Se preguntó si ya se había filtrado la noticia de la muerte de Nate Copeland. Dudaba que fuera un suicidio, pero el público aún no lo sabía.

«No deberían saberlo».

Zander estaba a punto de mencionarle el tema de la reunión de los vecinos, cuando apareció el rostro de Kyle Osburne en la pantalla del ordenador. Aparecieron varias fotografías, para ser precisos. El sheriff tenía razón: lo había detenido en más de una ocasión. Greer hizo clic y murmuró algo incomprensible hasta que encontró lo que buscaba.

—Sí. Kyle cumplió una condena de ocho meses en la prisión del estado. Salió hace un par de años. —Hizo clic en otros archivos—. Aquí están las imágenes que buscaba.

Abrió un archivo con trece fotografías. Zander se acercó a la pantalla. Las imágenes se habían tomado en diferentes momentos. La progresión mostraba que Kyle se había hecho varios tatuajes con el paso del tiempo. Tenía un águila en la parte superior de la espalda y un tigre en la pantorrilla. La fotografía más reciente mostraba que ahora el tigre tenía color, mientras que al principio era simplemente un perfil negro. En el bíceps derecho tenía una cinta tribal y al verlo Zander se preguntó si era algo puramente decorativo o tenía algún significado más profundo. El sheriff se desplazó hacia abajo y apareció una imagen del antebrazo derecho. El tatuaje era un escudo sencillo con dos letras en el interior.

Zander se quedó sin respiración.

—¿Es uno de los que quería ver? —preguntó el sheriff.

—Sí. Vuelva a subir al del brazo derecho de estilo tribal, el del bíceps.

El sheriff obedeció y Zander se fijó en la fecha.

—Ahora vuelva al del antebrazo.

Comprobó la fecha y recordó que Kyle había estado en la cárcel dos años antes.

El tatuaje del antebrazo era posterior a su paso por la prisión.

Zander se reclinó en la silla. Aquello le daba la razón, pero no lo embargó una sensación de victoria.

—¿Y bien? —preguntó Greer con impaciencia.

—La E y la K del escudo significan «European Kindred», vástago europeo —dijo Zander lentamente—. Lo conozco de un caso anterior. Se trata de un grupo supremacista blanco que nació en el sistema penitenciario de Oregón, hará unos veinte años, y que luego se extendió a las calles.

—Nunca había oído hablar de ellos.

—Pues es muy real. Se dedican al tráfico de drogas principalmente, pero basan toda su filosofía en el racismo. ¿Me había dicho que habían detenido a Billy y a Kyle por temas relacionados con el narcotráfico?

—Así es.

—¿Tiene fotos de los tatuajes de Billy?

Greer asintió y empezó a buscarlas. Al cabo de unos segundos, abrió el expediente de Billy, pero solo había un tatuaje. Un león rugiendo en el deltoides derecho.

Zander se llevó una decepción.

—Esta foto es de hace cuatro años. Ahora podría tener alguno más —afirmó Greer.

—Tenemos que hablar con Billy Osburne. —Zander miró la hora—. ¿Quiere que lo abordemos al salir del trabajo? Estoy seguro de que Kyle ya lo ha avisado de nuestra visita.

—Sí, es lo mejor.

—Ava me ha enviado un mensaje de voz para preguntarme si sabía algo de la reunión de los vecinos de esta noche para tratar el tema del asesinato de los Fitch —le dijo Zander.

El sheriff dio un respingo y lo miró a los ojos.

—¿Cómo? ¿Esta noche? Eso ya lo veremos. ¿Quién diablos…? Ah, ya me imagino quién lo ha organizado todo. —Miró fijamente a Zander—. Seguro que ha sido una de las tías de Emily.

—¿Por qué lo dice?

—Porque manejan todos los hilos de Bartonville con sus arrugados dedos.

Zander miró las manos arrugadas del sheriff, quien debía de considerarse con todo el derecho a usar esa imagen, ya que era un rasgo que compartía con las hermanas.

—¿Dónde se celebrará?

—Probablemente en la iglesia metodista. Es el espacio más grande de la ciudad. La gente suele alquilarlo para todo tipo de actos. Aunque acoge a más pecadores que santos. —El sheriff se puso en pie—. Pero antes vayamos a charlar con Billy.

Capítulo 14

Madison acercó la nariz al cuello suave y mullido del grueso abrigo y cerró las manos frías en los bolsillos. No podía estar allí, pero sabía que los vigilantes del muelle no le dirían nada si la veían. Hacía un frío glacial en el banco vacío para empleados que había en la parte posterior de los almacenes, en el muelle. Aun así, era uno de los mejores lugares para disfrutar del atardecer.

Media hora antes había visto que el cielo hacia el oeste se había despejado con la promesa de la primera puesta de sol desde hacía varias semanas, de modo que no se lo pensó dos veces y se dirigió al muelle. Se puso la gorra de béisbol de los Goonies, dispuesta a no dejarse arredrar por el aire gélido que barría la ciudad.

El cielo empezó a cambiar y la mujer lanzó un suspiro mientras observaba los tonos azules y rosados que surcaban el cielo sobre un océano teñido de un color plateado especular que reflejaba los colores del firmamento. El viento se había tomado un descanso y el mar estaba en calma.

Casi había olvidado que Lindsay había muerto.

Cerró los ojos y la cálida sonrisa de su amiga se apoderó de sus pensamientos.

La agente del FBI, McLane, había sido amable y había mostrado tacto con las preguntas que le había formulado por la mañana. Madison sentía un respeto especial por la mirada amable de sus ojos. La mujer estaba decidida a averiguar quién había matado a Lindsay y a Sean. Madison había intentado responder a todas sus preguntas y había derramado varias lágrimas.

Las lágrimas siempre eran un buen escudo. Evitaban que sus ojos reflejaran sus sentimientos y le permitían ganar algo de tiempo para pensar cada respuesta. También hacían que los demás fueran con pies de plomo para no forzar un llanto desconsolado e imparable.

Y habían resultado una herramienta efectiva para la entrevista con la agente McLane.

Madison no tenía nada que ocultar, pero tampoco le gustaba que la gente hurgara en sus pensamientos e intentara averiguar por qué se comportaba como lo hacía. Las preguntas y respuestas estaban relacionadas con Lindsay, pero sabía que la agente la estaba analizando y formándose una opinión sobre ella.

Tenía madera de actriz. Era hábil esquivando preguntas y enmascarando lo que más le convenía.

Su gran especialidad era mantener a la gente a raya.

McLane le había preguntado cuándo había visto a Lindsay por última vez. Pregunta fácil. El día anterior habían trabajado juntas. Lindsay era la única camarera a la hora del desayuno, algo habitual en temporada baja. Madison llegó a la hora del almuerzo y ambas pudieron atender sin problemas a todos los clientes.

Las preguntas de la agente sobre el estado de ánimo y la actitud de Lindsay en los últimos días no habían sido tan fáciles de responder. Tras pensarlo con detenimiento, Madison se dio cuenta de que últimamente no había pasado mucho tiempo con Lindsay fuera del trabajo, algo que no era muy habitual. Sin embargo, en alguna que otra ocasión había anulado sus planes conjuntos, como quedar para tomar algo, ir a Astoria o de compras. Incluso un viaje a Portland.

Lindsay se había mostrado algo taciturna. Menos risueña y menos alegre de lo habitual. Menos mensajes de texto.

Sin embargo, Madison no había caído en la importancia de ello hasta que McLane planteó el tema.

—¿Le dijo que tuviera algún problema con su marido? —le preguntó la agente especial McLane—. ¿Estaba preocupada por algún problema doméstico?

Madison no tenía respuestas. Pero, en retrospectiva, se daba cuenta de que inconscientemente sabía que algo no iba bien. Había algún tema que ocupaba todo el tiempo de Lindsay y que la tenía sumida en un estado de tristeza.

¿Significaba eso que era una amiga horrible por no darse cuenta? ¿Tenían problemas Lindsay y Sean?

Respiró hondo, impregnándose del aire salado del mar y disfrutando de los tonos rosados que teñían el cielo. El sol ya casi había desaparecido, solo le quedaban cinco minutos. Tenía el móvil en el bolsillo. Unos colores tan intensos como esos… no era posible capturarlos, por lo que se limitó a disfrutar de la puesta de sol convencida de que no sería la última que podría ver.

Sin embargo, Lindsay ya no volvería a contemplar otra.

Le escocían los ojos.

«¿Por qué Lindsay? ¿Por qué Sean? ¿Por qué lo habían ahorcado?», pensó.

Esa última pregunta la inquietaba sobremanera por el parecido que guardaba con la muerte de su padre. Sin embargo, se negaba a permitir que los demás conocieran la intensidad real de sus sentimientos.

A Madison le gustaban los muros. Los diques que levantaba en torno a sus pensamientos y miedos.

Los muros la mantenían a salvo.

Si no sentía nada por nadie, no podían herirla cuando esa persona desaparecía.

Lindsay había logrado saltarse sus barreras. Madison estaba convencida de que no corría ningún peligro al trabar amistad con la joven camarera. Sin embargo, ahora que la habían arrancado de su vida, estaba destrozada.

No podía permitir que nadie volviera a entrar en su reino.

Levantó las piernas, apoyó los tacones de las botas en el banco y se abrazó las rodillas para disfrutar del espectáculo. Los colores del cielo se extendían hacia el este, donde se fundían con las nubes gris oscuro del día, y rielaban en las suaves olas del océano.

Una mar de llamas amarillas y naranjas asomó cerca del sol cuando este amenazaba con rozar el agua. Apoyó el mentón en las rodillas con el firme deseo de que el sol aminorase la marcha de su inexorable avance.

Llamas. Madison se despertó con el fogonazo que iluminó la ventana de su habitación y parpadeó varias veces al ver el extraño resplandor. La cama de Emily estaba vacía y una marabunta de sombras se deslizaba por las sábanas y las paredes del dormitorio. Madison se puso de pie sobre la cama para ver por la ventana. El miedo la paralizó y se agarró con fuerza al alféizar. Los arbustos del jardín estaban ardiendo. A través del humo y las llamas vio a Emily, con su camisón, pero se encontraba de espaldas a la casa, mirando hacia el bosque. Su hermana dio varios pasos, cogió algo que había en la hierba, se lo llevó al pecho y por fin pudo verla claramente de perfil. Emily miraba hacia el otro extremo del jardín y Madison hizo lo propio.

Su madre corría entre los abetos que había al final del jardín. La luz de las llamas se reflejó en su larga melena rubia. De repente el fuego prendió bajo la ventana de Madison y casi llegaba al tejado. La niña perdió el equilibrio, cayó hacia atrás sobre el colchón y se quedó sin aliento. Entonces apareció Emily, que la agarró del brazo y empezó a tirar de ella.

—¡Despierta! ¡Fuego! ¡Tenemos que salir de la casa!

El cielo en torno al sol crepuscular se tiñó del naranja intenso de las ascuas.

Madison odiaba el fuego con toda el alma.

Emily había sacado a su hermana de la casa y luego se fue a buscar a su madre. Tara estaba en casa de una amiga. Las tres se habían abrazado mientras las llamas arrasaban la casa.

Más tarde habría de descubrir la trágica muerte que había tenido su padre, y su corazón de niña se le partió en dos, aplastado bajo el peso de la pérdida y la crueldad.

Al cabo de unos días, Tara se marchó y Madison se culpó a sí misma, convencida de que la había ahuyentado con su curiosidad fraternal.

En cuanto a su madre, fue como si también se hubiera desvanecido ese fatídico día. Se convirtió en una sombra de la mujer que siempre había sido.

Y al cabo de poco también desapareció. Se fue.

El tercer golpe que recibía su frágil mente con solo diez años.

Madison apartó a un lado el aluvión de antiguas emociones contenidas y que amenazaban con embestirla ahí mismo, a orillas del océano.

Había aprendido que no debía compartir sus sentimientos con los demás. La gente desaparecía. La gente moría. Y resultaba muy doloroso. Era mejor no forjar vínculos con nadie.

Las tías se esforzaron en llenar el vacío familiar que había sufrido Madison y ella les estaba muy agradecida. Sin embargo, su presencia no podía compensar las otras pérdidas.

—¿Eres tú, Madison?

Bajó las piernas y se volvió hacia la mujer, preparada para defenderse con un codazo o una patada. Había reconocido la voz, pero no pudo reprimir su reacción.

La anciana vestida con un abrigo largo y mullido retrocedió.

—Lo siento. Lo siento mucho, no quería asustarte. No me gusta asustar a la gente. —Se tapó la cara con las manos.

Madison se relajó un poco y su corazón recuperó el ritmo normal.

—No pasa nada, Alice. Solo ha sido un pequeño sobresalto.

Otra alma solitaria de Bartonville.

Alice Penn le dedicó una sonrisa por encima de la mullida bufanda de punto, o acaso una simple mueca que dejó al descubierto su dentadura sin transmitir calidez. Era inofensiva.

Alice formaba parte del paisaje de Bartonville desde que Madison tenía uso de razón. Vivía en una casita cerca de la planta marisquera abandonada. Corría el rumor de que su amante había muerto en un accidente en barco pesquero, y que desde entonces ella se dedicaba a recorrer los muelles, esperando su regreso. Madison sabía que la historia era falsa. Había hablado con Alice en varias ocasiones y si bien era cierto que no tenía completas sus facultades mentales, era del todo consciente de que había muerto...

La cabeza de la pobre mujer saltaba de una década a otra sin más. A veces creía que estaba en el instituto y que sus padres aún vivían. Otras, creía que llegaba tarde a su trabajo de encargada de la limpieza en un hotel que llevaba una década cerrado. Había días en que recordaba el nombre de Madison, pero a veces la llamaba por el nombre de una de las sombras de su pasado.

Madison nunca se sentía obligada a esconderse cuando estaba con Alice.

Podía ser ella misma.

Alice, que siempre andaba encorvada y arrastraba los pies, formaba parte del paisaje de Bartonville y los pueblos de los alrededores. Sin importarle el tiempo que hiciera, salía a andar todos los días y a menudo acababa sus paseos en el banco que tanto le gustaba a Madison. En ocasiones Alice hablaba todo el rato que permanecían juntas; en otras, guardaba silencio.

Con el tiempo se había quedado sin familia, pero los habitantes de Bartonville cuidaban de ella. Madison le llevaba sobras del restaurante y Leo, el cocinero, se aseguraba de que su casa estuviera en buenas condiciones.

Parecía que esa noche Alice se había decantado por su versión silenciosa, en lugar de la habladora. Se quedó sentada en el extremo del banco para dejar el máximo espacio posible entre ambas. Dijo que había llegado tarde y que se había perdido lo mejor de la puesta de sol, pero no apartaba los ojos de la espectacular escena, sin apenas parpadear. Al cabo de unos minutos ya casi no se veía ni un rayo de luz y el cielo quedó teñido de un azul lavanda oscuro, casi negro.

Alice lanzó un suspiro y se puso en pie.

—Un buen día. Un muy buen día. Espero que el tuyo fuera tan bueno como el mío, Madison.

Hablaba con la voz de una mujer joven.

—No ha estado mal —concedió Madison.

Alice ladeó la cabeza. Sus ojos eran casi invisibles en la penumbra.

—No percibo una gran dicha en tus palabras, Madison. ¿Cómo puedes asistir a un espectáculo como este, en el que el cielo se supera a diario, y decir que tu día no ha estado mal?

«Porque han asesinado a mi mejor amiga y creo que tal vez le fallé antes de morir. ¿Por qué no me contó Lindsay lo que le pasaba? ¿Por qué no le pregunté?», pensó Madison.

—Tienes razón. Ha sido increíble.

—Bien. Bien. Bien. Mucho mejor. Pues ahora debemos ponernos en marcha. No quiero llegar tarde a la reunión de la iglesia.

Se apoyó en el respaldo del banco con una mano para levantarse.

Madison se puso en pie dispuesta a agarrarla si perdía el equilibrio.

—¿Qué han organizado en la iglesia?

Alice ladeó de nuevo la cabeza, como un cachorro curioso. Esta vez miró fijamente a Madison.

—Hay una reunión sobre los asesinatos, claro. Tenemos a un asesino que anda suelto en el pueblo.

CAPÍTULO 15

—¿Que se ha ido? —Zander estaba que echaba chispas.

El ayudante del sheriff no se atrevía a mirarlo a él ni al sheriff a los ojos.

Billy Osburne se había esfumado. Su furgoneta seguía en el aparcamiento, vigilada por un agente, pero cuando entraron en el establecimiento, descubrieron que hacía ya quince minutos que Billy se había ido. El otro empleado de la tienda de repuestos se mostró desconcertado por el interés que mostraban por su compañero y, al mismo tiempo, sorprendido de que la furgoneta siguiera en el aparcamiento.

—No me ha parecido que estuviera muy preocupado por nada —les aseguró—. Me ha preguntado si podía sustituirlo el resto de la tarde porque tampoco había mucho trabajo. —Se encogió de hombros—. Y luego se ha ido. Imagino que habrá pedido a alguien que venga a buscarlo. ¿Creen que le pasa algo a su furgoneta?

Zander no le dijo que Billy estaba bajo vigilancia.

El agente encargado de su seguimiento se mostraba apesadumbrado.

—Hace poco aún lo he visto a través del escaparate, pero no podía tener contacto visual continuo si no entraba en la tienda. Creía que bastaba mientras no perdiera de vista la furgoneta.

Greer se quedó mirando a su ayudante, que ya no sabía dónde meterse.

A Zander le parecía que podía oír el sermón que estaba preparando el sheriff.

—Como tienes tan buena mano para vigilar la furgoneta —dijo Greer al final—, puedes seguir vigilándola hasta que acabes el turno después de darnos su descripción. Quiero que todo el mundo esté muy atento a Billy Osburne.

—¿Y si me necesitan en otra parte? —preguntó el agente, que no levantaba los ojos de los zapatos.

—Si no hay nadie más disponible, pues ve, maldita sea. Es más importante la gente que una furgoneta vacía.

Greer negó con la cabeza, se volvió para irse y le hizo un gesto a Zander para que lo siguiera.

—Vamos a ver a Kyle —dijo Zander.

—Sí. No creo que Billy esté ahí, pero quiero meterle el miedo en el cuerpo a Kyle.

El sheriff había demostrado que era un hombre de pocas palabras; a Zander le recordaba a uno de esos padres capaz de poner firmes a sus hijos con solo una mirada. De camino a los coches, se preguntó cómo pensaba meterle el miedo en el cuerpo.

***

—Lo has llamado —le soltó Zander a Kyle en el porche de su casa.

No había el menor asomo de arrepentimiento en el rostro de Kyle, que mantenía la calma impertérrito, apoyado en el marco de la puerta, pero intentando evitar la mirada fulminante del sheriff. Zander comprendió de inmediato lo que sucedía. Hasta él se sentía incómodo bajo la mirada amenazadora del sheriff, capaz de fulminar a todo aquel que se le pusiera delante.

—Pues claro. No me lo prohibió. Era de esperar que lo llamase… pero no le dije que se esfumara. Eso ha sido cosa suya. Le dije que no se había metido en problemas por la pelea.

—Entonces, ¿por qué ha huido? —preguntó Greer—. No se ha llevado la furgoneta, por lo que imagino que ha ido a recogerlo alguien. No puede ir muy lejos a pie.

—No le tiene mucho cariño que digamos, sheriff. —Kyle se encogió de hombros y miró a Greer—. Hasta yo me siento incómodo al verlo en la puerta de casa, a pesar de que últimamente no me he metido en problemas. Pero es que no puedo evitarlo.

—¿A quién puede haber llamado? —Zander no hizo ni caso del lamentable intento de Kyle de echarles la culpa de la huida de su hermano, pero le sorprendió que hubiera tenido el valor de decirlo bajo la mirada incriminatoria del sheriff.

Kyle frunció el ceño pensando en posibles candidatos.

—Pues no sé qué decirle, no tiene muchos amigos.

Greer resopló.

—¿A lo mejor alguno de sus compañeros de la tienda? —se apresuró a añadir Kyle.

Zander empezó a maldecirlo todo ante la posibilidad de que tuvieran que volver a la tienda de repuestos para conseguir algún nombre. Ya se veía pasando el día yendo de un lado para otro.

«Absurdo», pensó.

—¿Y no tiene novia? —preguntó.

A Kyle le cambió la cara.

—Puede ser. No me atrevería a decir novia, pero creo que esta semana había ligado. No ha dormido en casa dos noches. Pero no sé nada de la afortunada —añadió, anticipándose a la pregunta de Zander.

—¿Un ligue y Lindsay Fitch? —preguntó Zander.

Kyle sonrió.

—Uno nunca se cansa de eso.

—¿No tienes ningún nombre? —insistió Greer.

—Nada. ¿Qué coño me importa a mí a quién se tire? —Frunció los labios y lanzó una mirada fugaz al sheriff, como si le preocupara despertar su ira al haber dicho una palabrota.

Zander lo creía y, presa de la frustración, señaló la parte inferior del tatuaje de Kyle que asomaba bajo la manga.

—¿Dónde te hiciste el tatuaje de European Kindred?

Kyle se apartó del marco de la puerta y se subió la manga frunciendo el ceño y los labios.

—¿Y a usted qué le importa?

—Siento una gran curiosidad, y créeme que te conviene satisfacerla —replicó Zander sin dejar de mirarlo a los ojos.

Greer movió los pies y apoyó los pulgares en el cinturón, mientras Kyle observaba el gesto del sheriff. Los tres guardaron un silencio absoluto.

—Los conocí en la cárcel —concedió al final Kyle, levantando el mentón—. Tienes que elegir bando si no quieres que te den cada día.

Zander se fijó en los suaves bordes y el intenso color del tatuaje.

—Ese tatuaje no es de la cárcel. Te lo ha hecho un profesional.

Kyle movió los hombros.

—No es fácil distanciarse de según qué gente cuando sales. Tienen ciertas expectativas.

—¿Querían que traficaras para ellos? —preguntó Greer con un tono muy parecido al que empleaba el padre de Zander cuando hacía alguna travesura.

—A mí nadie me dice qué debo hacer —le soltó en tono desafiante.

—¿Billy tiene el mismo tatuaje? —Zander lo miró fijamente.

A Kyle le costaba cada vez más mantener la compostura. Empezó metiendo las manos en los bolsillos traseros, luego las sacó y al final intentó adoptar la postura encorvada típica de él, apoyado en el quicio de la puerta, pero fracasó estrepitosamente ya que parecía más un tablón de madera apoyado contra la pared que un ser humano.

—No.

Zander miró al sheriff y enarcó una ceja.

«¿Listo?», pensó.

Greer escrutó a Kyle y logró incomodarlo aún más.

—Avísame si tienes noticias de Billy. De inmediato. Dile que queremos hacerle un par de preguntas.

—Ya se lo he dicho —murmuró Kyle, que entró en casa y cerró la puerta.

Greer y Zander intercambiaron una mirada y se dirigieron a sus vehículos.

—Se le da muy bien meter el miedo en el cuerpo a la gente —afirmó Zander—. Parecía a punto de darle algo.

—Tengo hijos.

Zander esbozó una ligerísima sonrisa.

—¿No ha recibido ninguna llamada o mensaje sobre Copeland?

El sheriff abrió el teléfono y consultó el correo junto a su coche.

—Nada. —Se guardó el teléfono en el bolsillo y miró hacia la casa de los Osburne—. No puedo quitarme de la cabeza la cara de Nate Copeland.

No era el único.

—Aún no me he hecho a la idea de que pueda ser un asesinato —afirmó Greer lentamente—. ¿Quién permite que alguien le dispare en la boca? Nate no tenía heridas defensivas. Ni signos de lucha.

—Tampoco habían forzado la puerta —añadió Zander.

—Eso no me preocupa. En Bartonville son minoría los que cierran la puerta con llave. Tal vez salió a primera hora a por algo y la dejó abierta.

—Quizá la autopsia revele que lo habían incapacitado de algún modo. Un golpe en la cabeza que ha quedado oculto bajo el pelo, o disimulado por la herida de salida. O a lo mejor lo drogaron.

Greer lo miró de reojo.

—Como a los Fitch.

Zander puso una mueca.

—En función de los resultados de la autopsia, deberíamos pedir análisis de la comida y la bebida de la casa.

—Mierda. —El sheriff levantó las manos y retrocedió varios pasos—. ¿Qué está pasando?

—No adelantemos acontecimientos —apuntó Zander, sorprendido por la reacción de frustración de Greer. Había empezado a sospechar que aquel hombre discreto era medio robot—. Esperemos a recibir el informe de la autopsia.

—Lo sé. —El sheriff se pellizcó el caballete de la nariz y exhaló el aire con fuerza—. ¿Cómo coño es posible que de repente tenga tres muertos en mi condado?

Zander no dijo nada. Greer no necesitaba que le diera ánimos, simplemente se estaba desahogando, algo que su interlocutor comprendía perfectamente.

—Creo que deberíamos pasar por la reunión de la iglesia —dijo el sheriff—. Que el agente encargado de la vigilancia de la furgoneta pregunte en la tienda qué personas pueden haberle echado una mano y el nombre de la supuesta novia… y nos transmita la información luego.

—Vamos los dos a la reunión.

***

Mientras Madison acompañaba a Alice a la iglesia metodista, se preguntó si debía ir a la reunión. No quería conocer los detalles de la muerte de Lindsay ni enfrentarse a las preguntas curiosas de los chismosos del pueblo, pero le interesaba saber en qué estado se encontraba la investigación. Su curiosidad se impuso a todo lo demás, por lo que al final decidió aparcar, resignada a asistir al acto y dispuesta a evitar al máximo número de personas posible.

Alice le dio las gracias por llevarla y salió disparada del coche antes de que Madison tuviera tiempo de apagar el motor. Sorprendida por su rapidez de movimiento, Madison se la quedó mirando hasta que la mujer desapareció en el interior de la iglesia.

El aparcamiento estaba casi lleno. El miedo había atraído a gente de todos los rincones. Cerró la puerta del coche y se dirigió hacia el edificio, preguntándose cómo iba a celebrar su comunidad un debate sensato en torno a dos asesinatos. La gorra de los Goonies le tapaba media cara y se levantó el cuello del abrigo para intentar pasar desapercibida.

—Eh, Madison.

Se volvió al reconocer la voz y se encontró de golpe frente a aquel hombre alto. Adiós a sus ganas de pasar desapercibida.

—Tío Rod. Me sorprende verte aquí.

—¿Después de un asesinato doble en la ciudad? Claro que me interesa. —El hermano de su madre era el único familiar varón que quedaba en su vida tras la muerte de su padre. A pesar de que vivía en las afueras de Bartonville, no solía relacionarse mucho con la gente del pueblo. Madison le tenía un cariño especial. Era una de las pocas personas que no la miraban con compasión ni le preguntaban por qué era introvertida. Simplemente se limitaba a aceptarla tal y como era.

Subieron juntos las escaleras de la iglesia y al llegar arriba Rod le puso una mano en el hombro. Cuando se volvió, Madison vio el gesto de preocupación que ensombrecía el rostro de su tío.

—Estaba preocupado por que tu hermana y tú hubierais perdido a una trabajadora, pero Lindsay tenía más relación contigo que con ella, ¿verdad? —le preguntó mirándola fijamente.

Madison tragó saliva y tuvo la tentación de responder con alguna evasiva, pero era su tío; podía hablar con él.

—Sí. Lindsay era mi mejor amiga.

Aunque tampoco era que tuviese muchas amigas.

—Lo siento, cielo.

Le dio un gran abrazo y Madison apoyó la cabeza en su hombro. Rod olía a lluvia y café. Aromas reconfortantes. Durante unos segundos la embargó la sensación de que todo iba a salir bien.

«Nada volverá a ir bien», pensó, sin embargo, al cabo de poco.

Rod la soltó y le dio una palmada en la espalda mientras abría la puerta.

—Lo superarás. No es la primera vez que lo haces.

«No es la primera vez».

Sintió una punzada de dolor que le recorrió todo el cuerpo, desde el corazón a la punta de los pies, y trastabilló al caer presa de la emboscada que le habían tendido las emociones de la muerte de sus padres. Su tío la agarró del codo y ambos entraron en el vestíbulo abarrotado de la iglesia, donde se había acumulado la gente que intentaba atravesar la estrecha puerta que conducía al presbiterio. Se levantó la visera de la gorra y buscó a Alice, pero no la vio. Una vez dentro del gran edificio, se quedó cerca de Rod, apoyada en uno de los muros, ya que quedaban pocos asientos libres en los bancos.

La iglesia tenía casi cincuenta años y olía a madera, polvo y a la cera de las velas. Las cuatro ventanas a ambos lados del presbiterio parecían vitrales hechos a mano, pero Madison sabía que habían sustituido los originales por unos de imitación. El efecto no era exactamente el mismo. Cuando tuvieron que cambiar una de las vidrieras de la mansión Barton, sus tías se enzarzaron en un agrio debate. Al final acabaron encargando un ventanal hecho a medida, en lugar de la opción más barata. Dory y Thea se pasaron varios meses quejándose del tema, pero Vina no dio el brazo a torcer en ningún momento.

Cerca del pequeño atril, su tía Vina charlaba con un hombre alto y calvo. Vestida con una chaqueta rosa chicle, agasajaba con su mejor sonrisa a Harlan Trapp, el alcalde de Bartonville, con las manos en las caderas. Teniendo en cuenta los frecuentes encontronazos de Vina y Harlan por temas relacionados con Bartonville, lo último que le apetecía a Madison era oír de qué hablaban, ni el sermón de su tía. No había nada como una discusión o una disputa para que desapareciera de un lugar. Observó a la gente congregada, consciente de que el orden del día podía generar un debate enconado y empezó a preparar su ruta de huida.

Junto a ella, Rod se cruzó de brazos. No quitaba ojo de Vina y Harlan. Madison dio gracias de contar con su presencia.

«A lo mejor aguanto», pensó.

Se lo debía a Lindsay.

De repente le llamaron la atención dos chaquetas rosa más y vio a Dory y Thea entre el público. Thea hablaba animadamente con dos mujeres sentadas detrás de ellas, y Dory departía con Simon Rhoads. Madison frunció la nariz. Simon había cortejado a Dory durante años. Era un tipo agradable, pero siempre olía a eucalipto, como si se untara todo el cuerpo con Vicks VapoRub. Dory siempre afirmaba que ella no notaba nada, pero sus hermanas le daban la razón a Madison.

Ella sabía que Dory nunca abandonaría la mansión y las hermanas jamás permitirían que Simon Rhoads fuera a vivir con ellas. Dory afirmaba que pasaba tiempo con él para echarle una mano con su artritis y colesterol. Nada la hacía más feliz que hablar de síntomas y enfermedades. Las tías se burlaban de ella y le decían que era una asaltacunas, porque Simon aún no había abandonado los sesenta.

Reconoció otros rostros familiares entre el público. A Isaac y Leo del trabajo. Leo le dijo algo a su compañero, que enseguida se puso derecho.

Apoyada en la pared de enfrente estaba Leann Windfield, escribiendo un mensaje con su móvil. Madison se la quedó mirando y deseó que la mujer levantara la vista y la mirase a los ojos. En la escuela, Leann la había acosado y Madison nunca le había perdonado su crueldad.

Sin embargo, la periodista no levantó la mirada.

Madison siguió examinando al público. Al final vio a Alice, con la capucha aún puesta, sentada en uno de los extremos del banco de primera fila. Junto a ella quedaba uno de los pocos asientos vacíos de toda la iglesia. Le dolía que tanta gente evitase a Alice. Por un momento pensó en sentarse junto a ella, pero lo descartó al darse cuenta de que se quedaba sin su ruta de huida.

Varias filas detrás de Alice se encontraba Brett Steele, el exmarido de Emily.

Lo más inteligente que había hecho su hermana en toda su vida era abandonar a aquel imbécil.

Brett había intentado controlar todos los aspectos de la vida de Emily para que rindiera cuentas ante él de todo lo que hacía durante el día.

Y tenía la sensación de que en algún momento había llegado a pensar que la tercera hermana Mills debía ser su siguiente conquista.

«Hay que estar enfermo para intentar salir con todas las hermanas de una familia», pensó Madison.

Brett le había tirado los tejos en el bar varias veces, pero ella siempre le había dado calabazas. Aun así, él se lo tomaba como un reto y cuando iba al restaurante solía intentar hablar con ella. Madison le había dejado muy claro que perdía el tiempo, pero Brett no le hizo caso, convencido como estaba de que podía conectar con ella.

«No tiene ni idea».

En ese momento el hombre levantó la cabeza y la miró a los ojos, como si hubiera notado que ella lo observaba. Examinó su gorra y luego le dedicó una media sonrisa para que supiera que había fracasado en su vano intento de pasar desapercibida. Madison apartó la vista, nerviosa al verse atrapada.

Era obvio que el tipo iba a interpretar aquel simple contacto visual como un motivo más para seguir con el cortejo.

En ese momento algo llamó la atención de Madison. Emily entró y se quedó en la pared posterior con gesto obstinado. Saltaba a la vista que no quería estar ahí. También entró una mujer de pelo oscuro que se quedó junto a ella y le susurró algo al oído.

Era la agente especial Ava McLane.

Madison se preguntó si era la responsable de la presencia de Emily.

—Amigos… ¿Os importaría ir guardando silencio? —La voz de Harlan Trapp resonó en los altavoces. Vina había bajado del presbiterio y había tomado asiento junto a Alice, con quien intercambió unas palabras, un gesto que sirvió de consuelo a Madison. El murmullo de las conversaciones cesó y se hizo el silencio en la iglesia—. Mucho mejor —dijo Harlan con gesto serio—. Sé que todos conocéis la noticia de los horribles asesinatos de Lindsay y Sean Fitch y sin duda tendréis muchas preguntas.

—Creía que había sido un suicidio-asesinato —dijo una voz femenina entre la multitud.

Harlan se frotó la nuca.

—Bueno, me parece que en un primer momento esa era la principal teoría, pero según las últimas noticias podría tratarse de un doble asesinato, ¿verdad? —Barrió la iglesia con la mirada—. ¿Dónde está el sheriff?

Una oleada de murmullos se extendió entre los presentes, que se volvían de un lado a otro en busca del sheriff.

—Está trabajando —afirmó un hombre que vestía una camisa de cuadros y estaba apoyado en la pared que había frente a Madison.

No sabía cómo se llamaba, pero sí sabía que era uno de los ayudantes del sheriff.

—¿Qué sentido tiene esta reunión si no viene para darnos información precisa? —preguntó una voz femenina indignada.

—Yo creía que vendría —dijo Harlan con un leve deje de pánico—. ¿Quién tenía que informarle de la reunión? —Nadie respondió mientras Harlan observaba a la multitud frenéticamente—. Maldita sea —exclamó con rostro apesadumbrado.

Madison lanzó un suspiro. La organización no era uno de sus puntos fuertes.

—No creo que necesitemos al sheriff para que nos recuerde que debemos cerrar las puertas y estar atentos a nuestros vecinos —afirmó Vina con voz alta y clara para que la oyeran todos—. Es nuestra responsabilidad garantizar la seguridad de la comunidad y la mejor forma de lograrlo es teniendo los ojos bien abiertos.

Un hombre alzó la voz al fondo.

—¿Y qué hacemos si vemos al asesino?

—¿Sabes qué cara tiene? —replicó otro hombre con sarcasmo.

—Sí, es un skinhead.

La descripción desató una avalancha de murmullos que resonaron en la iglesia.

Harlan se pasó la mano por la calva.

—¡Un poco de calma, por favor! —pidió con voz trémula—. Ese tipo de comentarios no ayudan, Josh. Aquí no juzgamos a la gente por su aspecto.

—Y una mierda. —Leann Windfield habló con voz alta y clara, apoyada en la pared—. Sean Fitch ha muerto justamente por su aspecto. Si no lo ves es que formas parte del problema.

A Madison se le desencajó la mandíbula.

«¿Lo mataron por el color de su piel?».

Se alzó un coro de voces furiosas y Harlan tuvo que hacer un gran esfuerzo para recuperar el control de la reunión. De repente se alzó una mujer en el centro de la multitud y se hizo el silencio. Madison la reconoció enseguida, era una maestra jubilada.

—En este pueblo no hay racismo —afirmó—. He vivido aquí toda la vida y nunca he visto ni el menor indicio de ello.

Madison estaba a punto de asentir cuando algo despertó en su subconsciente. La afirmación de Leann resonó en su cerebro y despertó un débil recuerdo de afirmaciones similares.

Sin embargo, no lograba ubicarlas.

—Que usted no lo haya experimentado en carne propia no significa que no exista —le dijo Leann—. Mire a su alrededor. Un noventa y nueve por ciento de los asistentes son blancos. No me extraña que tenga la sensación de que no hay racismo. —Leann miró a Harlan—. Si el asesinato de Sean no ha sido por motivos raciales, ¿por qué está colaborando el FBI con el sheriff?

Se hizo un silencio absoluto y todo el mundo miró a Harlan.

—¿El FBI? —preguntó este con voz aguda, mientras el sudor le empapaba la cara.

Se oyeron varios murmullos. Su tío resopló y a Madison le pareció oír un amago de risa. Cerró fugazmente los ojos. «Mantén la compostura, Harlan». No soportaba presenciar el hundimiento del alcalde.

Harlan miró a su alrededor.

—¿Alguien más ha oído rumores de la presencia del FBI?

Varias personas asintieron.

Madison miró a McLane. «¿Dirá algo?», se preguntó. La agente frunció los labios sin dejar de observar a la multitud congregada. McLane le había preguntado si había oído rumores sobre hipotéticas amenazas que hubieran recibido Sean o Lindsay. Sin embargo, no había especificado que pudieran ser por motivos racistas.

—Quieres convertir el asesinato en un problema social, cuando no lo es —exclamó un hombre de pelo blanco al que Madison no reconoció—. Yo tampoco he visto nunca un acto de racismo en la ciudad. Lo que tenemos es un psicópata que anda suelto y lo que yo sé es que voy a dormir con mi amiga en la mesita de noche hasta que lo atrapen. Y no dudaré en meterle un tiro entre ceja y ceja a todo aquel que intente entrar en mi casa sin invitación previa.

Varios de los presentes asintieron.

Harlan se estremeció.

—¿Sabían que el estado de Oregón fue el único que al principio solo permitía la presencia de ciudadanos blancos? —La agente McLane no levantó la voz, pero llegó con claridad hasta el último rincón—. La constitución original del estado prohibía que las personas no blancas vivieran aquí.

Un mar de cabezas se volvió en su dirección y varios de los presentes intercambiaron miradas de incredulidad mientras intentaban ubicarla.

—Eso ocurrió hace más de ciento cincuenta años —respondió alguien.

—Así es —admitió Ava—. Pero hace unos años se repartieron varios panfletos en el sur de Oregón en los que pedían a la gente que se uniera a una organización que es descendiente directa del KKK. Ahora tiene un nombre distinto, pero el objetivo es el mismo.

—Los panfletos forman parte de la libertad de expresión —defendió un hombre que se encontraba no muy lejos de Ava—. Lo dice la ley.

—Tiene razón —convino la agente—. No pretendo cuestionar el derecho a repartir panfletos. En la década de 1920 el KKK fue muy activo en Oregón, pero creo que la mayoría de los residentes estarán de acuerdo en que su poder ha remitido. Hace décadas que nadie ve un capirote blanco, ¿verdad?

Varios de los presentes asintieron.

—Lo que intento decir es que el odio nunca muere —prosiguió Ava—. Puede permanecer latente y dar la impresión de que ha desaparecido cuando, en realidad, está oculto y evoluciona, transmitido de generación en generación. ¿Sabían que el KKK estuvo muy activo en Portland hasta la década de 1980? Hubo gente que llegó a calificar a Portland como la capital skinhead de Estados Unidos. No podemos afirmar sin más que el racismo no existe por el simple hecho de que nunca nos haya afectado. La verdad es que está aquí y puede ser mortal.

Era obvio que la agente sabía de lo que hablaba y había logrado presentar el tema con tacto, sin embargo, varias caras de enfado entre los congregados demostraban que un sector no tenía ganas de que llegara alguien de fuera a darles una lección. Varios de los presentes observaron a la agente con gesto confundido. Y muchas de las miradas de curiosidad recibían por respuesta gestos de incomprensión. Nadie sabía quién era.

—Mmm… gracias… señora… —dijo Harlan.

—Agente especial McLane —afirmó ella con solemnidad—. Formo parte del equipo del FBI que está investigando si el asesinato de los Fitch puede considerarse un delito de odio.

La iglesia estalló de nuevo.

Madison parpadeó. Había dado por sentado que el FBI se había desplazado hasta Bartonville porque el sheriff necesitaba ayuda para investigar ambas muertes. Era la primera mención a un delito de odio.

«¿Estoy tonta?».

—Pero ¿qué diablos…? —dijo el tío con mala cara.

Aquella iluminación hizo que todo le diera vueltas. Cabía la posibilidad de que hubieran matado a Sean y Lindsay por el color de la piel de Sean. La presencia del FBI era una prueba de que la teoría de Leann Windfield podía ser correcta.

Un antiguo recuerdo casi olvidado regresó a la superficie de su memoria.

—¿Es cierto que también han asesinado a Nate Copeland hoy por la mañana? —preguntó alguien alzando la voz—. ¿Lo asesinaron porque fue el primer agente que asistió a la escena del crimen de los Fitch? No es negro.

Madison se sorprendió y vio que Leann se ponía derecha con el rostro desencajado.

«¿Ha habido otro homicidio?», se preguntó.

—Mierda —dijo el tío en voz baja—. ¿Otro asesinato?

Todas las miradas se centraron en la agente McLane, que no dijo nada, pero levantó una mano hasta que se hizo el silencio.

—No puedo comentar nada sobre la muerte del agente Copeland, pero el sheriff del condado de Clatsop cuenta con todo el apoyo del FBI en la investigación.

«En otras palabras, han decidido involucrarse porque está relacionado con el asesinato de los Fitch», pensó Madison.

La agente McLane le puso una mano en el hombro a Emily y le dijo algo. Madison miró fijamente a su hermana, que estaba pálida y tenía los ojos muy abiertos, todo ello producto del sobresalto por la noticia de la muerte de Copeland.

Madison entendió el motivo de los temores que asaltaban a Emily y el corazón le dio un vuelco.

«Emily también estuvo ahí. ¿Acaso Copeland vio algo que acabó provocando su muerte?».

En ese momento el sheriff Greer entró por la puerta, acompañado por el agente Zander Wells. Greer levantó una mano para saludar a la congregación mientras Wells examinaba a los presentes. Su mirada se detuvo al ver a Emily, que se encontraba a unos tres metros a su derecha.

El gesto de alivio, y algo más, que se reflejó en el rostro del agente del FBI despertó los instintos femeninos de Madison.

«Se siente atraído por Emily», pensó Madison que, no obstante, decidió reservar aquel pensamiento para más tarde, cuando pudiera dedicarle algo más de tiempo.

Emily y la agente McLane no habían visto entrar a los dos hombres. El sheriff Greer se abrió paso entre los bancos hacia el presbiterio, aunque se detuvo a estrechar manos y dar alguna que otra palmada en la espalda. Cuando Ava lo vio, dirigió la mirada de inmediato hacia la puerta y le hizo un gesto al agente Wells para que se acercara hasta ella.

Zander se sentó al otro lado de Emily y se unió a su conversación.

«Lo que daría yo por saber qué están diciendo».

Observó a su hermana, que escuchaba con atención a los agentes.

«Está disgustada, pero intenta disimularlo».

De pronto a Madison le vino una imagen a la mente: un puñado de extrañas monedas. La fascinación y curiosidad que había sentido por ellas de niña se arremolinaba en su cabeza. Las sentía en las manos, la superficie fría y redonda, y se preguntó qué había activado ese recuerdo.

«¿Qué monedas?», pensó.

Capítulo 16

—¿Alguna novedad sobre la muerte de Nate Copeland? —preguntó Ava con un hilo de voz cuando Zander tomó asiento con ellas.

El agente se sorprendió de que le formulara esa pregunta ante Emily Mills, por lo que se limitó a negar con la cabeza.

—Mañana sabremos más.

—¿Como por ejemplo si se trata de un asesinato? —preguntó Emily con su franqueza habitual. Zander se fijó en su palidez. Tenía las pupilas dilatadas a pesar de la intensa luz que había en la iglesia y se agarraba las manos tan fuerte que tenía los nudillos blancos.

Ava lo miró a los ojos.

—La autopsia nos proporcionará respuestas —dijo con una voz más baja de lo habitual.

—¿Van a tener que avisar al resto de agentes que estaban en casa de los Fitch para que tomen medidas de precaución? —preguntó Emily sin mirar a ninguno de los dos. Empleó un tono inocente, pero no había ni rastro de su energía habitual.

Zander intercambió una mirada con Ava.

—No creemos que sea necesario de momento.

—Entiendo.

—¿Pueden prestarme unos minutos de atención? —El sheriff se encontraba ante el micrófono. Un hombre calvo y empapado en sudor bajó del atril, con gesto de alivio.

Había otro hombre de pie, cerca del presbiterio.

—¿Qué ocurre, sheriff? ¿Por qué nadie puede ofrecernos ninguna respuesta? —Varios de los presentes asintieron con la cabeza.

—Acabo de llegar. ¿Me permite que hable antes de acusarme de no hablar?

El espontáneo se cruzó de brazos.

—Le escuchamos.

—Gracias. —El sheriff carraspeó—. Sé que están preocupados por las muertes de los Fitch.

—¡Y que lo diga! —exclamó alguien.

—¡Silencio!

—¡Dejadlo hablar!

—Lo que nos inquieta es nuestra seguridad —dijo el primer hombre—. Nos entristece lo que ha pasado, pero es natural que nos preocupemos por nuestras familias. ¿Estamos a salvo?

Se hizo el silencio mientras los presentes esperaban la respuesta del sheriff.

Zander no envidiaba a Greer.

El sheriff observó al público, muchos de los cuales se habían inclinado hacia delante, expectantes, con la esperanza de que les asegurase que la situación estaba controlada.

Greer respiró hondo.

—No puedo fingir y afirmar sin más que todo va a salir bien. No sabemos quién mató a los Fitch y también ignoramos el motivo. —Adoptó un gesto más plácido—. No puedo venir y asegurarles que no va a pasar nada más. No puedo predecir el futuro.

El breve y aturdido silencio se vio interrumpido por un coro de voces. De todos los presentes. Hubo gente que se levantó y se abrió paso entre los bancos, agarrando a sus hijos de las manos. Varios pasaron junto a Zander, con una mirada mezcla de ira y miedo. El agente pudo captar fragmentos de sus conversaciones.

—… a casa de la abuela en Portland.

—… la pistola de la caja fuerte esta noche.

—… los perros se vuelven locos si oyen a alguien fuera.

Emily se puso muy tensa al ver marchar a algunos de sus vecinos, muchos de los cuales se detuvieron para darle pésame por Lindsay.

—¡Por favor! —El sheriff sabía que había perdido la atención de los congregados—. ¿Tienen alguna pregunta más?

Sin embargo, nadie le hizo caso. Cada vez había más personas que se ponían en pie y se iban. Unos cuantos se reunieron junto al atril y acribillaron a Greer con preguntas. Otros formaron corrillos y lanzaron miradas de recelo a Zander, Ava y el sheriff.

—Mierda —exclamó Ava—. Esta reunión solo ha servido para alterar más a la gente.

—¿Y qué esperaba, si acaban de decirles que cualquiera de ellos podría ser la próxima víctima? —le soltó Emily.

—Eso no es…

—Ya sé que no es lo que ha dicho el sheriff —afirmó Emily—, pero es lo que han entendido.

Zander consideró que la lógica de Emily era irrefutable. Ahora tenía mejor color y la ira había reemplazado a la angustia.

Lo prefería así.

Emily se volvió hacia él.

—¿Cuándo tendrán un móvil? —Lo miró fijamente con sus ojos azul oscuro, esperando una respuesta.

—No lo sé. —No podía mentirle.

—Aún no han averiguado nada.

—Yo no diría eso.

—¿Me encuentro en peligro por haber estado en la casa con Nate Copeland?

Zander la miró fijamente.

149

—No podemos descartar nada.

Emily se maldijo entre dientes.

—¿Y ahora qué?

***

Madison cruzó la puerta delantera de la mansión en silencio y la cerró agarrando el pomo con fuerza para intentar no hacer ruido. Sus tías ya habían vuelto de la reunión y no le apetecía asistir al debate en el que iban a repetir todo lo dicho palabra por palabra. No había ni rastro del coche de Emily, algo que ya le estaba bien. No creía que su hermana la hubiera visto en la reunión porque no apartó los ojos de los agentes del FBI.

«Seguramente se estará preguntando por qué no he ido», pensó.

Su hermana no le quitaba ojo. Siempre quería saber cómo se sentía, ejerciendo su papel de gallina clueca, lo que hacía que ella se sintiera como una adolescente con carabina.

Las escaleras crujieron cuando apoyó el pie y aguzó el oído, atenta a cualquier reacción de sus tías. Pasó junto a la puerta abierta de la habitación de Emily y entonces se detuvo. Las monedas de su recuerdo aparecieron de nuevo en su mente y la atrajeron hacia el dormitorio de su hermana.

«¿Es aquí donde las vi?».

No podía ser. El recuerdo le parecía muy antiguo.

Encendió el interruptor de la luz y examinó las pertenencias de su hermana. No era la primera vez que husmeaba en sus cosas, pero en el pasado lo había hecho por simple curiosidad y porque se le había presentado la oportunidad. Suponía que Emily había hecho lo mismo con ella. Las tres hermanas, y luego las dos, siempre habían curioseado las cosas de la otra, desde que Madison tenía uso de razón.

Todas las hermanas lo hacían, ¿no?

Madison se tumbó boca abajo y notó la madera fría del suelo en contacto con sus rodillas desnudas. El espacio que había bajo la cama de Tara era estrecho y Madison tuvo que pegar la mejilla al suelo para caber mejor.

La cama de Tara estaba en el extremo más alejado de la puerta y Madison había visto una caja grande en ese rincón. Quería saber qué contenía. Apartó zapatos, juegos y otras cajas pequeñas. Ya las había examinado todas y no había nada interesante. Sin embargo, esa caja grande era una tentación irresistible para su cerebro de nueve años.

Emily compartía habitación con Madison, pero como Tara ya tenía diecisiete años, dormía sola. Madison sentía unos celos horribles. Tara podía hacer de todo. Salir con chicos, ir al cine, conducir. Trabajaba en el restaurante y ganaba dinero para comprarse toda la ropa que quería.

Madison se moría de ganas de ser adolescente.

Finalmente alcanzó la caja de cartón y palpó la superficie áspera y marrón con las yemas de los dedos. Era demasiado alta para abrirla bajo la cama. Se arrastró hacia atrás con una mano, mientras con la otra agarraba una esquina de la caja. Pesaba bastante y se le soltaba cada dos por tres. La embargaba una gran emoción.

¿Qué podía ser?

Salió de debajo de la cama. El polvo del suelo le había dejado unas manchas pálidas y extrañas en su camiseta azul marino. Había tanto que hasta lo notaba en la lengua. Se arrodilló y abrió la caja. Y lanzó de inmediato un suspiro de decepción.

Libros. La caja estaba llena de libros. Aun así, llegó hasta el fondo en busca de algún tesoro oculto. Pero solo había libros. Eligió uno y frunció la nariz al ver al hombre y la mujer abrazados en la cubierta. Lo abrió y se fijó en que alguien había subrayado varias frases con bolígrafo.

Mamá se pondría furiosa si Tara había estropeado sus libros.

—¡Madison! —Tara apareció en la puerta con una mirada de cólera.

A Madison le dio un vuelco el corazón y dejó caer el libro en la caja. Estaba tan asustada que por un momento pensó que iba a vomitar.

Madison se puso a temblar, presa de las mismas náuseas y sentimiento de culpa que aquella otra vez que había registrado la habitación de su hermana. Sin embargo, en este caso las náuseas eran distintas. Pesaba más el arrepentimiento y la vergüenza porque era una adulta que estaba cometiendo el pecado de una niña.

«Esta vez sé qué estoy buscando», pensó.

Sin embargo, esa excusa no sirvió para calmarle el estómago.

Aguzó el oído, pero solo captó los murmullos lejanos de sus tías. El dormitorio de Emily era una réplica exacta del suyo. Todas las habitaciones de la mansión tenían los techos altos y en cada una había una ventana mirador o dos. Todas se quejaban de los armarios tan ridículamente pequeños que tenían, pero nadie hacía nada al respecto. Cuando se construyó la mansión, la gente tenía menos ropa y reformar las habitaciones para instalar los armarios espaciosos que reflejaran el exceso de la vida actual habría costado una fortuna de la que no disponían.

La habitación de Emily tenía una cama doble, un tocador, dos mesitas de noche, el armario minúsculo y un escritorio. Lo que Madison buscaba podía esconderse en cualquiera de esos muebles.

«¿Por qué creo que las encontraré aquí?», se preguntó.

La impresión de sentir los discos de metal frío le ponía la carne de gallina. En sus anteriores registros de la habitación de su hermana nunca había encontrado nada parecido a unas monedas. Pensó en la posibilidad de empezar a buscar bajo la cama, pero finalmente se decantó por el armario. Agarró un taburete y abrió la puerta. Estaba abarrotado. Había una docena de cajas de zapatos. Madison sabía que la mayoría contenían, justamente, zapatos. No tenía la paciencia necesaria para buscar en cada una. Bajó, cerró la puerta del armario, dejó el taburete en su sitio y sintió la necesidad de salir de allí antes de que Emily volviera a casa.

Tal vez ya no era la fisgona que siempre se había considerado.

A pesar de las ganas de irse, abrió un cajón de la mesita de noche más cercana y se quedó sin aliento.

No había monedas, sino un reloj de bolsillo.

Lo tomó entre los dedos con un temor casi reverencial. Le resultaba familiar. Reconocía el peso, la superficie pulida y el pequeño cierre.

«Es de papá».

Pulsó la corona y se abrió de golpe. Su mirada se detuvo en las iniciales grabadas en el interior de la tapa. Las manecillas marcaban una hora incorrecta. Se lo acercó a la oreja y no oyó nada. Cerró los ojos y entonces lo vio.

Estaba sentado en el porche trasero de la casa, con una sonrisa en los labios mientras les gritaba a ella y a Emily para que ganaran a Tara en la improvisada sogatira que habían empezado con la manguera. Hacía calor. Ella llevaba el traje de baño turquesa, el del unicornio. Tara y Emily llevaban bañadores naranja iguales. Su madre había intentado comprarle otro a Madison, pero ella odiaba el naranja y, además, se había enamorado del unicornio.

El agua refrescaba la manguera que tenían en las manos. Emily agarraba uno de los extremos y la hierba empezaba a encharcarse bajo sus pies. Cuando su padre acabó la cuenta atrás, Emily y ella tiraron con todas sus fuerzas y estallaron en carcajadas al ver que su hermana mayor tropezaba y se daba de bruces contra el suelo. Su padre corrió junto a Tara, la ayudó a levantarse y lanzó un grito al ver la sangre que le manaba de la nariz y le manchaba el traje de baño naranja con varios regueros oscuros y sinuosos. Madison observó absorta cómo crecían. Su padre sacó el reloj y un pañuelo del bolsillo. Dejó caer el reloj en la hierba mojada y le tapó la nariz a Tara con el pañuelo.

Madison miró el reloj que tenía en las manos y recordó la sorpresa que se llevó al ver que su padre dejaba que el valioso reloj cayera al suelo, pese al riesgo de que el agua o el golpe lo estropearan. Para ella, lo sucedido fue una prueba de lo mucho que quería a Tara, y a todas ellas, ya que estaba dispuesto a poner en peligro su posesión más valiosa. Madison sufrió la acometida de un sentimiento de pérdida y cariño, se apoyó en la mesilla de noche para mantener el equilibrio y las lágrimas le nublaron la vista.

Cuánto había perdido…

Respiró hondo, esperó a que se le secaran las lágrimas e intentó recluir aquel torrente de emociones en un rincón de su cerebro, de donde no deberían haber salido.

El reloj había sido un regalo de su abuelo, que tenía las mismas iniciales. Su padre se lo dejaba ver siempre que se lo pedían y siempre que él estuviera presente. Para él era un objeto muy valioso y las tres hermanas lo observaban impresionadas. Bajo las iniciales grabadas con un tipo de letra muy elaborado había una frase en un idioma extranjero. ¿Latín, tal vez? Recordaba que su padre les había explicado que significaba «cuidar de los demás».

La tapa se cerró con un ruido metálico y Madison agarró el reloj con fuerza. Los pensamientos se le agolpaban en la cabeza.

Su padre siempre lo llevaba en el bolsillo. En uno tenía las llaves y las monedas, y en el otro, el reloj.

Cuando murió, no encontraron el reloj en ningún lado. Su madre se puso furiosa, convencida de que el asesino se lo había robado, o tal vez uno de los investigadores. Cuando la policía sugirió que podía haberse perdido en el incendio, ya que todas sus pertenencias se habían quemado, su madre descartó de inmediato aquella teoría. Esa noche su padre había trabajado hasta tarde y aún llevaba los vaqueros cuando lo mataron; tenía que estar en el bolsillo.

«¿Cómo era posible que el reloj hubiera acabado ahí?».

¿Acaso se lo había dado una de las tías a Emily? ¿Sin decírselo a Madison?

Su madre había dicho que la cartera de su padre aún estaba en el bolsillo. ¿Quién era capaz de robar un reloj viejo y dejar una cartera de piel con treinta y dos dólares?

Nadie tenía respuesta para aquella pregunta y con el tiempo todas se olvidaron del reloj, que no habían vuelto a ver.

¿Cuánto tiempo hacía que lo tenía Emily?

En ese momento Madison oyó que se abría la puerta de la calle, se guardó el reloj en el bolsillo y salió disparada del dormitorio. Se fue corriendo a su habitación sin hacer ruido y escuchó a su hermana subir las escaleras. Se encendió la luz del cuarto de Emily y Madison contuvo el aliento con el corazón en un puño por temor a que no lo hubiera dejado todo tal y como lo tenía ella. Madison se quitó la gorra de los Goonies, se pasó la mano por el pelo y se quitó el abrigo. Tras un largo momento, regresó a la habitación de Emily.

Su hermana estaba sentada al escritorio, hojeando un montón de papeles.

—Hola, Em.

Emily no se volvió. Seguía enfrascada con sus papeles.

—Hola, Madison. ¿Sabías que esta noche había una reunión en la iglesia por el asesinato de los Fitch?

El tono despreocupado de su hermana tuvo el mismo efecto que si hubiera arañado una pizarra con las uñas.

—Estaba ahí —respondió Madison con el mismo tono.

Sus palabras provocaron la reacción de Emily, que entornó los ojos y frunció ligeramente el ceño.

—Pues no te he visto.

—Estaba con el tío Rod. Te he visto detrás, con los dos agentes del FBI.

—Tampoco he visto a Rod. Me he cruzado con la agente McLane en el aparcamiento. —Emily agachó la mirada—. El agente Wells ha llegado más tarde.

Madison ladeó la cabeza ante el sutil cambio de tono de su hermana cuando mencionó a Zander Wells.

«A ella también le gusta», pensó.

Frunció los labios mientras examinaba a Emily. ¿Cuánto tiempo les llevaría darse cuenta de que lo que sentían era mutuo? Madison no estaba celosa; el agente Wells era atractivo, pero no era su tipo; era uno de esos que se escondían tras una fachada de hombre impasible.

La atracción que existía entre el agente y su hermana era todo un tema. Todo profesional sabía que jamás debía tener una aventura con un testigo de una investigación de asesinato.

—El ambiente se puso algo tenso —dijo Madison pasa desatascar la conversación—. Da la sensación de que nadie sabe qué está pasando.

—No han pasado ni dos días desde su muerte —le soltó Emily—. Esto es la vida real, no la televisión. Los asesinatos no se solucionan en un episodio.

Madison levantó el mentón.

—Sé perfectamente cuándo mataron a Lindsay —dijo Madison con toda la inquina para hacer daño a su hermana, pero fue ella quien acabó sintiendo una punzada de dolor que la dejó sin aliento. Apartó la mirada.

Sintió la mirada penetrante de Emily y tuvo que hacer un gran esfuerzo para mantener el dolor a raya.

—Es como perder otra hermana —dijo Emily.

«Hermana…».

—Tara no está muerta. —Madison se negaba a creerlo y se envalentonó con la ira que se había apoderado de ella. Se apartó el pelo del hombro y miró a Emily a los ojos—. ¿Por qué nadie se preocupa ni habla de Tara? ¿Por qué dejamos que nos echara de su vida?

Su hermana palideció.

—Es su vida, su decisión. Si no quiere tener trato con nosotras, que así sea.

Madison la fulminó con la mirada.

—Aún me cuesta entender cómo puedes ser tan fría.

—Me limito a decir lo que piensa todo el mundo.

—Estamos hablando de nuestra hermana. ¿Es que no te importa lo que le pase?

—Tara decidió irse. Tenía todo el derecho del mundo a hacerlo. Hubo algo que la llevó a alejarse de nosotras y hasta que no se muestre dispuesta a hablar de ello no es asunto nuestro.

—Pero ¿cómo demonios es posible que nunca haya intentado ponerse en contacto con nosotras? ¿Nunca te lo preguntas?

—No. —Emily se volvió de nuevo hacia los papeles—. No le des más vueltas.

Madison la miró fijamente. Esa no era la Emily que conocía. Su hermana era de las que soltaba las arañas fuera de casa en lugar de matarlas. En el restaurante, dejaba que la gente mayor le soltara su sermón durante una hora sin interrumpirlos ni una vez. No se andaba con rodeos, pero le había demostrado en varias ocasiones que era una persona afectuosa y comprensiva, salvo cuando se trataba de Tara.

—¿Qué te hizo? —preguntó Madison con un susurro y notó que se le ponía la piel de gallina. Había algo que no sabía.

—Vete a la cama, Madison.

—Tú no eres un robot sin sentimientos. ¿Por qué nadie quiere hablar del tema? ¿Por qué soy la única persona que se molesta en buscar a nuestra hermana?

Emily no respondió.

Madison sintió un leve mareo y dio un paso atrás. Comprendió que había más de un secreto y que era muy probable que, durante décadas, le hubieran contado mentiras sobre Tara. Se llevó la mano al bulto del bolsillo, donde tenía el reloj. Más mentiras.

«¿Qué está pasando?», se preguntó.

Capítulo 17

Madison engulló una bebida energética para desayunar y recogió la cocina de la mansión en un periquete, sin dejar de mirar la hora. Tenía que salir al cabo de cinco minutos para llegar al restaurante a las seis y media. Sus tías habían dejado los platos en la encimera con restos de tarta de manzana y helado de vainilla. Debieron de necesitar algo que las reconfortara tras la reunión de anoche.

—Buenos días, cielo. ¿Hay café hecho? —preguntó Dory con un bostezo. Tenía el pelo blanco apelmazado y llevaba unas zapatillas desparejadas que asomaban bajo la bata de felpilla. Thea y Vina tenían la misma.

—Ahora la enciendo. —Madison llenó la cafetera bajo el grifo—. No suelo preparar café los días que trabajo porque lo tomo en el restaurante.

—Ah, entonces supongo que es Thea quien se encarga de prepararlo. Siempre lo encuentro hecho cuando bajo. —Dory miró el reloj del microondas—. Vaya, no me había dado cuenta de que era tan temprano. —Se masajeó la espalda—. He tenido molestias de ciática toda la noche y lo que tomo no me alivia el dolor. Llevaba varios meses de fábula, de verdad que no entiendo por qué me ha vuelto ahora.

Madison conocía los problemas de ciática de Dory. El médico le había asegurado que su tía abuela tenía la columna de una chica de quince años y dejó entrever que los dolores se debían a otra cosa. Madison echó el café en el filtro.

—Tal vez sea culpa de los rígidos bancos de madera de anoche. A mí siempre me dejan dolorida.

Dory abrió la boca formando una O.

—Seguro que tienes razón. Era imposible encontrar una postura cómoda. Thea me amenazó con sentarse en otro lado si no me estaba quieta. Qué lista eres. —Se rio y le dio una palmada en el brazo—. Estás muy guapa, por cierto.

Dora siempre le dedicaba un cumplido cuando Madison se ponía ese mono tan holgado. A ella le gustaba sentir el suave roce de la tela en su piel y conocía a poca gente a la que le quedaran tan bien las gruesas rayas verticales blanquinegras como a ella. Emily odiaba el mono. Tal vez ese era uno de los motivos por el que Madison había decidido ponérselo. Su atuendo se complementaba con una coleta tensa y maquillaje *nude*, salvo por el pintalabios rojo camión de bomberos, su favorito.

—¿Ya está despierta Emily? —preguntó Dory.

—No. Su turno no empieza hasta más tarde.

Madison cerró la tapa de la cafetera y pulsó el botón de encendido. Se preguntó si Dory sabía algo sobre el reloj de bolsillo de su padre. Por ejemplo, cómo diablos era posible que hubiera estado perdido durante veinte años y de golpe hubiera aparecido en el cajón de Emily sin más.

—Dory… ¿recuerdas ese reloj de bolsillo que papá llevaba siempre encima?

—Claro. —Ladeó la cabeza con una mirada de compasión—. ¿Has pensado en tu padre últimamente?

—A veces. Recuerdo lo triste que se puso mamá cuando desapareció.

A su tía la invadió una intensa nostalgia.

—Tu pobre madre se quedó destrozada. Creo que era lo que más echaba de menos de tu padre. Habría sido un bonito recuerdo.

—¿Nunca lo encontraron?

Unas arrugas de confusión surcaron la frente de Dory.

—No que yo sepa. Lo recordaría.

Aquella conversación no le iba a revelar la información que estaba buscando.

—Lo que le hicieron a vuestro padre fue horrible. Dejaros sin nada... Ni siquiera él merecía algo así.

«¿Ni siquiera?».

—¿Eso crees? —preguntó Madison con naturalidad, observando el café que empezaba a gotear.

—Ay, sí. Algo tan cruel no se lo merecen ni los hombres como él.

A Madison se le puso la piel de gallina. Nunca había oído hablar así de su padre a nadie.

—¿Qué decía la gente?

Dory bostezó de nuevo.

—¿Ya está el café?

—Acaba de empezar, le faltan unos minutos. Ibas a contarme lo que decía la gente de papá.

—Bueno, ya sabes. Habladurías. Nada importante. —Lanzó una mirada de anhelo a la cafetera.

«¿Es que Dory nunca ha preparado el café?», pensó.

—Sé que a la gente le gustaba hacer circular rumores. —Madison no sabía nada de ello, pero confiaba en que sirviera para avivar las llamas de la conversación que Dory había prendido.

—Ay, sí. La gente es muy cruel. Tu pobre madre... Todas le pedimos que no se casara con él.

A Madison le daba vueltas la cabeza. Otra vez. Primera noticia de ello.

—Pobre mamá. ¿Cómo lo llevó?

Dory levantó una mano para restarle importancia.

—Pues hizo lo que hacía siempre. Es decir, lo que quiso. Y mira cómo acabó.

«¿Estará borracha?».

Madison se inclinó ligeramente hacia su tía para intentar olerla, pero nada.

—Lo siento, cielo. Fue una situación muy injusta para vosotras. Para Tara, sobre todo.

«¿Qué fue injusto?».

Madison quería que su tía siguiera hablando, pero la conversación se estaba adentrando en un terreno muy resbaladizo. Aquello solo podía acabar de dos maneras: o Madison acababa sabiendo algo que habría preferido seguir ignorando, o Dory perdía el hilo y se iba todo al garete.

—¿Por qué crees que fue especialmente duro para Tara?

—Bueno, era la mayor y la gente la veía y trataba como a una adulta. —Negó con la cabeza—. Sin embargo, todavía era una niña. Qué mal…

—Sí, qué mal. —Madison no tenía ni idea de qué había salido mal.

—Fue por el dinero. Todo era siempre por el dinero. —Dory lanzó un suspiro—. Pero eso había ocurrido varios años antes. Nadie lo sabía. Aún hoy la gente sigue creyendo que somos ricas. —Abrió una alacena y frunció el ceño—. Oh, maldita sea. ¿No quedan tartaletas? Las de canela son ideales para el café.

Madison estaba muy perdida y sospechaba que Dory también. Abrió por inercia el armario y le dio la caja de tartaletas a su tía.

—¿A la gente le gustaba contar chismes sobre el dinero de los Barton?

Madison ya sabía que era cierto porque había oído los rumores ella misma.

—Entre otras cosas, pero su tema preferido de conversación era tu padre.

Se sentía tan frustrada por las divagaciones de su tía que le dieron ganas de ponerse a gritar. Dory tenía serios problemas para abrir el paquete, por lo que Madison se lo arrancó de las manos, lo abrió y le dio la tartaleta.

—Se equivocaban con él.

—Ay, no. Los rumores eran del todo ciertos. —Dory le dio un mordisco y cerró los ojos en un gesto de satisfacción—. Se casó con tu madre porque creía que éramos ricas. El día que murió aún estaba convencido de que le escondíamos el dinero. Estaba muy resentido.

A Madison la abandonaron las fuerzas. Su padre siempre había sido un hombre cariñoso y divertido, no se parecía en nada al hombre que Dory acababa de describirle. «¿Está contando la verdad?», pensó. En ocasiones, las conversaciones con su tía eran así, un puñado de recuerdos dispersos y mal hilvanados que acababan convertidos en una madeja llena de nudos.

De pronto le vino un recuerdo a la cabeza.

Cuando tenía seis años no podía pensar en algo que no fuera la preciosa muñeca que estaba en la vitrina de cristal. Emily, su padre y ella fueron al mercadillo que había organizado un vecino. Mientras su padre echaba un vistazo a las herramientas, ella miraba la muñeca, sin prestar atención a los libros y vídeos que intentaba enseñarle Emily.

—Solo cuestan veinticinco centavos —dijo Emily—. Seguro que a papá le parece bien. —Reparó en la fascinación de Madison—. Oooh, es preciosa. —Emily rodeó la mesa para examinar la parte posterior de la vitrina—. ¡Setenta y cinco dólares!

Madison sabía que era mucho.

—Es un objeto de coleccionista —dijo la propietaria mientras se dirigía hacia ellas—. No es un juguete. Pero te gusta, ¿verdad? —le preguntó a Madison.

Ella asintió sin más.

—Pues vamos a decirle a tu padre que venga. —La mujer vio al padre—. Eh, Lincoln. Tu hija ha encontrado algo que le gusta.

Su padre se acercó con un martillo y una sierra en las manos, y con una sonrisa de oreja a oreja al ver a sus hijas. Madison cruzó los dedos. Su padre miró el precio y se le borró la sonrisa de la cara. Dirigió una mirada a la dueña.

—¿Es una broma?

—No. Vale mucho más que eso.

—Lo siento, cielo —dijo su padre—. Mejor vamos a buscar un libro, ¿vale?

El sentimiento de decepción la destrozó.

—Venga ya, Lincoln. Todo el mundo sabe que tienes la fortuna de los Barton.

Madison retrocedió a trompicones asustada ante la ira que de repente se reflejó en los ojos de su padre, mientras se volvía hacia la dueña. Emily también lo vio, agarró a Madison de la mano y la arrastró hacia el camino de acceso de la casa. Había dejado los libros y los vídeos.

—Esperemos aquí —dijo con voz alegre.

Algo iba mal.

Su padre regresó junto a ellas al cabo de unos segundos, sin las herramientas pero con la sonrisa.

—Hoy nos vamos de vacío, ¿eh? —Tomó a Madison de la otra mano y los tres se dirigieron al coche.

Tal vez la ira que vio en sus ojos había sido producto de su imaginación.

Madison se quedó mirando la cafetera.

¿Acaso Emily había intentado protegerla de la ira de su padre?

—Creo que ya llega para una taza. —Dory no podía apartar los ojos de la cafetera.

—Solo si te gusta muy amargo y fuerte.

—En tal caso, esperaré. Pero date prisa, por favor.

«¿Me habla a mí o la cafetera?».

—¿Corrían rumores de que papá se había casado con mamá por dinero? —Madison intentó encarrilar de nuevo la conversación.

—Corrían rumores de eso y de otras cosas muy horribles.

—¿A qué cosas horribles te refieres? —preguntó Madison con la voz quebrada.

—Esa gente. —Dory bajó la voz—. Esa gente horrible.

—¿Chet Carlson era una de esas personas? —Las llamas del odio que Madison sentía hacia el asesino de su padre prendieron de nuevo en sus entrañas.

—Claro que no —respondió Dory con rotundidad.

—Entonces, ¿quién? —preguntó no sin cierta dificultad. ¿Por qué, si no, iba a defender Dory a Chet Carlson? El hombre estaba cumpliendo condena por la muerte de su padre.

—Ya no están aquí. La mayoría no eran de la zona.

—Menos mal. —Madison no sabía qué añadir.

Intentó analizar mentalmente todas las palabras que habían salido de la boca de su tía, desde todas las perspectivas posibles, pero la conversación la había sumido en una gran confusión.

—Sí, menos mal. —Le acarició el antebrazo a Madison y sonrió—. Tara volverá tarde o temprano.

—¿Por qué crees que no ha vuelto?

Madison se preguntó si no sería buena idea hacer madrugar a su tía más a menudo. Sí, la conversación se había adentrado en un laberinto de temas difícil de seguir, pero el nombre de su padre y de Tara había aparecido más veces en esos minutos que en todo el año entero.

«¿Es por su medicación?», pensó. Madison ignoraba cuántos medicamentos tomaba su tía. Confiaba plenamente en que la farmacéutica la avisaría si le recetaban alguno que no fuera compatible con los que ya tomaba. Dory visitaba a muchos especialistas, pero por suerte solo había una farmacia en la ciudad. La farmacéutica conocía muy bien a la anciana y su historial médico, tanto el real como el imaginario. Madison se había asegurado de que tuviera una lista completa de los medicamentos «naturales» que tomaba su tía.

—Bueno, ya sabes cómo es Tara. Más tozuda que Emily y tú juntas. Cuando se fue nos partió el corazón.

Madison recordaba perfectamente el numerito de la desaparición de su hermana. Le había llevado varios años convencerse a sí misma de que Tara no se había ido porque ella fuera una fisgona que no respetaba la privacidad de su dormitorio.

—Volverá un día de estos. Cuando esté preparada. —Dory señaló la cafetera con un gesto muy poco disimulado—. Ahora me tomaré la taza.

Madison le sirvió el café y miró la hora. Llegaría tarde si no se iba ahora mismo.

«Leo puede ocuparse de todo si me retraso unos minutos».

La conversación era demasiado interesante para dejarla a medias.

—Dory —preguntó con mucho tacto—, ¿sabes por qué se fue Tara tan pronto tras la muerte de papá?

Su tía se había sentado a la mesa de la cocina y alternaba los bocados a las tartaletas con los sorbos de café.

—No lo sé, cielo —dijo entre bocados—. Quizá fue por la presión. Fueron días muy difíciles para todas nosotras.

—¿No te parece que fue un gesto egoísta por su parte? Quiero decir... ni siquiera llamó cuando murió mamá.

—No llamó, es verdad. Tara tiene que cargar con ese sentimiento de culpa. Tu pobre madre.

Dory se había referido a la madre de Madison como «pobre» en demasiadas ocasiones y las siguientes palabras que pronunció Madison fueron producto de la ira.

—Sabes que mamá era maníaco-depresiva y hablas de ella como si hubiese vivido en un estado de depresión constante, pero yo recuerdo su risa, que nos llevaba de excursión y a nadar al río. Tal vez tenía sus momentos bajos, pero era feliz.

Dory parpadeó varias veces, confundida.

—No quería decir que no lo fuera. Con vosotras tenía un comportamiento fantástico casi siempre, pero tuvo que aguantar muchas cosas de tu padre. Él era bastante mayor que ella y tu madre siempre era como la «niña» de la relación.

Dory miró hacia atrás antes de volverse hacia Madison.

—Él la sedujo antes de casarse —susurró como si estuvieran confabulando.

Las imágenes de sus padres fundidos en un apasionado abrazo se agolparon en la cabeza de Madison. Estaba convencida de que la atracción era mutua.

—Él era muy posesivo con ese reloj —añadió Dory sin levantar la mirada de la taza de café.

Aquel salto hacia atrás pilló a Madison con el pie cambiado.

«¿Es así como funciona la cabeza de Dory?», pensó Madison.

—Yo no sabía qué era ese reloj hasta que me lo contó Vina —confesó Dory moviendo lentamente la cabeza entrecana—. Se alegró de que hubiera desaparecido.

—Pero solo era un reloj.

«¿No?».

Dory la miró fijamente con sus ojos de maestra, capaces de llegar hasta lo más profundo del cerebro de su sobrina.

—Era un vínculo con su pasado. Su abuelo era así y se lo transmitió a su nieto. No necesitábamos a los de su calaña por aquí —sentenció.

Madison se quedó muda.

El gesto de su tía reflejaba una pena insondable.

—El odio y la ira, Brenda. Lo alimenta con esas reuniones y no atiende a razones cuando hablamos con él. Esto no puede acabar bien.

«Cree que soy mamá».

Dory miró el reloj de nuevo.

—Llegarás tarde. No le hagas eso a Leo.

Madison agarró el bolso y se inclinó para besar a su tía en la mejilla. Vaciló durante unos segundos, presa de la indecisión que le provocaban la miríada de preguntas que se agolpaban en su cabeza y la incapacidad para formularlas.

—Te quiero, Dory.

Salió disparada por la puerta. Fuera estaba aún oscuro y se ciñó la capucha para protegerse de la lluvia. Una vez dentro del coche, sacó el reloj del bolso y lo abrió. Solo vio las iniciales y la frase en otro idioma. Le dio la vuelta y examinó el reverso y el anverso buscando algún golpe o rasguño. Nada. Intentó hacer presión con la uña en un surco lateral, pero no se movió.

Era un reloj. Ni más, ni menos.

Observó las palabras extranjeras y recordó que había aceptado la traducción de su padre como cierta. Encendió el teléfono e introdujo las palabras en Google. «Non Silba Sed Anthar».

—No por uno mismo, sino por los demás —leyó en voz alta.

«Parecen unas palabras desinteresadas y amables», pensó.

Siguió examinando los resultados.

«Esto no puede ser».

El corazón le dio un vuelco y empezó a abrir una página tras otra, que no fueron sino confirmando sus temores.

La bonita frase era uno de los lemas del KKK.

Capítulo 18

Zander llevaba una hora trabajando en la comisaría del sheriff del condado de Clatsop cuando apareció Ava. Entró con cara de pocos amigos y una bandeja con dos tazas de café.

—¿Por qué no me dijiste que empezarías a trabajar al alba?

—No tenía ningún sentido despertarte.

Zander se había desvelado a las cuatro de la madrugada y no había sido capaz de volver a conciliar el sueño. Después de agotar todas las opciones de trabajo desde el portátil, se había ido a la comisaría del sheriff y pidió el expediente del asesinato de Lincoln Mills, el padre de Emily. Y tampoco había llamado a Ava porque no quería explicarle por qué estaba revisando un caso antiguo y resuelto cuando ellos tenían tres asesinatos sin resolver entre manos.

Sentía curiosidad por saber qué movía a Emily Mills. Comprender qué le había ocurrido a su padre podía proporcionarle un punto de vista distinto para comprender por qué le resultaba un personaje tan intrigante. Además de la obvia atracción física.

Ava le dio uno de los cafés, pero casi lo derramó de lo caliente que estaba la taza.

—Ten cuidado. Tienes unas manos muy delicadas —le soltó—. No estaría mal que hicieras algo más aparte de teclear en el ordenador.

Sacó un protector de cartón que llevaba en el bolsillo y se lo dio con una sonrisa.

—Muy graciosa.

—Seguro que hay más de uno dispuesto a llevarte de pesca o a talar árboles. Te iría muy bien.

Quitó la tapa del café y salió una pequeña columna de vapor.

—No, gracias, estoy muy a gusto con el teclado. ¿Por qué está esto tan caliente?

—Ni idea. —Ladeó la cabeza para ver qué estaba leyendo—. ¿Lincoln Mills? —Tal y como había predicho Zander, un mar de arrugas surcó la frente de su compañera—. ¿Por qué estás...?

—¿Leyendo el informe de un caso resuelto cuando tenemos tanto trabajo entre manos? —acabó él la pregunta, pero fue incapaz de sostenerle la inquisidora mirada.

—Exacto.

—Ya sabes por qué —replicó—. El padre de nuestra testigo fue ahorcado y ambos estábamos de acuerdo en que era demasiada coincidencia. —Se armó de valor y le lanzó una mirada fugaz, pero ella seguía contemplándolo fijamente, con unos ojos azules que se asomaron a las profundidades de su alma culpable.

—Ajá. Sí. Por eso —dijo.

—Es un caso fascinante —añadió Zander, que se aferraba desesperadamente a su vía de investigación.

«Y siento una gran curiosidad por una de sus hijas», pensó el agente.

—Ya me lo contarás luego, ahora tenemos trabajo.

Ava dejó la bolsa del ordenador llena a rebosar en una silla y sacó su portátil.

Zander cerró la carpeta de tres anillas y la dejó a un lado.

—Hoy por la mañana he llamado al doctor Rutledge.

—¿No te ha preocupado despertarlo? —le preguntó sin apartar los ojos de la pantalla.

Zander sabía que el médico haría lo que fuera con tal de no hablar con ella.

—Ayer nos dijo que se ponía a trabajar muy temprano. Le he pedido que me espere para hacer la autopsia de Nate Copeland.

Ava levantó la cabeza bruscamente.

—¿Por qué?

—Porque quiero estar presente. Tengo la sensación de que al menos uno de los dos tendría que haber asistido a las autopsias de los Fitch, pero estábamos demasiado ocupados. Copeland era uno de los nuestros...

Ava lo cazó al vuelo.

—Iremos los dos.

Ambos compartían un vínculo con el joven policía. Como todos los agentes de la ley. Por incómodo que fuera presenciar una autopsia, no dejaba de ser una muestra de respeto. Una prueba de su compromiso para encontrar las respuestas que explicaran su muerte.

—Pero ¿qué pasa con Billy Osburne? —preguntó Ava con una mueca—. Hoy quería averiguar dónde se esconde.

—El sheriff se encargará de ello —le aseguró Zander—. Él sabe mejor que nadie bajo qué roca puede haberse escondido esa alimaña. Considero que la autopsia es importante. Rutledge ha hecho las radiografías y las fotografías del cadáver y ha enviado la ropa al laboratorio. Pero esperará a que lleguemos para hacer todo lo demás. Cuando estemos allí podemos hacerle alguna pregunta más sobre los Fitch —añadió Zander—. He intentado hacer un resumen del estado actual de la investigación. Y no tenemos ninguna pista sobre Billy Osburne. Ninguno de los empleados de la tienda de repuestos sabía con quién pasaba el tiempo libre. Greer ha enviado a uno de sus hombres a la casa de los Osburne para ver si aparece por ahí, y he pedido una orden para vigilar sus tarjetas de crédito y el teléfono.

—La científica no ha dicho nada sobre la escena de Copeland —añadió Ava—. Pero sí han comprobado si había restos de GHB en las tazas y bebidas de los Fitch, y no han encontrado nada. Ahora están analizando la comida.

—Rutledge ha dicho que lo más probable era que estuviera en un líquido.

—«Lo más probable», tú lo has dicho.

—Pero si no encuentran restos —dijo Zander lentamente—, significa que alguien se llevó el método de entrega.

—Posiblemente alguien que conocían…

—Alguien en quien confiaban lo suficiente para tomar algo juntos —añadió Zander—. Mierda. Es un escenario que también encajaría en el caso de Copeland.

—Aún no sabemos si había GHB en el cuerpo.

El instinto le decía a Zander que el informe toxicológico le daría la razón.

—Vaya. —Ava carraspeó y giró el portátil para que Zander viera la pantalla y la señaló con la mirada—. Ayer recibí la orden para consultar el registro de llamadas de Emily Mills.

El café que tenía en la boca se convirtió en cubitos de hielo. Primera noticia de que había solicitado una orden para consultar el registro de llamadas.

—¿Por qué no le pediste que te enseñara el teléfono? —preguntó Zander, pero de inmediato se dio cuenta de lo absurdo de su sugerencia.

Ava levantó la cabeza con una mirada de condescendencia.

—Vale, vale. ¿Qué has encontrado? —El ácido del café le revolvió el estómago. ¿Acaso había depositado demasiadas esperanzas en su principal testigo?

—Faltan veinte minutos.

Zander se quedó mudo.

—Los registros muestran que recibió una llamada del restaurante a las 6:47. Era su cocinero, que le comunicó que no encontraba a Lindsay. —Ava señaló la entrada con el bolígrafo—. A ti te dijo que fue de inmediato al restaurante. Ayer, cuando hablé con Madison, me dijo que oyó sonar el teléfono de Emily y afirmó que se fue al cabo de unos minutos.

—Quizá ya estaba despierta y vestida —aventuró Zander medio aturdido—. Es plausible.

—Sí, podría ser. Según el registro, hay una llamada a casa de Lindsay a las 6:50 que duró dos segundos.

—Debió de saltarle el buzón de voz y colgó.

—Y llamó justo antes de salir de casa o lo hizo mientras conducía. En cualquier caso, fui de la mansión Barton a casa de Lindsay y me llevó ocho minutos en pleno día. Imagino que a esa hora de la mañana habrá aún menos tráfico.

—Aquí no suele haber atascos —afirmó Zander.

—Hay otra llamada breve al teléfono de Lindsay a las 7:02. Según las notas de tu interrogatorio, llamó a la puerta y luego intentó llamar por teléfono de nuevo. Fue entonces cuando oyó sonar el teléfono dentro y abrió la puerta, que no estaba cerrada con llave.

Zander recordaba la descripción de Emily con precisión.

—Según el 911, la llamada de Emily se produjo a las 7:29.

—Joder. —Se le heló la sangre—. ¿Qué hizo durante tanto tiempo? Entiendo que le llevara unos minutos encontrar a Lindsay y luego a Sean. Pero ¿veinte minutos? —Se pasó una mano por el pelo—. No lo entiendo.

Ava frunció los labios con un gesto serio.

—Ya somos dos. No telefoneó a nadie más en todo ese tiempo.

—Tengo que interrogarla de nuevo.

—Tenemos que interrogarla.

Le sorprendió el énfasis de su compañera.

—¿A qué viene ese tono?

Ava lanzó un suspiro y lo miró como hacía su madre cuando se llevaba una decepción con él.

—Porque tú eres demasiado amable.

—¿Amable? No soy amable. Estamos investigando un homicidio.

—Eres muy amable cuando estás con ella. —Ava enarcó las cejas y lo miró fijamente.

Zander captó la indirecta.

—Crees que me gusta.

—Sé que te gusta. Es una mujer muy atractiva y sé cómo te comportarás en ese escenario —le dijo con una sonrisa irónica.

Ava lo había calado.

Él se frotó la frente y repasó todo lo que había dicho o hecho en presencia de Emily.

—No creo que la haya tratado de un modo distinto que a… su hermana o a sus tías.

—Debes estar más atento, ¿vale? —le dijo Ava con un tono que daba a entender que el tema estaba zanjado—. ¿Cuándo quieres que hablemos con Emily? Puede que tenga una explicación razonable… a lo mejor se puso a vomitar en los arbustos… o… qué sé yo.

—¿Qué otra cosa podría haber hecho dentro de la casa durante veinte minutos? —Zander no sabía qué pensar.

—O fuera.

—No parecía que hubieran movido los cuerpos. Copeland admitió que fue él quien cortó la soga de Sean. Pero no tenemos forma de saber si cambiaron algo más.

—Le tomaron las huellas para compararlas con las que hubiera dentro de la casa —dijo Ava—. A lo mejor aparecen en otro lugar.

—Escribiré a los de la científica y les diré que necesitamos las ubicaciones de sus huellas cuanto antes —dijo Zander, abriendo su portátil.

Ya no tenía el estómago tan revuelto, pero se sentía aturdido y lo único que quería en ese instante era esclarecer los movimientos exactos de Emily.

«¿Está implicada de algún modo?», se preguntó.

Por mucho que lo intentara, no se la imaginaba como cómplice de un asesinato. Sin embargo, cabía la posibilidad de que hubiera hecho algo que comprometiera la escena, a propósito o no.

—Ahora estás en modo robot —le dijo Ava.

Zander alzó la mirada.

—¿Robot?

—Solo piensas en lo profesional.

—A ver si te aclaras de una vez sobre mi comportamiento.

Volvió a centrar toda la atención en el correo electrónico. El escrutinio al que lo estaba sometiendo Ava empezaba a molestarlo.

—Podemos hablar de ello de camino al laboratorio forense de Portland.

—No sabes las ganas que tengo —gruñó Zander y la miró de soslayo.

Ava sonreía con una mirada sincera. Durante un segundo fugaz Zander lamentó todo lo que había perdido por ser tan reservado con sus sentimientos en el pasado.

Los lamentos eran cada vez menos frecuentes, pero sería más feliz cuando desaparecieran del todo. Frunció el ceño y envió el mensaje. Sabía que Ava tenía razón en cuanto a Emily. Pero no era momento para dejar que los sentimientos se interpusieran en su trabajo. Ella era una testigo y él tenía que atrapar a un asesino, o a dos.

CAPÍTULO 19

—¿Dónde se ha metido Isaac? —le preguntó Madison a Leo, que estaba haciendo *hash browns* en la plancha.

—Ni idea. Hace un momento estaba aquí.

—¿Qué te parecería la idea de celebrar una ceremonia en memoria de Lindsay y Sean? —preguntó.

El hombre frunció el ceño.

—¿Eso no tendrían que hacerlo sus familias? —La patata rallada chisporroteó cuando la aplastó con la espátula.

—No lo sé, pero, aunque lo hicieran, dudo mucho que fuera en Bartonville. Lo organizarían en su ciudad. Creo que nosotros también deberíamos hacer algo.

—Tiene su lógica. Este tipo de ceremonias son para los vivos, no para los fallecidos —afirmó Leo con una mirada de comprensión.

La interpretó perfectamente. Entendía que necesitaba cerrar las heridas. Al igual que mucha de la gente del pueblo, que parecía sumida en un estado de luto silencioso desde hacía dos días y necesitaba un lugar donde aliviar el dolor.

Isaac apareció y se dirigió al almacén con una caja llena de latas de salsa de tomate. Cuando pasó junto a Madison, esta le tocó al brazo. Él dio un respingo y a punto estuvo de tirar la caja.

—Lo siento, Isaac.

El joven se volvió hacia ella con una mirada de pánico.

«Parece como si me tuviera miedo. ¿Por qué?», pensó Madison.

—Quería preguntarte qué te parecía la idea de organizar una ceremonia en memoria de los Fitch —dijo Madison, que hizo un esfuerzo por esbozar una sonrisa y tranquilizar al joven. El gesto de pánico la había desconcertado.

Isaac la miró a ella y a Leo.

—Sí, buena idea —respondió sin más y se fue al almacén.

Isaac siempre había sido un chico algo voluble, pero había dado un cambio muy notable a mejor en los últimos seis meses. A Madison le dolía verlo de nuevo como un cachorro herido.

Leo se encogió de hombros al ver la mirada inquisitiva de su compañera.

—Cada uno asimila las tragedias a su manera. Estoy seguro de que es todo por Lindsay. No te lo tomes como algo personal.

No lo hizo.

Un año antes Leo le había pedido a Emily que le ofreciera el trabajo a Isaac. Le dijo que era un sobrino de fuera del estado que tenía que empezar de cero y Emily no se lo pensó dos veces. Al cabo de unas semanas Leo le confesó que lo había sorprendido escondido en una caseta de su finca y que la historia del sobrino era mentira. Los moratones, las quemaduras y las cicatrices de la espalda del chico fueron determinantes para no enviarlo de vuelta a su casa. Leo había investigado por su cuenta los orígenes de Isaac en Lincoln City y les confesó a las hermanas que el padre de Isaac era un borracho y dos de sus exnovias lo habían denunciado por agresión. Se había pasado gran parte de su vida entrando y saliendo de la cárcel.

Al final Isaac había tomado la decisión de huir en lugar de acudir a la policía.

Emily le prometió que el joven tendría un trabajo todo el tiempo que necesitara.

Cuando llevaba tres meses con ellos, Madison lo encontró leyendo un artículo en la tableta de Leo, en la sala de descanso.

Siempre atenta, le preguntó qué era aquello tan interesante y él respondió: «Nada». Cerró el navegador y se fue. Madison se sentó en la silla que había dejado, abrió el navegador y consultó la última entrada del historial. Se le puso la piel de gallina al ver la noticia de una agresión en Lincoln City. Un hombre de cuarenta años había recibido una paliza con un bate de béisbol frente a un bar. Había sufrido traumatismo craneoencefálico y tenía los dos tobillos rotos. Madison no reconoció el nombre, pero la policía estaba buscando al agresor, cuya imagen habían captado las cámaras de seguridad fugazmente. Una imagen granulosa acompañaba el artículo.

El hombre de la fotografía llevaba la chaqueta de Leo. También llevaba una gorra que le tapaba la calva, pero Madison reconoció la chaqueta de lona. Dos años antes, le había cosido botones nuevos cuando se dio cuenta de que Leo había perdido más de la mitad. Desde entonces, se la había puesto casi a diario. No tenía ningún rasgo identificable útil para los demás; había cientos de hombres que llevaban esas chaquetas marrones.

«A lo mejor me equivoco», pensó. Cerró el artículo, borró el historial y se quedó sentada pensando. El apellido de la víctima no era Smith como el de Isaac.

Smith. ¿Había un apellido más común?

Madison se dio la vuelta en la silla y echó un vistazo al colgador para empleados. Ese día Leo se había puesto una cazadora vaquera forrada de borreguillo.

No volvió a ver la chaqueta de lona, pero siguió la historia. La víctima padeció graves secuelas y no volvería a andar sin cojear. No se encontró ninguna pista más sobre el agresor.

Madison no hizo ninguna pregunta y mostró más paciencia y simpatía con el adolescente.

Pero esa mañana, el comportamiento esquivo de Isaac fue una reacción extraña que acabó descolocándola por completo. Primero fueron los desvaríos de Dory y el lema del reloj de bolsillo los que sembraron el caos en su cerebro y la hicieron equivocarse en las comandas. A punto había estado también de derramar el café en dos ocasiones. Lo habitual era que su turno fuera como una máquina bien engrasada, pero ese día los engranajes chirriaban y se atascaban.

El reloj y las palabras de Dory habían acabado con su poder de concentración.

«¿Por qué tenía papá un reloj con ese lema? A lo mejor no sabía qué significaba… A fin de cuentas, había sido de su abuelo. Pero Dory ha dicho "no se lo merecen ni los hombres como él". ¿Había algo que no sabíamos?», pensó Madison.

Los pensamientos se agolpaban en su cabeza. Conservaba recuerdos de su padre cariñoso. Pero si se esforzaba, también había atisbos de ira. Atisbos que había intentado recluir para no recordarlo.

—¡Maldita sea! —bramó su padre desde el asiento del conductor. Madison y Emily se quedaron calladas en el asiento de atrás y estiraron el cuello para ver el motivo que había provocado el enfado y los golpes de su padre sobre el volante—. Zorra imbécil. —Abrió la puerta y se acercó a un coche que acababa de aparcar.

—Creo que papá estaba esperando para ponerlo ahí —dijo Emily.

—¿Por qué no busca otro sitio? —preguntó Madison, al ver que había varios huecos un poco más allá.

Contuvo un grito al ver que le daba una patada al neumático trasero del otro coche. Apoyó las manos en la ventanilla y acercó la cara para no perderse detalle. La otra conductora subió la ventanilla con los ojos aterrorizados. Era negra.

A Madison se le hizo un nudo en el estómago.

«¿A quién puedo preguntar por los comentarios de Dory sobre papá y mamá? ¿Y sobre Tara?».

No quería hablar con las otras tías. En conversaciones anteriores siempre se ceñían a un guion preestablecido cuando hablaban de sus padres. Dory había optado por el verso suelto y Madison sabía que sus tías no aprobarían lo que había hecho. Tenía que pensar en otra persona que hubiera conocido a sus padres. Y que estuviera dispuesta a hablar.

En ese momento recordó que había ido a la cocina para coger un poco de mantequilla que le había pedido un cliente, así que puso una bola generosa en un plato pequeño y regresó de inmediato a la sala. El cliente no dijo nada cuando se lo dejó junto a las tortitas.

«De nada», pensó.

Lanzó un suspiro y miró hacia la entrada para comprobar si habían llegado clientes nuevos. Había un único hombre, de espaldas a ella. Madison cogió el menú y sintió que la tensión se le acumulaba en la espalda. El hombre se volvió cuando ella se acercaba.

Brett Steele.

Madison dejó el menú en el atril de las camareras y lo miró a los ojos.

—¿Por qué has venido?

—Para comer, claro.

—Emily no está.

—No he venido a verla. —Dirigió una mirada conspicua al menú que había tirado Madison—. ¿Me das una mesa?

Madison cogió el menú a regañadientes y lo acompañó hasta la mesa más cercana.

—Estás muy guapa hoy —le dijo Brett al sentarse—. Me gusta tu pintalabios.

Se apoderó de ella la necesidad irrefrenable de quitárselo con la mano y tuvo que hacer un gran esfuerzo para disimular los temblores.

—¿Café? —le ofreció.

—Sí, y tráeme también un par de tortitas con un poco de beicon —le pidió con una sonrisa.

Madison vio con el rabillo del ojo a Emily, que salía de la cocina en dirección a la oficina. El movimiento brusco de Brett era una prueba de que él también la había visto. Madison puso los ojos en blanco al ver aquel destello fugaz de deseo y anhelo.

«Supéralo», pensó.

El comentario de aquel desgraciado sobre su pintalabios le había removido las entrañas. Ese tipo tenía serios problemas con las hermanas Mills. Con las tres.

—Enseguida te traigo el café. —Madison salió disparada en busca de su hermana y la alcanzó cuando estaba abriendo la puerta de la oficina—. ¿Puedes encargarte de la sala? Está todo bastante tranquilo y tengo una cita.

—¿En serio? ¿Por qué la has programado en horario de trabajo?

—Porque me la han dado hoy mismo. He pasado media noche en vela por culpa de una muela. Acaban de decirme que pueden atenderme ahora.

—Ah. —Emily la miró fijamente—. Sí, vale, yo te sustituyo. —Frunció la nariz—. ¿Es posible que haya visto a Brett ahí fuera?

—Sí, quiere lo de siempre, pero aún no he pasado su comanda. Y muy atenta a la mesa ocho, no paran de pedir cosas. —Madison se quitó el delantal por la cabeza, hizo una bola con él y pasó junto a Emily para coger el bolso que tenía en la oficina—. Tengo que irme —dijo y salió disparada por el pasillo.

—Espero que no sea nada lo de la muela —le dijo Emily.

Madison ya se había olvidado de la mentira.

—Gracias.

Se le había ocurrido alguien que podía responder a sus preguntas.

Madison llamó a la ventana con los nudillos y vio a Anita sentada al escritorio de su salón de belleza. La puerta estaba cerrada con llave porque aún faltaban veinte minutos para abrir. Anita la saludó con la mano y se acercó a la entrada.

Ella era la elegida de Madison por diversos motivos.

En primer lugar, porque había vivido en Bartonville toda la vida y conocía a todos los miembros de su familia, incluidos sus padres. Era unos años mayor que su madre, Brenda.

En segundo lugar, porque la peluquería era una mina de chismes, o un vertedero, según como se mirase.

En tercer lugar, Madison sabía que Anita y sus tías habían tenido varias disputas a lo largo de los años. La peluquera no se arredraba ante sus tías. Eran amigas, pero eso no significaba que les bailara el agua, como algunos de sus vecinos. Nunca se mordía la lengua.

Anita sonrió al abrir la puerta.

—Me alegro de verte, Madison. —La invitó a entrar. El salón olía a laca y esmalte de uñas. Anita lo había reformado un par de años antes y no quedaba ni rastro de la peluquería de la infancia de Madison. Se acabaron los sillones de vinilo rosa y el suelo a cuadros blanquinegros. Ahora era «relajante y moderno», con sus mostradores de cuarzo de elegantes líneas, sus plantas exuberantes y las paredes revestidas con listones de madera lacada.

Pero el olor era el mismo. El aroma de las promesas y expectativas de los productos de belleza.

Anita había cumplido los sesenta y estaba increíblemente delgada. Siempre vestía de negro riguroso, de pies a cabeza, y no había cambiado de peinado desde hacía varias décadas, pero no había perdido ni un ápice de elegancia. Había logrado dominar el secreto de parecer atemporal gracias a una acertada elección de estilos clásicos. Llevaba un corte bob estilo paje hasta el mentón de color platino, con el volumen perfecto en las raíces y una sutil ondulación a un lado.

Hacía años que había dejado de fumar, pero aún conservaba una voz ligeramente grave. Todo el mundo pasaba por su salón, hasta las adolescentes que querían los cortes más modernos, porque Anita estaba al día de todo. Sin embargo, no había dejado de lado el «lavar y marcar» para sus clientas más veteranas. Le hizo un gesto rápido con la muñeca para que ocupara uno de los sillones mientras ella tomaba asiento en otro y se volvió hacia ella con una mirada amable de curiosidad.

«¿Cómo sabe que tengo que sentarme para esta conversación?», pensó.

—¿Qué te pasa, hija?

Para Anita todas eran sus «hijas» o sus «cielos». Hasta los hombres.

Cuando Madison decidió ir a verla, tenía muy claro qué quería preguntarle. Pero llegado el momento se sentía hecha un lío y la incertidumbre la había dejado muda.

Anita enseguida percibió sus dudas.

—Voy a prepararte un capuchino. —Se levantó de un salto del sillón y encendió la enorme cafetera profesional. Ella ya servía espressos y capuchinos antes de que la gente conociera Starbucks.

—Anita… ¿qué piensa la gente de este pueblo de mi familia? — Era una pregunta algo vaga, pero suponía un buen punto de partida.

La peluquera no levantó los ojos.

—¿De los Barton o de los Mills?

Madison frunció el ceño.

«¿La gente distingue entre los dos?».

—De los Barton.

El ruido del espumador de la leche impidió que siguieran con la conversación durante unos segundos.

—Los Barton son los cimientos y la columna vertebral de Bartonville —respondió al final.

—Eso parece una declaración oficial de la cámara de comercio. —Palabras vacías y artificiales.

—Seguro que lo he leído en algún folleto. —Anita añadió la leche al espresso y le llevó la taza a Madison—. Hoy en día, cuando la gente dice «Barton», se refiere a tus tías o a tu tío bisabuelo. Tu tío Rod vive tan lejos que la gente ha olvidado que es descendiente directo de George Barton.

—Emily y yo no.

—Y así debe ser. Vosotras dos sois las chicas Mills. Y Tara también, claro.

—¿Qué dicen de Tara?

Anita ladeó la cabeza sin dejar de mirar a Madison y le dio la taza.

—¿Te refieres a ahora o a cuando se fue? ¿Y por qué quieres saberlo?

—A ambos momentos. —Madison no sabía cómo responder a la segunda pregunta—. Porque he oído ciertas cosas.

—Mmm. —Anita volvió al sillón, cruzó las piernas y centró toda la atención en Madison—. Estoy segura de que era mentira, pero mucha gente creía que se fue porque estaba embarazada.

—Eso ya lo había oído.

—También se decía que se fue por culpa de tus tías. Por entonces eran algo déspotas. Las tres.

—El tiempo las ha dulcificado, pero la tía Vina… como dice el refrán: es más fácil enderezar un cuerno que a un viejo.

Madison tomó un sorbo del capuchino y empezaron a asaltarle las dudas sobre su decisión de hacer preguntas. Los rumores de antaño aún escocían.

—Hoy por la mañana Dory me ha dicho algunas cosas que resultan algo extrañas.

—Ya veo.

—Ha dejado entrever que mi madre se sentía muy desdichada y que la gente se compadecía de ella.

—¿Qué edad tenías cuando murió? ¿Nueve?

—Diez. Sabía que a menudo le faltaban las fuerzas y pasaba muchas horas en la cama, pero hasta que fui adulta no descubrí que sufría un trastorno maníaco-depresivo.

—Los niños siempre tienen un punto de vista muy distinto al de los adultos. Además, tu madre era muy afectuosa y os quería con locura. Todos lo sabíamos.

—¿Qué más sabíais?

—Que era una esposa triste y confundida.

Un leve temblor recorrió los dedos de Madison. Era justo lo que había insinuado Dory. Anita hablaba con calma, muy atenta a la posible reacción de Madison. Sus palabras estaban acompañadas de un manto de sinceridad.

—O sea, que tenían problemas de pareja. Como todo hijo de vecino.

—Ningún matrimonio es perfecto y tu padre os quería mucho. De eso no hay duda.

—¿Y la gente decía que se había casado con mamá por dinero?

—Sí.

—Pero los Barton no eran ricos. Vina dice que en los ochenta la empresa maderera se fue a pique y que lo perdieron prácticamente todo tras una serie de inversiones poco afortunadas.

—Eso es lo que yo sé, pero la gente cree lo que quiere creer. Ven vuestra casa y el restaurante y sacan conclusiones por su cuenta. —Hizo una pausa—. Si todavía te quedan ganas de oír antiguos rumores, corría uno que decía que la muerte de tu madre fue una especie de mensaje para los Barton por dejar en la estacada a varias familias de trabajadores cuando cerró el aserradero.

—Eso no tiene sentido.

—Estoy de acuerdo. Y no creo que la gente le dé demasiado crédito. Pero no son pocos los que hoy en día siguen creyendo que estáis escondiendo la fortuna de la familia.

—Qué bobada. La mansión tiene unos gastos de mantenimiento tan altos que nos ahoga a todos, y el restaurante va bien pero no nos haremos ricas con él. Salimos adelante y poco más.

Anita se encogió de hombros.

—Eso es lo que yo le digo a la gente. Pero ya sabes cómo funcionan los rumores.

—Que papá era un cazafortunas. ¿Qué más dicen de él? —Madison se puso muy tensa, preparándose para lo peor.

«Sé que quería a mi madre, lo vi muchas veces», pensó.

La peluquera lanzó un suspiro y miró por el escaparate.

—Que era un buen chico de los de antes. Que era divertido y no tenía reparos en contar chistes desagradables. Que era racista.

Se hizo el silencio y la inscripción del reloj de bolsillo resonó en la cabeza de Madison, acompañada del rostro aterrado de la conductora.

—Por la educación que recibió.

No era una pregunta, pero Anita asintió.

—Pero a nosotras no nos enseñó eso —añadió Madison.

—Dudo que tu madre se lo hubiera permitido.

—¿Tenía amigos que pensaran como él? —Recordó las palabras de Dory sobre la «gente horrible», pero le había dicho que se habían ido.

—Cada quien con su cada cual.

Madison no se dio por satisfecha con la respuesta.

—Me estás diciendo que frecuentaba otros racistas.

Anita esbozó una leve sonrisa sin la calidez que había acompañado sus palabras hasta entonces.

—Bingo.

La palabra de Anita le partió el alma y tuvo que parpadear varias veces.

Una sombra de arrepentimiento ensombreció el rostro de la peluquera, que se inclinó hacia delante y le acarició la rodilla.

—Él os quería y tenéis todo el derecho del mundo a quererlo. El bien habita en todos nosotros y él os mostró su lado más positivo. Fue solo la gente de fuera, y algunos miembros de la familia, los que vieron la otra cara. La mayoría de la gente se muestra como es. —Miró fijamente a Madison—. Pero otros se muestran de un modo que no refleja su auténtico yo. Es una especie de coraza para proteger su frágil alma.

«Anita puede verme», pensó Madison, que activó las defensas de inmediato y se aferró a la taza con fuerza.

Una sombra de decepción enturbió los ojos de Anita.

—¿Qué dijo la gente cuando lo mataron?

Anita apartó la mirada y cerró la boca con fuerza.

—Nadie quería que lo mataran. Solo que se llevara su racismo y sus opiniones supremacistas blancas a otra parte.

—¿Quién lo mató? —preguntó Madison con un susurro.

La peluquera dio un respingo.

—Chet Carlson, claro. —Frunció las cejas sin apartar los ojos de su interlocutora—. Es una pregunta un poco rara.

—Chet Carlson ni siquiera lo conocía. —Las ideas bullían en la cabeza de Madison—. No era de aquí, no sabía nada de lo que opinaba la gente sobre mi padre. ¿Y ahora resulta que a pesar de eso se tomó la molestia de ahorcarlo?

—Encontraron la chaqueta ensangrentada de tu padre en su habitación del hotel. Lo condenaron gracias a esa prueba.

—Desde luego.

Madison cerró los ojos y vio a su madre corriendo por el bosque y a Emily en el jardín trasero de su casa, con la mirada perdida mientras el humo invadía la casa.

«¿Qué vio Emily esa noche? ¿Por qué no le dijo a nadie que había salido?».

—Venga, Madison —dijo Anita con un tono paternalista—, estás dejando que esta información nueva afecte a todo lo que pensabas sobre tu padre. Nada de eso importa. Lo que viviste con él no ha cambiado.

«¿A quién quería proteger la Emily de trece años?».

Madison abrió los ojos... en los que se notaba el peso de la información que acababan de compartir con ella.

—Todo ha cambiado. Era una persona horrible.

—Nada de lo dicho cambia que fue tu padre y que os adoraba a las tres. Sigues siendo la misma que ha entrado por mi puerta hace cinco minutos. Y él también.

Madison ya no escuchaba. «Emily debía de tener un motivo para guardar un secreto durante tanto tiempo».

A buen seguro lo había hecho por la misma razón por la que Madison no le había contado a nadie que había visto a Emily fuera esa noche, o a su madre en el bosque.

El auténtico motivo era protegerlas.

«El amor que siento por mi madre y mi hermana me ha mantenido en silencio durante todos estos años».

¿Cuál era el motivo de Emily para guardar silencio?

Capítulo 20

Zander se puso la máscara protectora y lanzó una mirada a su compañera. Se fijó en las arrugas apenas perceptibles de la comisura de los ojos de su amiga, prueba irrefutable de que estaba sonriendo bajo la máscara azul.

—Te queda muy bien, Zander.

Él se miró con la bata de quirófano y las fundas de los pies, presa de una leve sensación de claustrofobia. Una parte de él quería arrancárselo todo y salir al pasillo para respirar aire fresco.

«Aire más fresco», se corrigió a sí mismo. En cuanto pusieron pie en el edificio forense, los asaltó ese olor tan característico. No era como el de un hospital o una funeraria… olores que conocía perfectamente.

Era una combinación de desinfectante profesional, carne refrigerada y un leve rastro de putrefacción. Sin embargo, se dio cuenta de que su olfato ya se había acostumbrado porque no le molestaba tanto como al principio. Desde que se incorporó al FBI descubrió que podía soportar la mayoría de los olores: muerte, excrementos, carne en descomposición… siempre que fuera capaz de aguantar los diez primeros minutos. También sabía que al acabar debía ducharse cuanto antes y poner toda la ropa a lavar. Ese día había dejado el abrigo en el coche porque no quería que cogiera ningún olor extraño.

Ava y él se encontraban en la sala de autopsias. Había cuatro mesas de acero inoxidable, cada una con un lavamanos en un extremo. En todas las mesas había una manguera, además de una báscula y potentes luces. Había dos ayudantes que estaban preparando el instrumental y organizándolo todo para el forense.

En la mesa más cercana, el cuerpo de Nate Copeland aguardaba en silencio a que llegara el doctor Rutledge.

Zander se sentía como un mirón; no quería ver al fallecido, pero era su deber. El forense ya había realizado la incisión en Y desde el pecho hasta la ingle, pero no había tocado las costillas. Ava se movió inquieta y se levantó la visera para secarse los ojos. No solía tener problemas en las autopsias, pero ya había advertido a Zander que esta iba a ser todo un reto para ella porque había hablado con Nate el día antes. En casa de los Copeland había logrado mantener la compostura, pero allí, en el laboratorio, la crudeza de los detalles del horrible fin que había sufrido el joven agente se encontraba expuesta bajo la cruda luz del laboratorio.

Todo un contraste con el joven agente rebosante de vida al que había entrevistado (o, más bien, interrogado sin piedad) sobre la escena del crimen de los Fitch.

Zander le había dicho que no debía tener remordimientos por haber hecho su trabajo.

—Me había convencido a mí misma de que la persona que era ya no existe. Que este cuerpo no es más que un armazón vacío —susurró Ava—. Pero entonces he visto eso... —Señaló el tatuaje del deltoides—, y de repente ha vuelto a convertirse en un ser humano.

Zander la comprendía. El tatuaje representaba algo eterno que Copeland había elegido llevarse con él. Simbolizaba una decisión, un amor, un afán de permanencia.

El tatuaje permanecía, pero la persona había desaparecido.

Copeland estaba pálido, pero la sombra amoratada que presentaba en la parte inferior de la espalda y las piernas indicaba que había fallecido boca arriba. Cuando el corazón dejó de bombear, la gravedad hizo su efecto y el *livor mortis* había aparecido en los lugares correspondientes de un hombre que había muerto en un sillón. Aquel tono oscuro también le cubría las nalgas.

Se abrió la puerta del laboratorio y entró el doctor Seth Rutledge, que se puso una bata de quirófano. Uno de los ayudantes se la ató a la espalda mientras el doctor le estrechaba la mano a Zander y a Ava.

—Me alegro de verlos a los dos. Hacía ya un tiempo… Y sí, ya sé que consideran que eso es bueno. —Seth miró a Ava—. Victoria me ha dicho que se va a casar este verano en una bodega…

—Así es —respondió la agente con voz ligeramente trémula y prefirió no recrearse en ningún tipo de detalle, como solía hacer cuando le preguntaban por sus planes de boda.

Seth hizo una pausa, pero enseguida se dio cuenta de que Ava no tenía muchas ganas de profundizar en el tema y le dirigió una mirada de compasión.

—Es una idea excelente.

—Victoria y usted están en la lista de invitados —le dijo con una voz algo más firme.

—Más le vale. —Se puso los guantes—. Empecemos.

En cuanto se acercó a la mesa adoptó su actitud más profesional. Zander se fijó en algo nuevo.

—No recuerdo haber visto ese cartel antes —dijo, señalando una placa grande y elegante que había en una pared.

Aquí la muerte se deleita en ayudar a los vivos

Un poco morboso. No le parecía del todo adecuado usar «deleitar» como verbo unido a la muerte, pero Zander imaginó que era producto del sentido del humor de los forenses.

—Sí, me lo regaló Victoria en Navidad.

Zander intercambió una mirada con Ava, que había fruncido de nuevo los ojos. También le parecía un regalo extraño, pero la mujer de Seth era su antropóloga forense. Ambos se dedicaban a una profesión algo sombría.

—Tal para cual, Seth —le dijo Ava.

A Seth se le iluminaron los ojos.

—Estoy de acuerdo. En fin, debo admitir que ya había empezado cuando me ha llamado a primera hora para pedirme que los esperara. El examen externo está acabado y, como pueden ver, lo dejé tras realizar la incisión en Y, pero he enviado los fluidos a toxicología y hemos hecho las placas.

—¿Qué fluidos? —preguntó Ava.

—Sangre, bilis, orina y humor vítreo.

Zander se alegraba de no haber estado presente cuando Seth clavaba una aguja en el ojo de Copeland para extraer el líquido.

—¿Tardará mucho en recibir los resultados de toxicología?

—Los básicos estarán enseguida porque los hacemos aquí. Pero si necesitan algo que se salga de la norma, tendré que enviarlos a otro laboratorio.

—¿Cuál es la norma?

—Alcohol, marihuana, opiáceos, barbitúricos y psicoestimulantes. También podemos buscar restos de arsénico y metales pesados. —Hizo una pausa—. Hemos averiguado que Nate tenía el mismo GHB que los Fitch.

Zander y Ava se miraron.

—Pues la investigación acaba de tomar un nuevo giro —afirmó Zander.

—Y hay más —añadió Seth—. La prueba de residuos de disparo de la mano ha dado unos valores muy elevados. Un recuento de partículas superior a dos mil. No hay duda de que disparó el arma, pero... fue un patrón algo extraño. En una parte de la mano apenas había restos, como si la tuviera tapada con algo… como por ejemplo otra mano.

No había sido un suicidio.

Zander se alegró al saber que el joven agente no se había quitado la vida, pero el hecho de que lo hubieran asesinado no suponía una mejora en ningún otro aspecto.

—Pues no sé qué es mejor —murmuró Ava, que verbalizó los pensamientos que se agolpaban en la cabeza de Zander.

—Creo que el asesino de los Fitch podría ser el mismo que el de Nate.

—«Podría» —hizo hincapié Ava—. A pesar de las nuevas pruebas, tampoco son concluyentes. No podemos olvidarlo.

Zander estaba de acuerdo.

—¿Alguna información más del examen externo?

—No hay abrasiones ni quemaduras —prosiguió el doctor—. El *livor mortis* coincide con la postura que tenía en las fotografías que he visto de la escena del crimen. Tiene un tatuaje tribal en el deltoides y otro en la pantorrilla. Y algunas cicatrices. Las radiografías no han mostrado ninguna fractura ósea, algo poco habitual en un hombre. Lo normal es que se hubiera roto algo.

—Las mujeres tienen mejor ojo para valorar las posibles consecuencias de sus actos —murmuró Ava—. Ya de niños hacéis muchas estupideces.

Zander solo podía darle la razón.

Seth apartó la piel y los músculos de la incisión y dejó la caja torácica al descubierto. Cogió las cizallas que le ofrecía su ayudante y empezó a cortar las costillas por debajo de la piel. Los primeros sonidos incomodaron a Zander, como ocurría siempre. Pero tras el cuarto, ya se había acostumbrado al crujido. Cuando Seth acabó, levantó la parte delantera de la caja torácica.

Ava contuvo el aliento.

—¿Se encuentra bien? —susurró.

—Sí, dada la situación…

A continuación, Seth empezó a extraer cada órgano de forma sistemática, lo examinó, lo pesó, lo cortó para examinarlo de nuevo y extrajo muestras para realizar analíticas y conservarlas. Había una grabadora sobre la cabeza de Seth para dejar constancia de sus observaciones, pero el ayudante también tomaba notas.

Zander observó con atención mientras Seth abría el estómago.

—Huelo alcohol. Diría que es cerveza —dijo el forense—. No hay sólidos, pero sí algún fluido. Sospecho que la mayoría había pasado al intestino delgado.

—El doctor Ruiz nos dijo que calculaba que había muerto a media mañana —afirmó Ava.

—No sería la primera persona que pasa por mi mesa de autopsias que desayunaba cerveza. Es más habitual de lo que cree.

A pesar de la máscara que le tapaba media cara, Zander vio que Ava fruncía la nariz.

—Un mimosa para desayunar, vale, pero no entiendo lo de la cerveza —dijo.

—¿Por qué no? ¿Quién dice que el champán sea una bebida aceptable por la mañana, pero no la cerveza? —Seth se encogió de hombros y depositó el estómago en la báscula—. Ambas bebidas son alcohólicas. Este trabajo me ha permitido ver muchas cosas desde otra perspectiva.

—¿Usted desayuna con cerveza? —le preguntó Ava al forense.

—No. Me parece asqueroso.

La agente dio un resoplido.

—Pues entonces existe una buena probabilidad de que el GHB estuviera en la cerveza.

—Pediré que analicen los fluidos del estómago —dijo Seth.

—Creo que no se encontraron botellas de cerveza abiertas en la escena de Copeland —afirmó Ava—. Pero lo consultaré con el equipo.

Zander tenía ganas de que acabara la autopsia para investigar los nuevos datos que había aportado el examen médico.

El doctor examinó los demás órganos rápidamente y se centró en la cabeza. Se acercó y palpó el cráneo con suavidad. Zander se preguntó cómo iba a cortar el cráneo bajo el cuero cabelludo cuando faltaba un buen trozo. La principal preocupación era dejar un cadáver presentable para un féretro abierto.

—Sus padres han pedido un féretro cerrado —dijo Seth en voz baja—, pero haré todo lo que pueda para que al menos ellos puedan verlo. Creo que podremos solucionarlo con un buen cojín.

Zander se acercó para examinar el cuerpo de cerca. Habitualmente el forense cortaba el cuero cabelludo en la parte posterior de la cabeza de oreja a oreja, lo arrancaba hacia arriba y lo dejaba pegado en la frente. Luego cortaba un fragmento grande del cráneo para extraer el cerebro. A continuación, volvía a colocar la tapa del cráneo como si fuera la pieza de un rompecabezas, devolvía el cuero cabelludo a su posición original y lo cosía bajo el cabello para que el cadáver tuviera un aspecto presentable en un féretro abierto.

El problema de Copeland eran los daños que había provocado la herida de salida. El cráneo podía romperse en varios fragmentos mientras el doctor Rutledge hacía su trabajo, lo que impediría que el cadáver recuperase un aspecto decente para la despedida de los padres.

—Esperemos a ver cómo ha quedado el hueso y luego ya decidiremos —dijo Seth para sí. El ayudante levantó la cabeza y el forense utilizó el escalpelo para realizar una incisión en la zona occipital y siguió hasta la frente. Señaló con el dedo el orificio que había dejado la bala en el cuero cabelludo.

Enseguida pudieron comprobar que el daño que había provocado el proyectil era brutal.

—Es de los grandes —dijo Seth en voz baja.

—Tenía una G 21 —le dijo Zander—, con balas del calibre .45.

El impacto de la bala había dejado un orificio en forma de estrella con un laberinto de fisuras con epicentro en la herida.

—Si corto por debajo de la zona habitual, puedo evitar las fisuras y creo que la bóveda craneal quedaría de una pieza. —Seth asintió con la cabeza, seguro de su decisión, y cogió la sierra Stryker.

No era mucho más grande que el taladro que Zander tenía en casa, pero el ruido le recordó al de un dentista cuando le perforaba el diente y resonaba en toda su cabeza. Retrocedió un paso al ver la pequeña nube de polvo de hueso que se desprendió.

«Cerveza», pensó Zander. Le parecía muy raro. ¿Tenía sentido que Nate Copeland hubiera tomado una cerveza a primera hora el mismo día que ya había quedado para beber con su amigo? ¿Había decidido empezar a ponerse a tono antes de tiempo o había recibido visita?

Ava le tiró de la manga.

—Estás muy callado. ¿En qué piensas? —preguntó ella alzando la voz para que pudiera oírla a pesar del ruido de la sierra.

—Quiero saber con quién ha bebido cerveza Nate Copeland hoy por la mañana.

—No eres el único. —Ava miró al forense, que rodeó la mesa de autopsias para observar el cadáver desde un nuevo ángulo—. ¿Dónde estuvo Billy Osburne ayer por la mañana?

—Su turno en la tienda de repuestos no empezaba hasta mediodía.

—Entonces tuvo tiempo. ¿Formaba parte del círculo de Nate como para tomar una cerveza con él? ¿Tenía algún motivo para hacerlo? —preguntó Ava.

—Los Osburne tienen diez años más que Nate —respondió Zander—, pero no sé si eso los descarta como amigos. Podemos averiguar si había suficiente confianza entre ellos como para tomar una cerveza por la mañana.

—Pero ¿por qué Nate?

La sierra paró y el silencio fue todo un bálsamo para los oídos de Zander. Seth levantó la bóveda craneal como si fuera una pieza de cristal delicado. En cierto modo, lo era. El forense había logrado cortar en torno a las fisuras, pero algunas de las piezas del rompecabezas más próximas al orificio de salida se habían desplazado. El médico dejó el fragmento de hueso sobre una bandeja con una tensa mirada de concentración.

Zander contuvo el aliento durante unos segundos interminables mientras observaba los movimientos del médico, sin dejar de pensar en la pregunta de su compañera.

—Nate debió de ver algo que no debería haber visto en casa de los Fitch. Y tal vez ni siquiera fuera consciente de ello —respondió—. O quizá lo vieron llegar. ¿Alguien inspeccionó la zona boscosa que hay detrás de la casa de los Fitch? Tal vez había alguien observando la escena cuando llegó Nate.

—Creo recordar que realizaron una inspección somera de la zona del bosque. Pero dudo que se esforzaran demasiado.

A juzgar por la escasa profesionalidad de la que había hecho gala la policía la mañana del crimen, coincidía con el veredicto de su compañera.

—De acuerdo, tendremos que examinar la finca de nuevo. ¿Qué más?

—¿Habrá que repasar los informes de la autopsia de los Fitch con Seth? —preguntó Ava—. He visto el informe final en mi bandeja de entrada, pero aún no he tenido tiempo de echarle un vistazo. Te había comentado algo sobre los resultados preliminares. ¿Habéis hablado de algo más?

—No, pero quería comprobar si Sean era el padre del bebé de Lindsay. Podemos preguntarle si ya lo saben. —Zander miró al médico mientras este pesaba el cerebro—. Está a punto de acabar.

Una vez examinado el cerebro y extraídas las muestras necesarias, se introducían los órganos en una bolsa de plástico y se devolvían a la cavidad torácica vacía. Acto seguido se colocaba la caja torácica y se suturaba la incisión en Y.

Seth tomó la bóveda craneal y la levantó con gran precisión y cuidado. Había dos cortes en los lados que el doctor había realizado para que encajara en el cráneo y no se moviera.

Con gran tacto y habilidad, la colocó en su sitio y frunció los ojos en un gesto de placer.

—Listo —le dijo con un deje de satisfacción a la ayudante, que había observado todo el proceso con gran preocupación. Entre ambos volvieron a extender el cuero cabelludo—. ¿Te encargas tú de lo demás? —preguntó Seth. La joven asintió y cogió una aguja curva para coser el cuero cabelludo.

El doctor examinó el rostro de Copeland durante unos segundos. Con la mandíbula cerrada no se veían señales del orificio de bala en el paladar. Seth apoyó una mano en el hombro del cadáver y respiró hondo.

Al cabo de un instante, se volvió hacia Zander y Ava, y les hizo un gesto para que lo siguieran al otro extremo de la sala, lejos de Nate Copeland. El gesto del forense era muy circunspecto.

—Queríais saber si Sean era el padre del bebé de su mujer. Acabo de recibir los resultados y os puedo confirmar que era hijo suyo.

Zander sintió un alivio en el pecho. Aquello no significaba que Lindsay no tuviera una aventura con Billy Osburne, aunque eliminaba un posible móvil.

—Pero Lindsay y Sean no lo sabían, si es verdad que ella se acostaba con Billy Osburne —afirmó Ava.

«Mierda, tiene razón», pensó Zander. Aún no podían eliminar el motivo de la lista.

—Tenemos que encontrar a Osburne —dijo Zander.

—Antes quiero examinar la zona boscosa que hay detrás de casa de los Fitch. Luego ya iremos a por Billy.

Zander estuvo de acuerdo.

Capítulo 21

Ya entrada la tarde, Zander y Ava regresaron a la costa tras su visita al laboratorio forense. Habían parado en un restaurante con servicio en ventanilla y el todoterreno aún olía a patatas fritas.

En cualquier caso, era un olor más agradable que el del laboratorio forense.

—¿Vamos directos a casa de los Fitch? —preguntó Zander.

—No dejes para mañana lo que puedas hacer hoy.

El sheriff no había encontrado a Billy Osburne y la frustración empezaba a hacer mella en él. Zander lo había notado en su tono de voz a pesar de que solo habían hablado por teléfono.

Tomaron el estrecho camino que conducía a casa de los Fitch y una extraña sensación de *déjà vu* embargó a Zander. La carretera se convirtió en grava y a medida que avanzaban los edificios estaban más distanciados. Vio la propiedad de los Fitch y aparcó en la cuneta. Ambos examinaron el pequeño rancho blanco en silencio. Detrás de la casa, los abetos se mecían al compás del viento sobre una alfombra de hojas y ramas.

—Hace viento —comentó Ava.

—No me gustaría vivir cerca de unos árboles tan grandes.

—Ya te digo. —Se inclinó hacia delante y señaló los arbustos que había a poco más de diez metros de su vehículo—. Mira.

Había varias bicicletas en el suelo que quedaban medio ocultas por la vegetación.

—Niños. —Zander abrió la puerta de inmediato enfadado. Los niños eran curiosos y seguro que se morían de ganas de examinar la escena de un crimen; era un instinto natural a su edad, pero no le quedaba más remedio que buscarlos y echarlos. Contó cuatro bicicletas, cada una en una etapa distinta de su deterioro.

Lo embargó la nostalgia. La bicicleta y esa curiosidad insaciable lo habían llevado a él y a sus amigos de la infancia a vivir muchas aventuras. Eran intrépidos y estaban convencidos de que su mundo estaba a su disposición, esperando a que lo exploraran. Cuanto más prohibido era el lugar elegido, más intensa era la emoción: la minicentral eléctrica que se alzaba tras unas vallas junto a la escuela, el granero con el tejado medio hundido del vecino, la fila de contenedores hediondos tras el centro comercial…

Tres lugares que no harían ninguna gracia a sus padres, algo que, por supuesto, los convertía en el más potente imán para los niños.

—Al menos están al aire libre y no pegados a la pantalla de los videojuegos.

Zander gruñó.

—Voy a por un par de linternas que tengo en el maletero. —Abrió la portezuela y sacó dos linternas de LED. No estaba oscuro, pero las nubes grises lo cubrían todo con su manto plomizo. Dadas las condiciones, sería difícil ver algo en las sombras del bosque.

Ava cogió una linterna y se dirigieron hacia la izquierda de la casa.

—¿Crees que se habrán atrevido a entrar? —preguntó Ava.

—Espero que la policía lo cerrara todo con llave, pero te garantizo que habrán intentado abrir todas las puertas y ventanas de la casa.

—¿Me lo garantizas?

—Yo también fui un niño curioso —admitió Zander, que sabía que se habría sentido fascinado por la casa y no lo habría considerado una falta de respeto si hubiera pasado algo similar en su barrio de la infancia.

—Como yo, pero jamás se me habría ocurrido entrar en una casa en la que habían muerto dos personas asesinadas.

—Puedes añadir esto a tu lista de diferencias entre sexos.

—No todos los niños son así —replicó.

—No todos —admitió él con una sonrisa y levantó la mano al oír voces jóvenes detrás de la casa.

Ava lanzó un suspiro.

—Mierda. Deben de estar en el árbol.

Ambos doblaron la esquina y vieron a tres niños que debían de tener once o doce años, dando vueltas alrededor del árbol. Había un cuarto que ya había trepado y se encontraba por encima del lugar donde habían colgado a Sean Fitch. La policía había cortado la rama para procesarla en busca de pruebas. Aún había cinta policial que rodeaba una buena parte del jardín.

Zander reprimió el instinto de gritar a los niños. «No lo entenderían», pensó.

—Hay que darles una lección —dijo Ava en voz baja—. ¡Eh, chicos! ¿Os importaría apartaros del árbol y acercaros un momento?

Los cuatro rostros se volvieron hacia ellos con un gesto brusco.

—¡La poli!

Se quedaron paralizados unos instantes, pero al cabo de un par de segundos salieron disparados, cada uno en una dirección. El chico que se había encaramado al árbol bajó más rápido que un oso furioso y echó a correr, con su capucha roja ondeando al viento.

Zander intentó perseguir a uno de ellos, pero se detuvo enseguida y miró a Ava, que tenía los brazos en jarras y una mirada de resignación.

Era inútil.

—Podríamos esperar junto a las bicicletas —propuso él.

—¿Para qué? Creo que los hemos asustado tanto que tardarán en volver y dudo que escucharan el sermón que quería soltarles.

—¿Cómo sabían que éramos policías?

Ava le lanzó una mirada de incredulidad.

—Porque rezumas ley y orden por todos los poros de la piel. Les costaría mirarte a los ojos aunque no fueras del FBI.

—¿Rezumo? ¿Es un cumplido?

—Eso creo.

Zander no lo tenía tan claro.

—Me parece más probable que nos vieran aquí el otro día. Debían de estar espiándonos desde lejos.

—Es posible —afirmó Ava con un suspiro mientras examinaba el jardín y el denso bosque que arrancaba justo después de la cinta policial—. ¿Cómo lo hacemos?

—Necesitaríamos que alguien nos echara una mano.

—En un mundo ideal. Pero ahora estamos tú y yo solos. —Ava abrió los brazos y se separó de Zander—. Palmo a palmo. Empezaremos por ese gran abeto y peinaremos la zona. Presta atención a cualquier detalle que se les pudiera pasar por alto a los agentes… Restos de basura…, pisadas.

Pasaron la siguiente media hora intentando caminar en línea recta mientras rodeaban los gruesos troncos de los árboles y los arbustos, examinando hasta el último centímetro con las linternas. Cada pocos pasos, Zander levantaba la mirada e iluminaba la corteza y las ramas de los abetos, mientras procuraba evitar que las agujas que caían de las ramas le dieran en un ojo. Los gigantescos árboles crujían mecidos por el viento.

—El suelo se mueve, joder —dijo Ava.

Zander también se había dado cuenta.

—La tierra está tan húmeda y saturada que el viento está empezando a levantar las raíces.

Ava levantó la cabeza.

—Como caiga uno, es probable que se lleve a otros diez por delante. Tendremos que salir pitando.

—No caerán. ¿No se supone que las raíces sujetan a los árboles?

—¿Tú has visto las raíces de un abeto? —le preguntó ella—. Forman una bola, totalmente desproporcionada con el peso y la altura del resto del árbol.

Examinaron la zona en silencio durante unos minutos más, barriendo con las linternas a izquierda y derecha mientras apartaban las hojas con los pies. Zander se alegraba de haber pensado en las linternas porque sin ellas les habría resultado imposible examinar la zona como era debido.

—Hostia.

Se quedó mirando boquiabierto a la anciana que tenía ante él mientras intentaba recuperar el aliento. La mujer se encontraba a unos cinco metros, tenía las manos en los costados y lucía una sonrisa. Zander se dio cuenta de que no suponía un peligro inmediato, pero aun así se desabrochó lentamente la chaqueta.

—¿Podemos ayudarla? —preguntó Ava, que soltó un grito ahogado al oír la palabrota que se le había escapado a su compañero y movió la cadera izquierda hacia la mujer, con la mano de la pistola libre e iluminándole la cara con la linterna.

—Ah, no, solo miraba.

Su voz joven no se correspondía con el pelo gris y el rostro surcado de arrugas. Su largo abrigo era de un color pardo oscuro, probablemente consecuencia directa de que nunca hubiera conocido una lavadora. Las botas de goma estaban llenas de barro.

Zander se preguntó si era una sintecho.

—¿Qué miraba? —preguntó Ava, mientras Zander guardaba silencio. Su compañera solía tener una voz muy dulce y suave que podía calmar a todo el mundo, incluido a él, pero el corazón aún le martilleaba el pecho.

—A vosotros dos. He visto a los chicos. —Una mar de profundas arrugas surcó la frente de la mujer—. No tendrían que estar aquí —añadió seria.

—¿Por qué no?

Levantó el mentón y le brillaron los ojos.

—Porque no. Este no es lugar para niños.

Zander no podía sino darle la razón.

—¿Cómo se llama? Yo soy Ava y él es Zander.

—Alice. Ya sé quiénes sois.

Ava ladeó la cabeza.

—Anoche estaba usted en la reunión, ¿verdad?

Zander buscó en su archivo mental las imágenes de los asistentes a la reunión, pero la mayoría correspondían a nucas.

—Así es. Sé que trabajáis para el FBI. Que estáis intentando ayudar a esa pareja joven.

—A los Fitch, sí. —Ava hizo una pausa—. ¿Sabe qué les pasó?

—Todo el mundo sabe qué les pasó.

Zander dio un respingo. «¿Todo el mundo sabe qué les pasó?».

—Quiero decir, ¿sabe quién fue el autor? —le aclaró Ava.

Zander se llevó una decepción al darse cuenta de que Alice había interpretado la pregunta de su compañera en sentido literal. La mujer tenía unos ojos muy vivos, con un brillo de inteligencia, pero estaba claro que había algo raro en ella, como si no acabara de regir bien.

Alice se metió las manos en los bolsillos y Zander se puso en tensión, preparado para desenfundar el arma que llevaba en las costillas.

—¿Le importaría sacar las manos de los bolsillos? —le pidió Ava—. Me siento más cómoda cuando puedo verlas.

Alice la miró confundida, pero obedeció y Zander se relajó un poco.

—Yo no les hice nada a Sean ni a Lindsay.

—Me alegra oírlo. ¿Sabe quién fue?

—No.

«Tenía que intentarlo».

—¿Vive usted cerca de aquí? —preguntó Zander.

Alice lo miró fijamente y parpadeó varias veces.

—No, solo he venido a ver a una amiga.

—¿Y dónde vive su amiga?

Ella frunció el ceño y apartó ligeramente la cabeza, como si no lo hubiera oído bien.

—No lo sé.

Zander repitió la pregunta alzando un poco la voz.

Su insistencia obtuvo como premio una cara de pocos amigos.

—He dicho que no lo sabía.

—¿Podemos llevarla a casa? —preguntó Ava con dulzura. A Zander le temblaron los labios. Su prometido decía que nadie podía resistirse a ella cuando usaba su voz más aterciopelada.

—Aún no he visto a mi amiga.

Al parecer Alice era toda una experta en dar calabazas.

—¿Y si la acompañamos y nos aseguramos de que llegue usted bien? —le propuso Ava—. El viento es cada vez más fuerte.

Zander accedió. El viento soplaba con fuerza y agitaba los faldones de su chaqueta. Alice había mostrado signos de confusión y no podían abandonarla en el bosque.

—Muy bien. —Se volvió y echó a andar hacia el sur.

Ava enarcó una ceja mirando a Zander, que levantó las manos. «Qué vamos a hacer…».

Zander tomó nota mental del lugar hasta donde habían llegado en su búsqueda y siguió a Alice, que caminaba lentamente y arrastrando los pies.

Al cabo de unos minutos, se acercó al oído de Ava.

—Me preocupa que no sepa a dónde va.

Alice resopló.

—Sé a dónde voy.

Un brillo iluminó los ojos de Ava, que frunció los labios. Zander prefirió no abrir la boca. Al cabo de unos metros, llegaron junto a un árbol caído. Ava tenía razón. Las raíces eran una bola desproporcionada en relación con el tamaño y grosor del tronco.

La guía se acercó a las raíces del árbol caído y se agarró a ellas para no perder el equilibrio. Zander se abalanzó y la agarró del brazo para ayudarla. Ella le dio las gracias con educación. Sortearon las raíces y se desplazaron a lo largo del árbol derribado.

Alice se detuvo.

—Aquí es.

Zander miró a su alrededor.

—¿Dónde…?

—Pues aquí. —Alice se soltó de Zander, se agachó y miró debajo del tronco. Apartó la gruesa capa de agujas de pino, un gesto que levantó una nube invisible de olor a tierra húmeda—. Aquí está a salvo.

Las órbitas vacías de una calavera dieron la bienvenida al agente del FBI.

Capítulo 22

Zander y Ava no salían de su asombro, incapaces de apartar la vista del cráneo y varios huesos de la «amiga» de Alice.

—No me hace ninguna gracia que estén tan cerca de la escena de los Fitch —dijo el agente en voz baja a su compañera.

—Pero si es un esqueleto. Este cuerpo lleva mucho tiempo aquí. No puede tener nada que ver con el caso de los Fitch.

—Lo sé. —Sin embargo, no podía desembarazarse de la sensación de que ambos hechos estaban relacionados—. Que venga nuestro mejor especialista para ocuparse de ello. No quiero que se acerque un ayudante del sheriff o un agente de la policía científica local.

—Pues la doctora Victoria Peres es la indicada —afirmó Ava sin pensárselo dos veces—. Llamaré a Seth para ver si está disponible.

El forense aceptó enviar a la antropóloga forense del estado: su mujer.

Zander telefoneó al sheriff Greer para informarle del descubrimiento de los restos y lo esperó en el gélido bosque acompañado de Alice y Ava.

Alice resultó ser una mujer de conversación agradable, con cierta tendencia a divagar y a la digresión. Sus ojos tenían el brillo intermitente de una gran lucidez.

—¿Cómo se llama? —preguntó Ava señalando el cráneo con un gesto.

La anciana apoyó el peso del cuerpo en el tronco caído, dispuesta a esperar después de que Zander le explicara por qué habían pedido ayuda para su amiga.

—No lo sé —dijo Alice pensativa—. Pero la llamaré Cindy.

—¿Sabe cuánto tiempo lleva aquí? —preguntó Zander.

Alice frunció el ceño.

—Mucho tiempo, creo.

Zander había dado por buena la suposición de Alice de que eran restos femeninos porque no sabía cómo distinguirlos. Cuando miró el cráneo, su instinto le dijo que se trataba de una mujer, pero tal vez se debía exclusivamente a la influencia de Alice.

—¿La conocía de antes?

—¿De antes de qué?

«Debo ser más preciso», pensó Zander.

—¿La conocía de antes de que fuera... un esqueleto? —Se estremeció al pronunciar la palabra.

—No.

—¿Cómo la encontró?

—Vi cómo la traían.

Zander notó un subidón de adrenalina.

—¿Quién la trajo aquí?

Alice empezó a mover las manos y a toquetearse el abrigo.

—No lo recuerdo. —Alice rehuyó la mirada de ambos agentes. Zander volvió la vista hacia Ava, que le hizo un sutil gesto con las manos para que aflojara un poco.

Sentía el instinto de presionarla, pero sabía que, si insistía en ese sentido, Alice se cerraría aún más en banda.

La llegada de los dos ayudantes y del sheriff Greer puso fin a su charla. Habían reaccionado muy rápido, en tan solo diez minutos.

—Buenas noches, Alice —la saludó el sheriff con amabilidad, y lanzó un fugaz vistazo a los huesos que había junto al árbol—. Ha refrescado esta noche, ¿verdad?

Alice murmuró algo y evitó la mirada del sheriff. Se puso muy tensa en cuanto aparecieron los tres agentes y se arrimó un poco a Ava. Zander sospechaba que en el pasado debía de haber tenido algún encontronazo con el departamento del sheriff.

Una rápida conversación con Greer confirmó sus temores.

—Se confunde a menudo —les explicó el jefe mientras se alejaban de la escena. Había dejado a uno de sus ayudantes para que le echara un vistazo a Alice—. No tiene mala intención, pero en ocasiones ha entrado en las propiedades de otras personas y se ha asomado a las ventanas de sus hogares para observarlos. Nosotros nos limitamos a llevarla a casa. La han examinado varias veces, pero el diagnóstico es siempre el mismo: puede cuidar de sí misma y no supone un peligro para ella ni para los demás.

—Está muy delgada —señaló Ava.

—Está delgada desde que tengo uso de razón —respondió Greer—. Pero le aseguro que he coincidido con ella en el supermercado. Es bastante capaz… por lo general.

—Entonces, ¿por qué camina sola por el bosque a estas horas? Podría perderse.

El sheriff respondió de forma categórica.

—Nadie conoce estos bosques o la costa como Alice. Hace cincuenta años que recorre la zona. —Hizo un gesto a uno de los agentes para que se acercara y le pidió que la llevara a su casa en coche—. Podemos interrogarla mañana —les dijo a los agentes—. Suele estar más lúcida a primera hora.

Cuando Alice se fue, Zander se dio cuenta de que parecía agotada.

—¿Tienen un registro de las personas desaparecidas de la zona? —le preguntó Ava al sheriff adoptando su tono más profesional—. Puede que tengamos que revisar varias décadas. Es obvio que los restos llevan un buen tiempo aquí.

—Bueno…, he oído casos de cuerpos reducidos a esqueletos en menos de un año —dijo el sheriff tocándose el mentón, ensimismado en sus pensamientos—. Depende del entorno en que se encuentren y de su exposición a los elementos. —Entonces se tocó la sien con el dedo índice—. No parece que nadie intentara enterrar el cuerpo. Tal vez murió por causas naturales. Se perdió en el bosque y sufrió un infarto.

—Sí —concedió Ava con impaciencia—. Ambas opciones son posibles, pero aun así cabe esperar que denunciaran su desaparición, ¿no?

—Cierto. Déjeme pensar… Hubo una mujer que desapareció haciendo senderismo al sur de aquí. Su marido fue condenado por el asesinato a pesar de que no encontraron el cuerpo. El tipo afirmó que la mujer resbaló mientras tomaba una foto y se precipitó al vacío. Llevó el caso la policía del estado.

Zander observó el cráneo.

—¿Es posible que el marido abandonara el cuerpo aquí y afirmara que cayó por un acantilado?

—Es posible —afirmó Greer—. Sea como sea, ya está entre rejas.

—¿Y Hank West? —preguntó uno de los ayudantes, que no se había perdido detalle de su conversación mientras colocaba la cinta policial.

Al sheriff se le iluminó la cara.

—Es cierto. ¿Cuánto hace? ¿Cinco años? —Miró a Zander y a Ava—. El pobre Hank sufría demencia. Un día salió de su casa en Warrenton y no lo encontramos jamás.

Los tres se quedaron mirando fijamente el cráneo.

—Tal vez deberíamos buscar en la base de datos de personas desaparecidas en lugar de fiarnos de la memoria —sugirió Ava con tacto.

—Aquí no desaparecen muchas personas —dijo Greer—, pero sin duda sería muy eficiente. Le pediré a uno de mis hombres que se ponga a ello. Mi ayudante puede instalar unas luces y vigilar la escena si desean ir a cenar. La antropóloga aún tardará un par de horas en llegar si tiene que venir desde Portland.

Zander escrutó el bosque, cada vez más oscuro. Hacía frío, pero una voz interior le impedía marcharse.

—Yo me quedo. Puedo ayudar a instalar las luces.

—Pues yo iré a comprar la cena —dijo Ava—. Y mucho café. Será una noche larga.

La doctora Victoria Peres llegó al cabo de dos horas y empezó a procesar la escena de inmediato. Era una mujer alta, con gafas de bibliotecaria y el pelo largo y oscuro. Zander había oído a varios compañeros que la definían como la Reina de Hielo, pero ninguno se había atrevido a decírselo a la cara.

La antropóloga forense tenía un porte intimidatorio.

Victoria le estrechó la mano a Zander y lo miró de hito en hito a pesar de que habían coincidido en varias ocasiones. Ava la conocía bastante bien. Mientras se ponían manos a la obra, departieron sobre amistades mutuas y la boda de Ava, que ya estaba al caer.

Zander observó a Peres con sincera admiración. La doctora se desenvolvía con unos movimientos muy prudentes mientras daba órdenes a su equipo de ayudantes y preparaba el terreno para la extracción de los restos. Todos obedecían al instante. Hasta el viento dejó de soplar cuando ella alzó la mirada a las ramas. Había traído luces, lonas, cubos, tamices y contenedores, todo listo para empezar la excavación. Mientras esperaba a que sus ayudantes pusieran la cuadrícula y acabaran de tomar fotografías, levantó el cráneo.

Zander la observó fascinado. La doctora manejaba los restos mortales con una delicadeza y respeto que le recordaron mucho a las de su marido durante la autopsia. La mandíbula estaba en el suelo y a Zander se le revolvió el estómago al darse cuenta de que no se encontraba en el lugar que le correspondía.

La doctora Peres tarareaba en voz baja mientras examinaba el cráneo. Lo giró y lo acercó a una de las luces, miró en su interior y a continuación examinó de nuevo el rostro.

—Hola, preciosa —le dijo en voz baja.

—¿Es mujer? —preguntó Ava.

—Ah, sí, sin duda. Y joven.

Zander descartó a Hank West, el anciano con demencia que había desparecido.

—¿Qué edad calcula?

La doctora puso la cabeza del revés, deslizó un dedo por los dientes y luego por las suturas de los huesos.

—Adolescente. Veintipocos, como mucho.

Dirigió una mirada a los huesos medio enterrados en el suelo.

—Tengo que examinarlo todo para ofrecerles una respuesta definitiva, pero estoy segura en un noventa y cinco por ciento.

—He encontrado una especie de monedas, doctora —dijo una de las técnicas mientras clavaba una pequeña estaca en el suelo. Zander se agachó a su lado y no se sorprendió de que no las hubieran visto. Estaban cubiertas de tierra y pasaban del todo desapercibidas. La técnica tocó unas cuantas con una herramienta—. No creo que sean dinero… al menos estadounidense.

Zander estaba de acuerdo. Eran más grandes que las monedas de veinticinco centavos, pero más pequeñas que las de cincuenta. La imagen grabada era irreconocible y se detuvo antes de coger una para limpiarla.

—¿Podría ser una turista extranjera? —le sugirió a la técnica, que se encogió de hombros.

—Imagino que no podrás decirnos cuánto tiempo lleva aquí, ¿verdad? —preguntó Ava.

—No, habrá que hacer varias pruebas —respondió la doctora—. Pero tiene varios empastes compuestos en los dientes posteriores. Sin aleación. Esto indica que no es anterior a los setenta. Los dentistas empezaron a hacer empastes compuestos a partir de los ochenta, pero principalmente en las piezas anteriores. Esos empastes posteriores indican que es de una década más reciente o que su dentista fue uno de los pioneros. Lo siento… pero no puedo ser más precisa.

—Todo ayuda —dijo Zander—. Nos servirá para reducir la ventana de búsqueda.

—Es afroamericana.

Zander se quedó helado.

—¿Estás segura? —preguntó Ava con voz débil.

La doctora esbozó una sonrisa.

—Sí —respondió y enarcó una ceja inquisitiva.

—No es que dudara de ti —se excusó Ava, con una mirada de consternación.

—¿Ves que sus órbitas tienen forma rectangular? —La doctora trazó los bordes de los huesos de las órbitas—. Los caucásicos tienen órbitas angulares. Los asiáticos, redondas. Pero eso no es todo lo que veo. En lo alto del cráneo hay una ligera hendidura, mientras que en el caso de los asiáticos y caucásicos debería ser plana, y la apertura nasal es ancha y redonda…

—Confiamos en tu buen juicio, Victoria —se apresuró a añadir Ava.

—¿Cómo la mataron? —terció Zander. El corazón le latía tan fuerte que podía oírlo.

La doctora Peres lo miró por encima de la montura de las gafas y examinó el cráneo de forma un tanto pomposa.

—No le dispararon en la cabeza —afirmó y lo miró de soslayo.

Zander sabía que se había precipitado.

—Olvide la pregunta —dijo a modo de disculpa—. No tiene sentido. —Miró a Ava a los ojos—. ¿Recuerdas si Greer ha mencionado a alguna afroamericana adolescente cuando habéis ido a comprar la cena?

Su compañera señaló al sheriff.

—No, pero se lo puedes preguntar tú.

Zander se volvió. Greer había vuelto con el agente que había llevado a Alice a casa. Ambos se habían subido el cuello de la chaqueta para protegerse del frío y el sheriff no paraba de limpiarse la nariz con un pañuelo.

Ava le presentó el sheriff a la doctora Peres.

—La doctora dice que se trata de una chica afroamericana, adolescente o recién cumplidos los veinte. ¿Coincide con alguna de las personas desaparecidas de la base de datos?

El sheriff adoptó un gesto sombrío y miró a su ayudante.

—Sí: Cynthia Green.

«¿Cindy?», pensó Zander.

—Alice la llamaba Cindy.

El sheriff lo miró sorprendido.

—¿Por qué diablos no nos dijo Alice que la chica desaparecida estaba aquí?

—Porque así es Alice —afirmó el ayudante.

—Cierto —concedió Greer con una mirada de resignación.

—¿Cuándo desapareció? ¿Qué pasó? —Ava se cruzó de brazos, harta de que se empeñaran en poner a prueba su paciencia.

El sheriff sacó el teléfono y tocó la pantalla.

—Los padres de Cynthia Green denunciaron su desaparición hace un par de décadas. —Sus ojos se deslizaban frenéticamente por la pantalla—. Son de Seattle y estaban pasando las vacaciones de primavera en la costa de Oregón. Su hija de diecinueve años fue a pasear por la playa, al sur de aquí, cerca de Gearhart, y no volvió.

—Desapareció durante las vacaciones —repitió Ava con los ojos abiertos de par en par—. Pero estamos a varios kilómetros de Gearhart.

—Me he acordado de este caso cuando he visto aparecer su nombre en la búsqueda —dijo Greer—. Por entonces yo era ayudante del sheriff y dedicamos muchas horas a peinar la playa y la colina, a pesar de que era la policía del estado la que estaba al mando de la investigación. Recuerdo que barajaban la posibilidad de que se hubiera subido a algún coche o de que una ola traicionera la hubiera arrastrado mar adentro. Tenía dos hermanas pequeñas y sus padres estaban destrozados. Fue desgarrador.

—Alice ha dicho que vio a dos personas traer a Cindy hasta aquí —afirmó Zander—. Hemos intentado que nos dé algo más de información, pero se ha cerrado en banda.

Greer no parecía sorprendido.

—Hay que saber cómo tratar a Alice. Se asusta fácilmente. —Negó con la cabeza—. Pero tampoco sé si será muy fiable su memoria.

—Cuando nos ha mostrado el cráneo, Alice ha dicho «aquí está a salvo» —añadió Ava—. A lo mejor no se lo ha dicho a nadie porque estaba preocupada por el bienestar de la chica.

—¿A pesar de que ya estaba muerta? —preguntó la doctora Peres.

—Quizá para Alice tuviera sentido —dijo Zander, que recordó la mirada protectora de la mujer al apartar la tierra y la vegetación del cráneo.

—¿Cuánto tiempo les llevará retirar los restos? —le preguntó Greer a la doctora Peres.

—Unas cuantas horas probablemente. Parece que no intentaron enterrar nada a propósito. Extraeremos la mayoría esta noche y volveremos mañana a primera hora para ampliar la zona.

—¿Ampliar? —preguntó Ava.

—Sí. Es probable que los animales hayan arrastrado los huesos más pequeños de las manos y los pies. A menudo los encontramos cerca.

—¿Podrá saber cuándo murió? —preguntó Greer.

El sheriff utilizó un tono mucho más apropiado que Zander.

—Por desgracia, cuando encontramos un esqueleto, la información que puedo obtener al respecto es muy limitada. Es posible que los huesos muestren marcas de apuñalamientos, contusiones, estrangulamientos si se conserva el hioides... aunque no tengo muchas esperanzas en este sentido, ya que es un hueso pequeño y el cuerpo tal vez lleve aquí veinte años. Podemos considerarnos afortunados de tener tantos huesos como los que hay ahora. —Asintió con un gesto decidido y una mirada de firme determinación—. Pero haré todo lo que esté en mi mano.

El cráneo que sujetaba en las manos llamó la atención de Zander.

«¿Estás relacionada con el caso Fitch?», pensó.

Los únicos vínculos eran la raza de ambas víctimas y su proximidad.

«De momento solo son vínculos. La diferencia de tiempo entre ambas muertes...».

—Sheriff, ¿cuál es la fecha exacta de la desaparición de Cynthia Green? —preguntó.

Greer consultó el teléfono.

Ava abrió los ojos de par en par y miró a su compañero.

Cynthia había desaparecido dos semanas antes de que ahorcaran al padre de Emily Mills.

Capítulo 23

Zander apenas pegó ojo.

El rostro esquelético de Cynthia Green lo rondaba cuando acompañó a Ava a la oficina del sheriff a la mañana siguiente, con un café en la mano. Veía a Cynthia cuando cerraba los ojos y cuando los tenía abiertos. La noche anterior Ava y él habían pasado una hora analizando las diferentes vías de investigación para un caso que no paraba de ramificarse. El delito de odio del asesinato de los Fitch se estaba convirtiendo en una espiral más y más grande.

Una chica negra desaparecida y encontrada a pocos cientos de metros de la casa de los Fitch.

Había desaparecido dos semanas antes de que colgaran al padre de Emily.

En casa de los Fitch también se había producido un ahorcamiento.

El mismo GHB de los Fitch se había encontrado en el cuerpo de Nate Copeland.

Los hechos mostraban una serie de vínculos tenues, como una telaraña, y aún faltaban muchas piezas.

—Esto no servirá.

Ava puso los brazos en jarras mientras examinaba la mesa y las sillas de la pequeña sala. Le habían pedido a Emily Mills que se reuniera con ellos para hacerle algunas preguntas más.

—¿Por qué no?

Era la sala vacía que el departamento del sheriff utilizaba para las entrevistas. Había migas en la mesa y envoltorios de comida rápida en la papelera rebosante, por lo que Zander dedujo que la usaban a menudo con otros fines.

—No quiero que haya una mesa entre Emily y nosotros.

Zander hizo un gesto de asentimiento. Entendía a qué se refería. Ava había insistido en hablar con Emily en la comisaría porque era un lugar con un aire «oficial». Prefería que no hubiera una mesa porque eso podía alimentar una sensación de seguridad en los sospechosos, como si pudieran ocultarse tras ella. Quería que Emily se sintiera expuesta.

En ocasiones, esa ligera incomodidad inducía a la gente a mostrar ciertos comportamientos… posibles indicios de que estaban mintiendo.

Le dio su café a Ava, apartó la mesa hasta una esquina y redistribuyó las tres sillas para situarlas frente a frente.

—¿Qué tal ahora?

Ava sonrió satisfecha y le devolvió el café.

—¿Aún no tenemos noticias de la doctora Peres? —preguntó Zander, que se sentó en la silla y estiró las piernas.

—Solo son las nueve de la mañana. Dale tiempo de que llegue al trabajo al menos.

—Pensaba que si su marido era madrugador, ella también lo sería.

La antropóloga forense había regresado a Portland después de medianoche y les había prometido que le pediría a su odontóloga forense que tomase radiografías dentales del cráneo y las comparase con las del archivo de la policía estatal que se había encargado originalmente de la desaparición de Cynthia Green.

Cerca de los restos habían encontrado un pendiente y una pulsera de cuentas junto con las extrañas monedas, así como unos cuantos botones de camisa esparcidos por el suelo, pero ni rastro de zapatos.

El sheriff se había negado a dar la noticia a la familia hasta que hubieran examinado los registros dentales y pudieran confirmar la identidad de la víctima.

—No tiene ningún sentido alimentar de nuevo sus esperanzas veinte años después de la desaparición cuando aún no lo sabemos con certeza —adujo, y todos le dieron la razón.

A pesar de lo cansado que estaba, a Zander le costaba quedarse sentado y quieto en aquella sala sin ventilación. Necesitaba saber si habían encontrado a Cynthia Green. Las preguntas que bullían en su cabeza lo habían tenido en vela casi toda la noche.

Emily apareció en la puerta, con mirada curiosa y una sonrisa cauta en los labios. Iba vestida para el clima invernal, con botas altas, vaqueros y un pesado abrigo de lana.

La acusación de Ava, de que Zander sentía un cariño especial por la testigo, había hecho mella en él y se apoderaba de sus pensamientos en el momento más inesperado, lo que le impedía concentrarse. En ese instante tuvo que hacer un auténtico esfuerzo para analizar su propia reacción ante la mujer que había aparecido en la puerta.

Sintió una leve punzada en el estómago. Una atracción. Y de pronto se sintió despierto.

«Mierda», pensó.

El hecho de saber que Ava estaba a punto de interrogar sin piedad a Emily para repasar algunas de las respuestas que le había dado la primera vez lo incomodaba sobremanera. Y no era una preocupación por su posible falta de rigor en el primer interrogatorio, sino su estúpido instinto primitivo de protegerla de las preguntas incisivas y comprometedoras de su compañera.

«Ava tiene razón sobre mis sentimientos».

No era de extrañar que le hubiera ordenado que abriera la boca lo mínimo posible durante el interrogatorio.

—¿Vamos a hacerlo aquí para que puedan encerrarme más fácilmente cuando hayamos acabado? —preguntó Emily medio en broma al entrar en la sala. Se quitó el abrigo y la bufanda y se apartó el pelo del cuello. Tomó asiento y dirigió una mirada expectante a Ava y Zander, con ojos despiertos. Estaba en actitud de alerta.

—Gracias por venir, Emily —respondió Ava con una leve sonrisa—. No creo que necesitemos una celda hoy.

—Tal vez la necesite yo para protegerme.

—¿Cómo? —preguntó Zander irguiéndose—. ¿La han amenazado? ¿Qué ha pasado?

Emily levantó las manos.

—Era una broma… más o menos. No ha pasado nada, pero no puedo quitarme de la cabeza la muerte de Nate, y estoy tan intranquila que voy todo el rato mirando hacia atrás. ¿Saben ya si fue un suicidio?

A Zander no le pasó desapercibido su tono de voz esperanzado.

—No fue un suicidio —dijo Ava—. El equipo forense cree que se trata de un asesinato.

Emily se quedó paralizada.

—¿Cómo pueden estar tan seguros? —preguntó al final.

—Tendrá que confiar en nosotros —dijo Ava—. De momento no podemos compartir toda la información.

Emily miró a Zander, que confirmó las palabras de su compañera con un leve gesto de asentimiento.

«Tiene miedo. Y con razón».

—¿Qué significa eso para mí? —preguntó Emily—. Hace dos días que no me quito de la cabeza la idea de que puede haber alguien ahí fuera que quiera matarme. Pero ahora está confirmado.

Agarró el abrigo que tenía en el regazo con tanta fuerza que los nudillos se le quedaron blancos. Sin embargo, no agachó la barbilla y mantuvo la mirada al frente.

—Aún no sabemos qué significa para usted —afirmó Ava.

—Significa que debe tener cuidado —añadió Zander, incapaz de contenerse—. Manténgase alerta, intente no estar sola y no corra riesgos.

Los ojos de Emily se iluminaron con un destello de enfado.

—Acaba de describir un día cualquiera en la vida de una mujer. Y a Lindsay no le sirvió de gran cosa. —Se le quebró la voz—. La asesinaron en su puta cama, al lado de su marido.

Ava se inclinó hacia delante intentando llamar la atención de Emily.

—La mejor defensa es ser consciente del entorno. Sé que es una respuesta poco reconfortante, pero como no podemos encerrarla a usted hasta que hayamos atrapado a los asesinos, es lo mejor que puedo decirle. Esto no es una película ni una serie de televisión, no disponemos del personal necesario para vigilarla las veinticuatro horas, pero podemos pedir a los hombres del sheriff que hagan la ronda por su casa y que se dejen ver en el restaurante a la hora del almuerzo y la cena para intensificar la presencia policial.

Las palabras de Ava estaban preñadas de una ira incontenible. Al igual que Zander, detestaba esa sensación de indefensión.

—No esté sola —dijo Zander—. Quédese en el restaurante, donde siempre hay gente, o venga aquí, a la comisaría.

—Deberían haberme avisado para que trajera un libro. —Emily los miró a ambos con gran resignación—. Bueno, ¿de qué querían hablar?

Ava sacó una carpeta de su bolso y la abrió.

—Quiero repasar lo que vio usted en casa de los Fitch. Esto son las notas de Zander de la entrevista que le hizo ese día.

—Adelante.

—Según dijo, llamó usted a Lindsay tres veces antes de acudir a su casa —señaló Ava.

—Y una vez a Sean —añadió Emily.

—Y cuando llegó a la casa, llamó al timbre y luego al teléfono de Lindsay desde el porche porque no abría nadie.

—Correcto. Tenían los coches aparcados frente a la casa, por eso supuse que debía de haber alguien dentro.

—A continuación, abrió la puerta porque no estaba cerrada con llave. —Ava apenas levantaba la mirada de las notas de Zander.

—Me sorprendió que no estuviera cerrada con llave.

—¿Entró directamente? —preguntó Ava—. ¿No tardó un poco en armarse de valor para entrar?

Emily pensó.

—Unos segundos. No me hacía mucha gracia la idea de entrar sin más, por eso los llamé unas cuantas veces al entreabrir la puerta.

—¿Qué ocurrió luego?

—Cuando entré noté el olor a sangre. —Miró a Zander, que mantenía el rostro impasible mientras escuchaba con atención.

Hasta el momento, el lenguaje corporal y las respuestas de Emily le parecían normales. No se mostraba nerviosa, no se tocaba el pelo, no se frotaba la nariz. Tampoco realizaba movimientos leves producto de la tensión. En sus encuentros anteriores con ella, había descubierto que no era una mujer muy inquieta. Cuando hablaba no desplazaba el peso del cuerpo de un pie a otro, no hacía aspavientos ni se tocaba la cara o el pelo a menudo. Solía estar bastante quieta y la conversación que estaban manteniendo se ajustaba bastante a su comportamiento anterior. Zander percibió un mayor nerviosismo cuando hablaban sobre las medidas de seguridad que podía adoptar.

—Entré y vi el reguero de sangre que iba del baño a la cocina y salía por la puerta trasera. Primero fui a mirar al dormitorio…

—¿Estaba encendida la luz? —la interrumpió Ava.

Emily hizo una pausa.

—Sí.

—¿Cuánto tiempo estuvo en el dormitorio antes de salir al jardín trasero?

—Solo un momento. —Emily cerró los ojos con fuerza, como si intentara borrar los recuerdos visuales que se agolpaban en su cabeza—. Le toqué el cuello a Lindsay para comprobar si tenía pulso, aunque sabía que estaba muerta. —Exhaló el aire que había contenido en los pulmones y abrió los ojos—. Seguí el rastro de sangre hasta fuera, con la esperanza de encontrar a Sean aún con vida.

—¿Diría que estuvo menos de un minuto en la habitación?

—Es muy probable.

Zander sintió un escalofrío de incomodidad. Ava estaba calculando el tiempo que había pasado entre la llamada al teléfono de Emily desde el porche y la llamada al 911.

«¿Qué hizo en esos veinte minutos?».

—¿Qué hizo usted cuando vio a Sean? —preguntó Ava.

—Me acerqué y le tomé el pulso en la muñeca. —Emily adoptó un tono monocorde, intentando mantener el control de sus emociones.

—¿Le llevó unos minutos reunir el valor necesario para tocarlo?

Emily negó con la cabeza de forma vehemente.

—No. Sabía que todo retraso podía suponer la diferencia entre la vida y la muerte. Lo comprobé de inmediato, pero no tenía pulso.

—¿Y luego?

—Llamé al 911.

—¿Por qué no llamó justo después de encontrar a Lindsay?

Emily se rascó la cabeza, cerca de la sien.

—Recuerdo que había sacado el teléfono, iba a hacerlo, pero me puse a seguir el rastro de sangre. —Tragó saliva con fuerza—. Estaba muerta, no había prisa para que llegara una ambulancia porque no podían resucitarla —susurró.

—Sean también estaba muerto —dijo Ava con voz más amable—. Pero ¿llamó justo después de comprobarle el pulso?

—Sí. No necesitaba una ambulancia, sino la policía.

—¿Desde fuera? ¿O volvió a la casa para llamar?

—Desde fuera.

Ava consultó los papeles que tenía en el regazo mientras Zander observaba a Emily con el rabillo del ojo: tenía los hombros encorvados y la angustia que se había apoderado de ella se reflejaba en su gesto triste.

Deseaba con toda el alma que Emily tuviera una buena explicación que justificara esos desajustes temporales. Se inclinó hacia delante, apoyando los codos en las rodillas, y lamentó no poder ocultar tras una mesa la tensión que sentía. Ava examinaba los papeles mientras el silencio inundaba la sala. El objetivo de aquellos largos períodos de silencio era incomodar al entrevistado, pero Zander parecía el único intranquilo. Observó a Ava y se fijó en las arrugas que le surcaban la frente y la leve tensión que mostraba el labio inferior. Estaba frustrada.

«Ava también espera que tenga una buena explicación», pensó Zander.

Ella, la misma que le había dicho que había permitido que sus sentimientos afectaran a su trabajo.

Sin embargo, su compañera también quería creer en Emily.

—Tengo una copia de su registro de llamadas de ese día.

Le entregó la página y Emily la aceptó con una mirada de asombro.

—¿Por qué no me pidieron el teléfono si tenían alguna pregunta?

—Esto es más oficial.

—Querrá decir que tiene llamadas que no pueden borrarse —replicó Emily en tono desabrido. Molesta, examinó la hoja y deslizó un dedo por las llamadas—. Una, dos, tres llamadas a Lindsay, la llamada a Sean y luego una más al teléfono de Lindsay. Justo lo que he dicho. ¿Qué problema hay?

—El problema son los veinte minutos que pasan entre la última llamada a Lindsay desde el porche y la llamada al 911.

Emily se quedó paralizada mirando el papel fijamente. Al final alzó los ojos con determinación.

—Puedo explicarlo.

—Adelante.

Zander contuvo el aliento mientras observaba la encarnizada batalla que estaban librando los sentimientos de culpa y frustración en el rostro de Emily.

—Poco después de encontrar a Sean, me senté en el porche antes de llamar. Pero perdí la noción del tiempo. —Emily se frotó un ojo—. Caray… debía de estar muy aturdida.

—¿A qué se refiere? —preguntó Ava.

—Conmoción. Incredulidad. Confusión. Me llevó un buen rato serenarme.

Ava ladeó la cabeza.

—Parece algo impropio de usted… La considero una mujer muy sensata. Usted impidió que los ayudantes del sheriff contaminaran aún más la escena e informó de la marca de la frente de Sean.

—Pues les aseguro que después de encontrar a Lindsay y a Sean, se desvaneció todo atisbo de sensatez. —Emily cerró los ojos—. Además, también me afectó otra cosa que vi.

Zander contuvo el aliento.

—¿Otra cosa? ¿Qué?

—Siento no habérselo dicho. Debería haberlo hecho, pero es que… —Se tapó la cara con las manos—. No lo entendí. No tenía ningún sentido. ¡Y aún no lo tiene!

—Emily… —dijo Ava.

—Deme unos segundos —le pidió. Intentaba inspirar hondo, pero tenía la respiración agitada. Recorrió todos los rincones de la sala con la mirada, evitando los ojos de los agentes—. Encontré el reloj de bolsillo de mi padre en el jardín trasero de Lindsay —afirmó en voz baja.

«Eso sí que no lo entiendo», pensó Zander.

El agente enarcó una ceja mirando a Ava, que negó con la cabeza en un gesto apenas perceptible.

—Emily —le preguntó Zander—, ¿qué significa para usted haber encontrado el reloj de su padre? No entiendo la importancia.

«Más allá del hecho de que no debería haber eliminado una posible prueba del escenario del crimen».

—No lo sé —susurró, con mirada torturada—. Desapareció la noche en que lo mataron. Siempre lo había llevado en el bolsillo, pero desapareció cuando… Y su pérdida agravó el estado de mi madre, ya que era un objeto muy preciado de mi padre.

A Zander le daba vueltas la cabeza.

—¿Cómo acabó en el jardín de los Fitch?

Emily levantó las manos y las dejó caer en el regazo, con los ojos anegados en lágrimas.

—Zander. —Ava se acercó a él y le dirigió una mirada de advertencia con sus ojos azules—. Ha sustraído una prueba del escenario del crimen.

Sin embargo, a él ya no le importaba que Ava quisiera llevar las riendas de la entrevista.

—Me quedé en estado de shock —añadió Emily—. Lo pisé al apartarme de Sean. Cuando miré abajo, supe qué era.

—¿Y luego qué hizo? —preguntó Zander pese a la mirada reprobatoria de Ava.

—Lo cogí y lo abrí, convencida de que era una alucinación, pero vi sus iniciales grabadas. —Exhaló el aire contenido en los pulmones—. Me senté en los escalones del porche y me lo quedé mirando. No podía pensar…

—¿Se quedó sentada durante casi veinte minutos en el escenario de un crimen? —preguntó Ava en un tono vehemente que Emily pasó por alto.

—No me había dado cuenta de que fue tanto tiempo hasta que me lo han dicho. Yo habría jurado que fue un minuto o dos. —Emily cerró los ojos y se los masajeó con los dedos—. No tiene sentido. ¿Cómo…?

Ava abrió la boca, pero Zander levantó un dedo.

—¿Cómo cree que pudo llegar hasta ahí el reloj de bolsillo?

Emily rehuía su mirada.

—No lo sé.

—¿Quién pudo dejarlo?

—¡No lo sé!

Frustrado, Zander se reclinó en la silla. Ava negó lentamente con la cabeza mientras se miraban.

Emily carraspeó.

—Mis tías, supongo, mi hermana…, el asesino de mi padre… —susurró, medio ausente.

—¿Podría haberlo dejado Madison? —preguntó Ava.

—No. Cuando he dicho «hermana» me refería a Tara, aunque supongo que Madison podría haberlo encontrado en algún lado.

—¿Por qué Tara antes que Madison? Madison era una buena amiga de Lindsay. Tiene sentido que pudiera haber dejado algo en casa de Lindsay, y usted misma dijo que Tara desapareció hace años y nunca ha vuelto.

—Estuvo ahí.

A Emily le temblaban las manos.

Zander formulaba las preguntas con la calma habitual, pero en su interior sentía el deseo de arrancarle las respuestas.

—¿Quién estuvo dónde?

«Este reloj podría llevarnos al asesino de los Fitch», pensó Zander.

Al final Emily lo miró a los ojos.

—Tara estuvo ahí la noche en que mataron a mi padre —susurró—. Le dijo a todo el mundo, hasta a la policía, que había pasado la noche en casa de una amiga, pero la vi acompañada de alguien junto al jardín, en el bosque. —Se le hundieron los hombros—. Oh, Dios. Es la segunda cosa que le oculto a la policía.

Zander intentó traerla de nuevo al presente.

—¿Cree que Tara tiene algo que ver con la aparición del reloj de bolsillo en casa de los Fitch?

—No lo sé. —Emily se puso en pie y levantó las manos. Se puso a dar vueltas por la sala—. ¡No sé nada! ¡Todo esto es horrible!

—¿Dónde está el reloj ahora? —preguntó Ava.

—En la mansión.

—¿Por qué no vamos a buscarlo usted y yo?

Zander abrió la boca para decirles que las acompañaba, pero la mirada de Ava le hizo cambiar de opinión.

«¿Sigo siendo demasiado amable?», pensó.

—Me quedaré aquí y aprovecharé para hablar con el sheriff —dijo, aunque ni siquiera sabía si Greer se encontraba en el edificio. No importaba. Quería repasar todo lo que acababa de decirle Emily y comprender las repercusiones de la aparición de un reloj que había desaparecido varias décadas antes.

—Vamos —dijo Ava.

Capítulo 24

Cuando salió a la calle, Emily respiró hondo varias veces. Aún tenía los nervios crispados tras la declaración, pero, al mismo tiempo, sentía cierto alivio por haber podido contarle a alguien que había visto a Tara en el escenario del crimen del asesinato de su padre. Aunque los agentes del FBI no entendieran la importancia del hecho, era un verdadero descanso.

«El reloj de bolsillo».

Era un peso que se había quitado de encima y de su conciencia. Aún no sabía por qué no se lo había contado a la policía en su momento. Lo único que sabía era que la había embargado una gran confusión y temor cuando lo encontró en el jardín posterior de los Fitch.

«¿De qué tenía miedo?», pensó.

¿De la posibilidad de que uno de sus familiares estuviera involucrado en el doble asesinato?

Era una opción del todo ridícula.

Lo cierto era que al encontrar el reloj esa mañana se había abierto una puerta a una serie de recuerdos dolorosos que resultaban abrumadores. Según el registro oficial de llamadas que le había mostrado Ava, aquella sensación abrumadora había durado casi veinte minutos.

—Yo conduzco —dijo Ava mientras atravesaban el aparcamiento.

—Preferiría hacerlo yo.

Ava frunció la nariz.

—¿Está segura?

—Me siento mejor y creo que si me concentro en la carretera no me agobiaré por otras cosas —admitió Emily, dispuesta a hacer lo que fuera para olvidarse de los pensamientos que se agolpaban en su cabeza.

—De acuerdo. Aprovecharé el trayecto para hacer alguna llamada.

Emily condujo el Honda por la estrecha carretera de dos carriles. Ava estaba absorta en el teléfono. Hizo varias llamadas y leyó los mensajes de correo electrónico con gesto serio. Emily empezó a relajarse, pero no podía dejar de pensar en el reloj de bolsillo.

—Voy a llevarme a Emily conmigo —le dijo su padre a su madre—. Estás demasiado enferma para cuidar de ella y no quiero que coja nada de Madison.

Emily, que solo tenía diez años, se escondió detrás de una puerta cruzando los dedos. Su madre estaba en la cama y Madison dormía profundamente a su lado. Tenía las mejillas coloradas y la frente empapada en sudor. Estaba aferrada a un cuenco grande y vacío. Ya había vomitado dos veces.

—No le pasará nada si se queda. Puede ver la televisión —propuso su madre.

—No, tiene que salir de casa. Lleva toda la semana aquí metida porque has estado enferma.

—No es una reunión para niñas.

—Estará calladita mientras lee un libro. No me preocupa.

Al final acabó imponiendo su voluntad y Emily acompañó a su padre en el largo viaje a Portland. No cabía en sí de alegría por poder pasar tanto tiempo a solas con él. Pararon a tomar helado y su padre también le contó chistes muy tontos. Jugaron a un juego en el que uno de ellos contaba una historia durante treinta segundos y luego el otro tenía que seguir durante medio minuto más. Emily controlaba el tiempo con el reloj de bolsillo de su padre, orgullosa de sostener la reliquia en las manos. Ambos inventaron una historia de lo más absurda, con una introducción muy rara que le pusiera las cosas más difíciles al otro.

La reunión fue un aburrimiento. En una sala había veinte hombres escuchando a un orador que hablaba en un tono soporífero. Emily se quedó sentada al fondo y no les prestó atención, enfrascada en la lectura de un libro sobre un chico que asistía a una escuela de magos. Cuando acabó, su padre charló muy serio con varios de los presentes.

Emily esperaba que estuviera preparado para marcharse, por lo que se acercó hasta él y se refugió bajo su brazo. Su padre la abrazó, pero siguió hablando. Los demás lo escuchaban. Algunos fruncían el ceño, otros asentían. Algunos parecían soldados, porque llevaban el pelo tan corto que se les veía la piel. Varios escuchaban de brazos cruzados y ella observó sus tatuajes, fascinada por los colores y las formas. Aburrida, sacó el reloj de bolsillo y se puso a jugar con la tapa. Le encantaba el tacto del cristal.

Esa mañana, en casa de los Fitch, acarició la esfera de cristal también.

Intentó deshacerse de aquel recuerdo y encendió la música del coche para distraerse. El océano apareció en el lado de Ava, con sus aguas plomizas que se fundían con el gris brumoso del cielo. En un día claro de verano, habría sido un espectáculo que la dejaba sin aliento. En ese momento era una escena desolada y tétrica, pero la convirtió en su centro de atención porque necesitaba una distracción. La que fuera.

—¿A quién se le ocurre salir a correr con esta lluvia? —preguntó en voz baja al ver a un corredor en el arcén de la carretera. No había suficiente chocolate en Oregón para tentarla a hacer eso.

Escuchó la conversación de Ava con su futuro marido. Al parecer el perro había entrado en casa con una ardilla, que había desaparecido de inmediato. La risa contenida de Ava no hizo sino aumentar la frustración de su prometido, a juzgar por las palabrotas que oía.

Emily dirigió varias miradas furtivas a la derecha, absorta ante aquella ventana que se acababa de abrir a la vida real de la agente.

Cuando iban a adelantar al corredor, Emily vio que este se paraba y levantaba el brazo.

«¿Quiere que lo llevemos?», pensó.

Un fogonazo. Un crujido ensordecedor. La ventanilla del acompañante se hizo añicos y Ava gritó.

Emily quedó cubierta de sangre caliente y fragmentos de cristal mientras daba un volantazo a la izquierda y pisaba el freno a fondo. El coche derrapó en el asfalto húmedo y el lado de Emily chocó con dos abetos enormes.

Se golpeó la cabeza contra la puerta y un manto blanco lo cubrió todo.

Luego fundido a negro.

Capítulo 25

—¿Mason? —Zander respondió la llamada preguntándose por qué lo llamaba el prometido de Ava.

—¿Dónde está Ava? —le preguntó Mason a gritos.

—Se ha ido hace unos minutos. ¿Qué pas...?

—¡Llama al 911! Diles que ha tenido un accidente de coche. ¡Estaba hablando con ella cuando ha pasado, pero no sé dónde está! No me responde y no puedo averiguar la ubicación de su teléfono.

—Espera. —Zander le hizo un gesto al sheriff Greer, que acababa de llegar—. Llame al 911. Se ha producido un accidente de circulación en el trayecto de aquí a Bartonville. Emily y Ava han salido hace cinco minutos. No pueden haber llegado muy lejos.

—¡He oído un disparo y luego un choque! —dijo Mason con la respiración entrecortada como si estuviera corriendo.

—¿Un disparo? —repitió Zander. La adrenalina fluía por sus venas mientras observaba fijamente a Greer, que ya estaba al teléfono. El jefe enarcó las cejas y se puso a dar órdenes a gran velocidad. Zander salió por la puerta y echó a correr por el pasillo.

«¿Alguien ha disparado contra su coche? ¿Estarán heridas?», pensó.

—¿Qué pasa ahí? —le gritó Mason.

Se oyó un portazo de coche de fondo.

—Estamos con un caso...

—¡Eso ya lo sé, joder! Pero ¿quién ha podido disparar a Ava?

Zander abrió las puertas de la comisaría sin dejar de correr.

—Creo…

—Voy hacia ahí. —Oyó un el ruido de un motor. Era Mason—. ¡Ve a buscarla! Llámame.

La llamada se cortó con un pitido.

—Estoy en ello.

Zander abrió la puerta de su todoterreno.

Le llevó veinte minutos encontrar el lugar del accidente, poniendo a prueba su paciencia por el valiosísimo tiempo perdido. Había seguido la que consideraba la ruta más directa, pero Emily había tomado una carretera secundaria que utilizaban principalmente los lugareños. Una llamada al sheriff le permitió averiguar cuál era. Lo único que sabía el sheriff sobre el accidente gracias a las primeras personas que habían llegado al lugar era que había dos personas heridas de gravedad. Pero no había muertos. Aún.

«Por favor, que no les haya pasado nada», pensó.

Zander recuperó el aliento cuando por fin vio las luces de dos camiones de bomberos, una ambulancia y tres coches patrulla del condado.

«Ha sido grave».

Mason había llamado dos veces más, pidiendo detalles, y furioso con Zander por haberse equivocado de carretera. El agente le transmitió las últimas noticias que le había dado el sheriff y le prometió que lo llamaría en cuanto viera a Ava.

Aparcó en el arcén con el corazón desbocado. Bajó de inmediato a pesar de la lluvia. El Honda de Emily había caído por un terraplén del otro lado de la carretera y se había parado al chocar con dos abetos. Uno de los ayudantes del sheriff reconoció a Zander y le hizo un gesto para que se acercara.

No podía respirar.

La puerta del acompañante del Honda verde estaba abierta, el asiento vacío y la ventanilla hecha añicos. El equipo de rescate estaba trabajando del lado del conductor. A medida que se acercaba vio que la puerta estaba abierta y que los bomberos estaban sujetando a Emily a una tabla para subirla por el terraplén. Tenía el lado derecho de la cara y el pelo cubiertos de sangre.

Pero hablaba.

Lo invadió una gran sensación de alivio y notó que le flojeaban las piernas.

Buscó a Ava con la mirada y el pánico resucitó. Agarró al agente que estaba más cerca.

—¿Dónde está la acompañante?

—De camino al hospital.

—¿Cuál?

—El Columbia Memorial de Astoria.

—¿En qué estado se encuentra?

—No lo sé, yo aún no había llegado cuando se la llevaron.

Zander lo soltó y se acercó a los bomberos que estaban levantando la camilla de rescate. Uno de los agentes intentaba taparle la cabeza con un paraguas más mal que bien.

—Eh —dijo cuando se cruzaron sus miradas.

—Zander. —Emily estiró la mano, pero no pudo tocarlo debido a las correas—. Han disparado a Ava. —Las lágrimas se mezclaron con la sangre del rostro—. No sé la gravedad, pero estaba inconsciente.

Zander notó un ladrillo en el estómago y le tomó la mano.

«¿Cómo se lo voy a contar a Mason?», pensó.

—¿Alguien sabe algo sobre la acompañante? —preguntó a los hombres que llevaban la camilla.

—Ha recibido un disparo en el hombro y el cuello. Posible herida en la cabeza. Cuando se han ido se encontraba estable.

«Una herida en el cuello puede ser fatal».

—¿Qué ha pasado? —le preguntó a Emily, que le sujetaba la mano con todas sus fuerzas. Zander agarró la camilla con la otra mano y ayudó a los bomberos a subir el terraplén.

—Alguien nos ha disparado. Creo que era un corredor que había en el arcén. Di un volantazo y pisé los frenos, pero nos salimos de la carretera. —Cerró los ojos y se le quebró la voz—. No debería haber dado ese golpe de volante. Esto no habría pasado.

—Creo que aun así también habrían alcanzado a Ava y tal vez tú habrías quedado expuesta.

Abrió los ojos, pero no lo creía.

—La he cagado.

—No digas eso —le ordenó—. Alguien ha disparado contra tu coche. Hasta yo habría reaccionado igual.

Los demás hombres que sujetaban la camilla asintieron con un gesto enfático.

—¿Puedes describir al agresor? —preguntó Zander.

—No demasiado. Llovía. Llevaba ropa oscura. Me extrañó que no se hubiera puesto ropa más clara para que fuera más fácil verlo en el arcén.

—Entiendo que no viste el arma.

—Era una pistola, no un fusil.

—¿Tienes alguna otra herida? —preguntó Zander, examinándola. Tenía sangre en la blusa y los vaqueros, pero parecía deberse a la herida de la cabeza. Le acarició una mancha moteada de color rojo oscuro, casi marrón, que tenía en la mejilla derecha. Estaba seca.

«¿Restos de la herida de Ava?», se preguntó.

Notó el sabor de la bilis en la garganta.

—Creo que estoy bien.

—Eso lo decidirán los médicos en el hospital —afirmó el agente con rotundidad.

—De verdad que no es necesario que vaya.

—Ya lo creo que sí.

Medio aturdido, observó cómo la metían en la ambulancia y cerraban las puertas. Emily no parecía estar muy grave, pero ¿y Ava? ¿Podría sobrevivir?

Sonó su teléfono, pero lo ignoró. Decidió que llamaría a Mason desde el coche, de camino al hospital.

Qué poco le apetecía.

Zander se sentó en una silla de urgencias, esperando a que volviera Emily. Cuando le hubieron limpiado el corte de la frente y examinado a conciencia, la jovencísima doctora de urgencias la envió a que le hicieran una resonancia. De eso hacía ya casi una hora. Ava había entrado directamente en quirófano y no había sabido nada más sobre su estado.

En esos momentos, no tener noticias de ella era la mejor noticia posible.

La llamada con Mason de camino al hospital había ido como cabría esperar. El detective de la policía de Portland reaccionó furioso y preocupado a partes iguales por el estado de Ava, y frustrado por no estar a su lado.

Zander se hizo una idea de la velocidad a la que debía de estar circulando y esperó que no se viera involucrado en un accidente.

Justo entonces sonó su teléfono.

—Aquí Wells.

—Agente Wells, soy Tim Jordon del LIFR.

Zander lo escuchó con gran atención. Había enviado el portátil de Sean Fitch al Laboratorio Informático Forense Regional de Portland.

—¿Me llama por el caso Fitch?

Zander había trabajado como ingeniero de software antes de incorporarse al FBI, que le había asignado varios casos de delitos informáticos debido a su experiencia, pero sus conocimientos no tenían ni punto de comparación con lo que podían hacer los técnicos del laboratorio.

—Así es —respondió Tim—. Me puse manos a la obra ayer y aún no he acabado, pero mi jefe me ha dicho que querría saber cualquier novedad cuanto antes.

—¿Ha podido entrar en su correo?

—Empecé por ahí. Tenía dos cuentas, una para el distrito escolar y otra personal. He examinado ambas.

—¿Ha encontrado alguna amenaza? ¿Algo que sugiera que había discutido con alguien?

—No he encontrado nada. Ni siquiera los mensajes purgados apuntan en ese sentido. Su historial de búsqueda consiste principalmente en sitios web de investigación histórica.

—Es lógico, era profesor de Historia.

—También tiene muchos documentos muy estructurados. Parecía muy cuidadoso con la clasificación de los archivos y las carpetas. Hay muchas cosas relacionadas con sus clases, de historia de los Estados Unidos, sobre todo, pero tiene muchos archivos de registros antiguos que no creo que fueran para su asignatura. Es como si estuviera escribiendo un libro de historia. Tiene varios capítulos y un índice.

A Zander no le sorprendía.

—Las demás búsquedas de internet no me han llamado la atención. Amazon, Home Depot… Quizá a usted sí que le digan algo.

—¿Puede enviar una lista de su historial de búsquedas y lo que ha comprado por internet en los últimos tres meses?

—Por supuesto.

—¿Tenía calendario?

—Sí. ¿También lo quiere?

—Por favor.

—Tomo nota. —Tim hizo una pausa—. Además, he encontrado muchas fotos de su mujer y él. De la boda. Parecían muy felices. Fotografías suyas con un equipo de fútbol adolescente... se nota que les caía bien su entrenador. Es horrible lo que le pasó a esta pareja.

El comentario personal del técnico lo pilló desprevenido.

—El análisis forense informático puede ser algo tedioso —se apresuró a añadir, como si se hubiera dado cuenta de que había sobrepasado una línea—. Intento no involucrarme, pero en ocasiones es imposible... y esta es una de ellas.

—Lo entiendo. Es normal en un caso como este —añadió Zander. La investigación había surtido un extraño efecto en él, como si la pareja hubiera cobrado vida. Creía que era bueno establecer un pequeño vínculo emocional... porque así aumentaba la motivación para atrapar a los desgraciados que los habían matado.

—Espero que encuentre a los responsables.

—Lo conseguiremos.

—Dentro de una hora le enviaré por correo electrónico todo lo que me ha pedido.

Zander finalizó la llamada.

No podía analizar la información del ordenador de Sean hasta que hubiera recibido los informes, por lo que volvió a concentrarse en el tiroteo que había provocado el accidente de coche de su compañera. Las preguntas y los posibles escenarios se agolpaban en su mente.

La descripción que había hecho Emily de las acciones del agresor indicaba que les había disparado a propósito. Pero ¿quién era su objetivo? ¿Emily o Ava?

Si se trataba de Emily, ¿era la misma persona que había disparado a Nate Copeland?

Pero si el objetivo era Ava, ¿significaba eso que el responsable quería interferir en la investigación? ¿O podía ser alguien de una investigación anterior?

¿O ninguna de las dos cosas? Tal vez había sido solo mala suerte.

El hecho de que fueran en el vehículo de Emily concedía más peso a la teoría de que el verdadero objetivo era ella.

Sin embargo, ¿cómo podía saber el agresor que iban a tomar esa carretera?

Además, habían decidido el destino unos momentos antes de salir. ¿Las habían seguido? ¿O había una segunda persona que había informado al tirador de la dirección que habían tomado?

«La carretera es una ruta habitual de los lugareños».

El autor debía de ser de la zona.

Si el objetivo era Emily, ¿qué creía el agresor que ella sabía o había visto? ¿Era algo relacionado con la escena del crimen de los Fitch?

Zander se pasó una mano por la cabeza. Hasta el momento se movía en la pura especulación; necesitaba hechos.

«¿Y si Ava no sobrevive?».

El inoportuno pensamiento le hizo perder el control. Se levantó de un salto y se puso a dar vueltas en el box de urgencias, con las manos en el pelo, mientras los pensamientos negativos se apoderaban de su mente.

«Faith. Fiona».

Odiaba los hospitales. Su mujer, Faith, había pasado sus últimas semanas en el hospital, cada vez más enferma y más irreconocible a medida que el cáncer se extendía por su cuerpo. Hacía un par de meses que no se encontraba bien, pero lo había achacado al embarazo. Cuando por fin la diagnosticaron, el cáncer ya era de fase cuatro.

Se negó a abortar y perder a su hija de doce semanas, Fiona, y luego rechazó cualquier tratamiento que pudiera afectar al bebé, convencida de que sobreviviría al embarazo gracias a su fuerza de voluntad. Los médicos le dijeron a Zander que no lo conseguiría.

Se trataba de una situación en la que era imposible ganar.

Cuánta razón tenían.

Hacía ocho años Zander había perdido a las dos personas más importantes de su vida.

«¿Estoy a punto de perder a otra?», pensó.

Ava conocía su historia: la cruel agonía por la muerte de su mujer y de la hija que nunca llegó a ver. ¿Estaba a punto de perder a una de las pocas personas que quedaban que lo conocían de verdad? El abandono y la soledad lo arrastraron de nuevo a la silla, lo engulleron. Zander apoyó la cabeza en las manos mientras luchaba por quitarse de la cabeza las horribles imágenes de su mujer moribunda.

Solo y abatido, sintió que su vida se desmoronaba lentamente, arrasada por el envite del dolor y la pena.

El tormento lo engulló con la intensidad y fiereza del pasado. Intentó respirar hondo para hallar un consuelo que le permitiera aliviar ese martirio. Al cabo de unos minutos por fin lo consiguió, pero quedó agotado y maltrecho. Tomó dos toallitas de papel del dispensador de la pared y se deleitó con su aspereza al secarse la nariz y los ojos.

Ese era el motivo por el que se permitía llorar la pérdida de su mujer una vez al año. Para evitar momentos como ese.

Fiona y Faith habían muerto el 30 de octubre, fecha infernal que quedó señalada en su calendario particular. Ese día se encerraba, se entregaba al alcohol y miraba fotografías antiguas, revivía sueños que nunca se habían hecho realidad. Eran veinticuatro horas de tristeza y desgracia, pero el hecho de tener un día concreto lo ayudaba a salir adelante el resto del año.

Ava había sido testigo de lo bajo que podía llegar a caer el 30 de octubre del año anterior.

—¡Oh, Dios mío! ¿Qué ha pasado? ¿Es Ava? —La voz de Emily lo sobresaltó y se volvió hacia la cortina. Estaba sentada en una silla de ruedas, acompañada de una enfermera. Ambas lo miraban con los ojos abiertos.

Era obvio que tenía un aspecto lamentable.

—Aún no me han dicho nada —logró decir y se secó los ojos de nuevo.

Emily respiró aliviada.

—¿Estás bien? —le preguntó con un deje de preocupación.

Zander miró a la enfermera, que lo observaba como si temiera que fuera a derrumbarse de un momento a otro.

—Sí, te lo cuento luego. —Logró esbozar una leve sonrisa—. ¿Qué te han dicho de la herida de la cabeza?

—La resonancia ha salido bien. El radiólogo está aquí, por lo que ha podido examinarla de inmediato. Lo más grave es el corte, por lo demás estoy bien. Quieren mantenerme en observación veinticuatro horas, pero eso puedo hacerlo en casa. Tendrán que ponerme puntos antes de que me vaya.

Se llevó la mano al vendaje que tenía sobre la oreja mientras la enfermera la ayudaba a levantarse de la silla de ruedas y la tumbaba en la camilla. Emily se movía con relativa facilidad y parecía que volvía a ser la de siempre.

—Le diré a la doctora que está lista para los puntos —dijo la enfermera, que le dio a Emily unas prendas de tela azul—. Cuando haya acabado, puede quitarse la bata y ponerse este pijama para ir a casa —le ofreció, evitando con delicadeza toda mención a la ropa ensangrentada.

—Pero ¿y Ava? —preguntó Emily—. No pienso irme a ningún lado hasta que sepa lo que le ha pasado.

—Voy a ver qué puedo averiguar —le aseguró la enfermera con una sonrisa evasiva antes de marcharse.

—Me sorprende que no haya venido tu familia —dijo Zander.

—Les he dicho que no les llamen. Sabía que estaba bien y lo último que necesitan mis tías es este tipo de preocupaciones.

—Tienen derecho a saber qué te ha pasado.

—Ya se lo diré cuando llegue a casa. —Lo miró fijamente—. ¿Vas a contarme qué te pasaba cuando he llegado?

Zander la miró a los ojos, paralizado por el debate que se estaba librando en su cabeza.

«Solo es una testigo. No tengo por qué contarle mi vida».

«¿Me estoy engañando? Quiero contárselo».

Aquel deseo de sincerarse con ella sobre su pasado y la reacción que había tenido al accidente le permitieron comprender con claridad lo que sentía por Emily Mills. Sin embargo, eran unos sentimientos que debía guardarse para sí. Había una línea ética e invisible ante él que no debía traspasar de ninguna de las maneras.

«A la mierda con todo».

—No guardo muy buen recuerdo de los hospitales. —Zander apretó los dientes mientras los fantasmas del pasado se pertrechaban para un nuevo ataque emocional—. El olor del antiséptico basta para hacerme perder los estribos.

Emily no dijo nada, pero lo acompañó con una mirada firme y empática.

—No quiero…

—Cuéntamelo.

Y se lo contó.

Cuando acabó, era Emily la que se estaba secando los ojos con una de las toallitas de papel áspero.

—Lo siento mucho, Zander —le dijo con la respiración entrecortada—. No puedo ni imaginar lo que sufriste. Siento que hayas tenido que revivirlo hoy. Debes de estar muy preocupado por Ava.

—Es como una hermana —afirmó Zander, una descripción muy superficial de lo que significaba su compañera para él.

De repente oyeron unas voces que los distrajeron. Había varias personas enzarzadas en una discusión y Zander reconoció la más escandalosa. Apartó la cortina y miró hacia el mostrador de las enfermeras, situado en el centro de la sala de urgencias.

—Enseguida vuelvo —le dijo a Emily.

—Aquí estaré. Y espero que con una aguja ensartada en el cuero cabelludo.

Zander atravesó la sala de urgencias y dobló por un pasillo donde Mason Callahan, el prometido de Ava, discutía con gran vehemencia con varios sanitarios.

—¡Mason! —dijo Zander intentando captar su atención.

—Dile a esta gente que me cuente lo que le pasa a Ava. —Los ojos de Mason refulgían de ira. Todo él irradiaba una tensión tan grande que casi podía palparla. Sujetaba el gorro con las manos, retorciéndolo. Nunca lo había visto tan fuera de sí, a punto de perder los estribos.

—Aún no hay noticias —le dijo Zander, que dio por supuesto que era cierto.

—Sigue en el quirófano —les dijo la doctora de urgencias, fulminándolos con la mirada. También estaba a punto de perder los estribos—. Lo avisaremos en cuanto sepamos algo.

—¿Por qué tardan tanto? —preguntó Mason, que bajó la voz.

—Eso es algo que depende de diversos factores —dijo la doctora—. Le pediré a alguien que lo acompañe a la sala de espera de cirugía. —Le hizo un gesto a un camillero, que le pidió a Mason que lo siguiera.

—¿Zander? —Mason lo miró mientras seguía al camillero.

—Tengo que hablar con la testigo. Enseguida voy.

Mason asintió y se fue, acompañado del taconeo de sus botas de vaquero en las baldosas del suelo.

Zander lo observó mientras se alejaba. Comprendía perfectamente el gran estado de agitación en que se encontraba. Aquella incertidumbre era un auténtico infierno.

Capítulo 26

Madison hablaba con su hermana Emily por teléfono, con el corazón en un puño y muy alterada.

«¿Quién ha disparado contra el coche de Emily?».

—Oye, Madison, ¿esto ya está? —preguntó Isaac mientras tocaba la tortita con la espátula metálica—. ¿Cómo se si el otro lado ya está hecho?

Madison se apartó un poco el teléfono de la boca.

—Levántala un poco y mira por debajo. Enseguida se hacen.

Isaac se agachó para situarse a la altura de la parrilla y levantó la tortita unos milímetros con cara de extrema concentración.

—Un poco más. —Se levantó para seguir montando guardia junto a la plancha, sin quitar ojo a las tres tortitas.

—Ava acaba de salir del quirófano —prosiguió Emily—. Tiene el hombro y la clavícula bastante tocados, pero los médicos se muestran optimistas y creen que se recuperará. —Su hermana bajó la voz—. Todos creían que la bala le había alcanzado el cuello, pero, en realidad, sangraba tanto por los fragmentos de cristal de la ventanilla.

—Qué miedo has debido de pasar.

—Ni te lo imaginas —dijo Emily exhalando un suspiro—. No se lo cuentes a las tías. Prefiero hacerlo yo cuando llegue a casa.

—Vale.

Dory entró en la cocina con una cafetera vacía y gesto de felicidad. La puso en la máquina y pulsó varios botones. Madison se alegró al verla. Al final había pegado las instrucciones en la máquina porque su tía siempre se olvidaba de cómo funcionaba.

—¿Puedes pedirle al tío Rod que haga una cosa en la mansión? —preguntó Emily—. Me sentiría mejor sabiendo que está ahí. Hace tiempo que quiere reparar la barandilla de fuera y quizá ahora sería un buen momento.

—¿Por qué? —Se activó una pequeña alarma en la cabeza de Madison—. ¿Por qué quieres que vaya a casa?

Isaac comprobó de nuevo las tortitas y las puso torpemente en un plato. Enarcó una ceja mirando a Madison, que le dio el visto bueno con el pulgar. El joven sonrió de oreja a oreja.

A Madison le parecía increíble que nunca hubiera hecho tortitas.

Emily guardó silencio unos segundos.

—La policía piensa que tal vez yo fuera el objetivo.

Madison recordó el gesto pálido de Emily en la reunión de la iglesia.

—¿Esto está relacionado con la muerte de Nate Copeland?

—Y el tiroteo de hoy. A lo mejor se equivocan —se apresuró a añadir—. Quizá ha sido algo fortuito o puede ser que el objetivo fuera Ava.

—¿Qué viste esa mañana en casa de Lindsay, Emily? ¿Por qué está pasando todo esto? —susurró Madison alejándose de la plancha y los fogones para que Isaac no pudiera oírla.

—No vi nada que señalara al asesino —dijo Emily con voz trémula, una reacción que sorprendió a Madison. Por lo general su hermana era la piedra angular de la familia, después de Vina, claro. Nunca mostraba el menor indicio de debilidad—. De momento se muestran muy cautos. ¿Puedes hablar con Rod?

—Sí, lo llamaré, pero está lloviendo y hay un viento muy fuerte. No creo que quiera reparar la barandilla.

—Me da igual lo que haga. Solo quiero que esté en casa cuando lleguen las tías.

—¿Son mis tortitas? —preguntó Dory, que tomó el plato que acababa de llenar Isaac.

—Sí —respondió él, henchido de orgullo adolescente.

—¿Esa era Dory? —preguntó Emily.

—Sí. Las tengo a las tres atendiendo la sala. Yo me encargo de la plancha, pero estoy enseñando a Isaac.

—¿Y Leo?

—Lo he mandado para casa antes de abrir. Tenía dolor de garganta y apenas se aguantaba derecho. Las tías están encantadas de echar una mano.

—Necesitas a las tres para que hagan tu trabajo —afirmó Emily.

«¿Eso es un cumplido?», pensó Madison.

—Lo hacen muy bien —respondió de forma automática. Aún no se había recuperado de las palabras que le había dedicado su hermana—. ¿Cuándo podrás volver a casa? ¿Necesitas que te lleve?

—Están a punto de darme el alta y no, no necesito que vengas a buscarme. El agente Wells dice que me llevará a casa.

—Menudo peso se habrá quitado de encima al saber que su compañera está bien —comentó Madison. Ava McLane le caía muy bien, era todo un modelo de mujer para ella.

—Ni te lo imaginas.

Ambas colgaron y Madison se guardó el teléfono en el bolsillo del delantal.

Su hermana podría haber muerto. Sintió un escalofrío y un antiguo recuerdo aterrador le recorrió la columna.

—¡Te toca! —le gritó Madison a su hermana Emily, que solo tenía diez años.

Madison miró a sus padres, que estaban sentados a pocos metros de ellas, en un peñasco que se alzaba sobre el mar. El parque era uno de los lugares favoritos de las chicas, pero tenían que suplicarles, hacer muchas tareas de casa y un sinfín de promesas para convencerlos de que las llevaran.

Era un día claro y radiante. El océano reflejaba el color vívido e intenso del cielo. Era el primer día cálido de primavera y las tres se vistieron como si fuera verano, con pantalones cortos y sandalias, por primera vez desde el otoño. Emily había organizado un concurso a ver quién hacía más volteretas laterales en una pequeña zona de hierba. Sin embargo, Tara menospreció la oferta de su hermana y se alejó con unas amigas del instituto. Madison había visto que una de ellas tenía un paquete de cigarrillos.

Qué asco.

Madison había hecho cuatro ruedas seguidas y ahora Emily tenía que superarla. Levantó las manos y se lanzó a hacer la primera. Cuando acabó la cuarta, puso mal el pie izquierdo y resbaló. Perdió el equilibrio y se tambaleó, intentando no caerse. Sin embargo, el suelo cedió bajo los pies de Emily, que desapareció.

Madison gritó y se acercó al borde arrastrándose por el suelo.

Habían estado jugando a una distancia segura del precipicio. Era el lugar donde jugaban siempre, pero las lluvias habían provocado un desprendimiento y la cima de la ladera se alzaba sobre el vacío.

Vio a Emily tres metros más abajo, agarrándose al suelo con todo el cuerpo mientras el océano rompía contra unas rocas gigantescas a treinta metros bajo ella.

Madison se estremeció. Su padre tuvo que bajar por la escarpada ladera y rescatar a la niña, mientras Madison y su madre gritaban. Emily había estado a punto de perder la vida.

Aquella sensación de absoluta indefensión mientras su hermana se aferraba a la tierra la golpeó como un bofetón en la cara.

La valla del mirador estaba diez metros detrás de ellos. Todo el mundo la saltaba para disfrutar de mejores vistas a pesar de los carteles de advertencia.

Su padre reaccionó como un héroe.

«¿Compensa eso sus opiniones racistas? ¿Es posible que fuera ambas cosas?».

Madison regresó del pasado y se dio cuenta de que Isaac la contemplaba fijamente.

—¿Le pasa algo a Emily?

Madison nunca había visto una mirada tan seria en sus ojos castaños. Tal vez era por la redecilla que, por una vez, le recogía el pelo que habitualmente le tapaba los ojos. El chico se puso loco de alegría cuando Madison se ofreció a darle unas clases de cocina, una reacción que la llevó a preguntarse por qué nunca lo había hecho Leo, que lo trataba como si fuera su hijo.

—Ha tenido un accidente de coche, pero está bien. Un poco magullada y ya está. No se ha roto nada. —Se le ocurrió una idea—. ¿Te importaría pasar por la mansión esta noche? Tengo que hacer un par de recados y no te descontaremos nada del sueldo, claro.

«Ya se me ocurrirá luego algún recado».

Isaac entornó los ojos.

—¿Qué pasa?

Madison dudó.

—Digamos que la familia se ha convertido en un foco de atención no deseada desde que encontraron a Lindsay y a Sean.

—¿A qué te refieres con «foco de atención no deseada»?

—A que nos iría bien tener algo más de compañía en la casa durante un tiempo. A alguien que esté atento a todo. —Una justificación de lo más lamentable.

Isaac le sostuvo la mirada durante unos segundos.

—Sí, vale, iré.

Madison tuvo que hacer un gran esfuerzo para esbozar una sonrisa.

—Gracias —le dijo—. Ahí llega otra comanda.

La luz que iluminó el rostro de Isaac tuvo un efecto reconfortante en Madison. El joven cogió la nota y la leyó con cuidado.

Mientras tanto, ella reprodujo de nuevo la conversación que acababa de mantener con su hermana.

«¿En qué anda metida Emily?», pensó.

Zander aprovechó el viaje del hospital a casa de Emily para hacer un repaso de la situación.

No tenía compañera. Ava iba a pasar en el hospital una noche o dos como mínimo para recuperarse. Sin embargo, se apostaba lo que fuera a que sería una noche; en cuanto recobrara el conocimiento, empezaría a pedir que le dieran el alta. Mason iba a tener que hacerla entrar en razón.

Zander lo había dejado en el hospital, mucho más tranquilo.

—Ahora mismo tiene más metal que hueso en el antebrazo y el hombro —le dijo Mason—. Ya le habían puesto cuatro tornillos en el húmero por el disparo que recibió hace un año.

Zander lo recordaba perfectamente.

El sheriff había tomado declaración a Emily sobre el agresor, pero las respuestas fueron las mismas que había obtenido Zander. Greer le confesó que no habían encontrado ninguna señal de que hubiera alguien más en la carretera. Algo comprensible dada la lluvia, pero nadie había visto ningún otro vehículo. Aun así, iban a seguir buscando y haciendo preguntas.

El jefe de Zander dio el visto bueno para que le enviaran a otra agente, pero su nueva compañera no llegaría hasta el día siguiente por la tarde, como muy pronto. Por el momento estaba solo y tenía que decidir cuál iba a ser su siguiente paso.

Alice Penn. Quería hablar con Alice sobre el momento en que abandonaron el cuerpo de Cynthia Green en el bosque. No obstante, no depositaba muchas esperanzas en la información que pudiera obtener, ya que Alice era algo voluble y la muerte se había producido veinte años antes. El asesinato de los Fitch era su prioridad. Mucho se temía que Cynthia Green, siempre que pudieran confirmar su identidad, iba a tener que esperar.

Billy Osburne. Aún estaba desaparecido. El sheriff Greer había tomado la iniciativa para encontrarlo, pero aún no había dado con él.

El correo de Tim Jordon con las compras y el calendario del ordenador de Sean Fitch había aparecido en su bandeja de entrada hacía una hora. Lo había examinado todo mientras esperaba a que le dieran el alta a Emily.

—¿Conoces a Simon Rhoads? —le preguntó a Emily, rompiendo el silencio del vehículo.

Ella se volvió hacia Zander, que tenía la mirada fija más allá del limpiaparabrisas. El interior del vehículo era cálido y cómodo, todo un contraste con la tormenta que arreciaba fuera.

—Sí. Siente algo por mi tía Dory.

Zander hizo una mueca.

—¿Algo?

—Le ha pedido matrimonio una docena de veces, al menos, pero ella siempre le da calabazas. Son buenos amigos, pero no quiere vivir con él. Le gusta la mansión y sus «chicas».

—¿A ti te considera una de ellas?

—Sí. Le encanta estar rodeada de sus hermanas y nosotras. Su vida es una fiesta de pijamas eterna. ¿Por qué lo preguntas?

«¿Hasta dónde puedo contarle?».

—Me han enviado el calendario de Sean. Había quedado con Simon dos días antes de que lo mataran.

—Tiene su lógica. Simon es el cronista no oficial de Bartonville. Siendo profesor de Historia, no me sorprende que conociera a Simon.

—¿No oficial?

—El ayuntamiento le ha ofrecido un despacho para conservar su archivo y cuenta con un pequeño presupuesto. No pueden permitirse pagarle un sueldo, pero a Simon no le importa. Lo haría aunque no tuviera su ayuda. Está un poco obsesionado.

—¿No les pasa a todos los historiadores? Hemos descubierto que Sean Fitch estaba escribiendo un libro. Puede ser que Simon le estuviera echando una mano.

—Sí, recuerdo que Lindsay mencionó que Sean estaba escribiendo un libro.

—¿Dónde tiene el despacho Simon?

—En el centro. Es una casita pequeña propiedad de la ciudad. —Consultó la hora—. Tendremos que darnos prisa porque no atiende a nadie a partir de las tres y no hace excepciones.

—Primero te llevo a casa y luego iré a verlo.

—¿Tienes cita? —le preguntó Emily.

—¿Acaso la necesito? —La pregunta le sorprendió.

—Ya lo creo. Simon es un firme partidario de la rutina. Puede que esté obsesionado con su archivo, pero también lo está con los procedimientos. Es imposible alterar su horario… Más aún siendo de fuera. Se aturulla.

—Entonces, ¿por qué has dicho que tenemos que darnos prisa para llegar antes de que acabe la jornada?

Emily sonrió.

—Porque sé que por mí es capaz de hacer una excepción. Todo aquello o todo aquel que guarde algún tipo de relación con mi tía Dory… recibe un trato especial.

Zander lanzó una mirada rápida a los vendajes que asomaban por debajo de su melena oscura.

—¿Cómo te sientes?

Emily meditó la respuesta.

—Teniendo en cuenta todo lo que me ha pasado, no estoy mal.

—Debe de ser el efecto de los analgésicos.

—Admito que me gustan sus efectos secundarios —dijo con mirada alegre.

—A la mayoría de la gente le dan sueño.

—A mí no. Siempre me han puesto las pilas, lo cual no suele ser muy beneficioso para la lesión por la que me los han recetado. —Se palpó el vendaje—. Puedo acompañarte a ver a Simon si me lo tomo con calma y no me paso todo el rato de pie.

—A la mínima que vea que sientes dolor o estás incómoda, nos vamos.

Emily resopló.

—Vale. Pero déjame que hable yo primero. Enseguida verás cuándo es seguro para que hables.

«¿Seguro?».

Capítulo 27

Mientras recorría el camino de acceso, lleno de grietas, a la pequeña casa, Emily le recordó a Zander que le dejara tomar las riendas de la conversación. Conocía a Simon Rhoads de toda la vida y siempre había sido un hombre muy amable con ella y sus hermanas, pero era un tipo raro y a veces le costaba tratar con desconocidos, dentro de su espacio personal. Aun así, en el fondo era un hombre de buen corazón y un auténtico apasionado de la historia local.

Emily llamó a la puerta.

Notó una leve punzada en la cabeza y se ciñó el nudo de los pantalones del pijama para evitar que se le cayeran. Estaba decidida a aguantar hasta el final por Zander y por los Fitch.

La puerta se abrió unos centímetros, todo lo que daba de sí la cadena, y tras la hoja asomaron unas gafas.

—¡Emily! —El anciano cerró la puerta, quitó la cadena y la abrió de par en par. Sin embargo, en cuanto vio a Zander se le borró la sonrisa de la cara.

—Hola, Simon —Emily intervino de inmediato para que dejara de mirar a Zander—. Necesito que me eches una mano con algo. Ha sucedido hoy mismo, así que te pido disculpas por no haber solicitado una cita. —Adoptó un gesto de arrepentimiento.

Simon era más bajo que Emily —la mayoría de la gente era más baja que Emily— y siempre se ponía unos pantalones muy anchos que le formaban bolsas en los tobillos. Llevaba una camisa de rayas de cuello americano, muy gastada, amarillenta y con varios agujeros en el cuello. Su pelo y su barba eran de un color gris uniforme, y ambos necesitaban de la atención de un barbero.

Emily también creía que no le vendría nada mal contar con la ayuda de una mujer algo organizada.

En ese aspecto, Dory no le serviría de mucho. Su tía abuela no tenía un gran ojo para los detalles... pero quizá eso la convertía en la pareja ideal para Simon.

El anciano la miró a ella y a Zander varias veces.

—Para ti siempre tengo un hueco, Emily —afirmó, y dirigió una mirada muy elocuente a Zander para dejarle claro que aquellas palabras no iban dirigidas a él.

—Te lo agradezco. —Emily le acarició el brazo—. Te presento a Zander Wells. Trabaja en el FBI y está investigando los asesinatos de Sean y Lindsay.

Simon frunció sus espesas cejas y miró fijamente al agente.

—Asistió a la reunión de hace un par de noches —le dijo.

—Así es.

Simon volvió a dedicar toda su atención a Emily.

—¿Cómo está tu tía? —le preguntó con una mirada colmada de esperanza.

No hacía ninguna falta que especificara a cuál se refería.

—Muy bien, gracias. Deberías venir a cenar un día de estos.

Al hombre se le iluminó el rostro.

—¡Fantástico! Te tomo la palabra. Pasad, pasad. —Se hizo a un lado y les hizo un gesto.

Emily suspiró aliviada. Había aceptado la presencia de Zander.

Hacía ya varias décadas que el ayuntamiento había comprado la casita tras la muerte de la propietaria, con la intención de reformarla y venderla para sacar beneficios. Sin embargo, el presupuesto de la ciudad no disponía de fondos para ese tipo de obras y no había aparecido ningún comprador que mostrara interés por la propiedad. Durante años, aquella compra ruinosa había dado mucho de que hablar. El nieto de la mujer que había fallecido formaba parte del ayuntamiento y había convencido a los concejales para que compraran la casa. Al cabo de poco, dejó el cargo de forma imprevista y se mudó a Florida.

La ciudad no había vuelto a adquirir ninguna casa más.

Con el tiempo, Simon Rhoads accedió a hacerse cargo de algunas reparaciones a cambio de que le permitieran utilizarla para conservar su archivo. El ayuntamiento aceptó y el tesoro histórico de Simon sobre la ciudad le había hecho digno merecedor de una pequeña partida en el presupuesto municipal. Ahora estaba a disposición de los vecinos dos días a la semana, siempre con cita previa.

Aun así, Emily sabía que las horas para citas casi nunca se agotaban.

El suelo de madera lleno de arañazos crujió con el paso de Emily y Zander. La casa olía a papel viejo y cuero. Había un sofá antiguo tapizado con damasco, una mesa de centro destartalada y una alfombra descolorida que ocupaba casi toda la sala de estar y que pedía a gritos una buena mano de aspiradora. La estancia comunicaba con el comedor, cuyas paredes estaban llenas de archivadores, encima de los cuales se amontonaban hasta tres cajas.

En el despacho, tan desastrado como el resto de la casa, destacaba un amplio armario con una docena de cajones poco profundos. La prensa local volvió a hacerse eco de un nuevo escándalo cuando se supo que la ciudad estaba sopesando la compra del costoso archivador. Su tía Vina defendió a capa y espada que Simon Rhoads ofrecía un servicio de valor incalculable a Bartonville, que nunca había pedido nada a cambio, y que necesitaba un lugar donde almacenar y conservar sus mapas antiguos.

Simon consiguió su armario.

—Sentaos en el sofá. Podría ser más cómodo, pero ya sabéis que la casa está amueblada gracias a los donativos de la gente. Y a caballo regalado, no le mires el dentado. —Rodeó la mesa de centro y se sentó en una silla de madera—. ¿En qué puedo ayudaros? —le preguntó a Emily con impaciencia. Simon siempre rebosaba energía; todas sus tías, salvo Dory, lo encontraban agotador.

—Me gustaría dejar que fuera el agente Wells quien te lo explicara —propuso Emily.

El historiador parpadeó y asintió un poco a regañadientes, refrenando el entusiasmo previo.

—Señor Rhoads, ¿es cierto que Sean Fitch tuvo una cita con usted hace una semana?

Simon ladeó la cabeza y lo miró con curiosidad.

—Efectivamente.

—¿Cuál fue el motivo?

—Bueno... —El historiador se pellizcó el labio inferior y dirigió la mirada a la mesa de centro—. Diría que eso es confidencial, un asunto entre Sean y yo.

Zander estaba a punto de replicar, cuando Emily le tocó la pierna.

—Ya sabes que han asesinado a Sean —dijo ella con voz suave para que el anciano la mirase—. El FBI quiere saber cuáles fueron sus últimos movimientos.

El hombre se irguió y adoptó una postura muy tensa.

—¿Creen que lo maté yo? —Empezó a mover muy rápido una rodilla.

—Claro que no —le aseguró Emily, que notó que Zander se había puesto tenso ante la reacción de Simon, pero aun así guardó silencio—. Confiamos en que puedas arrojar un poco de luz sobre lo que estaba haciendo antes de que acabaran con su vida.

Emily intentó usar un lenguaje delicado, pero se sentía como una funambulista en el alambre. Si se equivocaba en una palabra, Simon podía encerrarse en sí mismo y negarse a colaborar.

El anciano frunció el ceño, enfrascado en sus pensamientos, y a continuación respiró hondo.

—En los últimos dos meses Sean y yo habíamos hablado varias veces por teléfono. La cita que pidió era la primera, pero fue un auténtico placer hablar con alguien con un conocimiento histórico tan profundo. La mayoría de los que vienen aquí solo quieren investigar su árbol genealógico. Sean y yo hablamos durante tres horas, mucho más tiempo del que le había reservado. Era un hombre muy sabio e inteligente.

—¿Qué estaba investigando? —preguntó Zander.

—Varios temas. Uno de los que más le interesaban era el *shanghaiing*. En este pequeño rincón del estado tenemos una pasado muy oscuro relacionado con esta práctica y otros crímenes contra la humanidad. Sean sentía una gran fascinación. Sabéis que estaba escribiendo un libro, ¿verdad? —Simon se puso en pie y se acercó a los archivadores que había detrás del sofá—. En esta zona de Estados Unidos, a menudo tan ignorada, han tenido lugar acontecimientos tan interesantes… que es un placer cuando aparece alguien dispuesto a hablar de ello. Yo estaba encantado de mostrarle lo que tenía.

Examinó el contenido de un archivador y sacó una gruesa carpeta, con los ojos brillantes.

A Simon se le iluminaba el rostro cuando hablaba de lo que más le interesaba.

—Hay muchísima información, pero estos son algunos de los documentos que le escaneé. —Hizo una pausa y examinó dos de ellos—. El escáner es uno de los inventos más fantásticos de la humanidad. Mucho mejor que la fotocopiadora. —Regresó al archivador tarareando entre dientes—. Me ha hecho la vida mucho más fácil. Correo electrónico. Lápices de memoria. Escaneado por wifi. Vivimos en un mundo maravilloso.

—Debo admitir que no sé gran cosa sobre el *shanghaiing* —dijo Zander—. Solo lo que he visto en las películas, que imagino que no serán muy fieles a la realidad.

—Astoria fue la capital de Oregón de esta práctica —afirmó Simon—. A finales del siglo XIX, barcos de todo el mundo atracaban en Astoria. La madera y el salmón eran las principales exportaciones, y todas esas naves necesitaban mano de obra. Al principio, en lugar del término *shanghaiing* se utilizaba el de *crimping*, ya que los capitanes de los barcos contrataban a *crimps*, como se conocía a los hombres que ofrecían esa mano de obra. Utilizando cualquier método a su disposición. En ocasiones recurrían al alcohol para engañar a los trabajadores, o los obligaban a punta de pistola. No importaba quiénes fueran las víctimas… leñadores, agricultores… —Le brillaban los ojos—. En Astoria llegó a haber una *crimper*. Su marido murió ahogado y se dedicó a vender mano de obra a los capitanes para sacar la familia adelante.

Emily y Zander se acercaron a Simon para examinar los documentos.

El historiador tocó una foto de una mujer mayor de gesto serio rodeada por una familia que vestía la ropa habitual de principios del siglo XX.

—No parece una criminal, ¿verdad? Con el cambio de siglo se aprobaron una serie de leyes que declararon el *shanghaiing* un delito federal y no tardó en desaparecer.

—¿De qué más habló con Sean? —le preguntó Zander con un deje de impaciencia en la voz. Emily lo comprendía, porque tampoco veía la relación que podían guardar los *shanghaiers* del siglo XIX con el asesinato de los Fitch de la actualidad.

—A ver… —Simon se pellizcó el labio de nuevo—. Estaba investigando sobre el crimen en la costa norte de Oregón, es decir, buscando información sobre Fort Stevens, crímenes contra los indios clatsop y otras razas... Muchos de estos delitos arraigaron en Portland y se extendieron hasta aquí. También le di información sobre las familias fundadoras de la ciudad, los prácticos de bajío del río Columbia...

—Nunca había oído hablar de los prácticos de bajío —dijo Zander.

—¿Recuerda todos esos barcos de los que le hablaba antes? Necesitaban un práctico de la zona que subiera a la embarcación para navegar la peligrosa desembocadura del Columbia, una de las aguas más peligrosas y con mayor tráfico del mundo, por eso necesitaban un guía local capaz de manejar la nave. Aún hoy en día se exige que sea un práctico de aquí el que dirija los barcos. Ahora los trasladan en helicóptero o barca a quince millas de la desembocadura del río.

—Parece un trabajo peligroso —comentó Zander.

—Mucho. Embarcar en pleno océano suponía un gran riesgo para los prácticos de entonces. Y aún lo es hoy.

—¿Volvió a ponerse Sean en contacto con usted después de la primera reunión? —preguntó Zander.

—Me hizo una breve visita al cabo de un día o dos. Yo lo había puesto en contacto con Harlan, que podía darle más información.

—El alcalde —le aclaró Emily a Zander—. Un antepasado suyo tuvo una taberna en Astoria que fue uno de los puntos neurálgicos de esta práctica. Todo el mundo sabe que conserva mucha información sobre el tema. Es una de sus aficiones.

—Harlan no es el único de Bartonville con un familiar acusado de *shanghaiing* —dijo Simon, guiñándole un ojo a Emily.

—Es cierto, pero no hay nadie en mi familia que sienta una pasión como la de Harlan. Nosotras preferimos que las historias de nuestros antepasados delincuentes se pierdan en la noche de los tiempos.

—No, no, no —afirmó Simon negando vehementemente con la cabeza—. He hablado muchas veces del tema con Dory. No podemos permitir que muera la historia. —Abrió otro archivador y deslizó los dedos por las diversas pestañas—. Aquí está. —Sacó una carpeta delgada—. He estado trabajando en esto como sorpresa para tu tía, pero creo que deberías dedicarle un poco de tiempo. — Se lo lanzó a Emily, que lo cogió por instinto. En la etiqueta de la pestaña se leía BARTON.

—¿Qué es? —preguntó ella con un hilo de voz.

—Tus deberes. Tienes que aprender a valorar las historias de tu pasado. He hecho copia de todo lo que he encontrado sobre la familia de Dory, lo que te incluye a ti. Un día de estos, lo encuadernaré y se lo regalaré, así que no se lo enseñes.

Emily se quedó mirando la carpeta, absorta.

—Qué gran idea.

El historiador se sonrojó.

—Tú déjame quedar bien ante Dory.

—Lo haré.

***

—Siento que Simon no haya sido de gran ayuda —dijo Emily mientras Zander la llevaba a casa—. Ha sido una pérdida de tiempo. No veo el vínculo entre la investigación que estaba haciendo Sean sobre unos crímenes cometidos hace un siglo y su asesinato.

El agente no parecía muy decepcionado, pero Emily sospechaba que sabía disimular muy bien sus emociones.

—Ha sido interesante —afirmó Zander—. Creo que el ahorcamiento y el *shanghaing* guardan una leve relación… ¿No es cierto que ahorcaban a los hombres que abandonaban las tareas que les correspondía hacer en el barco?

—No lo sé, todo es posible. Pero me parece una relación muy traída por los pelos.

—Cierto.

Emily examinó su perfil bajo la pálida luz. Estaba preocupado y era incapaz de dejar de dar vueltas al caso.

—Tengo la sensación de que lo único que he hecho ha sido distraerte de la investigación principal.

Zander la miró, sorprendido.

—En absoluto.

—Primero el accidente, ahora Simon...

—No sigas por ahí. El asesinato de Nate Copeland me obliga a tener muy en cuenta la agresión que habéis sufrido hoy. Sí, hay muchos frentes abiertos. Los Fitch. Nate Copeland. El esqueleto que encontramos y que espero que me confirmen en breve que se trata de Cynthia Green gracias al análisis dental. Todo tiene su importancia, y debía a entrevistar a Simon Rhoads sí o sí. El hecho de que no haya aportado una gran información al caso no significa que haya sido una pérdida de tiempo.

—Pero cuentas con menos ayuda.

—El sheriff me está echando una mano y mañana llegará una agente nueva. —Paró el vehículo frente a la mansión—. Te han disparado, así que no puedo tomármelo a la ligera. Sobre todo porque viste la escena del crimen de los Fitch. —Apagó el motor y le dirigió una mirada de firme determinación.

No hablaba por hablar.

De repente frunció el ceño y miró hacia la casa.

—¿Quién es ese?

Emily se volvió y vio a Isaac llenando la carreta con ramas de abeto. Llevaba la capucha puesta y tenía el abrigo empapado por la lluvia.

—Es Isaac. Le he pedido a Madison que le dijera a nuestro tío que viniera por aquí para que hubiera una presencia masculina en la casa… Pero me temo que ha decidido reclutar a Isaac y le ha encargado varias tareas de jardinería. No tiene ningún sentido recoger las ramas hasta que amaine la tormenta.

—Es un alfeñique.

Emily frunció los labios.

—Es más fuerte de lo que parece.

—Te preocupa tu seguridad.

—Y la de mi hermana y mis tías —añadió ella—. Tenemos que aprovechar todos los recursos de los que disponemos. Si las rondas de los coches patrulla son un elemento disuasorio, creo que también lo será ver trabajar a un hombre el jardín. Además, confío en que mi tío ande por aquí cerca.

—Tienes razón —concedió Zander sin apartar los ojos de Isaac.

Emily quería saber qué pensamientos rondaban su cabeza. El agente era capaz de poner una cara de póker perfecta, algo vital en su trabajo. Pero en el hospital había logrado ver a la persona que se ocultaba tras esa fachada. Zander Wells era un hombre de intensos sentimientos; su actitud habitual era pura fachada.

—Gracias por contarme hoy lo ocurrido con tu mujer y tu hija —le dijo Emily en voz baja, observándolo a la luz crepuscular.

Él la miró a los ojos y por un instante se despojó de su máscara.

—Siento haber…

—Yo también estuve casada.

Zander la miró más fijamente.

—¿Qué pasó?

—Nada que ver con tu tragedia. —Se sentía algo avergonzada por haber sacado el tema a colación—. Todo acabó hace cinco años porque él… era muy controlador.

Un brillo de ira se reflejó en los ojos de Zander.

—¿Te hizo daño?

—No, nunca me puso la mano encima. —Emily rio nerviosa—. Pero me fue minando poco a poco. A nivel emocional y mental. Sus palabras, sus actos… me hacía luz de gas. Dejé de ser yo misma. Es un narcisista, todo debe girar en torno a él.

—Has hablado de él en presente.

—Aún vive aquí. —Emily resopló—. De hecho, lo vi ayer mismo. Por la mañana. ¿Te puedes creer que el muy iluso aún cree que podemos reconciliarnos? Es tan engreído que no comprende por qué pedí el divorcio.

—Es todo un partido.

—Trabaja de policía en Astoria.

—Emily. —Zander se inclinó hacia ella—. ¿Crees posible que te disparara él?

Ella se quedó inmóvil.

—No… Habría sabido que era él. —Sin embargo, en su cabeza se agolpaban un millón de posibilidades distintas.

—Si es policía, imagino que no tendrá mala puntería. ¿No se sentiría resentido? Si lo viste ayer, es muy probable que te tuviera en mente.

Emily no podía hablar. Estaba paralizada.

«¿Sería capaz Brett…?», pensó.

—No —susurró—. Habría reconocido su postura, su figura. No vi la cara del agresor, pero estoy convencida de que no era él. Conozco a Brett.

Zander no se mostraba tan convencido. Apretó los labios y adoptó una mirada más cálida que reconfortó a Emily.

—Sé que esto no llega en el mejor momento, pero cuando hayamos solucionado el caso…

Emily cazó la indirecta al vuelo.

—Tengo mi pasado… —murmuró ella, incapaz de apartar los ojos de Zander.

«Con esos ojos que tiene… podría perderme en su mirada», pensó Emily.

Zander esbozó una sonrisa melancólica.

—Ya somos dos. —Le tomó la mano y le acarició la palma con el pulgar.

A Emily le dio un vuelco el corazón.

«Él también lo siente», pensó. Se sentía atraída por él desde el momento en que se conocieron, pero había reprimido sus emociones. Hasta entonces.

—Una vez cometí el grave error de no expresar lo que sentía —dijo Zander—. Y me juré que no volvería a hacerlo. Sé que ahora no es el momento adecuado… pero quería decirte algo porque luego el tiempo pasa muy rápido.

—Lo entiendo. Y me alegro de que lo hayas hecho.

Emily no cabía en sí de alegría.

«Ojalá hubiera acabado ya la investigación», pensó.

Se acercó a ella y la besó. La cálida sensación que experimentó Emily le recorrió todo el cuerpo. Ella le devolvió el beso, frustrada por el obstáculo del reposabrazos que los separaba.

Zander se apartó demasiado pronto para su gusto y apoyó la frente en la suya, con la respiración entrecortada.

—Cuando acabe todo.

—Cuando acabe —le prometió ella.

Capítulo 28

Al cabo de unas horas, Zander estaba solo en la habitación del hotel, trabajando ante el portátil, pero con la cabeza en otra parte.

«No debería haberla besado», se dijo.

Aunque tampoco podría haber hecho nada para evitarlo. Sentía una atracción muy sutil y especial por ella desde la primera vez que la había visto. Sin embargo, cuando por fin había verbalizado su deseo, se había quedado con ganas de más. Pero su relación debía esperar. Antes tenía que encontrar a uno o dos asesinos, y Emily era una parte implicada del caso.

«Compórtate como un profesional, joder», se dijo.

Aquel pensamiento lo puso de mal humor. De repente sonó el teléfono y el ordenador, y respondió con el portátil.

—Wells.

—Buenas noches, agente Wells. Soy la doctora Lacey Harper de la oficina del forense y he realizado el estudio comparativo dental de un caso suyo.

Zander se puso erguido de inmediato.

—¿Es Cynthia Green?

—Sí.

Agitó un puño en el aire. Por fin algo salía bien.

—Gracias, no se imagina cuánto se lo agradezco.

—De nada. Siempre es gratificante poder identificar a alguien. Eso permite responder algunas preguntas de la familia de la víctima.

—Pero ¿está convencida de que no se equivoca? —preguntó Zander con cautela, ya que tampoco quería que la doctora se sintiera insultada.

La mujer se rio.

—Sí, estoy segura. ¿Se sentiría mejor si le explico por qué?

—No estoy cuestionando su trabajo —se apresuró a añadir el agente, aliviado de que la doctora no se hubiera sentido ofendida—. Pero me gustaría saber cómo lo hacen. A mí todos los dientes me parecen iguales.

—¿Puede usar FaceTime?

—Sí, cambio al móvil. —Al cabo de unos segundos apareció en la pantalla de su teléfono una mujer rubia muy atractiva con una sonrisa de oreja a oreja—. ¿Trabaja con la doctora Peres? —le preguntó.

—Sí. Es una buena amiga y he coincidido con Ava en varias ocasiones. Conozco muy bien a su prometido. Me alegra saber que se recuperará.

—Yo también. ¿Qué puede enseñarme?

La forense cambió a la cámara posterior del teléfono y apareció una pantalla de ordenador en la que se veían las imágenes de unas radiografías dentales, de las que muestran la mandíbula entera y la mitad inferior del cráneo. Eran unas sonrisas esqueléticas y macabras, deformadas para convertir los objetos tridimensionales en bidimensionales. La mezcla de tonos grises resultaba algo confusa. Zander podía identificar los dientes y la articulación de la mandíbula, pero poco más.

—Recibí el historial dental de Cynthia de la policía del estado, que lo consiguió hace veinte años, cuando desapareció. Es toda una alegría que lo conservaran, porque el dentista que aparece en las radiografías cerró la consulta hace más de una década y solo tenía la obligación legal de guardar esa información durante siete años. Nos habría costado mucho dar con ellas.

Tocó la imagen superior.

—Esta es la que tenía la policía del estado y se tomó diecisiete meses antes de la desaparición de Cynthia. Es una copia de la imagen panorámica original del dentista, por eso parece tan oscura. Las copias son buenas, pero nunca tan claras como el original. Debajo puede ver una radiografía que tomé del cráneo. Aquí no tenemos una máquina de rayos X panorámica, por lo que tuve que hacerlo en la consulta de una amiga. Fue una situación un poco incómoda.

Zander se había sometido a la máquina de rayos X que rotaba en torno a su cabeza, en una cabina.

—Tuve que agacharme mientras sujetaba el cráneo por encima de la cabeza, con una mano. Me alegro de que impidieran la entrada de pacientes en ese momento.

La peculiar imagen le arrancó una sonrisa. Zander miró ambas radiografías.

—A mí me parecen distintas. La superior es más granulosa y es como… si… ¿tuviera una sonrisa más acentuada?

—Nos da la impresión de que sonríe por el ángulo en que se tomó. He intentado que se parezcan lo máximo posible, pero no es fácil. El granulado es porque mi imagen es digital. La superior está tomada a partir de una película que fue revelada. Siempre tienen mayor definición. —La doctora señaló el último diente de un lado de la mandíbula inferior y luego tocó el mismo del otro lado—. Son las muelas del juicio. Como puede ver, tienen un ángulo distinto al de las demás. Están bastante inclinadas, no salen en vertical.

—Cierto.

—Y aquí arriba. —Tocó la muela correspondiente de la mandíbula superior—. Estas muelas del juicio están escondidas en el maxilar. No las habría visto aunque le hubiera examinado la boca.

—¿Pero sí las inferiores?

—Parcialmente. Esta exposición parcial puede apreciarse mejor en las siguientes imágenes, pero quería que viera que las muelas se encuentran en la misma posición en la imagen antigua y en la que he tomado hoy. —Acercó un poco más el teléfono e intercambió entre ambas radiografías.

—De acuerdo. —Dio por buenas sus palabras porque para Zander solo eran dos imágenes borrosas.

—Tiene diecinueve años, ¿verdad? Pues la longitud y la posición de las muelas del juicio no contradicen esa edad.

Señaló la radiografía inferior.

—Tiene dos empastes blancos. Aquí y aquí.

Zander entornó los ojos. Más sombras grises.

—No los distingo.

La doctora hizo clic en algo, las imágenes panorámicas desaparecieron y fueron reemplazadas por ocho imágenes rectangulares pequeñas, como las que suelen tomar en el dentista.

—En la parte superior hay cuatro originales, y en la parte inferior cuatro que he tomado yo. Las imágenes de una película comparadas con las digitales, otra vez, por lo que las mías serán más granulosas. —Tomó un bolígrafo y señaló una muela de la radiografía inferior, trazando un pequeño perfil—. ¿Ve el empaste aquí?

Lo veía. Era más blanco que el resto del diente. Lo comparó de inmediato con la radiografía superior, donde aparecía la misma forma.

—Es igual que la radiografía de la policía del estado.

—Sí. Y aquí está la otra. —Señaló con el lápiz una forma extraña, de un empaste más blanco.

Zander lo comparó con la imagen superior.

—No coincide con la original.

—Correcto.

—¿Por qué no?

—Porque se lo hizo después de que el dentista le hiciera la radiografía.

—Pero eso no puede saberlo seguro. ¿No es algo que puede cuestionar todo lo que hemos deducido hasta ahora?

—No. —Tocó la imagen de la policía con un lápiz y acercó el teléfono—. Quizá no pueda verlo, pero tiene una caries en esta muela. El dentista se la habría empastado después de diagnosticarla con las radiografías que tomó.

»Un diente sano puede empastarse. Pero no es posible hacer desaparecer el empaste, siempre habrá algo en ese diente, ya sea un empaste más grande o una corona, o puede ser que se extraiga.

»Hay muchas cosas más que coinciden en ambas radiografías. Los niveles óseos, las formas de las raíces, los senos… Pero opino que los empastes y las muelas del juicio son la confirmación definitiva. La forma de los dientes y su posición son únicas. No encontrará la misma dentición en dos personas.

—¿Y si han llevado ortodoncia?

—Las posiciones de los dientes y los ángulos serán los mismos, pero los empastes y las formas serán distintas.

Zander meditó sobre lo que acababa de decirle.

Lacey apareció de nuevo en su pantalla.

—Créame, no puedo explicarle todo lo que he aprendido en cuatro años en la universidad y diez en la profesión en esta llamada.

Tenía razón.

—Si yo la creo, pero el empaste que faltaba me ha hecho dudar.

—Bien. Me alegro de que la hayamos identificado. Su familia lleva esperándolo mucho tiempo.

—¿Sabe si la doctora Peres ha podido determinar la causa de la muerte?

Lacey adoptó un gesto serio.

—No. Suele ocurrir cuando solo disponemos del esqueleto. Estoy segura de que recibirá su informe mañana. Yo le enviaré el mío esta noche.

Zander le dio las gracias de nuevo y colgó.

Cynthia Green. Una chica afroamericana de diecinueve años. Desaparecida hacía veinte.

«¿Qué te pasó?».

Desapareció dos semanas antes de que ahorcaran al padre de Emily.

La joven se había esfumado de la costa y se adentró varios kilómetros en el bosque. ¿Cómo?

Ahí había algo raro. En el poco tiempo que llevaba en la costa norte de Oregón, había aprendido que no eran nada habituales los crímenes violentos. Pero aquellos dos incidentes, tan próximos en el tiempo, habían activado todas sus alarmas.

Zander miró la hora. Era tarde, pero creía que aún podía llamar a su contacto de la cárcel.

Necesitaba un favor.

Capítulo 29

A primera hora de la mañana siguiente, Zander se sentó ante el ordenador, esperando a que empezara la videoconferencia con Chet Carlson, el asesino condenado del padre de Emily, que se encontraba cumpliendo pena en la cárcel del estado.

Chet apareció en pantalla y se sentó.

Tenía pinta de criminal.

Si lo hubieran contratado como actor en una película, el público habría sabido que era el asesino desde su primera aparición en la pantalla.

Era un tipo robusto, tan corpulento que intimidaba, con unas manos que debían de ser el doble de grandes que las de Zander. La cabeza rapada y la perilla no hacían sino reforzar el estereotipo.

Chet examinó al agente del FBI mientras un guardia le esposaba las manos a la mesa. El recluso apoyó el peso del cuerpo en los antebrazos, con una mirada de curiosidad en la cara.

Según lo que había investigado Zander, Chet Carlson había vivido en una docena de lugares antes de que lo detuvieran en Astoria por el asesinato de Lincoln Mills. Era un trotamundos, incapaz de echar raíces en ningún lado y con un largo historial de detenciones por delitos de vagancia, robo y por conducir ebrio. Cuando lo detuvo la policía, estaba conduciendo a pesar de tener el carné retirado.

Zander se presentó.

—Tengo algunas preguntas sobre Lincoln Mills.

—Eso ocurrió hace mucho tiempo.

—Lo sé.

—¿De qué sirve volver a hablar de ello? —Chet estiró los brazos todo lo que dieron de sí las cadenas—. Yo estoy aquí. Lincoln está muerto. Fin de la historia.

Zander esperaba que Chet respondiera con una voz áspera y grave, pero lo sorprendió con su tono dulce. No femenino, pero sí sereno y plácido, como si estuviera intentando calmar a un animal salvaje. O a un niño exaltado.

—Todos los informes que he leído afirman que siempre te declaraste inocente, que no lo mataste.

—Correcto.

—Pero te declaraste culpable de asesinato.

—Correcto también. —La indiferencia del recluso atravesaba el monitor de Zander, que lo miraba fijamente.

—Explícate.

Chet se encogió de hombros y apartó los ojos.

—¿Mataste a Lincoln Mills?

Chet acarició una hendidura de la mesa.

—Eso ya no importa.

—¿Por qué?

—Porque no tengo pruebas de que no lo hice.

—La policía encontró la chaqueta ensangrentada de Lincoln en tu habitación del motel.

Chet no dijo nada.

—Habías vivido en una docena de ciudades distintas en cinco estados en un período de cuatro años antes de aparecer en Astoria. ¿Cómo fuiste a parar ahí?

—¿Por qué me hace todas esas preguntas cuya respuesta ya conoce?

—Porque quiero que me lo digas tú para poder juzgarlo por mí mismo.

—De eso ya se encargó un juez de verdad. ¿Quién es usted para juzgarme de nuevo?

—*Touché* —afirmó Zander—. Pues responde para hacerme feliz y ya está. ¿O es que tienes cita en otro lado? Mi contacto me ha dicho que no sueles recibir muchas visitas.

Chet levantó la barbilla y mostró una mirada inexpresiva.

—En estos momentos no tengo nada entre manos.

—Entonces… ¿por qué elegiste Astoria?

Ladeó la cabeza y frunció los labios, como si estuviera meditando una respuesta.

—Por el océano.

—¿Qué le pasa al océano?

—Quería trabajar en un pesquero. Me gusta el mar. Lo había intentado en varias ciudades más hacia el sur, pero no había tenido suerte. —Intentó cruzar los brazos y flexionó los bíceps, pero las cadenas se lo impidieron.

Zander se lo imaginaba cargando con los cabos, manejando las cañas o haciendo cualquier otro trabajo físico que requiriera el pesquero.

—Huele bien. —El prisionero inspiró aire y dilató las narinas.

—El pescado no huele bien.

—No, pero el mar sí. Y me gusta estar al aire libre.

«La cárcel no es un lugar para alguien a quien le gusta el aire libre».

—No entiendo por qué confesaste un asesinato que ahora afirmas que no cometiste.

—Estoy bastante convencido de que no lo hice —le aclaró Chet.

«Eso no tiene sentido».

—Entonces, ¿por qué te declaraste culpable?

Frunció los labios y acarició de nuevo la marca de la mesa.

—Cuando me detuvieron, los agentes me dijeron que lo había hecho.

Zander frunció el ceño.

—Yo los creí. Había bebido tanto que no recordaba nada.

—Eras alcohólico. —Zander se preguntó si era ese el caso, ya que Chet tenía varias detenciones relacionadas con el alcohol.

—Aún lo soy, pero por entonces bebía hasta perder el conocimiento por completo. Aunque últimamente ya no me resulta tan fácil —dijo bromeando.

—Estabas demasiado borracho para recordar que habías ahorcado a alguien en un árbol. —A Zander le costaba creerlo.

—Sí, pero en sueños me veía a mí mismo haciéndolo. Pensé que a lo mejor tenía una especie de bloqueo inconsciente raro y que la policía me había dicho la verdad.

—¿Lo confesaste porque diste por sentado que lo habías asesinado?

—Más o menos. ¿Ha visto que hice la prueba del polígrafo? Sabía que no podía usarla legalmente, pero la hice porque confiaba en que me diría si era el autor o no.

—Eso no tiene sentido.

—Según los resultados del polígrafo, tenía algún tipo de problema a nivel subconsciente, por eso pensé que lo que me habían dicho los polis era verdad. Había perdido el conocimiento por culpa del alcohol en varias otras ocasiones y mucha gente me contaba historias de cosas que había hecho y de las que no conservaba ningún recuerdo. Por eso no me parecía una opción demasiado descabellada.

Zander no daba crédito.

—Pero nunca habías matado a nadie estando borracho.

—No, pero me había metido en muchas peleas y había pegado a muchas personas que no recuerdo.

—¿Qué te hizo cambiar de opinión y empezar a decir que eras inocente?

Chet se agarró a los anclajes metálicos de la mesa. A pesar de que era una videoconferencia, Zander vio perfectamente que tenía unos nudillos enormes cubiertos de un vello oscuro.

—Decidí que no lo había hecho.

—Menudo cambio.

—A ver, no fue que despertara un día y decidiera que era inocente, sino que me llevó un tiempo. Aquí en la cárcel me metí en un par de peleas… y aunque en alguna de ellas llegué a pensar que no lo contaba, jamás sentí el instinto ni el deseo de matar a la persona con la que me estaba peleando. Nunca. Solo quería seguir con vida.

Zander escuchó y notó un lento escalofrío en la base de la columna.

—Esa noche Lincoln y yo nos peleamos en un bar. Fue cuando lo conocí. Recuerdo que le dejé la nariz ensangrentada, y este fue uno de los motivos que me hizo pensar que lo había matado, pero la cosa no llegó a mayores y solo le quité la chaqueta, por eso la encontraron en mi habitación de hotel.

Chet tenía una mirada firme. No estaba intentando convencer a Zander de que era inocente. Simplemente se limitaba a contar su versión de los hechos.

«Mierda. Lo creo».

—¿Te suena de algo el nombre de Cynthia Green?

Chet se lo pensó unos segundos.

—No. ¿Debería?

—Desapareció dos semanas antes de que Lincoln Mills muriera ahorcado. Hace poco encontramos sus restos cerca de Bartonville.

Chet frunció la frente con gesto de enfado.

—¿Sabe cuántas veces ha venido la policía a preguntarme si había cometido otro crimen únicamente por el caso de Lincoln Mills?

—¿Muchas?

—Sí. Es absurdo. Vienen de todo el país. Esos sí que están desesperados.

—Era una adolescente afroamericana que desapareció en una playa cerca de Gearhart.

—Decirme cómo era no servirá para estimularme la memoria porque nunca he hecho algo así, joder.

Chet se sentía insultado.

—¿Sabes que se ha producido otro ahorcamiento en Bartonville hace unos días?

La sorpresa que se reflejó en el rostro de Chet parecía sincera, pero enseguida se tornó en desprecio.

—No lo había oído. Al menos ese no podrán cargármelo a mí. —Frunció el ceño—. ¿A quién ahorcaron?

—A un hombre del pueblo, un profesor.

—Es una pena.

—¿No sabes nada del tema?

Chet enarcó las cejas.

—¿En serio? ¿Es que no habíamos zanjado el asunto ya? Que te den. —Resopló con una mirada de burla.

Zander valoró la posibilidad de hacerle alguna pregunta más sobre el ahorcamiento, pero sus reacciones le parecían naturales. Se preguntó si había recibido alguna visita en los últimos tiempos que le hubiera hablado sobre el ahorcamiento de Fitch… antes o después de que se produjera.

Zander puso fin a la videoconferencia y llamó de nuevo a su contacto de la cárcel para pedirle el nombre de todas las visitas que hubiera recibido Chet Carlson en los últimos cinco años. Era un período de tiempo muy amplio, pero tenía la esperanza de averiguar con qué tipo de gente se relacionaba el recluso. El funcionario de la cárcel le prometió que le enviaría el mensaje de correo electrónico en cinco minutos.

Se puso a tamborilear con los dedos en el escritorio de la habitación del hotel. Tenía antojo de la tortilla del restaurante de Barton. Su estómago le recordó que aún no había desayunado. Consultó la bandeja de entrada del correo por tercera vez, vio un mensaje de la cárcel y lo abrió de inmediato.

En los últimos cinco años, Chet solo había recibido una visita, pero la mujer en cuestión había ido dos veces.

En ambos casos había sido en los últimos doce meses.

Terri Yancey.

Zander observó el nombre durante un buen rato.

«¿Qué relación tiene con Chet Carlson?», pensó.

No lo había visitado suficientes veces para ser una familiar.

Una leve sospecha empezó a cobrar forma y accedió al registro del departamento de tráfico. Enseguida encontró el permiso de conducción de Terri Yancey. Tenía treinta y nueve años, era morena y vivía en Beaverton, a pocos kilómetros al oeste de Portland.

Se quedó sin aliento al ver la foto.

«Madison».

Terri Yancey se parecía mucho a Madison. Emily y Madison compartían algunos rasgos, pero si hubieran introducido la imagen de Madison en una de esas aplicaciones que mostraba el aspecto de alguien al cabo de unos años, y le hubieran puesto el pelo más oscuro, el resultado habría sido Terri Yancey.

«Terri. Tara».

¿Podía ser Tara?

El parecido era clamoroso.

«¿Por qué fue a visitar a Chet Carlson?».

Sin embargo, la gran pregunta era por qué nunca se había puesto en contacto con su familia.

Zander buscó la dirección de Terri en el teléfono y vio que podía plantarse ante la puerta de su casa en menos de dos horas.

«¿Se lo digo a Emily?».

***

Emily sintió un nudo en el estómago.

—¿Estás seguro? —le susurró a Zander, en el porche de la mansión.

El agente le mostró la fotografía con el móvil.

Ella agarró el teléfono y observó fijamente la imagen. Tara le devolvió la mirada. Había envejecido, tenía el pelo oscuro. Pero era Tara.

—¿Cómo…? —logró pronunciar.

—Hoy por la mañana he hecho una videoconferencia con Chet Carlson.

A Emily se le paró el corazón.

—Joder, Zander. ¿Tienes alguna sorpresa más?

Hizo una pausa.

—No.

Emily no sabía si creerlo. Volvió a mirar la cara de Tara y el corazón empezó a latirle desbocado, como si quisiera salirle por la boca.

—Después de hablar con él, he consultado el registro de visitas. Tu hermana ha ido a verlo dos veces en el último año.

Emily parpadeó con fuerza, intentando mantener la concentración en el rostro de Tara.

—Quizá a ti no te pille de sorpresa, pero a mí sí. ¿Por qué lo ha hecho?

—No lo sé. Pensaba ir a preguntárselo.

Emily volvió la cabeza con un gesto brusco. El corazón le martilleaba en el pecho.

—¿Vas a ver a Tara?

—Ahora se hace llamar Terri. Terri Yancey. Vive en Beaverton.

Emily se sentó en una de las pesadas sillas metálicas del porche. La cabeza le daba vueltas. Tara vivía muy cerca.

—¿Te gustaría venir? —Zander se agachó junto a ella para situarse a su altura y mirarla a los ojos, que parecían cubiertos de un velo de honda preocupación.

—No lo sé.

Emily no sabía cómo encajar la propuesta de Zander. No podía dejar de pensar que Tara vivía solo a dos horas de ella. Y nunca había llamado. ¿Por qué?

—Chet Carlson sostiene que no mató a tu padre.

—Sí —afirmó ella con voz gélida—. Hace ya varios años que insiste en lo mismo. ¿Te ha explicado por qué no fue él?

—Más o menos, pero no tiene pruebas que lo demuestren.

—¿Qué te ha dicho de Tara?

—Lo averigüé cuando ya había colgado —respondió el agente con una mirada de esperanza.

«Quiere que lo acompañe», pensó Emily.

Se le ocurrían cosas mucho peores que hacer en lugar de pasar unas cuantas horas con Zander.

Por un lado, se moría de ganas de acompañarlo, pero estaba tan confundida que no podía pensar con claridad.

«¿Estoy preparada para averiguar por qué nos abandonó Tara? ¿Me dirigirá la palabra? ¿Y si se niega?», pensó Emily.

Debía tomar una decisión ya mismo.

—Te acompaño.

Capítulo 30

Era casi mediodía cuando Emily y Zander se detuvieron frente a una preciosa casa.

Emily sintió una leve punzada de envidia, algo poco habitual en ella, y tuvo que reprimir un grito ahogado. La casa de Tara estaba en un barrio adinerado en el que los jardines lucían un aspecto inmaculado. En el camino de acceso había un coche de lujo de fabricación alemana.

Comparó su Honda destartalado con el Mercedes. Apenas podía permitirse unos neumáticos nuevos. Aún no sabía cuánto iba a pagarle el seguro por su coche, que había quedado siniestro total, pero no iba a ser gran cosa.

Se dio cuenta de que Zander la observaba.

—No me puedo creer que viva aquí —murmuró—. Nuestra mansión se cae a pedazos.

—No es necesario que entres si no quieres.

Emily casi se atraganta de la sorpresa.

—He venido hasta aquí, claro que voy a entrar. Sobre todo ahora que he visto lo bien que vive Tara mientras que yo he de cargar con tres tías ancianas, mi hermana, la mansión y el restaurante.

Emily tiró de la manilla del coche y salió, algo avergonzada por el resentimiento que desprendían sus palabras. Esperó a Zander y recorrieron juntos el camino de ladrillos hasta la entrada. El agente tocó el timbre.

Una niña abrió la puerta y Emily se quedó sin aliento.

«Es igualita a Tara de pequeña».

La niña debía de tener nueve o diez años. A Emily no se le había pasado por la cabeza que Tara pudiera tener hijos. O marido. Qué poca vista.

—¿Podemos hablar con tu mamá? —logró preguntarle Emily a la pequeña.

—¡Mamáááá! —gritó la niña. Llevaba la melena rubia recogida en una trenza y vestía unos vaqueros negros con las rodillas rasgadas.

«Tengo una sobrina».

El pensamiento la embistió como un camión articulado y la dejó de nuevo sin oxígeno.

Ambos vieron que la casa tenía los techos altos y zócalos de madera blanca. Una elegante escalera subía a la segunda planta. El suelo de madera refulgía con un brillo especial.

Se oyeron pasos.

La mujer que llegó no era Tara, pero miró a Zander y Emily expectante.

—Estamos buscando a Terri Yancey —dijo Zander—. ¿Está en casa?

A la mujer se le demudó el rostro.

—No se encuentra bien —les dijo con cautela y un deje de recelo. Tenía veinte años más que Tara—. ¿Quieren dejar un recado?

Emily y Zander intercambiaron una larga mirada y él asintió. La decisión dependía de ella.

«¿Debería hacerlo? —pensó—. Tengo una sobrina».

—Dígale a Tara que ha venido a verla su hermana Emily —afirmó con aplomo, desafiando el latido desbocado que sentía en el pecho.

La mujer retrocedió medio paso y se llevó una mano al corazón, boquiabierta.

«Lo sabe».

La niña ladeó la cabeza y observó a Emily con sus ojos inteligentes.

—¿Quién? —Miró a la mujer mayor—. ¿Quién es?

Emily no dijo nada y la mujer intentó recuperar la compostura.

—¿Por qué no entran? —Le puso una mano en el hombro a la niña, se apartaron y abrió la puerta del todo.

Emily vio el gesto de sorpresa de Zander y se encogió de hombros. Habían llegado tan lejos que a esas alturas no tenía sentido rendirse.

La mujer los acompañó a una sala de estar muy formal y les hizo un gesto para que tomaran asiento.

—Voy a buscarla.

Desapareció tras la doble puerta de cristal y sus tacones resonaron en la escalera.

La hija de Tara, supuso Emily, se quedó, muy atenta a todo lo que hacían. Había percibido la inquietud de los adultos.

—Soy Emily y este es Zander. —Cuando la pequeña no respondió, Emily decidió continuar—. Y tú eres…

—Bella.

¿Acaso su hermana era fan de *Crepúsculo*?

Emily lo había sido.

—¿Cuántos años tienes, Bella? —le preguntó Zander.

—¿Por qué han venido? —les preguntó Bella sin más—. ¿Por qué está disgustada la abuela?

Zander se inclinó hacia Emily.

—Se nota que sois familia —le susurró.

—Eso es de mala educación. —Bella se colocó la trenza sobre el hombro y levantó la mandíbula.

—Tienes razón y lo siento —concedió Zander—. Me recuerdas a alguien.

—¿A quién?

—No la conoces, pero la conocerás enseguida.

Bella frunció la nariz y puso los ojos en blanco ante aquella evasiva.

Emily se quedó sin aliento. Era como si se estuviera mirando en un espejo. De pequeña la habían enseñado a no hacer el gesto de poner los ojos en blanco, de modo que solo lo hacía ante la familia, pero la forma de fruncir la nariz era un hábito muy difícil de dejar.

En ese momento oyeron voces femeninas. Alguien bajaba por las escaleras. Bella abandonó la sala de estar, pero su pregunta se oyó a la perfección:

—¿Quiénes son, mamá?

Entonces apareció Tara en la puerta, agarrándose con una mano al marco para no perder el equilibrio. Estaba boquiabierta.

—Emily —pronunció con un hilo de voz.

La aparición de Tara sobresaltó a Emily. Ahora su hermana era morena y lucía una media melena. Emily había visto el pelo castaño en la foto del permiso de conducir, pero aun así fue toda una sorpresa ver el pelo oscuro y corto en persona. De adolescente, Tara siempre había presumido de su larga melena rubia. Ahora era un saco de piel y huesos y tenía ojeras. Parecía con los nervios de punta.

«Es mi hermana».

La sensación de confusión y las preguntas se desvanecieron. Ahí estaban, veinte años después, en la misma sala. «Lo demás no importa». Emily se levantó, cruzó la estancia y estrechó a su hermana entre sus brazos. Se le partió el corazón al notarle los huesos bajo la piel. Se apartó para mirarla a los ojos y tuvo que hacer un gran esfuerzo para contener las lágrimas. Emily se secó un ojo y Tara hizo lo propio.

—Lo siento —dijo Tara entre sollozos—. Lo siento mucho —repetía una y otra vez.

Zander fue testigo del reencuentro sin intervenir. Se alegraba de que Emily lo hubiera acompañado. Cuando las hermanas dejaron de llorar, empezaron a hablar y fue imposible pararlas. Madison. Las tías. Bartonville.

Zander había visto en la foto del permiso de conducir que Tara tenía el rostro delgado, pero en persona su aspecto era muy demacrado. Le costaba tenerse en pie, aunque cabía la posibilidad de que fuera debido a la montaña rusa de emociones que estaban experimentando. No tardaron en sentarse en el sofá y las dos hermanas siguieron hablando, interrumpiéndose continuamente.

—Wendy —le dijo Tara a la mujer mayor—, ¿puedes llevarte a Bella a la otra sala para que tengamos un poco de intimidad?

—Quiero saber qué pasa —se quejó la pequeña.

—Te prometo que te lo contaré luego.

—Dice que es tu hermana, pero tú siempre me has dicho que no tenías familia.

Tara hizo una pausa y cerró fugazmente los ojos.

—Es una historia muy larga, pero te prometo que te la contaré.

Bella dirigió una última mirada de recelo a Emily y Zander, pero acabó marchándose con Wendy. Emily las observó con una mirada de añoranza.

La sala quedó en silencio. Las emociones de Tara y Emily habían alcanzado un punto álgido, pero habían acabado remitiendo, y ahora se abría ante ellas una situación de incomodidad. Las separaba un mar de preguntas sin respuesta. ¿Por qué se había ido Tara? ¿Por qué no se había puesto en contacto?

Se miraron mutuamente y Tara se frotó las manos con una fuerza inusitada. Emily se fijó en ello y decidió separar sus manos.

Zander sintió compasión por ambas.

—¿Cuántos años tiene Bella? —inquirió el agente, una pregunta de lo más neutra.

—Nueve.

—Se parece mucho a ti —le dijo a Tara y se fijó en que no llevaba alianza—. ¿No vive con vosotras su padre?

Tara palideció.

—No. Murió en un accidente de coche hace cinco años. Wendy es mi suegra y nos acogió al perder a su hijo —le dijo con voz temblorosa.

—Lo siento mucho, Tara. —Emily le acarició el brazo—. Debió de ser horrible para Bella y para ti.

—Toda la gente que me rodea muere. —Fue una afirmación rotunda, pero inánime; la mujer emotiva había desaparecido.

Zander se estremeció.

—¿Estás bien? —preguntó el agente con cierta cautela. No sabía exactamente a qué se refería… a su salud, a las emociones que la embargaban, a su situación vital, a su marido fallecido…

Ella se limitó a mirarlo y se volvió hacia Emily.

—¿Qué te ha pasado en la cabeza? —preguntó Tara, que se había fijado en el vendaje que le asomaba bajo el pelo.

—No es nada. Me di un golpe fuerte y tuvieron que ponerme un par de puntos. Estoy bien.

Zander entendió la reacción de Emily, que prefirió no entrar en detalles. Algo del todo comprensible después de que Tara dijera que toda la gente que la rodeaba moría. Aun así, decidió no andarse con rodeos y empezar el interrogatorio.

—¿Por qué fuiste a ver a Chet Carlson?

Tara palideció.

—Así es como me habéis encontrado —afirmó con un susurro agudo y aflautado.

—¿Por qué te escondes? —le preguntó Emily—. ¿Cómo es posible que hayan pasado veinticuatro años sin que te pusieras en contacto con nosotras? ¡Con tu familia! ¡Perdí a tres seres queridos en el plazo de una semana! —exclamó agitando las manos, en plena crisis emocional.

A Tara se le demudó el rostro.

—No puedo hablar de ello.

Zander tenía una teoría y observó a la mujer, buscando la mejor forma de expresar su sospecha.

—¿Por qué? —preguntó Emily, suplicando—. ¿Qué es eso tan horrible que no puedes contarnos? —Señaló a Zander—. Es agente del FBI, Tara. Puede ayudarte, sea lo que sea.

Zander no estaba tan seguro de ello, pero Tara los escuchaba con atención, mientras se debatía en su fuero interno. Era tan grande la tensión que tenía la espalda muy rígida.

Tara le lanzó una mirada de recelo.

—Tengo una sobrina —dijo Emily con un hilo de voz—. No lo sabía… Y Madison tampoco. Nos hemos perdido sus cumpleaños, no hemos podido acariciarle sus mejillas de bebé, ni sabemos cuándo se le cayó el primer diente…

—No es tuya, ni vuestra —replicó Tara—. Es mi hija y he hecho todo lo que estaba al alcance de mi mano para mantenerla a salvo. Te prohíbo que le cuentes a nadie que me has visto a mí o a ella.

De repente una mamá oso había sustituido a Tara en el sofá.

Emily cerró la boca de golpe.

—¿Qué viste esa noche, Tara? —le preguntó Zander.

—Nada. No estaba ahí. —No preguntó a qué noche se refería.

Emily quiso decir algo, pero calló apretando los labios con fuerza.

—Estuve en casa de una amiga. Bebimos. No vi nada de lo que le pasó a papá. Ya lo sabías —dijo mirando a Emily a los ojos.

—No has respondido la pregunta de Zander sobre Carlson —replicó Emily.

—Lo que ocurrió esa noche me ha perseguido toda la vida. Quería ver la cara de ese hombre.

—¿Crees que mató a tu padre? —preguntó Zander.

—Por supuesto —se apresuró a responder—. Aunque él diga lo contrario.

«Miente», pensó Zander.

—Durante veinte años he vivido un auténtico infierno — dijo Tara—. Primero fue el asesinato de papá y luego el de mamá, cuando me fui. La única forma de quitármelo de la cabeza fue con el alcohol. Ahora padezco insomnio y soy incapaz de relajarme. Vivo en un estado de tensión constante.

Zander intercambió una mirada elocuente con Emily.

—Mamá se suicidó, Tara —dijo Emily con un deje de confusión.

Tara parpadeó varias veces.

—No, la asesinaron.

Emily negó con la cabeza.

—¿Dónde lo oíste? La policía afirmó desde un primer momento que se había suicidado.

Tara se quedó muy quieta, mirando fijamente a su hermana. Un miedo titubeante asomó a sus ojos.

—Te equivocas.

—Te juro que es verdad. —Emily tragó saliva y un pensamiento le ensombreció el rostro.

Zander asistía a la dolorosa conversación entre las hermanas con un nudo en la garganta.

—No. —Tara se puso en pie con las manos cerradas en puños—. Mientes. La gente que la mató es la misma que mató a papá.

—No. Sé que…

—¿Quién crees que mató a tu padre, Tara? —terció Zander—. Hace un momento decías que fue Chet Carlson. Ahora acabas de decir «la gente que mató a papá». ¿Quién fue?

Tara miraba frenéticamente a Emily y a Zander.

—Fue Chet Carlson. Me refería a que él también mató a mamá.

«Vuelve a mentir», pensó Zander.

—Tengo que descansar. —Tara se volvió para irse y Emily se levantó de un salto, la agarró del brazo y la obligó a mirarla a los ojos.

—No sé qué te ha ocurrido, pero no pasa nada, Tara. Lo único que quiero es que regreses a mi vida. No me importa lo que hicieras.

Zander se quedó callado.

«Emily cree que Tara estuvo involucrada».

—Vete al infierno. —Tara se soltó de su hermana—. Recuerda lo que te he dicho. No me has visto ni a mí ni a Bella.

Y se fue de la sala de estar sin más.

**

—¿Qué oculta? —preguntó Emily.

Zander tenía reparos en expresar la teoría que se había enconado en su cabeza desde que se habían ido de Beaverton. Estaban a punto de llegar a la costa.

—Me parece que cree que el responsable de la muerte de tu padre fue otro. —Emily no supo qué decir—. Y también cree que esa misma persona mató a tu madre. No sé si tiene razón o no, pero ella lo cree así.

—No sé si será muy de fiar —adujo Emily—. El aliento le olía a alcohol y ha admitido que tenía un problema con la bebida. Estaba muy tensa y no recuerdo que fuera así. Gracias a Dios tiene a Wendy, que puede echarle una mano para cuidar de Bella.

—Su suegra me ha recordado a una especie de alcaide. La verdad es que no me ha sorprendido cuando nos ha impedido que volviéramos a hablar con Tara y nos ha echado.

Mientras conducía, observaba a Emily con su visión periférica. Estaba ensimismada en sus pensamientos, más callada de lo habitual, encerrada en sí misma.

—Me dijiste que Tara estuvo en vuestra casa la noche en que murió tu padre, pero ella le dijo a la policía que no fue así.

—Correcto. La vi acompañada de otra persona.

—¿Ya habían ahorcado a tu padre cuando viste a Tara?

Emily sintió un escalofrío fugaz.

—Sí.

—Y hoy ha vuelto a insistir en que no estuvo ahí. —Hizo una pausa para hallar la mejor forma de hacer la siguiente pregunta—. ¿Es posible que te engañe la memoria?

Emily se volvió hacia la ventanilla. Le temblaban los labios.

—Me he hecho esa misma pregunta millones de veces en estos últimos veinte años. En parte, lo que me impidió contarle a la policía lo que vi fue la posibilidad de que me equivocara, y también que no quería meter en problemas a mi hermana. Pero aunque me engañe la memoria, Tara oculta algo sobre la muerte de mi padre.

—Tu madre se suicidó al cabo de pocos días de que Tara se marchase, ¿no es así?

—Sí. Siempre me he preguntado si Tara sabía siquiera que mamá había muerto.

—¿Quién llevó la investigación de tu madre? —preguntó Zander.

Emily miró al frente, frunciendo los labios.

—Supongo que fue el sheriff del condado de Clatsop. Ya estaban investigando el asesinato de papá. Nunca lo pregunté. —Exhaló el aire que contenía en los pulmones—. No quería preguntarlo —añadió en voz baja.

Zander la comprendía. Siempre era doloroso hurgar en el pasado. Él procuraba evitarlo en la medida de lo posible.

Emily se puso tensa.

—No funcionan los semáforos.

Acababan de tomar la carretera principal de Bartonville.

—No me sorprende —dijo Zander mientras observaba las ramas y hojas que alfombraban el asfalto. Durante todo el trayecto había soplado un viento fuerte, pero a medida que se acercaban a Bartonville, se había dado cuenta de que las copas de los abetos se agitaban con fuerza.

—Al menos ha dejado de llover.

Las nubes grises eran altas y no amenazaban con otro aguacero inminente.

—La iglesia no tiene electricidad. La oficina de correos tampoco —dijo Emily mientras atravesaban la ciudad—. Es mejor que me dejes en el restaurante. Si hay electricidad en algún sitio, será ahí.

—¿Por qué?

—Porque no nos dejamos una gran fortuna en cámaras, pero hace una década Vina compró un excelente generador. Nos dijo que la gente siempre necesitaba comer, sobre todo cuando no podían cocinar en casa. Y te aseguro que lo hemos amortizado varias veces.

Zander detuvo el vehículo en el aparcamiento del restaurante y comprobó que Emily tenía razón. Las luces del interior estaban encendidas y nunca había visto tantos vehículos fuera.

—Pues creo que voy a entrar a pedir un café y un sándwich para llevar —le dijo—. Espero que en la oficina del sheriff también tengan corriente.

—Veo que hay muchos clientes. Necesitan que les eche una mano.

—¿Cómo te sientes? —La miró de arriba abajo.

—Bastante bien. He tomado una pastilla más cuando hemos salido de casa de Tara.

Zander tenía sus dudas, pero no replicó.

Aparcó y la siguió al interior del local. La mayoría de las mesas estaban llenas y Thea y Vina iban de un lado a otro sin parar. No había ni rastro de Dory. No parecía que hubiera mucha gente comiendo, pero todo el mundo tenía una taza de café, como si estuviera esperando a que amainara la tormenta. El ambiente general era de alegría. La tormenta se había convertido en todo un acontecimiento social.

Emily señaló la puerta de la cocina.

—Ve a decirle a Leo que quiero que te prepare algo para llevar. Yo tengo que ponerme a trabajar.

—No estés nunca sola, te quiero rodeada de gente.

Ella le dirigió una mirada inexpresiva que enseguida se convirtió en una de comprensión y cierto temor. Asintió con un gesto brusco y se fue a su despacho.

«¿Ya ha olvidado que ayer le dispararon?», se preguntó Zander.

El agente cruzó el local y abrió la puerta de la cocina no muy convencido. Se sentía como un intruso.

Leo se encontraba detrás de la plancha y lo vio de inmediato.

—Hola, Zander —lo saludó el camarero calvo.

—He venido a acompañar a Emily. Me ha dicho que a lo mejor podías prepararme algo para llevar…

—Claro. ¿Te parece un sándwich de beicon, con lechuga y tomate?

—Perfecto.

Zander oyó el chisporroteo de la grasa cuando el cocinero puso el beicon en la plancha. Se le hizo la boca agua.

—Hay vasos de café para llevar junto a la cafetera —le indicó Leo.

Zander se sirvió un vaso enorme y estaba poniendo la tapa cuando Isaac le tocó el brazo. Se asustó y estuvo a punto de derramar el café. El adolescente se había acercado sigiloso como un gato.

—Lo siento. —Isaac agachó la mirada. Tenía el pelo alborotado por el viento y llevaba un abrigo grueso. Olía como si acabara de llegar de fuera.

—No pasa nada. ¿Entras a trabajar ahora? —le interrogó Zander, preguntándose qué querría aquel adolescente taciturno.

—Vuelvo a trabajar. Ya he hecho el turno de la mañana, pero me han llamado porque cuando se ha ido la luz, ha venido medio pueblo aquí. Pasa siempre —dijo sin levantar la mirada de los zapatos.

Zander esperó unos segundos, pero al final tomó la iniciativa.

—¿Querías preguntarme algo?

Por fin el chico lo miró a los ojos.

—¿Aún busca a Billy Osburne?

Todas las células del cuerpo del agente se pusieron en tensión.

—Claro que sí. ¿Lo has visto?

—Sí, creo que está en casa de una chica.

Zander controló la impaciencia que lo embargaba.

—¿Podrías ser más concreto?

Isaac hizo una mueca.

—Juro que lo he visto en el coche de una chica que vive cerca de nosotros, tres casas más allá. Antes de venir al trabajo, me he pasado por allí para comprobarlo y lo vi fuera limpiando las hojas del camino.

—Me parece muy arriesgado por su parte.

—Es un camino de acceso bastante largo y estaba justo delante de la puerta del garaje. Todas las casas de la zona están bastante apartadas, entre árboles, y hay mucho espacio entre ellas, por lo que no es fácil ver a los vecinos. No me he acercado más de la cuenta.

—¿Y si te ha visto?

—Imposible —Isaac se mostraba muy seguro de sí mismo.

—¿Cuánto hace de eso?

—Quince minutos.

—Aquí tienes el sándwich, Zander. —La caja se deslizó por la encimera.

—Gracias. —El agente la cogió y se volvió hacia Isaac—. ¿Por qué no has llamado a la policía cuando lo has visto?

—Se lo estoy diciendo ahora a usted. —Isaac se ruborizó y volvió a agachar la mirada.

—No sabías que estaría aquí.

El adolescente se movió incómodo.

—No quería hablar con la policía.

Zander prefirió no insistir más. Fueran cuales fueran sus motivos para no acudir a la policía, no importaban. Sujetó la caja del sándwich bajo el brazo, cogió el café y salió de la cocina al tiempo que marcaba el número del sheriff con la otra mano.

Capítulo 31

Madison encontró a Emily en la oficina del restaurante. La había visto llegar con Zander Wells y sabía que se había metido en el despacho.

La observó durante unos segundos desde la puerta. Estaba examinando los archivos. Tenía un vendaje blanco en la sien, bajo el pelo.

«Podría haber muerto. Es el corazón de nuestra extraña familia».

Madison nunca había valorado todas las cosas que hacía su hermana para que sus vidas pudieran seguir un rumbo fijo. Hasta ese momento.

—¿Estás bien?

Emily se sobresaltó y levantó la vista de los papeles.

—Sí, no es nada.

—Es algo. He hablado con Janet, la del hospital, y me ha dicho que las heridas podrían haber sido mucho más graves.

—Creo que deberías informar a tu amiga sobre el derecho a la intimidad del paciente.

—Seguro que está al tanto.

Emily resopló.

—¿Va todo bien por aquí?

—Sí. Vina y Thea se encargan de distraer a la gente y llenarles la taza de café. Dory viene hacia aquí. Creo que en tres cuartas partes de Bartonville están sin electricidad, incluida la mansión.

—Me lo imaginaba. Me da la sensación de que siempre somos de las primeras en quedarnos sin luz.

—¿Qué es eso? —Madison señaló la gruesa carpeta que su hermana tenía en el escritorio.

A Emily se le iluminó la cara.

—Me lo dio Simon ayer. Ha hecho una recopilación de imágenes y documentos relacionados con los Barton. —Se sentó al escritorio y la abrió.

La curiosidad y las fotografías satinadas en blanco y negro atrajeron a Madison. La primera tenía la inscripción de ASERRADERO BARTON, escrita con una elaborada caligrafía en la parte inferior. Tocó la figura de un hombre que le resultaba familiar.

—Es nuestro tatarabuelo. —Estaba rodeado de una docena de hombres de facciones duras y pose orgullosa—. Debe de ser de principios del siglo xx.

—Sí, es George.

Madison examinó a los demás hombres y se preguntó quiénes serían y si sus descendientes aún vivían en Bartonville. Qué diablos, a lo mejor algunos estaban comiendo en el restaurante en ese preciso instante.

—Es la primera vez que veo la fotografía, ¿y tú?

—También —dijo Emily—. No se encuentra entre las que he visto siempre en la mansión.

Madison examinó varias fotos más del aserradero. George Barton apoyado en un abeto talado que tenía un tronco tan ancho que, de lado, era más alto que él. Un camión maderero con el apellido Barton en la puerta y un único pero gigantesco tronco en el remolque.

—Ya no queda nada de esto —afirmó Madison con un hilo de voz y sintió una leve punzada de dolor por el negocio familiar que, en realidad, nunca había conocido. Al final, el aserradero se dedicaba a cortar madera solo para otras empresas ya que dejó la tala de árboles. En la década de 1980 se vendió el aserradero, pero los nuevos dueños lo cerraron, ya que tenían la intención de utilizar la propiedad para otro proyecto que nunca llegó a fructificar. Con el tiempo se había convertido en un pequeño pueblo fantasma. Madison hojeó varias fotografías más en blanco y negro y las amontonó en una pila ordenada. Quería ver las de color que había hacia el final.

La primera imagen en color era una instantánea formal de la mansión. Emily lanzó un suspiro, una reacción que Madison comprendió de inmediato. Era un edificio esplendoroso en un día radiante de verano, y el entorno era inmaculado. La pintura se encontraba en perfecto estado y las barandillas del porche, intactas. Alguien había dejado unos vasos y una jarra grande de limonada en una mesa del porche, esperando a que llegaran los dueños y pudieran relajarse cómodamente.

Madison la puso boca abajo, en el montón de las fotografías que ya había visto.

—¡Oooh! —Emily tomó la siguiente instantánea.

Había cuatro mujeres jóvenes en los escalones de la mansión, con los brazos entrelazados y una sonrisa en el rostro. Lucían vestidos de un estilo sencillo que les llegaban a la altura de las rodillas, tenían cinturillas de avispa y se habían enfundado guantes blancos. Debía de ser una fiesta especial, quizá Pascua, a juzgar por los narcisos y los tulipanes.

Madison examinó los rostros con atención y reconoció a cada una de sus tías abuelas y a su abuela.

«Qué jóvenes».

—Está embarazada. —Emily señaló a su abuela.

En efecto, una de las cinturas no era de avispa precisamente.

—¿Crees que estaba embarazada de mamá o del tío Rod?

—Parece de finales de los cincuenta. Supongo que sería del tío Rod.

Madison examinó la fotografía más de cerca, buscando en el rostro de su abuela un rasgo que le recordara a sí misma, pero fue en vano. Su abuela había muerto cuando su madre era aún joven y Madison no había llegado a conocerla.

—Todas mujeres —comentó Emily.

—La maldición de los Barton —añadió Madison en un tono de broma no exento de cierta tristeza. En los últimos cien años la familia Barton había tenido pocos niños. Sus antepasados solían tener muchas niñas y un único varón.

—Fíjate en lo que tiene la abuela en la muñeca —señaló Emily—. ¿Recuerdas la pulsera?

Madison asintió.

—La pulsera de botones. No sabía que era tan antigua.

Las tres hermanas habían jugado con la pulsera de la fotografía. Era ancha y estaba hecha de una docena de botones de latón, mezclados con algunos de distintos colores.

—Imagino que la abuela se la dio a mamá. ¿Recuerdas que nos peleábamos por llevarla?

—Yo me pasaba horas embobada con los botones —afirmó Emily con expresión ensoñadora—. Me gustaba muchísimo.

A Madison también le había gustado. Otra cosa más que se había perdido en el incendio.

—Qué guapas son las cuatro hermanas —comentó Emily—. ¿Por qué solo se casó la abuela?

Madison ignoraba la respuesta. En el pasado, las tres tías abuelas siempre habían eludido la pregunta. Pasó a la siguiente foto y vio a su padre, sonriendo de oreja a oreja.

—¿Dónde es esto?

Emily examinó la imagen en la que aparecían siete hombres con su equipo de pesca frente a una pequeña taberna.

—¿No es la tienda de abalorios de ahora? Pero ¿qué hace esta fotografía en la carpeta Barton? Papá era un Mills.

—Porque sale el tío Rod. —Se encontraba al lado de su padre, con un brazo al cuello.

—No lo reconocía. —Emily entornó los ojos—. Mira... ¿no es el sheriff Greer? —Se rio—. Y Harlan Trapp... con pelo.

—Y también está Simon Rhoads.

Parecían un grupo de pendencieros, dispuestos a armar una buena con tal de no irse de vacío.

—Creo que podríamos usar esta fotografía para chantajear a Harlan o al sheriff —se burló Madison—. No me parece que sea la imagen que intentan proyectar hoy en día.

Examinó dos fotografías más del mismo grupo de jóvenes, marcando músculo.

—Vaya panda de idiotas.

Emily le dio un codazo, intentando reprimir la risa.

—Eran jóvenes. Y debían de estar borrachos.

De pronto se detuvo al encontrar la fotografía de una pareja, en un mirador con vistas al mar.

—Mamá y papá —murmuró—. Nunca la había visto.

Su madre estaba de perfil, mirando a su marido con gesto de felicidad absoluta, mientras él sonreía y miraba a la cámara. Era la pareja adorable de la que siempre hablaban sus tías.

«Una esposa triste y confundida».

La frase de Anita resonó en su cabeza. Un par de días antes la tía Dory había dicho algo parecido. Pero aquellas palabras no se ajustaban a la mujer de la fotografía.

«¿Acaso no me contaron la verdad Anita y Dory?», pensó.

—Ese es el lugar en el que casi muero. Caray, qué tonta era de niña —dijo Emily.

—Tienes razón.

—También podrías haber caído tú.

A Madison le vino a la cabeza el reloj de bolsillo de su padre que el tiroteo había relegado a un segundo plano. Miró a Emily, que tenía la nariz muy pegada a la fotografía de sus padres, con una mirada ávida.

«Ahora o nunca», pensó.

—Em… el otro día encontré el reloj de papá en tu habitación.

Emily dejó la fotografía y se volvió hacia Madison con gesto consternado.

—¿Entraste en mi habitación?

—Sí y lo siento, pero ¿por qué lo tenías? ¿Lo has estado escondiendo todos estos años? —le preguntó. Su hermana mantenía el gesto impasible, pero Madison sabía que bajo la coraza hervía un intenso sentimiento de ira—. Mamá se cansó de buscarlo por todas partes.

Madison se cruzó de brazos y ladeó la cabeza, esperando una respuesta.

—Lo encontré en casa de Lindsay… esa mañana.

A Madison le dio un vuelco el corazón.

—¡¿Cómo?!

—Estaba en el jardín trasero y lo pisé sin querer.

—Pero… —balbuceó. Madison se quedó bloqueada—. ¿Por qué…?

—No lo sé. —Una sombra cubrió el rostro de Emily—. Créeme que yo estoy tan confundida como tú. Se lo conté al FBI y la agente McLane y yo nos dirigíamos a la mansión para mostrárselo… cuando tuvimos el accidente.

Madison vio cómo tragaba saliva su hermana.

—¿Q-qué significa eso? —preguntó Madison tartamudeando.

—Ojalá lo supiera.

De repente a Madison le sobrevino el recuerdo de ver a su hermana cogiendo algo en el jardín la noche en que asesinaron a su padre.

—Te vi fuera la noche en que papá… te vi coger algo del suelo. Cuando encontré el reloj, supuse que lo cogiste entonces.

Emily palideció.

—Nunca me habías dicho nada.

—Eres tú quien no me había dicho nada. Los investigadores creían que estabas en la casa. Pero te vi fuera.

El corazón de Madison empezó a latir con fuerza y sintió un leve mareo que la obligó a sentarse en la silla.

Su hermana abría y cerraba la boca con los ojos desorbitados.

—¿Por qué no se lo contaste a nadie? —Madison se quedó sin aliento—. ¿Qué ocultas? —susurró, suplicando conocer la verdad.

Se le marcaban los tendones del cuello y se le veía el pulso de las venas.

—Emily.

Esta se pasó una mano por la frente y se palpó la sien.

—¿Y si me equivoco?

—¿Si te equivocas en qué? —Madison se puso tensa. Tenía todos los músculos duros como piedras.

Emily centró de nuevo la atención en la fotografía de sus padres.

—¿Y si me equivoco y resulta que no vi a Tara fuera esa noche?

Madison sintió que la cabeza empezaba a darle vueltas y se agarró a los brazos de la silla.

—¿Tara? No… no estaba ahí. Había ido a dormir a casa de una amiga. Eso fue lo que dijo. —La embargó una sensación de náuseas incontrolable—. A mí me pareció ver a mamá en el jardín trasero, entre los árboles. —Madison se tapó la cara—. ¿Qué está pasando?

—No era mamá —afirmó Emily—. Es lógico que creyeras que fue ella por el pelo, pero era Tara.

—¿Estás segura?

—Sí. Vi a Tara —dijo Emily con voz apagada—. En el bosque, corriendo.

—¿Por qué no se lo dijiste a nadie?

—¿Por qué no le dijiste a nadie que me viste a mí? —replicó Emily.

—¡Porque quería protegerte!

—¡Pues yo hice lo mismo por Tara!

Las hermanas se miraron fijamente. Ambas tenían la respiración agitada. El ambiente de la pequeña oficina se había enrarecido por el sentimiento de culpa y los secretos.

«Emily creía que al guardar silencio estaba protegiendo a Tara».

—¿Qué hizo Tara? —preguntó Madison con un susurro.

—No lo sé… no quiero saberlo.

De pronto Madison se dio cuenta de lo ocurrido y la verdad cayó sobre ella golpeándola como un mazo que la dejó sin aliento.

—Por eso nunca has querido buscarla.

—No quería saber qué había hecho. —Emily tenía los ojos anegados en lágrimas—. Había de ser algo malo por fuerza… Si no, ¿por qué se había ido? —Dejó la fotografía con un gesto transido de dolor y asaltado por las dudas.

—¿Qué pasa? —A Madison se le cayó el alma a los pies al ver la expresión de su hermana—. Cuéntame.

—Zander ha ido a ver a Tara hoy por la mañana. Lo he acompañado y he hablado con ella hace solo unas horas.

A Madison se le secó la boca y se convirtió en un témpano de hielo.

—¿Chicas? —Dory entró en la oficina. Su dulce rostro mostraba un gesto de preocupación y no paraba de frotarse las manos.

—¿Qué ocurre, tía? —preguntó Emily con toda la calma del mundo, como si Madison y ella hubieran estado hablando del tiempo. Su hermana se había quedado sin habla. Las revelaciones de Emily rebotaban como una bola de goma en su cabeza.

Dory frunció el ceño y las arrugas de la comisura de los labios se volvieron más profundas.

—Creo que acabo de ver a Tara.

Emily se levantó de la silla.

—¿Dónde? —preguntó con la voz entrecortada.

—Bueno, creo que era ella. Ya sabes que no es la primera vez que me parece haberla visto —afirmó con mirada vacilante.

Era cierto. En alguna ocasión Dory las había obligado a abordar a mujeres jóvenes, que acababan llevándose un buen susto.

—Me ha mirado a la cara —prosiguió la anciana—. Estaba mayor, claro, y tenía el pelo corto y castaño, pero estoy segura de que era ella.

Madison puso gesto de decepción. Dory estaba confundida.

—¿Pelo castaño? —Emily agarró del brazo a su tía—. ¿Estás segura?

—Sí. Lo llevaba así de largo. —Se llevó una mano a la barbilla.

—Madison. Es ella —dijo Emily muy emocionada—. Ha vuelto.

—Espera. —A Madison le costaba seguir el hilo—. ¿Me estás diciendo que ahora lleva el pelo así?

—Sí. ¿Está en el restaurante, Dory?

—No, la he visto en un coche… bueno, en uno de esos todoterrenos.

—¿Dónde? —preguntó Emily con impaciencia.

—Nos hemos cruzado cuando yo venía hacia aquí. Al mirar por el retrovisor, he visto que doblaba por Seabound Road.

—Esa carretera solo lleva a un lugar —dijo Emily, que tomó una de las fotografías y se la mostró a Madison—. Este.

Sus padres en el mirador.

Capítulo 32

Zander se reunió con el sheriff Greer frente a la casa de Leo e Isaac.

Según el chico, Billy estaba escondido tres casas más allá de la suya. Uno de los agentes había pasado con un coche patrulla, pero el edificio estaba demasiado apartado entre los árboles y no se veía desde la carretera.

—¿Confía plenamente en su testigo? —le preguntó Greer a Zander, mientras se sujetaba el sombrero para que no se lo llevara el viento. Los acompañaban dos agentes que se encontraban en el camino de acceso a la casa de Leo, fuera del alcance de la vista de los coches que pasaban por allí.

Zander dudaba que fuera a pasar algún vehículo por ahí. Era una zona apartada. Isaac tenía razón cuando la describió como aislada. El único indicio de que podía haber una casa eran los caminos de grava que se adentraban en la zona boscosa.

Era un buen lugar para desaparecer.

Pensó en lo mucho que le había costado a Isaac contarle lo que había descubierto, pero a pesar de lo nervioso que estaba, se fiaba de su mirada segura.

—Se acercó bastante. Estaba convencido de que era Billy.

—Es una casa de alquiler. El dueño dice que la arrendataria es una joven llamada Rachel Wolfe.

—Eso confirma la sugerencia de Kyle Osburne de que su hermano podía estar con una chica.

—Había un cincuenta por ciento de probabilidades de que la arrendataria fuera una mujer —señaló Greer.

—¿Una mujer joven?

El sheriff gruñó.

—Ojalá supiera si está armado.

—Es probable que así sea porque es sospechoso del asesinato de Nate Copeland —dijo Zander.

Los dos ayudantes del sheriff murmuraron algo y arrastraron los pies con miradas de ira al oír hablar de su compañero asesinado. Los dos eran jóvenes, debían de tener veintipocos años, y Zander esperaba que las emociones no afectaran al resultado de la investigación. El que se llamaba Daigle le sonaba de algo, y Zander cayó en la cuenta de que era el agente que tenía que ir a la playa con Nate el día que este murió.

—He llamado al Equipo Especial de Respuesta a Emergencias —dijo el sheriff—. Quiero su apoyo si confirmamos que Billy está en la casa, pero tardarán al menos una hora en llegar. Está formado por algunos de mis ayudantes, agentes de Astoria y de Seaside.

—Entendido. —La paciencia invadió a Zander. Llamar al equipo de intervención especial era lo correcto, porque eran los que sabrían manejar una situación de enfrentamiento o de rehenes.

—Pero no quiero que nos quedemos de brazos cruzados y que luego resulte que la casa está vacía —añadió Greer—. Tal vez esté algo chapado a la antigua, pero soy partidario de las viejas costumbres, como llamar a la puerta. Un noventa y nueve por ciento de las veces permite solucionar la situación.

Zander observó a los dos agentes vestidos con los chalecos antibalas, cinturones y abrigos. Llamar a la puerta era sencillo, pero podía desembocar en un baño de sangre en un abrir y cerrar de ojos. Los hombres parecían muy seguros de sí mismos, con un tenue brillo de adrenalina en la mirada. El propio Zander la sentía también.

—Voy a por mi chaleco.

Abrió el maletero del coche, se quitó el abrigo y se puso el chaleco. Cogió su chaqueta con las siglas del FBI a la espalda y se la puso también. Empezaba a caer el sol y no quería que llegara alguien a la escena y lo confundiera con un sospechoso.

—Daigle y yo iremos a llamar a la puerta. Aparcaré en el camino de acceso —dijo Greer—. Edwards y usted cubran la parte trasera por si intenta huir. —Greer pulsó el botón del micrófono del hombro y transmitió su plan a los demás.

Zander y Edwards se dirigieron corriendo a la parte posterior de la casa antes de que Greer detuviera el vehículo. Cuando aún no habían llegado al tercer camino de acceso, abandonaron la carretera y se adentraron entre los abetos que ocupaban gran parte de la finca. Las ramas de los árboles silbaban y murmuraban por encima de sus cabezas, y el aire olía a tierra húmeda, el sutil olor de la descomposición orgánica. Avanzaron en silencio entre los troncos hasta que vieron la puerta trasera, que daba a un pequeño porche de madera con tres escaleras que bajaban a un claro.

—Voy a situarme al otro lado para avisar a Greer de que ya estamos en posición —dijo Edwards, que se fue corriendo. Zander permaneció detrás de un abeto, sin perder de vista la puerta. De vez en cuando tenía que aguantar una lluvia de hojas de pino, y las ramas de los árboles repiqueteaban contra el tejado, azotadas por el viento. Era incomprensible, pero aquellas casas aún tenían electricidad. Dudaba que fuera a durar mucho.

Las luces barrían el edificio y los árboles mientras Greer avanzaba por el camino. Se cerraron dos puertas de coche.

Zander esperó. Alternaba la mirada entre la parte posterior de la casa y la ventana lateral. Aguzó el oído y lamentó no poder oír las voces de la entrada que le indicaran si la operación avanzaba según lo previsto. No veía a Edwards y supuso que estaba cubriendo las ventanas del otro lado de la casa, así como la puerta posterior.

Solo se oía el viento que aullaba entre los abetos y el repiqueteo del tejado.

De repente se abrió la puerta trasera y Billy Osburne cruzó el porche en dos zancadas, bajó las escaleras de un salto y echó a correr hacia el bosque.

—¡Huye! ¡Intenta huir!

Zander salió corriendo tras él.

El terreno era irregular y la visibilidad limitada. El corazón le latía con fuerza mientras corría tan rápido como le permitían sus piernas, sin tropezar. No había visto que Billy llevara un arma, pero eso no significaba que no tuviera una escondida. De momento no lo perdía de vista y su camiseta blanca era toda una bendición en la penumbra del bosque. Más adelante, a la izquierda, vio a Edwards corriendo entre dos árboles. El ayudante del sheriff estaba más cerca.

«Edwards habrá avisado a Greer de que ha huido. Seguro que nos siguen de cerca», pensó Zander.

—¡Alto! ¡Policía! —gritó Edwards.

Billy no hizo caso y siguió avanzando en su desesperada huida. Zander aceleró el ritmo, dando más prioridad a la rapidez que a la seguridad, y rezando para no caer.

Edward gritó otro aviso.

Entonces Zander perdió de vista a Billy. Siguió corriendo sin bajar el ritmo. Al cabo de diez metros, vio que Edwards se dirigía al lugar en el que había desaparecido el fugitivo.

De repente Zander tropezó y se dio de bruces contra el suelo. Se levantó de inmediato e intentó recuperar el tiempo perdido, a pesar del dolor que sentía en la cadera y las costillas debido al golpe que se había dado contra una roca o una raíz. Vio a Edwards y aceleró. Sus jadeos resonaban con fuerza en su cabeza.

Un destello blanco hizo desaparecer a Edwards.

«Billy».

Vio a Edwards tumbado boca arriba y a Billy encima de él, dándole puñetazos en la cara. Edwards resollaba y gemía, incapaz de detener los golpes.

«Lo ha dejado sin aliento».

Billy le quitó el arma, pero Zander se lanzó sobre él y lo derribó. El agente del FBI cayó encima de Billy y le golpeó el estómago y la cabeza contra el suelo. Billy se quedó sin aliento con un sonoro «uuuf», pero forcejeó para quitarse a Zander de encima.

El agente le agarró la muñeca, le dobló el brazo a la espalda y se lo retorció. Billy se quedó inmóvil.

—¡Mierda! ¡No me rompas el brazo!

—No te muevas. —Zander le clavó la rodilla en el centro de la espalda y Edwards, que se había recuperado, le esposó la otra muñeca y luego la que le sujetaba Zander. Este se puso en pie, todavía bajo los efectos del subidón de adrenalina y con la respiración entrecortada—. ¿Estás bien? —le preguntó a Edwards.

—Sí —respondió el agente, avergonzado—. No me quedaba sin resuello desde que me caí de los columpios en la escuela.

—Es una sensación horrible.

—¡No puedes detenerme, tío! ¡Tienes que soltarme!

—Nos tomas el pelo, ¿verdad? —le preguntó Zander a Billy—. Queremos hacerte un par de preguntas sobre los asesinatos que se han producido en el pueblo y a las que creo que solo puedes responder tú.

—¡No! No, tienes que soltarme. Me matará —exclamó fuera de sí, moviendo la cabeza de lado a lado, aún en el suelo.

Zander fingió que miraba a su alrededor.

—¿Quién? ¿Mi compañero Edwards? Diría que no le ha hecho mucha gracia que lo dejaras en evidencia, pero no creo que te mate por ello.

—No me refiero a él. ¡Se suponía que tenía que desaparecer!

—¿Desaparecer en plan muerto? ¿O desaparecer sin más?

—Muerto es como acabaré cuando se entere de que me habéis trincado. —Billy apoyó la frente en el suelo—. Mierda. ¡Esto no puede ser verdad!

A Zander se le erizó el vello de la nuca. Billy estaba asustado de verdad.

«¿De quién tiene miedo?», pensó.

—¿Te refieres a Kyle?

—Oh, mierda. Se cargará también a Kyle si se entera de que sigo por aquí. —Billy se retorció y tiró de las muñecas.

Zander intercambió una mirada con Edwards, que se encogió de hombros.

Greer y Daigle no tardaron en llegar, casi sin aliento. Greer le dio una palmada a Edwards en la espalda.

—Buen trabajo.

—Se escondió y me derribó —admitió el joven agente—. Me dejó sin respiración y me había quitado el arma, pero por suerte apareció Zander.

—Lo importante es que ya lo tenemos. —Ahora que Billy estaba quieto, Zander se fijó en que la camiseta tenía un color amarillo y mugriento, y que los vaqueros daban asco. Y no era por el revolcón que se había dado en el bosque.

—¿Es que tu novia no tiene lavadora, Billy?

—Vete a la mierda.

—En marcha. —Greer y Daigle agarraron a Billy, cada uno por un brazo, para ponerlo en pie.

El detenido miró al sheriff con los ojos desorbitados.

—Tiene que soltarme —le suplicó.

Zander se lo quedó mirando. «¿Eso son lágrimas?», pensó.

—Basta ya —respondió Greer—. Tenemos una preciosa celda que te está esperando.

—¡Como se entere de que estoy aquí, matará a Kyle y a Rachel!

—Un momento. —Zander se situó ante Billy—. Rachel es la mujer que vive en esta casa, ¿no? ¿Quién la matará a ella y a tu hermano?

Agachó la cabeza abatido.

—No se lo puedo decir.

—Maldita sea… —masculló Greer—. No tengo tiempo para esta mierda —dijo y arrastró a Billy del brazo.

El hombre intentó zafarse, aterrorizado, con una mirada de pánico. Se retorció con tanta fuerza que logró soltarse del sheriff. Dio un paso hacia delante, pero Daigle le puso la zancadilla y Billy cayó de costado, hecho un ovillo, aún temblando.

Los tres intercambiaron una mirada de curiosidad.

«¿Se ha quedado paralizado o nos está tomando el pelo?».

Zander le dio un suave golpe con el pie.

—Si no nos cuentas lo que está pasando no podremos ayudar a Kyle.

Billy gimió de dolor y se retorció de forma aún más exagerada, murmurando entre dientes.

—¿Qué? —Zander se agachó de nuevo. Todavía le dolían las piernas tras la carrera por el bosque.

—Tienen que prometerme que protegerán a Kyle y a Rachel.

—Prometido.

Billy respiró hondo y rompió a hablar atropelladamente.

—Me pagaron para echar una mano a alguien con el tema de Sean y se suponía que luego tenía que largarme de aquí.

A Zander le costó hilvanar una pregunta coherente.

—Fuiste cómplice en el asesinato de Sean. ¿Es eso lo que nos estás diciendo? ¿Pero no participaste en el de Lindsay?

—Sí. —Billy se desinfló y se dejó caer al suelo.

—¿Cuánto te pagaron por matar a una persona? —le soltó Zander.

Billy apartó la cara y miró al suelo.

—Dos mil dólares —murmuró.

Zander se apartó tambaleándose y se pasó las manos por el pelo.

«Está mintiendo. Tiene que estar mintiendo. Pero ¿por qué?», pensó.

—¿Quién ha sido, Billy? ¿Quién te ha pagado?

Billy no se atrevía a levantar la mirada.

—Soy hombre muerto.

—Como no me digas lo que ha pasado te mataré yo mismo. —Zander estaba a un tris de perder los nervios. «Ha vendido su alma por dos mil dólares», pensó—. Te doy dos segundos.

—Harlan Trapp.

Todos se quedaron sin aliento.

—Y una mierda —dijo Greer—. ¿Estás acusando al alcalde de asesinato?

Zander pensó en aquel hombre alto y calvo. El mismo que era incapaz de controlar una reunión de vecinos.

«¿Él es el asesino?».

No podía creérselo.

Billy se volvió para mirar a Greer a los ojos.

—Es la pura esencia del mal. Al principio se suponía que solo teníamos que cargarnos a Sean, pero entonces Harlan mató también a Lindsay. Se encarnizó con ella.

Greer se apartó y lanzó un gruñido de asco.

—¿Y Nate? —preguntó Daigle—. ¿También disparaste a Nate?

Billy no respondió y se hizo un ovillo otra vez.

—¡Hijo de puta! —gritó Daigle, que le dio una patada.

Greer y Edwards agarraron al joven agente y lo apartaron. Greer se lo llevó a empujones.

—Ve a calmarte un poco. Como te vea o te oiga haciendo lo mismo, te despido.

Daigle se acercó a un abeto, apoyó la mano con un fuerte golpe, se inclinó hacia delante y vomitó.

Los otros tres se volvieron.

—Lo de Harlan no es ninguna mentira —dijo Billy con la voz quebrada, sin levantar la cabeza del suelo—. Está loco. Me amenazó con matar a Kyle si no me deshacía también de Nate porque creía que nos vio en casa de Sean.

—¿Y Emily Mills? ¿También quiere matarla? —Zander apenas podía respirar—. ¿Disparaste a Emily y Ava McLane ayer?

—A mí no me ha dicho nada de Emily. Y no conozco a la otra persona que ha nombrado.

—¿Por qué quería matar a Sean? —le preguntó Zander, que se estremeció al oír que Daigle vomitaba de nuevo.

—No lo sé.

—¿Ayudaste a matar a un hombre sin saber por qué? —preguntó Greer.

—Me dijo que Sean sabía algo de él.

—¿Qué sabía?

—No lo sé.

Zander tuvo que reprimir las ganas de darle una patada él mismo.

Capítulo 33

El sheriff Greer insistió en llamar de nuevo a la puerta de la casa de Harlan Trapp. Zander dudaba. En el caso de Billy les había salido bien, pero le parecía muy arriesgado volver a jugársela.

—Me conoce —afirmó Greer—. Y no le sorprenderá recibir la visita del sheriff de noche cuando gran parte del pueblo se ha quedado sin electricidad. Me dejará entrar.

—Su casa tampoco tiene luz —comentó Edwards.

—Entonces se alegrará al ver que tengo una linterna.

Zander hizo un aparte con el sheriff cuando uno de los ayudantes se llevó a Billy Osburne a la cárcel.

—Billy ha señalado al alcalde. ¿Qué opina?

El sheriff meditó la respuesta.

—Poco importa lo que yo opine. Es una acusación grave y debemos tenerla en cuenta.

—Pero ¿se lo imagina haciendo lo que dice Billy?

—Claro que no. Lo conozco de casi toda la vida. Es el tipo más agradable que podría imaginar. Supongo que no tardaremos en averiguar si Billy nos la ha metido. Tengo muchas ganas de hablar con él. Confío en que mostrará una mayor predisposición a contarnos la verdad. Sea como sea, ha admitido que mató a Nate y a Sean Fitch —dijo el sheriff con ira contenida.

—¿Cree que su hermano también colaboró? —preguntó Zander.

—Es el siguiente sospechoso de mi lista.

A pesar de la gran confianza que mostraba el sheriff, los cuatro volvieron a ocupar las mismas posiciones que en casa de Billy. La residencia de Harlan Trapp no estaba rodeada de árboles. Formaba parte de una parcela y había varios vecinos cerca. Por suerte, los jardines no estaban vallados. Zander y Edwards se encontraban cerca el uno del otro, a poca distancia de la puerta trasera de Harlan. Estaba oscuro como boca de lobo. No había ninguna luz encendida. El pequeño vecindario del alcalde parecía un pueblo que hubiera caído en manos de zombis.

El sheriff aparcó en el camino de acceso de Harlan y Zander esperó.

Oyó el micro de Edwards.

—No responde nadie —dijo el sheriff—. Y el coche no está en el garaje.

—Vamos a llamar a la puerta trasera —anunció Edwards

Zander exhaló el aire contenido en los pulmones y ambos se acercaron a la puerta corredera de cristal del patio de Harlan. Edwards llamó con la linterna.

—¡Señor Trapp! ¿Está en casa? Somos del departamento del sheriff del condado de Clatsop.

El perro de un vecino ladró, pero no oyeron ningún ruido en la casa. Edwards insistió una vez más.

—Parece que no hay nadie —dijo Zander, que miró a través de la puerta y probó suerte con la manecilla. Estaba cerrada. Dentro solo se veían las formas imprecisas de los muebles.

—Vamos a echar un vistazo a las ventanas —anunció el sheriff—. Voy por el lado sur. Daigle está en el norte.

Al cabo de unos segundos, los cuatro se reunieron en el jardín trasero.

—He comprobado la puerta delantera, pero estaba cerrada —informó Daigle.

—La trasera, igual.

—Yo vuelvo a la comisaría, a ver si Billy tiene ganas de hablar un poco más —dijo el sheriff—. Vosotros dos, proporcionad el número de matrícula y la descripción del vehículo de Harlan a las demás patrullas. Si alguien lo ve, que me avise de inmediato.

—Iré a comprobar si está en el restaurante, que parece ser el punto de encuentro cuando se va la luz —dijo Zander.

—Manténgame informado —le pidió el sheriff.

***

Zander examinó el restaurante, pero no vio la calva de Harlan Trapp. Recorrió el pequeño pasillo que conducía al despacho y encontró a Dory, sentada en una silla, mirando fotos como si nada. Reconoció la carpeta que Simon Rhoads le había dado a Emily. A Zander le caía bien la mujer que había apodado como Tía n.º 3. Era algo dispersa, pero tenía buen corazón. Llevaba el mismo suéter grueso amarillo pálido que les había visto a las hermanas anteriormente.

—Buenas noches, Dory. ¿Dónde está Emily?

Al verlo se le iluminó la cara.

—¡Agente especial Zander! Qué alegría verlo. A ver cuándo nos honra de nuevo con su presencia en la mansión y viene a tomar el té con nosotras… Bueno, eso será cuando vuelva la luz, claro. En una ocasión, tuvimos que pasar sin electricidad durante cinco días. Fue horrible. —Le mostró una fotografía—. ¿Sabe cuál de ellas soy yo?

La fotografía de cuatro elegantes mujeres le arrancó una sonrisa.

—La tercera. Ahí se parece mucho a Madison.

—¿Significa eso que cree que era un bombón? —Le guiñó un ojo.

—Por supuesto. ¿Emily…?

—No sé de dónde ha sacado Emily esta carpeta de fotos, pero me ha traído un sinfín de recuerdos de mi juventud. Ahora que somos viejas ya no servimos para nada —dijo entre risas.

Zander se estremeció al recordar que Simon le había pedido explícitamente a Emily que no se las mostrara a Dory.

—Ya me imagino. —Examinó las fotografías esparcidas sobre el escritorio y se fijó en una que le llamó la atención y le arrancó una sonrisa—. ¿Ese es el sheriff? —Los hombres de la imagen mostraban una camaradería que Zander nunca había experimentado. Calculó que la mayoría rondarían la veintena. Tenían los aparejos de pesca a los pies. No le costó identificar al sheriff, que con los años no había perdido el gesto adusto que mostraba en la juventud.

—Ay, sí. Ese es Merrill. ¿Sabe quién es este? —Señaló un hombre.

Teniendo en cuenta que solo llevaba cinco días en el pueblo, no le extrañó que no pudiera identificarlo. Negó con la cabeza.

Dory buscó otra instantánea.

—Aquí se le ve mejor.

Se había tomado en la misma época y aparecían los mismos hombres, pero el rostro del tipo en cuestión se apreciaba con mayor nitidez. Le costó ubicarlo.

—Es Lincoln. El padre de las niñas.

Ahora sí que lo reconoció. Lo examinó de cerca y se dio cuenta de que Emily tenía sus ojos. De repente la mano de Lincoln le llamó la atención. Se quedó helado. Examinó de inmediato las manos de los demás.

—Mierda —susurró. Empezó a revolver las fotografías que cubrían el escritorio y encontró otras dos de la misma época. Las comparó.

—¿Quién es este, Dory?

La anciana observó al hombre.

—Ese es nuestro alcalde, Harlan Trapp. Ya no recordaba cómo era con pelo. —Se rio—. Y aquí está Simon. Qué guapo era. Es una pena que entonces no mostrara interés por mí. A lo mejor le habría dicho que sí.

—¿Quién son los demás?

—Ese es Rod Barton, el hermano de Brenda. Merrill Greer. Y a los otros no los conozco.

Harlan Trapp se encontraba junto al sheriff Greer. Tenía la mano derecha sobre el vientre y señalaba al sheriff con dos dedos y el pulgar. Lincoln Mills y los otros dos hombres que Dory no reconocía hacían el mismo gesto.

Un gesto del KKK.

«Harlan Trapp era un supremacista blanco. Como el padre de Emily».

Aquel hecho le daba un cariz más verosímil a la acusación de Billy.

Maldición. Era el peor momento posible para que Ava estuviera de baja. Zander tenía que analizar los últimos acontecimientos con alguien. Enseguida.

Clavó la mirada en el sheriff Greer. Saltaba a la vista que era amigo de los demás. Pero no había hecho el gesto con la mano.

«¿Formaba parte de todo aquello? ¿Le cuento lo que acabo de descubrir sobre el alcalde?».

Las fotos eran de hacía veinticinco años. A lo mejor ya no significaban nada.

—Dory, ¿sabe dónde está Emily?

—Madison y ella han ido a hacer un recado. ¡Con la que está cayendo…! Han ido a buscar una sorpresa fantástica para mis hermanas.

—¿La ha acompañado Madison?

—Sí.

Al menos se había llevado a su hermana.

«¿En quién puedo confiar?», pensó. No le hacían ninguna gracia las dudas que le embargaban sobre el sheriff Greer.

«¿Es posible que el sheriff avisara a Harlan Trapp de que nos dirigíamos a su casa?».

Vina.

La tía de Emily lo sabía todo de todos. Pero ¿podía hablar con ella? ¿Sin revelarle nada?

—Gracias, Dory.

Salió de la oficina y buscó a Vina. Estaba en la sala, hablando con una mesa que había ocupado una gran familia de cinco hijos.

—Vina, ¿puedo hablar un momento con usted en la cocina? —La anciana se disculpó y lo siguió. Thea se dio cuenta de lo que ocurría y los acompañó. Ambas lo miraban con curiosidad. Se quedaron en un rincón de la cocina y les mostró las fotografías del grupo de hombres—. ¿Pueden identificar a estos hombres?

Ambas contuvieron un grito de emoción y le aseguraron que nunca las habían visto. Confirmaron las identificaciones que había hecho su hermana y, al igual que ella, tampoco reconocían a dos de los hombres.

—Creo que eran de la guarda costera —sugirió Thea.

—No. Estoy segura de que eran amigos de Lincoln, de Portland —replicó Vina—. Recuerdo a este porque hizo o dijo algo que disgustó a Brenda.

Thea se acercó la fotografía y le dio la razón a Vina.

—Son de Portland, sí —concedió frunciendo la nariz.

—Yo soy de Portland —añadió Zander, que no comprendía el tono de desagrado que había utilizado Thea.

—Sí, pero usted es un buen hombre —afirmó Thea con sinceridad—. Trata bien a nuestra Emily.

Casi le dio la tos.

Vina asintió.

—No nos ha pasado por alto.

—¿Y estos hombres no eran buenos?

—Ojalá Lincoln no hubiera frecuentado ese tipo de compañía —dijo Thea—. Quizá así todo habría sido distinto.

—¿Le importaría explicarse?

Ambas se miraron y se encogieron de hombros.

—Ya sabe —añadió Vina, como si fuera obvio.

«Saben qué era».

—Miren. —Zander señaló las manos de Lincoln—. ¿Ven algo extraño?

Las ancianas examinaron la fotografía.

—No.

—¿Y si les dijera que está haciendo un gesto supremacista blanco con la mano?

No se inmutaron.

«Su reacción es más elocuente que cualquiera de sus palabras».

—Entonces, hay otros tres que lo imitan —comentó Thea.

—Correcto. —Zander esperó unos segundos—. Vina, no hace mucho me dijo que este pueblo albergaba algo muy desagradable en su seno. Pensé que se refería al racismo, pero ¿sabían que estos hombres estaban vinculados con movimientos de este tipo?

Ambas guardaron silencio.

Se lo tomó como un sí.

—Su alcalde, Harlan Trapp. ¿Qué saben de él? —Observó atentamente a las mujeres mientras esperaba una respuesta. A Vina se le daba mejor disimular sus pensamientos ya que podía mantener un semblante de calma y serenidad. Thea, sin embargo, era más nerviosa, incapaz de tener los ojos quietos.

—Corrían ciertos rumores —dijo Vina al final—. Siempre corrían rumores… de todo el mundo.

—Sospecho que sabe qué rumores hay que ignorar y cuáles merecen algo más de credibilidad.

Thea se humedeció los labios y empezó a mover la pierna derecha.

—Harlan asistía a esas reuniones.

—¿Qué reuniones?

—En Portland. Lincoln también asistía, pero se había criado en una familia que creía en eso. Cuando abandonó Carolina del Norte y se mudó aquí, creo que se sentía como un pez fuera del agua. Y encontró lo que necesitaba en este grupo de Portland. Nosotras decidimos tolerar su relación con Brenda siempre que no hiciera ostentación de ello, pero nos preocupaba el modo en que la manipulaba. Ella no sabía defenderse. De vez en cuando el grupo se acercaba a la costa y mostraba un comportamiento repulsivo. Sin capuchas ni túnicas blancas, claro. No llegaban a ese extremo, pero bebían y provocaban altercados en el pueblo... para liberar tensiones. Algo muy típico de los hombres.

Zander se mordió la lengua. Él nunca había liberado tensiones de ese modo. Sin embargo, parecía que las mujeres habían decidido tolerar a Lincoln Mills siempre que mantuviera su ideología racista de puertas para adentro.

Era otra generación.

—¿Tenía algún nombre especial el grupo de Portland? —preguntó Zander.

—No, que yo recuerde —dijo Thea al cabo de unos segundos y Vina le dio la razón.

—¿Todos los hombres que aparecen en la fotografía formaban parte del grupo de Portland de Lincoln? —preguntó.

—Ah, no. Estoy segura de que, en el caso de Lincoln y Harlan, solo lo hacían para presumir. Tenían muchas ínfulas, ya sabe.

«Los hombres son así».

—¿Y el sheriff Greer? ¿Qué reputación tenía?

Vina ladeó la cabeza y miró a Thea pensativa.

—Merrill nunca hablaba demasiado. Tampoco era el más inteligente, pero era formal. —Thea asintió.

—Entonces no saben si formaba parte del grupo de Portland.

—Exacto.

—Gracias —dijo.

Las ancianas regresaron a la sala para seguir agasajando a sus clientes y Zander se quedó examinando las fotografías.

«¿He llegado a una conclusión precipitada sobre Harlan?».

Aún no sabía si debía abordar al sheriff para aclararlo.

«Me he dejado llevar por una imagen de hace veinticinco años en la que aparecen un puñado de idiotas».

Regresó con las fotografías a la oficina, donde encontró a Dory, con gesto contrariado.

—¿Agente Zander? Las chicas están tardando mucho. He intentado llamarlas, pero ninguna de las dos responde al teléfono. —Su rostro estaba surcado de arrugas de preocupación.

Zander revivió el accidente del día anterior.

—¿A dónde han ido?

—Bueno… era una sorpresa.

—Puede contármelo, Dory. La sorpresa era para sus hermanas. —Notó una gran tensión en la espalda—. Salta a la vista que está preocupada, pero no puedo ayudarla a menos que sepa dónde están.

—Han ido a buscar a Tara. ¡Vina y Thea se pondrán muy contentas! —Dio una palmada con un brillo de alegría en los ojos.

«¿Emily les ha contado que habíamos encontrado a Tara?».

—¿Madison y Emily han ido hasta Beaverton?

—Claro que no, Tara está aquí.

«¿Se ha confundido?».

—¿Tara está en la ciudad, Dory?

—Bueno, creemos que ha ido aquí. —Dory tocó una fotografía en la que aparecía una joven pareja en un precipicio con vistas al mar.

«Lincoln y Brenda Mills».

—Vi que Tara tomaba Seabound Road y esa carretera solo conduce a un lugar. —Dory sujetó la fotografía de los padres con gesto triunfal—. A este parque.

«¿Ha visto a Tara?», se preguntó Zander.

—¿Es ahí donde están Madison y Emily? ¿En el parque? ¿Ahora mismo?

La anciana lo miró por encima de las gafas.

—¿No es lo que acabo de decirle?

—¿Y saben que Tara está ahí? —Le parecía inverosímil que la mujer se hubiera desplazado hasta Bartonville.

—Es el único lugar lógico.

—Dígame cómo puedo llegar hasta allí.

CAPÍTULO 34

Emily contenía el aliento mientras los pensamientos se agolpaban en su cabeza y Madison miraba por encima del volante, intentando atisbar algo en la oscuridad. ¿Por qué se había desplazado Tara hasta Bartonville cuando les había dejado muy claro que no quería saber nada de la familia? ¿Era posible que Dory hubiera vuelto a confundirla con otra mujer?

El teléfono de Emily vibró. Era un mensaje.

¿Hablabas en serio cuando decías que querías que volviera a formar parte de tu vida y que no te importaba lo que hubiera hecho?

Emily se quedó sin aliento. Le había dejado su número de teléfono a la suegra de Tara, suplicándole que se lo diera, mientras Wendy los acompañaba a Zander y a ella hasta la puerta.

Al parecer le había hecho caso.

Sí.

¿Y si hubiera muerto alguien por mi culpa?

No importa.

Emily esperó conteniendo el aliento.

Madison la miró fijamente.

—¿Quién es?

—Tara.

El vehículo dio un bandazo.

—No es lo que crees —se apresuró a añadir Emily—. Antes te he dicho que Zander la había localizado. Hoy por la mañana me ha llevado a su casa de Beaverton y le he dejado mi número de teléfono… Te prometo que no había tenido contacto con ella desde que nos dejó.

—Emily… —Madison se quedó estupefacta.

—Tiene una hija. Se llama Bella y es igualita que Tara.

—Oh, Dios mío. —Madison pisó los frenos justo a tiempo para no saltarse un stop—. ¿Por qué no me lo has dicho? —exclamó presa de la ira.

—Porque todo ha sucedido muy rápido y aún estoy intentando procesar la visita.

Su teléfono volvió a vibrar.

¿Y si la persona que murió por mi culpa fuera mamá?

Emily se quedó sin aire.

—¿Qué pasa? ¿Qué dice? —Madison intentó leer la pantalla del móvil y el coche se desvió.

—¡Mira a la carretera! —le gritó Emily.

—¡No tenías ningún derecho a ocultarme lo ocurrido!

—No te he escondido nada. Iba a contártelo en cuanto… —A decir verdad, no sabía si se lo habría contado—. Tara no quería saber nada de nosotras. Nos ha echado a Zander y a mí de su casa. —Se le quebró la voz. El dolor aún era demasiado reciente—. Está bastante mal, me ha parecido que tiene problemas de salud mental y me atrevería a decir que es alcohólica. —Pronunció la última palabra con un susurro—. Ella niega que estuviera en casa esa noche.

Emily miró el último mensaje de Tara sobre su madre.

«¿Cómo respondo?».

Te queremos.

Se le nubló la vista.

Vuelve a casa, por favor.

—Pero tú me dijiste que viste a Tara la noche en que mataron a papá.

—A lo mejor me equivoqué.

¿Había vivido con un falso recuerdo todos estos años?

—¿Por qué ha decidido venir aquí y no al restaurante? —preguntó Madison con un deje de rechazo.

—No lo sé. —No podía quitarse de la cabeza el temor que había visto en el rostro de Tara.

—¡Pues pregúntaselo, joder!

¿Dónde estás?

Emily esperó agarrando el teléfono con fuerza. Madison dobló por Seabound Road. Era un camino serpenteante, ideal para marearse. Ascendía varios metros, atravesando un bosque denso, y desembocaba en un pequeño parque, donde se encontraba el mirador en el que se habían hecho la foto sus padres.

—No veo nada —murmuró Madison. Los faros no podían iluminar la carretera debido a las cerradas curvas, lo que en ocasiones la obligaba a avanzar a ciegas—. ¡Mierda! —Frenó en seco y Emily levantó la mirada del teléfono.

La puerta del parque estaba cerrada y la carretera bloqueada. Había dos vehículos aparcados al otro lado de la valla. Uno parecía el pequeño todoterreno Mercedes que Emily había visto en casa de Tara.

—Está aquí.

«Dory tenía razón».

—Pero ¿por qué? —se preguntó Madison—. ¿Por qué iba a venir hasta aquí? —Tragó saliva y se le formó un nudo en la garganta—. Tú me has dicho que Tara no se encontraba bien. ¿Es que ha venido aquí para suicidarse?

«Va a saltar desde del mirador».

—Me ha preguntado si me importaba que mamá hubiera muerto por culpa suya. —Emily abrió la puerta con el corazón en un puño—. Tenemos que detenerla y llamar al 911.

¡No hagas nada! Madison y yo estamos a punto de llegar al mirador. ¡Por favor, espera!

«¿Por qué le envío un mensaje de texto?». Emily pulsó el botón de LLAMADA sin hacer caso a Madison, que hablaba con el servicio de emergencias.

Tara no respondió.

—¡Vamos!

Madison y ella pasaron por debajo de las barras metálicas de la valla y echaron a correr. Emily llamó de nuevo a su hermana.

—La policía va a enviar a alguien. Les he dicho que la puerta está cerrada —anunció Madison entre jadeos.

—El mirador está a medio kilómetro de aquí —dijo Emily—. Y es casi todo cuesta arriba.

El último analgésico ya no surtía efecto; Emily notó un pinchazo en la cabeza y apenas tenía fuerza en las piernas.

«¿Lo conseguiré?».

—No entiendo qué está pasando —se lamentó Madison sin aliento.

—Pues ya somos dos —replicó Emily—. Pero sé que algo la asusta terriblemente. Ocurrió algo después o durante el asesinato de papá que la empujó a marcharse y desaparecer durante todo este tiempo. —Encendió la linterna del teléfono y Madison la imitó.

Solo se veían árboles a ambos lados del camino, lo que le hizo pensar que Tara no podría hacer lo que tuviera en mente antes de llegar al mirador.

De repente, tropezó y se cayó. El teléfono salió volando y Emily se hizo varios rasguños en las manos al tratar de amortiguar el golpe contra el asfalto. Un intenso dolor le recorrió el cuerpo y estalló en su cerebro.

—¡Emily! —Madison la agarró del brazo y la ayudó a ponerse en pie. Le iluminó la cara con el teléfono y tuvo que taparse los ojos—. No recordaba que tenías una herida en la cabeza. ¿Estás bien?

—Sí —dijo su hermana entre jadeos. Sentía un intenso escozor en las palmas de las manos y en las rodillas. Cerró los ojos para intentar sobrellevar el dolor, pero notó el sabor de la bilis en la garganta.

—Yo sigo, pero tú tómatelo con calma.

—¡No! —Emily se soltó de Madison e intentó recuperar su teléfono, que emitía un débil haz de luz en el arcén del camino—. Mierda. —La pantalla se había convertido en una telaraña de grietas a pesar del protector que le había puesto. Pulsó el botón varias veces. Nada. Ni siquiera podía apagar la linterna.

«Es lo último que necesitaba».

—No podemos pararnos. —Emily echó a correr lentamente, pero sentía unas punzadas de dolor en la cabeza, que la acompañaban al compás de sus zancadas.

—Estás loca —murmuró Madison, pero no intentó detenerla.

Siguieron corriendo en silencio durante varios minutos. Emily estaba convencida de que cada paso que daba sería el último.

—El reloj de bolsillo de papá —dijo Madison al final—. ¿Recuerdas la cita que tenía en la cara interior?

—Sí. —Estaba tan desfondada que no pudo decir nada más.

—Es una cita que se asocia con el KKK. —Madison guardó silencio un par de segundos—. Creo que papá fue miembro del Klan o que perteneció a un grupo similar.

Emily intentó procesar sus palabras.

«Aquella reunión de hace tiempo…».

—Creo que lo sabía de forma inconsciente —afirmó Emily sin resuello—, pero preferí ignorarlo.

—¿Lo sabías?

—Más o menos. En retrospectiva, tiene cierto sentido. De pequeña había muchas cosas que ignoraba. Antes me preguntabas qué encontré en el jardín la noche en que murió papá.

—Sí.

Emily casi no podía respirar y sentía un dolor en los pulmones casi tan intenso como el de la cabeza.

—Esa noche encontré una especie de monedas en la hierba, pero no era dinero. Las había visto antes en un cajón de papá. —Se detuvo y apoyó las manos en los muslos, jadeando—. Las cogí y las escondí. En el incendio lo perdimos todo y a partir de entonces consideré que eran mías. Eran un recuerdo de papá solo para mí y no quería compartirlas. Sabía que mamá se las habría quedado si las hubiera visto.

—Las encontré entre tus cosas hace mucho tiempo.

A Emily no le sorprendió la confesión de su hermana.

—Hace unos años, busqué información sobre las monedas en internet. En realidad, no son monedas, sino fichas. Hay muchos grupos que hacen fichas personalizadas, como los masones o ciertas ramas del ejército. Estas pertenecían a un grupo supremacista de Portland y no entendí por qué las tenía.

Madison guardó silencio.

—Creo que papá me llevó a una de esas reuniones, pero yo no sabía qué era, claro.

El aullido del viento entre los árboles era el único sonido.

—Me parece que lo sabía todo el mundo salvo nosotras —añadió Madison en voz baja—. Pero ahora ya no importa. Venga. — Tomó a su hermana del brazo—. Ya casi hemos llegado.

La detonación de dos disparos resonó en el bosque.

Capítulo 35

Los faros del vehículo de Zander iluminaron los tres coches que había aparcados a las puertas del parque, entre los que estaba el de Madison y el Mercedes que había visto en casa de Tara.

«Está aquí».

No conocía el tercer coche y llamó al sheriff Greer.

—Greer.

—Soy Wells. ¿Puede buscar un número de matrícula? Estoy fuera.

El sheriff gruñó.

—Deme un minuto.

—¿Ha dicho algo más Billy? —preguntó Zander.

—Insiste en la misma historia. He pedido a dos de mis hombres que fueran a buscar a su hermano, que está sano y salvo, por cierto, y cree que la historia de su hermano no tiene sentido. Bueno, ¿cuál es la matrícula?

Zander se la dijo del tirón.

—Es el vehículo de Harlan Trapp. ¿Dónde está?

Un millón de preguntas estallaron en la cabeza de Zander.

«¿Es posible que el alcalde haya seguido a Emily?», pensó.

De repente una única imagen invadió su mente: el cadáver de Nate Copeland, seguida por la de Harlan Trapp y el sheriff en la foto antigua que acababa de descubrir.

«¿En quién puedo confiar?».

Oyó dos disparos a lo lejos y se estremeció. Tenía la boca seca.

«¿Emily?».

—¿Dónde está? ¿Quién ha disparado? —preguntó el sheriff a gritos.

Zander tomó una decisión de confianza mientras se ponía el chaleco antibalas por segunda vez el mismo día.

—Estoy en Seabound Road, en la puerta. Está cerrada. Emily y Madison ya han entrado y creo que Harlan también. No sé quién ha disparado.

—Llego dentro de diez minutos. Envío a mis hombres.

—Dígales que voy a entrar.

El sheriff hizo una pausa.

—Lo haré.

Zander miró el Mercedes mientras acababa de ajustarse el chaleco.

«¿Qué hace Tara aquí?».

Se inclinó hacia delante, se coló entre los barrotes y echó a correr por la carretera en silencio, aguzando el oído por si se producían más disparos. El viento y el olor del océano aumentaron de intensidad a medida que avanzaba. Ignoraba cuál era su destino, pero supuso que lo sabría cuando llegara.

No había desvíos ni caminos que se cruzaran con la carretera. Eso al menos podía verlo a pesar de la oscuridad. Prefirió no usar la linterna para no llamar la atención ni convertirse en un blanco fácil.

El estruendo de otro disparo lo obligó a tirarse al suelo. El corazón le martilleaba el pecho.

Oyó el grito de un hombre, pero no entendió lo que dijo.

Se puso en pie de un salto y siguió avanzando.

***

—¡No ha saltado, se ha disparado! —Emily intentó contener un grito cuando el sonido de las dos detonaciones se desvaneció.

—Igual ha disparado el conductor del segundo coche que había en la puerta... Quizá son un grupo de jóvenes que están haciendo el tonto por aquí —dijo Madison, no muy segura de sus propias palabras—. Tal vez no tenga nada que ver con ella.

A Emily le parecía una teoría inverosímil. Se puso a correr y Madison la siguió.

—¿Creías que iba a confiar en ti?

Emily se detuvo cuando Madison la agarró del brazo. El tono furioso de la voz masculina que acababan de oír era inconfundible.

—¿Quién es? —preguntó Madison con un susurro.

—¿Creías que podías hacerme venir hasta aquí y dispararme?

A continuación, oyeron una carcajada.

A Emily le sonaba la risa y la voz, pero aún no la identificaba.

—¡Llevo años buscándote, puta zorra!

—Es Harlan Trapp —susurró Madison, clavándole las uñas en el brazo a Emily.

—No lo entiendo. —Emily sintió que la cabeza le daba vueltas.

—Le está gritando a Tara.

Entonces lo comprendió.

«Harlan lleva años buscando a Tara. Tara tenía miedo de que alguien pudiera hacerle daño...».

Las piezas del rompecabezas encajaron.

—¿Es posible que Tara se fuera porque alguien la había amenazado de muerte? Pero eso solo habría ocurrido si hubiera sido testigo de...

«Tara corriendo por el bosque la noche en que mataron a papá».

—Quizá vio quién mató a papá... ¿Es posible que fuera Harlan? —El instinto de Emily se rebelaba contra la lógica conclusión. Conocía al alcalde de toda la vida.

—¡Ven aquí, ven aquí, ven aquí, pequeñita!

Estaba buscando a Tara y sus palabras resonaban en el bosque.

—Debe de estar viva —susurró Emily.

—Y escondida —añadió Madison—. Deberíamos hacer lo mismo antes de que nos vea.

Apagó la linterna del teléfono y Emily desconectó el suyo ya que los botones de la pantalla no funcionaban.

Ambas habían abandonado la estrecha carretera y se habían adentrado en la zona boscosa. Cuando Emily logró acostumbrar la vista a la escasa luz, vio el perfil borroso del rostro de Madison.

—¿Creías que podías amenazarme con una pistola? ¿A mí? ¡Soy el puto alcalde!

Las dos hermanas avanzaron entre los árboles, sin perder de vista la carretera y atentas a cualquier señal de Harlan o Tara. La calzada se ensanchaba y desembocaba en un pequeño aparcamiento. Emily solo había vuelto ahí en un par o tres ocasiones desde que estuvo a punto de caer al vacío de niña. Y cada vez se había mantenido bien lejos de la valla. Siempre la embargaba una sensación de mareo. Los columpios metálicos, los palos de *tetherball* y los toboganes de su infancia seguían ahí; los columpios se mecían empujados por el viento, acompañados del chirrido de las cadenas.

Harlan se dirigió a grandes zancadas gritando a una tenue silueta que se perfilaba contra el cielo oscuro.

—¡Eres una puta!

—Creo que está entre nosotras y Tara —susurró Emily—. ¿Y ahora qué?

—Esperemos a la policía.

—¿Y si está herida? ¡Ni siquiera se oyen las sirenas! —La tensión que atenazaba a Emily iba en aumento.

—Quizá consideren que las sirenas podrían asustar a alguien que piensa en suicidarse —susurró Madison.

—¿Quién coño iba a imaginar que dos hermanas iban a causarme tantos problemas?

—¿Dos hermanas? ¿Quién más? ¿Yo? —dijo Emily.

—Ayer te dispararon —murmuró Madison—. Seguro que quería eliminar cualquier pista o rastro. Primero Nate Copeland y luego tú.

—Pero ¿por qué mató a Sean y a Lindsay?

—No lo sé, pero en estos momentos lo único que me preocupa es que mis hermanas también aparecen en esa lista. Tenemos que irnos de aquí.

—No pienso abandonar a Tara.

—¡No podemos ayudarla! —exclamó Madison en voz baja.

Por fin oyeron una débil sirena a lo lejos. Ya llegaba la ayuda.

—Cuánto han tardado. —Pero Emily no sintió el alivio que necesitaba.

Harlan también oyó la sirena y lanzó una retahíla de palabrotas.

—¡Tu familia es la escoria de este pueblo! ¡Tu padre era el peor de todos!

—¡Mira! —Una silueta negra se arrastraba por el suelo, en el lado del aparcamiento que daba al océano. Emily se arrodilló para intentar verla mejor. Agarró a Madison para que se arrodillara junto a ella.

«Tara».

—Se está arrastrando por el suelo. Está herida —susurró mientras observaba cómo su hermana se tendía en el suelo y rodaba por debajo de la valla que delimitaba el parque. Harlan no paraba de andar de un lado a otro, gritando, a unos diez metros del lugar donde había desaparecido Tara—. Ha pasado por debajo de la valla.

Madison tragó saliva.

—Al otro lado hay varios escondites seguros.

—Sí, pero como dé un paso en falso… adiós. —Emily se estremeció al recordar el pánico de verse al borde del precipicio.

El lugar donde había estado a punto de perder la vida.

—Si retrocedemos un poco y cruzamos la carretera, podemos seguir la valla por el otro lado hasta llegar a Tara —le dijo a Madison—. No creo que Harlan nos viera.

—¡No! Esa valla está ahí por un motivo. Ambas sabemos lo peligrosa que es esa zona.

—Pero podríamos ayudarla a huir arrastrándonos —insistió Emily.

—¡Espera a la policía!

—¿Y si está herida? —Emily no podía quitarse de la cabeza los movimientos lentos y torpes de Tara—. Esos minutos podrían significar la diferencia entre la vida y la muerte si necesita un torniquete u otra cura.

—Estás loca —murmuró Madison.

—Me voy.

—¡Vale! De acuerdo. Yo me reuniré con la policía —dijo Madison—. Deben saber a qué se enfrentan. Ten cuidado.

Emily se introdujo en el bosque hasta que ya no pudo ver el aparcamiento, cruzó la carretera y se adentró en la zona boscosa del otro lado. Siguió andando hasta ver la valla. Calculó que se encontraba a unos cincuenta metros del lugar donde había desaparecido su hermana. Pese a que el dolor de cabeza era atroz, reptó por debajo de la valla y siguió arrastrándose por un suelo plagado de raíces y rocas. Había varias zonas con un gran desnivel que podían llevarla a precipitarse al vacío, pero si se mantenía cerca de la valla, el suelo era bastante llano.

Emily tenía la espalda empapada en sudor por el miedo a que Harlan pudiera verla, sin embargo el alcalde estaba demasiado concentrado rastreando el parque al otro lado de la valla.

El pelo le tapaba la cara y la débil luz, acompañada del estruendo de las olas, le provocaba escalofríos.

Harlan seguía profiriendo gritos. De vez en cuando sonaban más cerca, pero enseguida se alejaban cuando giraba la cabeza. El rugido del océano le impedía comprender qué decía.

El alcalde se estaba dejando llevar por los nervios y la tensión del momento; la policía debía de estar cerca. Ya no se oían las sirenas, lo que hizo pensar a Emily que habían llegado a la puerta. «Subirán hasta aquí, ¿no?». El parque aún no había abierto para la temporada de primavera y dudaba que la policía se hubiera puesto en contacto con el departamento de parques para pedirles la llave.

Madison tenía que guiarlos.

De repente, el terreno estable en el que se encontraba Emily se hizo más estrecho y tuvo que agarrarse a la valla para seguir avanzando. Presa del pánico, intentó quitarse de la cabeza el recuerdo de pequeña, cuando tuvo que agarrarse a las hierbas y las rocas mientras gritaba a su padre para no precipitarse al vacío. Siguió arrastrándose por el suelo y aprovechó que el terreno volvía a ensancharse para recuperar el aliento y calmar un poco el latido desbocado de su corazón.

«Sigue así».

Miró hacia atrás y se desanimó al comprobar lo poco que había avanzado.

«Sigue así».

Se puso de nuevo en marcha, con la sensación de que había transcurrido una hora. Y en ese momento vio a Tara.

Su hermana estaba en el lado de una roca gigante que daba al océano, donde el terreno era lo bastante ancho para ocultarse. Era la misma roca donde se habían tomado la fotografía sus padres. El espacio entre Tara y el precipicio era estrecho. Si Harlan se acercaba a la valla, era poco probable que la viera ahí.

Aun así, no era un escondite perfecto.

Su hermana estaba pegada a la roca. Muy quieta. Emily se acercó.

—Tara —susurró.

Ella levantó la cabeza.

—¿Emily? —preguntó con un hilo de voz.

Cuando alcanzó a Tara, le agarró la mano. Estaba mojada y pegajosa. Emily se asustó al sentirla y estuvo a punto de soltarla, pero entonces notó el olor: sangre.

A pesar de la débil luz, vio que los pantalones de Tara brillaban por la sangre.

—¿Dónde estás herida?

—En el costado. —Era el lugar que se aferraba con la mano derecha—. Estoy bien.

—No, no lo estás —dijo Emily, que se quitó el abrigo, apartó la mano de su hermana y le presionó la herida. Su hermana contuvo un grito, pero sujetó la prenda con fuerza.

—Quiero que ayudes a Wendy y Bella —susurró Tara.

—No me vengas con esas ahora. —Emily colocó bien el abrigo. Tenía un nudo en la garganta.

—Wendy puede encargarse de ella, pero quiero que Madison y tú forméis parte de su vida.

—¡Ya basta! No te vas a morir. —Emily apretó los dientes, aterrada por la mentira que acababa de contar.

—Harlan amenazó con mataros a todos si no me iba del pueblo.

—Me lo imaginé —susurró Emily, con el corazón partido.

—Cuando oí que mamá había muerto, pensé que había cumplido su promesa. Desde entonces vivo aterrorizada, desconfío de todo el mundo. Cuando murió mi marido, durante meses creí que Harlan había provocado el accidente.

—Oh, Tara. ¿Por qué no lo denunciaste a la policía?

—Porque no podía confiar en nadie. Harlan me dijo que había varias personas implicadas.

«¿Quién?».

—Nunca se cansará de buscarme —dijo Tara—. Hemos quedado aquí porque le dije que quería hablar. He traído una pistola… con la intención de matarlo —susurró con voz áspera—. Lo único que deseaba era disfrutar de mi vida sin miedo, sin la angustia de que pudiera hacer daño a mi hija. —Tara hablaba cada vez más y más lento—. Cuando por fin tuve la oportunidad de dispararle me asusté. Él aprovechó para dispararme y yo también a él. —Se rio en silencio—. Entonces se me cayó la puta pistola, pero logré ocultarme entre los árboles. Él tampoco tenía la intención de negociar. Solo quería matarme.

—¿Dónde se te ha caído la pistola?

—No, ¡no puedes hacer eso!

—¡¿Dónde se te ha caído la pistola?!

Tara exhaló el aire que contenía.

—Junto a los columpios. Pero no podrás llegar hasta allí. Te verá.

—Tengo que intentarlo.

Capítulo 36

—¡Zander!

La voz femenina procedía de los árboles que tenía a su derecha y se detuvo de inmediato. Una luz lo deslumbró y se tapó los ojos con la mano.

—¿Madison?

—¿Dónde está la policía? —preguntó y agachó la linterna.

—En camino. ¿Y Emily?

—Se ha quedado con Tara. Creemos que le han disparado…

—¿Harlan? —Zander reemprendió la marcha, seguido de Madison.

—¡Sí! ¿Cómo lo sabías?

—Tiene el coche aparcado ahí fuera. Creo que es el que disparó ayer a Emily.

—Pues si no le paramos los pies, matará a Tara.

—¿Están muy lejos?

—Verás el aparcamiento justo después de la curva. Él se encuentra en el otro extremo y Emily estaba intentando encontrar a Tara al otro lado de la valla, el que da al mar.

—¿Dónde?

—Al otro lado hay un precipicio, pero en algunas zonas queda espacio suficiente para una persona o dos. Aunque el terreno es muy inestable.

«Mierda. Emily y Tara están en ese lado de la valla», pensó Zander.

—Es mejor que vuelvas hacia atrás a esperar a la policía. Cuando lleguen, diles que Harlan está armado y que Emily, Tara y yo estamos también ahí arriba.

—¿Qué vas a hacer?

—Detenerlo —dijo y se fue corriendo.

—¡No salgas del bosque! —le gritó Madison.

Emily llegó a rastras hasta los columpios. Por desgracia, Tara no había sido muy precisa sobre el lugar donde se le había caído la pistola. En ese momento Harlan estaba examinando la zona boscosa que había al final del aparcamiento, maldiciéndose y llamando a gritos a Tara. Emily, por su parte, hurgaba entre las astillas de madera que cubrían el suelo para dar con el arma. Se sentía muy vulnerable y solo deseaba encontrarla de una vez por todas. El escondite de Tara no estaba mal, pero si a Harlan le daba por examinar la valla, era probable que la viera.

Emily estaba dispuesta a defender a su hermana hasta que llegara la policía. Y para hacerlo necesitaba una pistola. El polvillo de la madera le escocía los ojos, lo que no hacía sino limitar aún más su reducido campo de visión. Regresó arrastrándose hasta un lugar que ya había examinado, convencida de que se le debía de haber pasado por alto. Registró de nuevo la zona, pero no halló ni rastro de la pistola.

Sintió una nueva punzada de dolor en la cabeza.

¿Y si la había cogido Harlan?

Tal vez estaba perdiendo el tiempo.

Vio una figura entre los árboles y se quedó inmóvil, conteniendo el aliento, mirando fijamente al desconocido. Harlan se dirigía hacia la valla con paso firme.

«Se ha cansado de buscar en el bosque».

El pánico le hizo un nudo en el estómago.

«¿Cómo voy a detenerlo?».

Miró a su alrededor y vio la cadena del palo de *tetherball* que repicaba de vez en cuando. No había pelota. Miró a Harlan, que estaba de espaldas a ella. Se levantó y corrió hacia el palo, encorvada, rezando para que no se volviera.

Agarró la vara metálica, estiró los brazos y se puso de puntillas para alcanzar el extremo y comprobar si la cadena estaba soldada. Tocó el último eslabón a ciegas. Comprobó que podía mover uno de los lados, lo abrió y desenganchó la cadena. La sensación de alivio que la invadió hizo que le temblaran las piernas.

Agarró la cadena helada. Estaba en inferioridad de condiciones, pero al menos era algo.

Harlan llegó a la valla y recorrió el perímetro. Estaba a punto de encontrar a Tara.

Emily corrió en silencio hacia el aparcamiento con el corazón en un puño.

Zander siguió el consejo de Madison y se adentró en la zona boscosa, a pesar de que tuvo que aminorar la marcha ya que apenas veía dónde pisaba y tropezó una docena de veces. Al final distinguió el aparcamiento y se detuvo, buscando a Harlan.

«Debe de haber oído las sirenas. ¿A dónde se dirige?».

Harlan debía de saber que estaba arrinconado. Dory le había dicho a Zander que el parque solo tenía una entrada.

A menos que uno optara por el océano.

¿Sería Harlan capaz de reaccionar como un animal acorralado sin nada que perder?

No debía olvidar que ya se había comportado de un modo muy peligroso, por lo que era muy probable que hubiera empeorado.

En el aparcamiento no había nadie. Dory había descrito un espacio verde con equipamiento infantil en la zona con el suelo de madera. Y al otro lado de la valla, un precipicio sobre el océano. Ahí fue adonde se dirigió, entornando los ojos y forzando la vista para intentar vislumbrar la valla de la que le había hablado Madison.

Emily tenía la mente en blanco y la mirada clavada en la silueta de Harlan cuando echó a correr, agarrando con todas sus fuerzas la cadena fría. No tenía un plan concreto. Se había entregado por completo a un instinto de determinación. Y al miedo.

Harlan se detuvo y se inclinó por encima de la valla, de espaldas a Emily.

«Ha visto a Tara».

Dijo algo, pero estaba de cara al mar y el viento se llevó sus palabras.

Emily se acercó sin hacer ruido y vio la forma de la pistola que blandía.

El hombre apoyó un pie en la barra inferior de la valla y deslizó una pierna por encima, sin dejar de apuntar a la roca donde se escondía Tara.

«Me verá cuando pase la otra pierna por encima de la valla».

Emily corría con todas sus fuerzas. No tenía dónde esconderse.

En lugar de volverse hacia ella, Harlan se sentó en la barra superior de la valla, apuntando con la pistola hacia la roca, y colocó la otra pierna en una postura algo rara e incómoda. Bajó al otro lado sin apartar la vista de Tara.

Emily tenía que aprovechar su exceso de celo.

Apoyó un pie un pie en un listón central, otro en el superior y saltó sobre la espalda de Harlan. El impacto lo obligó a hincar las rodillas y acabó cayendo al suelo. Emily ignoró sus gritos, se incorporó, le dio un rodillazo con todas sus fuerzas en el centro de la espalda y le rodeó el cuello con la cadena. Una vuelta y luego otra.

Harlan introdujo una mano entre la cadena y el cuello para intentar respirar. Agitó el otro brazo y disparó dos veces. A Emily le pitaban los oídos, pero ignoró los disparos, concentrada como estaba en agarrar ambos extremos de la cadena para aumentar la presión en torno al cuello de Harlan. El alcalde se retorcía como un poseso, tirando de la cadena para intentar apartarla. Ella insistía, tirando con fuerza e inclinando el cuerpo hacia atrás. La cadena era demasiado larga y se sentía como si estuviera intentando domar un caballo salvaje.

De repente le resbaló la rodilla y perdió el punto de presión de la espalda, por lo que Harlan pudo apartarse de ella, aunque todavía tenía una mano atrapada entre los eslabones. A cuatro patas, intentaba volverse hacia ella.

«¡Nooo!».

Emily tiró con fuerza de la cadena y logró estrangularlo un poco más, pero aun así Harlan logró apuntar hacia atrás con la pistola y disparó. Emily notó un dolor penetrante en la pantorrilla. Se inclinó más hacia atrás, casi rozando el suelo, para mantener la tensión de la cadena.

En ese momento Tara se acercó hasta ellos y, a pesar de que no podía levantarse, empezó a darle patadas en las piernas y las caderas entre gritos. Lo estaban empujando hacia el borde del precipicio.

«Va a ahorcarlo».

«Si lo suelto, caerá sobre las rocas o al mar. Si no lo suelto, lo ahorcaremos».

Sintió una intensa sensación de ardor en la parte inferior de la pierna. No podía pensar.

Tara logró arrancarle la pistola de las manos con una patada, pero el arma no cayó muy lejos. Golpeó la pistola de nuevo para apartarla y, entonces, siguió empujándolo hacia el borde.

—¡Tara! ¡Tienes que parar!

Harlan se estaba asfixiando entre horribles estertores. Sin embargo Emily seguía agarrando la cadena con fuerza.

«¿Le suelto?».

Si lo soltaba, le daría la posibilidad de agarrar el arma.

Tara gritó y le golpeó con ambos pies a la vez. Harlan se retorcía para intentar alejarse del borde, pero el terreno se desprendió y desapareció. El impulso de la caída arrastró a Emily, que tuvo que clavar los talones en el suelo. Harlan se encontraba de cara a ella, pero casi todo su cuerpo colgaba en el vacío. El único punto de agarre era la cadena en torno al cuello. Con la mano suelta intentó clavar los dedos en el suelo de tierra a la desesperada, buscando un punto de apoyo. Emily no veía pánico en sus ojos, pero lo notaba.

La herida de la pierna le impedía mantener el esfuerzo y al final le resbaló el pie. El cuerpo de Harlan descendió quince centímetros más.

—¡Agárralo, Tara!

Su hermana estaba sentada inmóvil, con la respiración entrecortada y una mano en el costado, donde aún sangraba. Profirió un leve gemido y se dejó caer de espaldas, exhausta. El peso de Harlan arrastró a Emily un poco más hacia el borde, de forma lenta pero inexorable. Se vio a sí misma colgada en el vacío, gritando y pidiendo auxilio a su padre, como de niña. La sensación de pánico de antaño le heló la sangre.

Emily empezó a verlo todo borroso, presa de una sensación de mareo. Debajo de la pierna se había formado un pequeño charco de sangre.

«Tengo que soltarlo. Lo siento».

Sin embargo, unas manos agarraron la cadena.

Madison.

—Mío —le dijo a Emily.

De repente apareció Zander, que se tumbó en el suelo para distribuir el peso de su cuerpo y se asomó al vacío.

Agarró a Harlan del cinturón y Emily se dejó caer hacia atrás, agotada. Zander arrastró al alcalde hasta un lugar seguro y le quitó la cadena. El hombre resolló y soltó una maldición. El agente del FBI lo obligó a ponerse boca abajo y le ató las muñecas con una brida.

Cuando acabó se volvió hacia Emily, se acercó a ella y le preguntó:

—¿Estás bien?

Sin embargo, no alcanzó a oír sus palabras, ya que había perdido el conocimiento.

—Creo que no.

Capítulo 37

Dos días después

Harlan tenía una magulladura roja alrededor del cuello.

Sentado frente a él, en una pequeña sala de la cárcel del condado, se encontraba Zander, que no sentía ni la más mínima compasión. Aquella marca roja era un claro recordatorio de la lucha que habían librado Tara y Emily para seguir con vida.

Harlan Trapp había envejecido diez años en dos días. Las llamas de la ira y el odio consumían a Zander. El alcalde había dejado una estela de muerte y destrucción tras veinte años de impunidad... tal vez más. Aún no comprendía cómo podía tener el ego de presentarse a alcalde del pueblo que había intentado destruir.

—Empiece con Cynthia Green —le ordenó Zander—. Tenía diecinueve años.

El hombre se encogió de hombros y Zander tuvo que contenerse para no darle un puñetazo.

—No sé de quién me habla.

—¿Y si le dijera que sabemos que la conocía gracias a alguien que vio cómo su grupo abandonaba el cadáver junto a un árbol derribado? Alguien que hasta ahora había tenido demasiado miedo para hablar. —Una afirmación que tal vez era una exageración de la verdad.

Alice Penn nunca sería una testigo creíble. Conocía a Harlan desde hacía años y nunca había dicho nada. Tal vez ni siquiera sabía que había sido él.

Harlan meditó la respuesta, mordiéndose un labio.

—No encontramos el cuerpo de Cynthia Green de manera accidental. La testigo está dispuesta a hablar después de veinte años.

«Otra exageración».

Harlan se reclinó en la silla con gesto de determinación.

—Fue una oportunidad que surgió sin más. En nuestro grupo había muchos a los que les gustaba hablar…

—Su grupo xenófobo supremacista blanco de Portland.

—Eso lo dice usted.

—Por supuesto. Pero será lo mismo que dirá el fiscal.

—Ese fin de semana había quedado con algunos de ellos, entre los que había varios iniciados. Y entonces vimos a la chica.

—¿Uno de los requisitos de ingreso en su grupo era matar a alguien?

—No. —Apoyó los antebrazos en la mesa y miró fijamente a Zander—. Sin embargo, había más de uno dispuesto a demostrar su valía. ¿Quién era yo para interponerme en su camino?

Zander cerró los ojos, intentando controlar la ira, que le estaba dejando un sabor amargo en la boca.

—Participaron todos excepto Lincoln Mills —dijo el alcalde con cara de asco—. Siempre son los que más presumen, ¿verdad? Se jactan y alardean para encajar cuando saben que no tienen lo que hay que tener. A Lincoln se le iba toda la fuerza por la boca y cuando llegaba el momento de pasar a la acción, se arredraba. Hasta intentó evitar que nos lleváramos a la chica.

—¿De modo que el castigo de Lincoln fue su muerte?

Harlan apartó la mirada.

—Corría el rumor de que estaba dispuesto a ir a la policía para denunciar lo que le había pasado a la chica negra.

—Y decidieron hacer limpieza antes de que pudiera pasar algo.

—Más o menos.

—¿Quiénes eran los demás implicados?

—Le he dado la lista de nombres al sheriff Greer.

—¿Y Greer? Por entonces también frecuentaba su ambiente.

Harlan resopló.

—¿En serio? Pero si no tiene agallas.

Zander no estaba de acuerdo. Había tenido sus más y sus menos con el sheriff cuando llegó al escenario del asesinato de los Fitch, pero el tipo había logrado ganarse su respeto. Se desvivía por la gente del condado.

—¿Hubo más víctimas aparte de Cynthia Green?

Zander había consultado la lista de personas desaparecidas y de crímenes no resueltos de la zona relacionados con gente de color, pero no había encontrado nada.

Harlan apartó la mirada.

—Oí que había cierta actividad en Portland, pero yo no estaba ahí, así que no puedo ayudarlo. Solo conozco los rumores… ningún nombre.

«De acuerdo».

—¿Qué pasó con Sean Fitch?

Harlan se revolvió en el asiento, incómodo.

—Simon Rhoads le recomendó que viniera a verme. Me dijo que tenía preguntas sobre la historia de la zona.

Zander esperó en silencio.

Harlan se humedeció los labios y continuó

—Tenía muchas preguntas sobre el *shanghaiing*. Uno de mis antepasados regentaba una taberna de infausta memoria. Además de la información que tenía sobre mi antepasado, le mostré algunos objetos antiguos que tenía. Piezas de scrimshaw, anillos, pulseras, un diario… —Frunció el ceño—. Y un reloj de bolsillo.

«Ajá».

—Abrió el reloj, lo miró y lo dejó con los demás objetos. Me preguntó si podía volver en caso de que tuviera alguna pregunta más y le dije que sí. Regresó al cabo de dos días. Trajo varias fotografías históricas de Bartonville que le había dado Simon. Algunas no eran muy antiguas. Me dijo que Simon había identificado a la mayoría de los hombres de una de las imágenes y me preguntó si conocía a los demás, ya que aparecía con ellos.

—Creo que sé a qué foto se refiere. ¿También salen Lincoln Mills y el sheriff?

—Sí. No sabía que aún existía. Simon lo guarda todo. Le dije que no recordaba a los dos desconocidos, pero Sean no me creyó. Estaba muy alterado y furioso. Empezó a gritarme en la cara. Me dijo que había descubierto que Lincoln había formado parte de grupos nacionalistas y me mostró el reloj, como si fuera una prueba irrefutable. Yo le dije que eran estupideces, pero estaba como loco. —Harlan adoptó un gesto muy serio—. Entonces me preguntó por la desaparición de Cynthia Green.

Aquella revelación sorprendió a Zander.

—¿Sabía que había estado implicado en el caso?

—No exactamente. Creo que estaba dando palos de ciego, pero me pilló desprevenido y mi reacción le convenció de que había dado en el clavo. Empezó a presionarme…, no había forma de hacerlo callar. Entonces pasó a la muerte de Lincoln y me preguntó si había elegido el ahorcamiento a modo de declaración de intenciones.

Zander intentó imaginar el valor que tuvo que reunir aquel joven, una de las personas más agradables de Bartonville, según decían sus propios vecinos, para acusar al alcalde de asesinato. Dos veces. El rostro sin vida de Sean se apoderó de su mente; la admiración que sentía por el profesor de instituto fallecido era irrefrenable.

«¿Por qué la gente como él sufre castigos tan severos y la escoria como la que tengo ante mí sigue con vida?».

—Da la impresión de que Sean lo tenía bien calado.

—Esa noche, cuando se fue, vi que el reloj de bolsillo había desaparecido. Tenía grabadas las iniciales de Mills y…

—Un lema del Klan. He visto el reloj. Lo encontramos en el escenario de los asesinatos de Sean y Lindsay Fitch. Sean vio que lo tenía usted, al mismo tiempo lo vio en la fotografía con los demás supremacistas blancos, debió de investigar un poco el ahorcamiento de Mills y averiguó lo del reloj desaparecido…

—Sí, hay un artículo de prensa en el que se recoge el llamamiento que hizo Brenda Mills para recuperar el reloj. Decía que su marido siempre lo llevaba encima.

Zander se deleitó con el gesto hosco de Harlan al darse cuenta de que lo habían condenado sus propios actos.

—Busqué el reloj en casa de los Fitch —afirmó el alcalde—, pero no lo encontré.

«Sean debía de llevarlo encima cuando lo arrastraron hasta el jardín».

—Y decidió que Sean debía morir antes de que fuera a la policía y les pidiera que lo investigaran por el ahorcamiento de Lincoln Mills.

Harlan guardó silencio.

—¿Cómo logró que Billy lo ayudara?

—Es increíble lo que están dispuestos a hacer algunos por un puñado de dólares. Eso y la amenaza de delatarlo por tráfico de GHB.

—¿Quién drogó a los Fitch?

—Billy. Su hermano y él trapichean con GHB. Es fácil de producir. Lo añadió a una botella de vino y le dijo a Lindsay que la compartiera con Sean esa noche. Billy y ella tenían una aventura, ya sabe… —El comentario lascivo de aquel degenerado le revolvió el estómago—. Bueno, quizá no fuera una aventura. Unas semanas antes ella bebió más de la cuenta en el bar y se lio con él. Billy lo aprovechó para chantajearla. La amenazó con contarle a su marido lo que había ocurrido esa noche. Le dijo que tenía fotos.

—No me imagino a Lindsay liada con un desgraciado como Billy, por mucho que hubiera bebido.

Emily y Madison la adoraban.

—Bueno... sospecho que Billy le puso algo en la copa.

Zander no se extrañó; nada de lo que pudieran decirle de Billy Osburne iba a sorprenderlo.

—¿Por qué Lindsay? —preguntó el agente—. A ella no tenía por qué matarla.

—Es una traidora de la raza.

Al oír aquellas palabras nauseabundas, Zander sintió un escalofrío que le recorrió todo el cuerpo. Harlan Trapp era la pura encarnación del odio. Entonces recordó el informe forense, en el que se describía el gran número de heridas de apuñalamiento de ambos cuerpos. Zander siempre había sospechado que aquel crimen era producto del odio.

Y tenía razón.

—Me molestaba más la actitud de ella que la de Sean. Ella se casó con ese desgraciado y luego va y lo engaña con Billy. Puta barata...

—Imagino que también le echó droga en la cerveza a Nate Copeland antes de matarlo. ¿Lo vio Nate en casa de los Fitch?

—No lo sabía a ciencia cierta. Billy y yo estábamos en el bosque, detrás de la casa, cuando llegó Emily y luego Nate. Nos quedamos demasiado tiempo para asegurarnos de que el fuego lo arrasaba todo... Tendríamos que habernos largado en cuanto vimos a Emily, pero yo quería destruir cualquier prueba.

—De modo que decidió ir sobre seguro y eliminar a los posibles testigos. —Zander se mantuvo impasible—. Y disparó a Emily.

Harlan se rascó el brazo.

—Solo quería asustarla.

—Y una mierda. Había empezado a sucumbir al pánico, a cometer errores por descuido. Usted no asusta a la gente, la mata. Y ese día estuvo a punto de matar a una agente del FBI y a Emily.

El alcalde se limitó a mirarlo. Sin un atisbo de arrepentimiento.

—¿Quién dejó los animales muertos en la mansión Barton?

Harlan resopló.

—Eso fue cosa de Billy, el puto imbécil. También pinchó los neumáticos de Emily. Odia a los Barton desde que cerraron el aserradero y su padre se quedó sin trabajo. Idiota. Como si esas tres viejas tuvieran algo que ver con el cierre de la empresa.

«Ese es el nivel de los estándares de Harlan».

—El incendio que provocó tras ahorcar a Lincoln Mills podría haber acabado con toda la familia.

Zander percibió un leve temblor en la mejilla de Harlan.

—¿Por qué diablos lo eligieron alcalde? Por lo que he oído, hace años que se le relaciona con organizaciones racistas.

Harlan lo miró desconcertado.

—¿De verdad cree que a esta gente le importa? Solo eran rumores y, además, he hecho muchas cosas buenas por este pueblo.

Zander no estaba muy de acuerdo.

—¿Qué me dice de Chet Carlson, que ha pasado veinte años en la cárcel por un crimen que no cometió?

—No debería haber sido tan estúpido de declararse culpable. —Harlan frunció el ceño en un gesto de perplejidad—. ¿Quién es capaz de admitir un asesinato que no cometió?

Harlan Trapp iba a pasar el resto de sus días en la cárcel. Zander debería sentirse eufórico de que el alcalde no fuera a defenderse de las acusaciones, sin embargo, estaba agotado y exhausto tras comprobar cómo funcionaba su cerebro. Era un narcisista retorcido, ajeno al dolor de los demás.

Zander ya no quería hacerle ninguna pregunta más.

Pero tenía alguna para Tara.

Capítulo 38

Zander se dirigió a la mansión tras abandonar la cárcel del condado. La tormenta había amainado y, por primera vez desde su llegada a la costa, disfrutaban de un cielo radiante. El océano y el cielo compartían un tono azul muy intenso, pero la temperatura era solo de siete grados.

Tara y Emily habían sido atendidas en el hospital esa misma mañana, pero no necesitaron ingreso. Ambas heridas de bala les habían provocado daños musculares y hemorragia. Zander las había llamado varias veces. Los médicos se mostraban optimistas sobre su recuperación, pero aún tardarían unos días en restablecerse por completo.

Vina le abrió la puerta de la mansión y lo acompañó al primer piso, donde pidió ver a Tara. Llamó a la puerta entreabierta del dormitorio donde la mujer descansaba en una mecedora, mirando por la ventana.

Tara se sobresaltó al oír los golpes en la puerta, pero enseguida se estremeció y se llevó una mano al costado.

—Agente Wells.

—Llámame Zander.

Tara lo miró con escepticismo, pero accedió.

—¿Qué puedo hacer por ti?

—Me gustaría hacerte unas cuantas preguntas.

—A ti y a todos los demás. Ya he hablado con detectives de la policía del condado y del estado. Esperaba que pudieras darme un respiro. —La leve sonrisa que esbozó le permitió saber que le estaba tomando el pelo.

Durante una fracción de segundo, le recordó a Emily. Su sonrisa y la forma de su rostro eran como las de Madison, pero la actitud y la intensidad de sus ojos eran todo Emily.

—¿Te he dado las gracias por lo de la otra noche? —le preguntó ella y frunció el ceño—. Aunque quizá no debería. Sigue con vida gracias a ti.

—Sé que no querías que cayera al vacío.

—¿Quieres apostar algo? —replicó ella con un hilo de voz.

—¿Qué ocurrió la noche en que murió vuestro padre? —le preguntó Zander a bocajarro, algo incómodo por el deje sincero de sus palabras.

Tara dirigió de nuevo la mirada hacia la ventana.

—No lo sé del todo.

«Miente», pensó, pero decidió esperar.

—Estábamos colocadas —dijo al final—. Quise creer que todo había sido un sueño.

—¿Tú y quién más?

Tara le lanzó una mirada feroz.

—Mi amiga no recuerda nada. Y Harlan nunca la vio, por lo que no sabe que también estaba allí. No la involucré entonces y no pienso hacerlo ahora. —Tragó saliva—. Por lo que he deducido, mi amiga y yo habíamos vuelto a mi casa en mitad de la noche, aunque ignoro el motivo. No sé cómo, pero logró conducir hasta mi casa y luego volver a la suya. Las dos llevábamos un colocón considerable.

—Fue una suerte que no matarais a nadie.

Un destello de culpa se reflejó en la mirada de Tara.

—Tú no mataste a nadie —le dijo Zander, que se dio cuenta de que se sentía responsable de la muerte de sus padres, un razonamiento que obedecía a una lógica de lo más retorcida.

Aun así, ella no parecía muy convencida.

—Creo que decidimos colarnos en mi casa para subir a mi habitación a por más hierba.

—¿Guardabas la hierba en tu habitación?

«Emily tenía razón. Tara había estado en casa esa noche».

—Era adolescente. —Frunció el ceño—. Y como mis hermanas andaban siempre husmeando entre mis cosas, sabía cómo esconderlas. Creo que no la encontraron nunca.

—¿Qué más viste fuera?

Tara respiró hondo.

—No tengo conciencia de haber visto a mi padre, pero sí me parece recordar a varios hombres frente a la casa y que sentí la imperiosa necesidad de esconderme de ellos. No sé por qué. Fue una sensación sin más. Había como una presencia malvada que lo impregnaba todo. Recuerdo que le dije a mi amiga que huyera y que teníamos que irnos. Y recuerdo también cómo apartaba las ramas con las manos y el olor del humo. —Un velo de angustia le nubló la mirada—. No vi el incendio. No sé cuándo nos fuimos ni cómo volvimos a casa de mi amiga. A la mañana siguiente me convencí a mí misma de que todo había sido un sueño. Pero la policía llegó antes de que pudiera hablar con mi amiga de ello. Su reacción ante la policía fue de asombro, por lo que deduje que no sabía nada.

—Esa noche, ¿salió tu madre fuera?

Tara frunció el ceño.

—No la vi. Yo había oído que durmió hasta que Emily despertó a todo el mundo.

—Pero Harlan te vio esa noche.

—Así es. Aunque yo no lo supe hasta que vino a verme al cabo de dos días. Por entonces ya me había convencido de que yo no había estado ahí y me costó creerme su acusación.

—Pues tienes suerte de seguir con vida porque el alcalde ha hecho gala de cierta tendencia a matar a todo aquel que puede causarle algún problema.

Se sonrojó y agachó la mirada.

«Mierda».

—Tenías una relación con él —afirmó Zander con voz impasible. Se le revolvieron las tripas solo de pensar que pudiera ser cierto—. Pero él te saca como veinte años… y tú eras una niña.

—Tenía dieciocho años —replicó ella—. La gente me veía como una adulta, sobre todo los hombres. ¿Sabes cuántos me hicieron proposiciones deshonestas cuando solo tenía dieciséis años? Hombres casados, con edad para ser mi abuelo.

—Lo siento…

—No es culpa tuya. Pero todo aquello influyó en la imagen que tenía de mí misma. Yo creía que me querían porque era especial. Toda aquella atención me halagaba. Al cabo de un tiempo, empecé a buscarla. Al menos Harlan no estaba casado.

—Entonces, te dijo que te vio en el bosque la noche de la muerte de tu padre. ¿Y luego?

—Me ordenó que me fuera del pueblo y no volviera nunca más porque, de lo contrario, mataría a mis hermanas y a mi madre —dijo con voz monótona y una mirada imperturbable.

«Unas palabras muy creíbles en boca del Harlan que conozco».

—Te perdonó la vida por la relación que manteníais.

—No ha sido nada fácil —se rebeló—. ¿Sabes lo que es creer que el hombre con el que te acostabas mató a tu padre? Además, estaba convencida de que había matado también a mi madre hasta que Emily me dijo que no fue así. Aún no he asimilado que se suicidó. Por entonces su muerte fue la prueba definitiva de que hablaba muy en serio. Mis hermanas serían su siguiente objetivo. A medida que iban pasando los años, me di cuenta de que mi marido y mi hija podían convertirse en su siguiente objetivo.

—Me cuesta creer que hicieras las maletas sin más y te fueras así de Bartonville.

Tara enarcó una ceja.

—Eso es justamente lo que hice. Cuando le dije a la gente que me iba, nadie se sorprendió demasiado. —Soltó una risa forzada—. Me había labrado una reputación de joven rebelde. De ser una zorra. Mis padres ya no sabían qué hacer conmigo. La gente se alegró de que me marchara.

—Tus hermanas no. Y tus tías tampoco.

—¿Qué importa eso ahora? —dijo con la voz quebrada y el rostro transido de dolor.

—¿Te irás de nuevo?

—No —respondió con firmeza—. Por primera vez en veinte años, tengo la sensación de que puedo respirar. Ya no he de andar siempre mirando hacia atrás y no vivo con el miedo a que maten a mi hija. —Ladeó la cabeza y le lanzó una mirada de asombro—. No te imaginas lo distinto que veo hoy el mundo. La verdad es que no sé ni qué hacer ahora que ya no debo preocuparme por esconderme. Estas dos décadas me han grabado a fuego una serie de comportamientos que hoy han perdido todo su sentido. Por un lado, me siento libre…, por el otro, he perdido el acicate que me ha servido de estímulo todo este tiempo.

—Encontrarás nuevas cosas por las que luchar. Tus hermanas, tus tías, un nuevo mundo para tu hija.

—Sí, pero me llevará un tiempo acostumbrarme a ello. Bella merece conocer a su familia y viceversa, por lo que en el futuro pasaremos mucho tiempo aquí. Echaba mucho de menos todo esto —admitió con un gesto más dulce—. No hay nada como el olor del océano. Desde que me fui, he evitado la costa.

—Tu familia se alegrará de que vuelvas.

—Emily y yo hemos hablado y tenemos mucho que contarnos. Me he perdido tantas cosas... Cuando creía que Harlan iba a matarme, ahí arriba, se apoderó de mí la ira... porque por su culpa perdí a mi padre y a mi madre, y veinte años de mi vida con mi familia.

—¿Te ha dicho Emily que durante todo este tiempo no ha querido buscarte?

—No —afirmó con un gesto de sorpresa.

—Le preocupaba que tuvieras algo que ver con la muerte de vuestro padre. La noche del asesinato te vio fuera y como luego desapareciste, tenía miedo de descubrir el auténtico motivo de tu marcha.

Tara guardó silencio.

—Madison sí que te buscó cuando fue mayor. Discutió con Emily en varias ocasiones por su negativa a hacerlo, pero ella nunca le dijo que sospechaba de tu implicación en el caso.

—Ha cargado con un peso muy grande durante dos décadas —susurró Tara.

—Tal vez fuera una lógica algo retorcida, pero, a su manera, intentaba protegerte.

Tara sollozó y se secó los ojos.

—Madison y Emily están locas de alegría de que vuelvas a formar parte de su vida. Y Bella también, claro.

—Son buenas hermanas —dijo Tara, que adoptó una mirada de curiosidad—. ¿Y tú? ¿Te veremos más por aquí?

Zander parpadeó, sorprendido.

—Trabajo en Portland.

Tara lo fulminó con la mirada.

—Me refiero a Emily. Cuando estáis juntos, algo cambia en el ambiente, saltan las chispas.

Zander sonrió. Estaba claro que Tara era de las que no se callaba nada.

—Eso depende de ella.

—Quizá deberías convencerla.

—En eso estamos.

—¿Te quedas a tomar el té?

—No me lo perdería por nada.

Capítulo 39

—He contratado a dos camareros. Creo que lo harán bien —le dijo Madison a Emily mientras esperaban en la mesa a que las tías acabaran la sorpresa que estaban preparando para el té en la cocina.

Emily parecía haber vuelto a la normalidad. Tenía que usar muletas para no forzar la pierna herida, pero le habían quitado el vendaje de la cabeza. Le habían rapado una pequeña parte para suturarle el corte que se había hecho en el accidente, pero ya le había crecido casi todo.

Madison había estado a punto de perder a otra hermana. Por segunda vez.

Pero gracias a Dios, ahora tenía a las dos.

Con Emily fuera de combate durante dos días, Madison había tenido que dar un paso al frente en el restaurante y encargarse de todo. Sabía cómo gestionar el negocio, pero era la primera vez que disfrutaba de la responsabilidad.

Una sensación de lo más extraña.

—Las tías me dijeron que contratara solo a uno para que se encargara de los turnos de Lindsay porque ellas estaban dispuestas a cubrirte hasta que pudieras volver. —Madison sonrió y puso los ojos en blanco, y Emily no pudo contener la risa.

—Ni hablar —insistió Emily—. Pueden echar una mano de vez en cuando, pero si lo hicieran a tiempo completo, nos arruinaríamos. Tienen la fea costumbre de invitar a los clientes más de lo que sería conveniente.

Era verdad. A las tías no les gustaba cobrar a las familias por las consumiciones de los niños y tampoco aceptaban el pago de las amistades que estaban pasando por un bache económico. «Solo es un poco de comida, nos lo podemos permitir», le decían a Madison con un gesto de contrición cuando las sorprendía. Y sí, el restaurante se podía permitir invitar de vez en cuando, pero no a la mitad de los clientes.

Madison se relajó en su silla y se dio cuenta de que era la primera vez desde hacía una eternidad que su relación con Emily no se veía amenazada por una tensión invisible.

—Oye, Em —dijo Madison, pero dejó la frase a medias. Se le formó un nudo en la garganta cuando las emociones reprimidas durante tanto tiempo empezaron a fluir libres. Al final se relamió los labios y siguió—. Sentí auténtico pánico cuando te vi luchando en el borde del precipicio con Harlan y Tara. Fue como la vez aquella en que te vi caer ahí cuando éramos niñas. Me quedé paralizada y solo pude gritar. Me sentí tan indefensa…

Emily escuchó con atención.

—Pero esta vez supe que podía hacer algo y no dudé. Zander me había dicho que me quedara a esperar a los policías que ya venían, pero mi instinto me dictó que lo siguiera. Y me alegro de haberlo hecho.

—Si hubieses tardado medio segundo más, lo habría dejado caer —admitió Emily—. Menos mal que llegaste.

Las hermanas se miraron fijamente. No sabían cómo gestionar las emociones a las que se habían enfrentado.

Madison respiró hondo.

—Siempre había estado muy celosa de ti. —Madison no se había dado cuenta de que tenía algo más que decir. Sus palabras nacieron de la nada.

—¿De mí?

—Siempre fuiste la perfecta. Cuidabas de todo el mundo, sobre todo de mí. —Ahora que había abierto las compuertas, no podía contener el torrente de palabras—. Me alejé de todo el mundo.

Emily agachó la mirada.

—Me duele que no te dieras cuenta de lo mucho que me afectó a mí, o a las tías, tu indiferencia —añadió en voz baja—. Nos sentíamos como si no fuéramos dignas de ti.

Una intensa tristeza embargó a Madison. Había herido a la gente más importante de su vida al intentar proteger su corazón.

—No quería que volvieran a herirme —susurró—. Primero papá, luego mamá y finalmente Tara. Me partió el alma. Empecé a pensar que era mejor no volver a tener una relación estrecha con nadie. Y mucho menos con la familia. De este modo nadie podría destruir lo que más amaba.

A Emily se le humedecieron los ojos.

—Eras muy joven cuando murieron. Entiendo que te sintieras así.

—Tú solo tenías tres años más… pero lo sobrellevaste como una adulta. Yo no sabía cómo hacerlo.

—No me quedó más remedio que echarle valor —dijo Emily—. Estábamos solas y debía protegerte.

Ambas guardaron silencio durante un buen rato, mirándose fijamente.

Madison cayó en la cuenta de todos los años que había perdido.

«Tara no es la única que sacrificó a su familia», pensó.

La idea de sentirse vulnerable le resultaba insufrible. Sin embargo, si quería recuperar el tiempo perdido con sus hermanas, no iba a quedarle más remedio que asumir el riesgo.

«No tengo nada que perder, y sí mucho que ganar», pensó.

Madison sonrió.

—He disfrutado ejerciendo de jefa en el turno de la cena. Deberías dejarme hacerlo más a menudo.

Una sombra de indecisión nubló la mirada de Emily y Madison tuvo que morderse la lengua para contener la risa. A su hermana nunca le había resultado fácil delegar.

—Venga, déjame intentarlo.

Emily dudó.

—De acuerdo. ¿Qué te parece si te encargas hasta que me den el alta?

—¿Te ha dicho Tara cuánto tiempo se quedará? —preguntó Madison, que prefirió cambiar de tema antes de que Emily cambiara de opinión.

—Unos cuantos días más. Me alegro de haber podido conocer a Bella. Y a Wendy.

—A Bella le encanta la mansión —le dijo Madison—. Me pidió que le enseñara hasta el último rincón.

—Para ella es como un castillo, pero su casa de Beaverton también es muy bonita. —Un par de arrugas surcaron la frente de Emily—. Tara me ha estado insistiendo para que pase unas semanas con ellas. ¿Te lo ha dicho a ti también?

—Sí —mintió Madison—. Me muero de ganas. —Tara la había invitado a que fuera cuando quisiera, pero Madison se había dado cuenta de que había centrado todos sus esfuerzos en convencer a Emily.

Sospechaba que conocía el motivo.

Emily miró más allá de Madison y se le iluminó la cara. Su hermana se volvió y vio a Zander, que entraba agarrando del brazo a Tara, mientras esta andaba con una mueca de dolor.

«Él es el motivo por el que Tara quiere convencer a Emily para que esté más cerca de Portland».

Las tías entraron en la sala en ese preciso instante y enseguida se pusieron a dar órdenes, con las manos llenas de tazas de té y bandejas de galletas de colores.

—¡*Macarons*! —A Madison se le hizo la boca agua al ver las deliciosas galletas francesas—. ¿Dónde los habéis comprado?

—Simon —anunció Dory, con una sonrisa de oreja a oreja.

Zander ayudó a Tara a sentarse junto a Madison y a continuación ocupó una silla al lado de Emily. Ambos intercambiaron una mirada de felicidad y él se inclinó para preguntarle algo al oído, lo que frustró la curiosidad de Madison, ya que el constante parloteo de las tías le impidió escucharlo.

Iba a fulminar a las mujeres con la mirada, pero cambió de opinión al ver su sonrisa radiante de felicidad. «Tengo mucha suerte de tener unas tías con tantas ganas de hablar».

Luego miró a Tara y a Emily, y la embargó una sensación de orgullo aún más grande.

«Y dos hermanas», pensó.

Su antigua actitud de guardar las distancias con todo el mundo ya era cosa del pasado.

«Se lo merecen».

—¿Cómo te encuentras? —le preguntó Zander a Emily, que sintió un arrebato de felicidad al oír su voz y notar el roce de su mirada.

—Voy mejorando cada día.

—Tenemos que hablar.

El corazón le dio un vuelco.

«¿Ha cambiado de opinión?», pensó. Pero no percibió ningún atisbo de lamento o preocupación en su rostro. A decir verdad, nunca lo había visto tan relajado. Sus ojos grises eran un mar de serenidad y sosiego.

«¿Son mariposas lo que noto en el estómago?».

—¿Me estás diciendo que el caso Fitch ya se ha cerrado? —preguntó, al recordar la promesa que le había hecho en el todoterreno.

—Así es —afirmó él con un deje de intensa satisfacción.

—¿Y ahora qué? —preguntó Emily con un asomo de incertidumbre. Le había dado muchas vueltas a la posibilidad de mantener una relación a distancia y no había llegado a una conclusión definitiva. Los largos trayectos en coche podían acabar haciendo mella en ambos.

«¿Vale la pena probarlo?», se preguntó.

«Tara».

Emily fijó la mirada en su hermana, que mantenía una conversación muy animada con su tía Thea. Una sospecha empezó a cobrar forma en su interior.

—Tara quiere que pase unas semanas con ella. O quizá más tiempo. Me ha insistido mucho.

Zander ladeó la cabeza.

—No me digas.

—Finges muy mal.

—Fue idea suya atraerte hacia Portland. Así podrás conocer mejor a Bella y tendremos la oportunidad de pasar más tiempo juntos sin andar siempre pendientes del reloj. —La miró a la cara—. ¿Lo harás?

—Sí.

«Ya lo creo», pensó con una sonrisa que nada ni nadie iba a poder borrarle de la cara.

—Me alegro… Y he encontrado algo que tal vez te interese. —Le dio una caja pequeña y estrecha—. Madison me dijo lo importante que era para ti y tus hermanas. Y Simon Rhoads me ayudó a encontrarlo. Tenías razón… haría lo que fuera por Dory… o por ti.

Emily tomó la caja con cierta aprensión.

—No era necesario que…

—No es nada.

Zander clavó la mirada en la caja y evitó la de Emily.

«Es algo».

—Sé que el original se perdió en el incendio, pero este se parece mucho —añadió.

Apenas conocía a Zander Wells. No sabía dónde se había criado, cómo le gustaba la carne o cuál era su estilo de música preferido. Pero, en realidad, lo conocía. Conocía su carácter y sabía que era un hombre íntegro, inteligente y con un gran sentido del honor.

Era un buen hombre.

Levantó la tapa de la caja y, de repente, se quedó sin aliento.

—¿Dónde lo has encontrado?

—Como te he dicho, el mérito ha sido en gran parte de Simon. Le pregunté por el tema y se lo tomó como algo muy personal. —Se acercó un poco más hacia ella.

La pulsera de botones se convirtió en una imagen borrosa. La cogió y examinó cada pieza. Alguien había dedicado muchas horas y mucho esfuerzo a hacerle una pulsera muy especial.

«Con lo que me gustaba la original…», pensó Emily.

La nueva era muy parecida, pero eso no era lo más importante. Lo que importaba era que Zander la había escuchado con atención y se había tomado la molestia de buscarle otra igual.

Emily parpadeó varias veces para secar las lágrimas y miró fijamente a Zander, que tenía un brillo vulnerable en los ojos.

«¿Cómo es posible que todo esto haya sucedido tan rápido?», se preguntó.

—Necesito una acompañante para una boda este verano —dijo al final, mirándola a los ojos.

—¿La de Ava? —Emily tenía ganas de volver a ver a la agente.

—¿Vendrás conmigo? Sé que le haría mucha ilusión verte.

—¿Es lo que quieres? —preguntó Emily, con un deje de duda, en el corazón y la garganta.

—Por supuesto.

AGRADECIMIENTOS

Gracias a Colleen Lindsay y a Anh Schluep, que me ayudaron a armar el esqueleto de esta historia; y a Charlotte Herscher, que supervisó el resto del proceso.

Mis lectoras llevaban pidiéndome un libro de Zander Wells desde que apareció por primera vez en la serie de Callahan y McLane, por lo que estoy encantada de haberlo hecho realidad.

Gracias a las sospechosas habituales de mi equipo de Montlake. Doy las gracias a diario por poder trabajar con el sello editorial más innovador del mundo.

Gracias a mi compañera de fechorías, Melinda Leigh, que me escucha con toda la paciencia del mundo, gruñe cuando no le salen las palabras y siempre me sugiere que haga volar algo por los aires cuando me encuentro en un callejón sin salida.

¿Has disfrutado de esta historia? ¿Te gustaría recibir información cuando Kendra Elliot publique su próximo libro? ¡Sigue a la autora en Amazon!

1) Busca el libro que acabas de leer en el sitio Amazon.es o en la aplicación de Amazon.

2) Dirígete a la página de la autora haciendo clic en su nombre.

3) Haz clic en el botón «Seguir».

La página de la autora también está disponible al escanear este código QR desde tu teléfono móvil:

Si has disfrutado de este libro en un lector Kindle o en la aplicación de Kindle, cuando llegues a la última página aparecerá automáticamente la opción de seguir a la autora.